Der Autor

Stefan Bouxsein wurde 1969 in Frankfurt/Main geboren. Studium der Verfahrenstechnik und des Wirtschaftsingenieurwesens an der FH Frankfurt. Seit 2006 verlegt er seine Bücher im eigenen Traumwelt Verlag.

Bisher erschienen von Stefan Bouxsein:

Krimi-Reihe mit Siebels und Till:
  Das falsche Paradies, 2006
  Die verlorene Vergangenheit, 2007
  Die böse Begierde, 2008
  Die kalte Braut, 2010
  Das tödliche Spiel, 2011
  Die vergessene Schuld, 2013
  Die tödlichen Gedanken, 2014
  Die Kronzeugin, 2015
  Projekt GALILEI, 2018
  Seelensplitterkind, 2021
  Der böse Clown (Kurzkrimi), 2014

Außerdem:
  Kurz & Blutig (Vier Kurzkrimis), 2015

Humor: Idioten-Reihe mit Hans Bremer:
  Der nackte Idiot, 2014
  Hotel subKult und die BDSM-Idioten, 2016

Erotischer Roman von Susann Bonnard
  Die schamlose Studentin, 2017
  Mein perfekter Liebhaber, 2019

Erfahren Sie mehr über meine Bücher auf:
  www.stefan-bouxsein.de

Stefan Bouxsein

Seelensplitterkind

Kriminalroman

© 2021 by Traumwelt Verlag
Stefan Bouxsein

Johanna-Kirchner-Str. 20 · 60488 Frankfurt/Main
www.traumwelt-verlag.de · info@traumwelt-verlag.de

Alle Rechte vorbehalten.

Umschlaggestaltung:
Nuilani – Design und Kommunikation, Ralf Heller
www.nuilani.de · info@nuilani.de

Lektorat:
Stefanie Reimann

Titelbild: Adobe Stock

ISBN 978-3-939362-42-5

1. Auflage, 2021

1

Tag 1, Montag

Mit bedächtigen Schritten lief Hauptkommissar Steffen Siebels durch die Flure des Frankfurter Polizeipräsidiums. Es war ein wolkenverhangener Montagmorgen. Vereinzelt kamen ihm Kollegen entgegen, die ihn flüchtig mit einem Kopfnicken begrüßten. Bekannte Gesichter waren nicht darunter. Schon seit Tagen hatte er sich ausgemalt, wie es sein würde, wieder an die ehemalige Wirkungsstätte zurückzukehren. Nachts hatte er sogar davon geträumt. Hatte geträumt, wie er seinen ersten Gang ins alte Büro absolvieren würde: Durch ein Spalier von applaudierenden Kollegen schritt er über einen roten Teppich zu seinem Arbeitsplatz, der mit Girlanden und Luftschlangen geschmückt war. Als er die Schwelle zu seinem Büro übertrat, zündeten die Konfetti-Kanonen, eine Live-Band spielte Blasmusik und eine Truppe Cheerleader tanzte ausgelassen um ihn herum. Der Polizeipräsident persönlich überreichte ihm Dienstausweis und Dienstwaffe und hielt bei einem Sektempfang vor versammelter Mannschaft eine flammende Rede über die Wiederkehr des verlorenen Sohnes.

Es war nur ein Traum, den sich Siebels selbst nicht erklären konnte. Aber als er nun sein Büro betrat, verspürte er doch eine gewisse Enttäuschung. In dem kahlen Raum roch es muffig, niemand erwartete ihn und auf den Schreibtischen lagen mehrere Stapel Akten, die klaglos darauf warteten, bearbeitet zu werden. Till war auch noch nicht da, stellte er fest und ließ sich seufzend auf seinem Stuhl nieder.

Fünf Jahre war es nun schon wieder her, dass er sein erfolgreiches Dasein bei der Mordkommission beendet hatte. Er hatte es sattgehabt, ständig Überstunden zu schieben. Er hatte keine Lust mehr darauf, seine geplanten Urlaube kurzfristig abzublasen, weil er nicht loslassen konnte, wenn er kurz vor der Klärung eines Falles stand. Wenn er einen Fall bearbeitete, befand er sich in einem Tunnel. Dann rannte er wie ein Besessener mit diesem Tunnelblick durch sein Leben. Am Ende des Tunnels stand die Aufklärung eines Mordfalls. Aber kaum hatte er einen Tunnel hinter sich gelassen, betrat er schon wieder den nächsten. Und so ging es in einem fort. Seine Familie, seine Freunde, seine Hobbys, all das befand sich außerhalb der Röhren, in denen er sich bewegte. Irgendwann kam der Zeitpunkt, an dem er sich weigerte, den nächsten Tunnel zu betreten. Er wollte frei sein. Wollte mehr Zeit mit seiner Familie verbringen, mit seiner Frau Sabine und Sohn Dennis, der kurz vor der Einschulung stand. Kurzentschlossen quittierte er seinen Dienst. Zu seiner Überraschung vollzog sein langjähriger Partner und Freund den gleichen Schritt. Till Krüger verließ die Frankfurter Mordkommission und folgte dem verlockenden Ruf zum LKA nach Wiesbaden. Eine Ära war damit zunächst beendet.

Siebels stürzte sich voller Elan in einen neuen Lebensabschnitt. Als Hausmann und Papa. Außerdem eröffnete er eine Detektei. Das wollte er nebenbei laufen lassen. Kleine, unbedeutende Fälle, mehr hatte er nicht angestrebt. Aber das ging gründlich schief. Sein Ruf als unermüdlicher Ermittler war ihm vorausgeeilt. Anstatt untreue Ehemänner oder diebische Angestellte zu überführen, bekam er es als Privatdetektiv mit Mafiakillern, Waffenhändlern und den Geheimdiensten fremder Mächte zu tun. Seltsamerweise war bei diesen Geschichten oft auch das LKA involviert und er durchquerte weiterhin gemeinsam mit Till Krüger die dunklen Tunnel der Unterwelt.

Weil das völlig konträr zu seiner angedachten Rolle als sorgender Familienvater verlief, zog seine Frau die Notbremse. Ein erneuter familiärer Rollentausch war die Folge und katapultierte Siebels wieder zurück in sein altes Büro bei der Frankfurter Mordkommission. Und weil es das Schicksal so vorgesehen hatte, kam er nicht allein zurück. Till Krüger war beim LKA zuletzt nicht mehr glücklich gewesen und gelangte zu dem Entschluss, dass er bei der Frankfurter

Mordkommission doch viel besser aufgehoben war. Das grandiose Comeback des Duos Siebels und Till war damit besiegelt.

Siebels saß vor seinem Monitor. Er sollte sein Passwort eingeben, hatte aber keins. Langsam fragte er sich, ob hier überhaupt jemand wusste, dass er heute seinen Dienst wieder antrat. Sicherheitshalber schaute er noch einmal auf den Wandkalender. Nicht, dass er sich im Tag geirrt hatte und zu früh angetreten war. An dem Kalender musste er aber erst mal die zurückliegenden drei abgelaufenen Monatsblätter abreißen. Er fing schon an zu zweifeln, ob die Mordkommission in Frankfurt überhaupt noch existierte, als die Tür geöffnet wurde. In freudiger Erwartung auf Till formten sich seine Lippen zu einem Lächeln, aber durch die Tür trat eine junge Frau.

»Hey, Sie sind Steffen Siebels, oder?«
»Ja, der bin ich, zurück an alter Wirkungsstätte.«
»Super, dann können Sie ja gleich loslegen.«
Siebels bekam einen handgeschriebenen Zettel mit einer Adresse in die Hand gedrückt.
»Und wer sind Sie?«, erkundigte sich Siebels zaghaft, nachdem er einen Blick auf den Zettel geworfen hatte.
»Ach, Entschuldigung, ich bin Jasmin, Ihre Assistentin. Also ich kümmere mich hier um alles und unterstütze Sie und Ihren Kollegen bei Ihren Ermittlungen. Wo ist er eigentlich, der Herr Krüger?«
Siebels sah auf die Uhr. Kurz nach neun. Um diese Zeit war Till früher normalerweise im Büro aufgetaucht. »Ich nehme an, der kommt gleich.«
»Die Spurensicherung ist jedenfalls schon vor Ort, ein Mann wurde tot in seinem Haus aufgefunden.«
»Der läuft ja dann wohl nicht mehr weg«, kommentierte Siebels süffisant.
»Aber die Pietät trägt ihn weg, wenn Sie nicht in die Gänge kommen. Der Einsatz hat heute Morgen schon um sieben begonnen.«

»Ich brauche aber noch das Passwort für meinen Computer, den Schlüssel für meinen Dienstwagen, meine Dienstwaffe und einen Dienstausweis.« Siebels kam sich fast ein bisschen hilflos vor am ersten Arbeitstag in seinem dritten Arbeitsleben.

»Das erledigen wir heute Mittag, ich kümmere mich um alles. Am besten fahren Sie jetzt erst mal mit Ihrem Privatwagen, das rechne ich dann ab.«

»Haben Sie auch einen Nachnamen, Jasmin?«

»Jasmin Müller, aber nennen Sie mich ruhig Jasmin, das ist schon in Ordnung.«

Siebels reichte Jasmin die Hand. »Hallo, Jasmin, auf eine gute Zusammenarbeit. Sie können mich Steffen nennen. Oder Siebels und Du – das machen alle.«

»Alles klar, Siebels. Ich habe übrigens schon viel von dir gehört und freu mich voll auf die Zusammenarbeit. Aber jetzt mach hin, die haben schon dreimal angerufen, ob da heute noch mal jemand vorbeikommt.«

Siebels erhob sich seufzend von seinem Stuhl, als Till gemütlich mit zwei Papiertüten von der Bäckerei ins Büro geschlendert kam.

»Guten Morgen, Herr Kollege«, begrüßte Siebels seinen alten, neuen Partner und freute sich, ihn endlich wiederzusehen.

»Hey super, jetzt seid ihr ja komplett«, mischte sich Jasmin ein. »Ihr könnt mich jederzeit anrufen, wenn ihr Unterstützung bei den Ermittlungen benötigt. Bis später, tschau.«

»Ich habe Croissants besorgt«, sagte Till und schaute ihr verdutzt hinterher. »Nach frischem Kaffee riecht es hier aber noch nicht.«

»Die Kaffeefrage klären wir später mit Jasmin.«

»Wer ist Jasmin?«

»Na die Kleine von eben. Sie ist unsere Assistentin.«

»Wir haben eine Assistentin? Wow.«

»Ich befürchte, die ist noch schlimmer, als es Jensen früher war«, murrte Siebels.

»Eine Assistentin, die schlimmer als ein Staatsanwalt ist? Hm, die Zeiten haben sich wohl geändert.«

»Wo müssen wir denn hin?«, wollte Till wissen, als sie im Wagen von Siebels saßen.

»Auf den Riedberg. Martin Schlosser wurde in seinem Haus heute früh tot aufgefunden. 49 Jahre alt, Rechtsanwalt von Beruf. Mehr weiß ich auch nicht.«

»Wahrscheinlich ist Anna auch dort«, überlegte Till. »Die war heute Morgen jedenfalls schon weg, als ich aufgestanden bin.«

»Sehr gut. Ich freue mich über jedes bekannte Gesicht. Als ich heute Morgen ins Präsidium kam und ins Büro gegangen bin, kam ich mir vor wie ein Besucher.«

»Was hast du erwartet? Den Polizeichor, der vor dem Eingang auf dich wartet und ein Willkommensliedchen trällert?«

Siebels behielt seinen merkwürdigen Traum für sich. »Irgendjemand, der mich begrüßt und sich erfreut zeigt, dass ich wieder da bin.«

»Ja, ich wollte ja auch eine halbe Stunde eher da sein und das erledigen. Aber ich bin noch mal eingeschlafen, nachdem der Wecker geklingelt hat. Und Anna war ja schon unterwegs.«

»Ich hatte da eigentlich an jemanden Höherrangiges gedacht«, entgegnete Siebels mit einem Schmunzeln.

»Hey, ich bin nicht mehr der kleine Oberkommissar von damals, sondern ein ehemaliger hochdekorierter LKA-Kommissar. Nicht vergessen, gelle.«

»Ich erinnere mich da an einen vom Dienst suspendierten Kommissar. Aber egal, bin froh, dass du jetzt wieder jeden Tag neben mir sitzt.«

»Ja, kommt mir vor, als wäre es erst gestern gewesen, als wir zuletzt für die Mordkommission unterwegs waren.«

»Das war der Fall mit der ermordeten Lehrerin und dem schizophrenen Schüler. Ganz schön heftig war das. Was aus dem wohl geworden ist?«

»Keine Ahnung. Schauen wir lieber nach vorne und nicht zurück. Ein ganz simpler Mordfall für den Wiedereinstieg, das wäre doch mal schön.«

»Einen ganz simplen Mordfall, hatten wir so was überhaupt schon mal?«

»Jedenfalls war keiner dabei, den wir nicht aufgeklärt hätten. Beim LKA war ich nicht immer so erfolgreich.«

»Wir sind schon da«, kam Siebels in die Gegenwart zurück. Die Straße auf dem Riedberg, einer Neubausiedlung mit Ein- und Mehrfamilienhäusern, die den Anschein erweckte, als wäre sie aus einem Lego-Baukasten entstanden, hieß Skylineblick. Von hier aus konnte man auf die Frankfurter Innenstadt und weit darüber hinaus blicken. Mehrere Doppelhaushälften mit unterschiedlichen Farbanstrichen lagen am Rande des Stadtteils, eine davon war mit rotweißem Absperrband weiträumig abgesperrt. Zwei Streifenwagen sowie drei Zivilfahrzeuge standen vor dem Haus.

Siebels stellte seinen Wagen dahinter ab. Als die beiden über das Flatterband steigen wollten, wurden sie von einem uniformierten Polizisten zurückgepfiffen.

»Hey, Sie«, rief er mit empörter Stimme. »Machen Sie sich mal ganz schnell vom Acker, das ist ein abgesperrter Bereich. Oder glauben Sie vielleicht, wir veranstalten hier einen Hindernislauf?«

Siebels machte kehrt, hob beschwichtigend die Hände und ging auf den Mann zu. »Wir sind von der Mordkommission, ich bin Steffen Siebels und das ist mein Kollege Till Krüger.«

»Ach so. Na da müsste ich aber trotzdem erst mal einen Blick auf Ihre Dienstausweise werfen.«

»Die liegen noch bei Jasmin«, seufzte Siebels.

»Aha. Veräppeln kann ich mich auch selbst. Wenn Sie nicht gleich verschwinden, bekommen Sie Probleme, haben wir uns verstanden?«

Siebels stand ratlos vor dem Polizisten, er wusste nicht einmal die Durchwahl von Jasmin. Till hatte aber schon das Handy am Ohr und sprach mit seiner Frau Anna, die als zuständige Gerichtsmedizinerin tatsächlich im Haus war. Sie erschien gleich darauf an der Haustür, rief den Polizisten zu sich und redete kurz mit ihm. Der kam dann kopfschüttelnd zu Siebels und Till zurück.

»Dann gehen Sie mal rein. Aber beim nächsten Mal bitte mit Dienstausweisen. Oder bringen Sie meinetwegen Jasmin mit, wenn die sie hat.«

»Mein Kollege war eigentlich der Meinung, dass ihn jeder Polizist in Frankfurt und dem Rest der Welt auf Anhieb erkennt«, flachste Till und ging zum Hauseingang, wo Anna ihn und Siebels erwartete.

»Das geht ja schon wieder gut los mit euch beiden«, zeigte Anna sich amüsiert. »Na, dann kommt mal rein und verschafft euch einen Überblick. Der Tote hieß Martin Schlosser und wohnte seit seiner Scheidung allein hier im Haus. Das habe ich von den Beamten erfahren, die die Nachbarn schon befragt haben. Er wurde erschlagen, wahrscheinlich mit einer Skulptur, die zur Wohnungseinrichtung gehört.«

Siebels und Till streiften sich Überzieher über die Schuhe und standen kurz später vor dem Toten, der mit Anzug, Hemd und Krawatte bekleidet auf dem Rücken lag, um den Kopf eine Blutlache.

»Die Herren von der Mordkommission sind also auch endlich eingetroffen«, seufzte eine Frau mittleren Alters in Uniform und reichte den beiden Kommissaren die Hand. »Ich bin Petra Schlesinger vom 14. Revier. Wir wurden um 6:30 Uhr verständigt, nachdem ein Notruf eingetroffen ist.«

Siebels stellte zunächst sich und Till vor. »Dann lassen Sie mal hören«, forderte er die Beamtin auf.

»Der Notruf kam von einem Kollegen des Opfers.« Petra Schlesinger zog einen kleinen Notizblock aus der Jackentasche und warf einen Blick darauf. »Dieser Kollege ist wie das Opfer von Beruf Rechtsanwalt. Er heißt Nils Brenner. Das Opfer heißt Martin Schlosser. Die beiden wollten mit dem Auto gemeinsam zu einem Seminar nach Stuttgart fahren und waren hier um 6:15 Uhr verabredet. Die Haustür stand zu dieser Zeit einen Spalt weit offen. Als sich auf das Klingeln und Klopfen von Herrn Brenner nichts rührte, ist er durch die geöffnete Haustür ins Haus gekommen und dort auf den Toten getroffen. Er hat dann unverzüglich den Notruf gewählt. Es gibt keine Einbruchspuren, von den unmittelbaren Nachbarn hat niemand etwas Auffälliges bemerkt.«

»Der Todeszeitpunkt muss gegen Mitternacht gelegen haben«, ergänzte Anna Lehmkuhl. »Es war ein einzelner heftiger Schlag gegen den Hinterkopf. Das Opfer war aber nicht sofort tot. Vorläufig schätze ich, dass er mit der schweren Kopfverletzung noch ungefähr eine Stunde mit dem Tod gerungen hat.«

»Also wurde er gegen 23:00 Uhr niedergeschlagen«, resümierte Siebels. »Und hat zu dieser Zeit noch Anzug, Hemd und Krawatte getragen.«

»Sieht ganz so aus«, bestätigte Petra Schlesinger. »Es gibt allerdings einen interessanten Hinweis auf das Mordmotiv.«

Siebels sah seine Gesprächspartnerin abwartend an. Die schaute sich suchend im Raum um, wo noch zwei Kollegen von der Spurensicherung bei der Arbeit waren. »Verraten Sie mir auch, um welchen interessanten Hinweis es sich dabei handelt?«, fragte Siebels schließlich etwas genervt.

»Ein Foto. Auf der Brust des Toten lag ein Foto. Das hat die Spurensicherung bereits eingetütet.« Petra Schlesinger rief nach einem der Männer, die noch akribisch auf Spurensuche waren, sich nun aber auf die hinteren Teile der Räumlichkeit beschränkten.

Siebels erkannte den Mann, der jetzt auf sie zukam. Peter Lich arbeitete schon seit über zehn Jahren bei der Spurensicherung.

»Es stimmt also tatsächlich«, sagte Peter Lich erfreut. »Siebels und Till sind wieder vereint im Dienst zurück. Herzlich willkommen.«

»Hallo, Peter. Schön, dass es doch noch jemanden gibt, der sich an uns erinnern kann.«

»Ihr seid doch Legenden, schon seit Tagen werden überall eure alten Geschichten wieder aufgewärmt.«

»Ach ja? Gerade haben wir erst einen Anschiss bekommen, weil wir uns dem Tatort nähern wollten. Aber egal, wie geht es dir?«

»Mir geht es gut. Aber ich arbeite lieber, wenn kein Toter mehr im Raum rumliegt.« Er warf einen kurzen Blick auf den Leichnam, der in unmittelbarer Nähe von ihnen auf dem Boden lag.

»Ja, das kann ich verstehen. Ich denke, er kann jetzt auch in die Gerichtsmedizin überführt werden. Fotos habt ihr ja bestimmt gemacht.«

»Natürlich, aber nicht nur gemacht, sondern auch gefunden. Auf der Brust des Mannes wurde ein Foto hinterlassen. Warte, ich habe es schon eingetütet.«

Peter Lich griff in einen geöffneten Aluminiumkoffer, in dem er Utensilien für seine Arbeit aufbewahrte. Er reichte Siebels ein Plastiktütchen, in dem er das Foto verwahrt hatte.

Siebels pfiff leise durch die Zähne. »Und das lag auf seiner Brust?«

»Ja, da wollte wohl jemand eine Botschaft hinterlassen.«

»Das wurde hier im Haus aufgenommen«, stellte Siebels fest. »Sie liegt auf der Couch da.« Siebels deutete auf das schwarze Ledersofa hinter dem Leichnam.

»Wer liegt auf der Couch?«, fragte Till, der sich bisher herausgehalten hatte, weil er die Gelegenheit nutzte, mit Anna noch ein paar Dinge zu besprechen.

Siebels reichte ihm das Foto. Darauf war eine junge Frau abgebildet, die seitlich auf der schwarzen Ledercouch lag, die nur zwei Schritte vom Fundort der Leiche entfernt stand. Sie war Anfang bis Mitte zwanzig und hatte kurzes braunes Haar mit einem frech geschnittenen Pony. Mit abgewinkeltem Arm stützte sie ihr Kinn auf der Hand ab. Lasziv blickte sie in die Kamera - nackt.

»Wow«, entfuhr es Till, bevor er Siebels das Foto zurückgab.

»Das muss ich aber behalten«, sagte Siebels zu Peter Lich.

»Klar, dachte ich mir schon. Die Kleine ist wahrscheinlich des Rätsels Lösung. Fingerabdrücke waren keine drauf. Die wurden abgewischt. Gleiches gilt für die mutmaßliche Tatwaffe, einer Skulptur aus Eisen. Ich brauche nur eine Unterschrift von dir, Entnahme von Beweismitteln, du weißt ja

Bescheid.« Lich reichte Siebels auch gleich das entsprechende Formular, das er bereits ausgefüllt hatte.

»Wo ist das Handy des Opfers?«, wollte Siebels wissen.

»Das liegt auf dem Wohnzimmertisch. Da lag es schon, als wir eingetroffen sind. Das hat niemand angerührt.«

Zwei Männer von der Pietät kamen mit einem Sarg herein. Siebels gab ihnen zu verstehen, dass sie noch einen Moment warten sollten. Er legte das Foto mit der jungen Frau auf die Brust des Opfers und versuchte alles andere um sich herum auszublenden. Die Männer von der Pietät, Peter Lich, Anna Lehmkuhl, Petra Schlesinger. Er konzentrierte sich ganz auf das Opfer. Wollte sich einen Eindruck von dem Mann verschaffen, aus dem alles Leben gewichen war. Till stand seinem Kollegen gegenüber und tat es ihm gleich. Sie schwiegen, ließen sich von nichts ablenken und wanderten mit ihren Gedanken in den Fall, der sie nun eine Weile beschäftigen würde. Schließlich gab Siebels den Sargträgern ein Zeichen und begab sich zu der angrenzenden Küchenzeile, wo sich Petra Schlesinger noch aufhielt.

»Wo ist denn der Mann, der seinen toten Kollegen gefunden hat?«, wollte Siebels wissen.

»Den habe ich wieder nach Hause geschickt, nachdem mir niemand sagen konnte, wann die Mordkommission eintreffen würde.« Sie zückte wieder ihren Notizblock und gab Siebels die Adresse und die Telefonnummer von Nils Brenner. Im gleichen Moment meldete sich ihr Kollege, der vor dem Haus stand, über Funk und machte eine Meldung.

»Draußen steht eine Frau Markowitz«, gab Petra Schlesinger an Siebels weiter. »Sie ist die Putzfrau von Martin Schlosser.«

»Gut, mit der möchte ich mich gerne unterhalten.«

*

Frau Markowitz saß mit Siebels in der Küchenzeile. Sie wirkte geschockt. Als sie das Haus betreten durfte, wurde der Blechsarg gerade rausgetragen. Siebels gab ihr einen

Moment, um sich zu sammeln, und reichte ihr ein Glas Leitungswasser.

»Wie oft putzen Sie denn bei Herrn Schlosser?«, begann Siebels behutsam mit seiner Befragung.

»In der Regel zweimal pro Woche. Herr Schlosser mag es ordentlich und sauber.«

»Ja, das sieht man«, bestätigte Siebels und ließ seine Augen durch die Küchenzeile wandern. Kein Krümel war zu sehen. »Wie lange arbeiten Sie schon für Herrn Schlosser?«

»Seit ungefähr einem halben Jahr. Seine Frau ist kurz zuvor ausgezogen. Sie haben sich scheiden lassen.«

»Hatte Herr Schlosser wieder eine Beziehung zu einer anderen Frau?«

Frau Markowitz zuckte mit den Schultern. »Nicht, dass ich wüsste. Im Haus gab es dafür nie Anzeichen. Ich sehe ihn aber nicht oft. Ich weiß nicht viel über sein Leben. Nur, dass er Rechtsanwalt ist und viel arbeitet.«

»Sie haben also einen Schlüssel und putzen immer, wenn er außer Haus ist?«

»Ja. Als ich angefangen habe, war er die ersten Male noch anwesend. Aber da konnte ich nur abends putzen oder samstags.«

»Wie sind Sie zu dieser Anstellung bei Herrn Schlosser gekommen?«

»Ich wurde ihm empfohlen. Von Herrn Brenner. Die beiden arbeiten für die gleiche Kanzlei. Bei Familie Brenner putze ich schon seit vier Jahren. Sie haben drei Kinder. Frau Brenner ist auch berufstätig, halbtags.«

»Ist Ihnen im Haus in der letzten Zeit etwas aufgefallen? Hat sich etwas verändert?«

Frau Markowitz überlegte und sah Siebels fragend an. »Nein, es war alles wie immer. Er wurde ermordet? Stimmt das wirklich?«

»Ja, das stimmt. Mehr kann ich Ihnen dazu aber nicht sagen.«

Frau Markowitz nickte. »Das ist schrecklich. Hoffentlich finden Sie schnell heraus, wer das getan hat.«

Siebels zeigte der Putzfrau das Foto der nackten jungen Frau. »Wissen Sie, wer diese Frau ist?«

Sie schaute es eine Weile an und schüttelte den Kopf. »Nein, das weiß ich nicht. Aber es ist hier aufgenommen worden. Auf der Couch drüben. Sie ist noch so jung. Viel zu jung für Herrn Schlosser.«

Siebels nickte, sagte aber nichts dazu. »Gut, Sie können dann wieder gehen. Aber Ihre Telefonnummer möchte ich mir noch notieren, falls es doch noch Fragen geben sollte.«

2

90 Tage zuvor

Christian Schlosser war 24 Jahre alt, studierte Jura und lebte in einer WG. Er war zufrieden mit seinem Leben. Jedenfalls nachdem er aus seinem Elternhaus ausgezogen war, in dem ein erbitterter Ehestreit zu einem unerbittlichen Scheidungskrieg ausgeartet war. Mit seinen Mitbewohnern Joshua und Daniel verstand er sich gut, sie feierten gemeinsam Partys oder chillten bei angesagten Netflix-Serien vor dem Fernseher.

An einem heißen Sommertag im August ging er allerdings allein ins Freibad. Seine Mitbewohner hatten anderes vor und manchmal genoss Christian es auch, mal wieder ganz für sich zu sein.

Er hatte sein Handtuch auf der großen Liegewiese ausgebreitet und war in Gedanken versunken, nahm das Treiben um sich herum nicht wirklich wahr.

Sein Vater war Rechtsanwalt und teilhabender Partner bei der Kanzlei Lang und Partner. Christian hatte sein Jurastudium begonnen, weil ihm nichts Besseres eingefallen war. Er bezweifelte aber, dass er es durchziehen würde, und dachte darüber nach, etwas anderes zu studieren. Vielleicht sogar Geisteswissenschaften. Germanistik oder Philosophie.

Auch in Sachen Familienplanung wollte er dem Vorbild seines Vaters keinesfalls folgen. Sein Vater hatte damals noch nicht einmal das Studium beendet, als Christian auf die Welt kam. Kurz darauf heiratete er Eva, die seinerzeit Ärztin werden wollte. Aber aus dem Plan war nichts geworden. Sie zog den Sohn groß und hielt ihrem Mann den Rücken frei, damit der sich mit vielen Überstunden in der Kanzlei hocharbeiten konnte. Christian wollte sein Leben lieber so lange wie möglich genießen und sich nicht zu früh an eine Frau binden.

Zwei Meter neben ihm saß schon seit einer Weile eine junge Frau und sonnte sich gedankenverloren. Christians Blicke schweiften immer wieder zu ihr. Um ihn herum lagen und saßen viele Frauen. Manche allein, andere mit Freundinnen oder einem Partner. Nicht wenige davon waren attraktiv. Aber Christian hatte nur Augen für die Eine. Ständig musste er zu ihr rüber schauen, er beobachtete sie regelrecht. Sie war trotz des zurückliegenden heißen Sommers noch recht blass. Ihre makellose Haut schimmerte elfenbeinartig in der tiefstehenden Sonne. Sie wirkte völlig entspannt, ruhte in sich, schien glücklich zu sein. Christian ließ seinen Blick nicht von ihr ab, als sie sich erhob und zum Wasserbecken lief. Sie kühlte sich kurz ab und stieg wenige Minuten später wieder aus dem Becken. Mit anmutigen Bewegungen duschte sie sich ab und ging zurück zu ihrem Handtuch. Sie trug einen cremefarbenen Bikini, das braune Haar kurz geschnitten mit einem frechen Pony. Als sie ihr Badetuch erreichte, erwiderte sie Christians Blick und lächelte ihn dabei etwas verlegen an. Jedenfalls interpretierte er es so.

Er beobachtete sie nun mehr oder weniger unverhohlen und sie warf auch ihm zwischendurch Blicke zu. Christian wollte diese Frau unbedingt näher kennen lernen. Er nahm seinen ganzen Mut zusammen, ging auf sie zu und fragte sie, ob sie nicht Lust auf ein Eis hätte. Er deutete auf die kleine Eisdiele, die neben den Umkleidekabinen lag.

Sie sah ihn neugierig an, ihre graublauen Augen funkelten regelrecht. »Ich hatte schon fast aufgegeben und gedacht, ich würde die Wette verlieren«, erwiderte sie und klang dabei leicht verträumt.

»Welche Wette denn?« Mit ihrer Antwort hatte sie ihn gleich aus dem Konzept gebracht, an dem er so lange gefeilt hatte, während er seine Augen nicht von ihr lassen konnte.

»Ob du mich ansprichst oder nicht.«

»Aha. Und mit wem hast du gewettet?«

Sie zuckte mit den Schultern und sah sich um, so, als ob da jemand sein könnte, mit dem sie eine Wette abgeschlossen haben könnte. »Mit mir selbst«, teilte sie ihm zögerlich mit. »Mit wem denn sonst?«

»Das ist ziemlich clever, die Wette hättest du also auf jeden Fall gewonnen«, lachte Christian.

Sie lächelte ihn verträumt an.

»Und, hast du nun Lust auf ein Eis?«

»Ja, sehr gerne«, sagte sie und begleitete Christian leichtfüßig zur Eisdiele. Sie hieß Lena und entschied sich für ein Erdbeereis.

Mit den Eiswaffeln in den Händen setzten sie sich auf eine Bank. Christian fing an, über sich zu erzählen. Dabei klebte sie förmlich an seinen Lippen. Von sich selbst gab sie aber kaum etwas preis. Sie erzählte ihm, dass sie erst seit einigen Monaten in der Stadt sei und ein Zimmer im Studentenwohnheim bewohnen würde. Als Christian wissen wollte, von wo es sie nach Frankfurt gezogen hatte, druckste sie herum. Von ziemlich weit weg, mehr sagte sie nicht dazu. Über ihre Eltern wollte sie auch nicht sprechen. Jedenfalls wich sie aus, als Christian sich erkundigte, ob sie noch guten Kontakt zu ihnen hätte. Eigentlich war das beim ersten Date auch kein gutes Thema, da kam das gebrannte Scheidungskind in ihm durch, ermahnte er sich selbst. Schließlich gestand er ihr, dass er sie sehr süß und attraktiv fand und gerne näher kennen lernen würde. Er fragte sie, ob sie mit ihm später in der Stadt noch etwas trinken gehen wolle. Sie sah ihn versonnen an und schüttelte den Kopf.

»Wir können noch zu mir gehen«, schlug sie stattdessen vor. Sie würde in dem Studentenwohnheim gleich um die Ecke wohnen.

Christians Herz klopfte schneller. Kurz darauf verließen sie händchenhaltend das Schwimmbad. Christian konnte sein Glück kaum fassen.

In ihrer kleinen Bude sprachen sie nicht mehr viel. Sie küssten sich, kuschelten sich in dem engen Bett aneinander, zogen sich gegenseitig aus und liebten sich. Alles, was sie taten, machten sie voller Zärtlichkeit und Hingabe. Als hätten sie sich schon lange gesucht und nun endlich gefunden. Sie liebten sich noch die halbe Nacht und schliefen schließlich eng umschlungen in ihrem viel zu kleinen Bett ein.

Als Christian am nächsten Morgen aufwachte, saß sie mit angezogenen Knien auf dem kleinen Holztisch gegenüber vom Bett und beobachtete ihn mit ausdrucksloser Miene. Sie rauchte eine Zigarette und schnippte die Asche achtlos auf den Boden. Gestern hatte sie nicht eine Zigarette geraucht. Christian rieb sich den Schlaf aus den Augen und murmelte ihr so etwas wie einen guten Morgen entgegen. Sie trug nur ein weites weißes Hemd, das ihr bis knapp über die Knie reichte. Ihre gestern noch so fröhlich funkelnden Augen wirkten heute kalt und abweisend.

»Du kannst dich jetzt verpissen«, sagte sie und auch ihre Stimme klang ganz anders. Nicht mehr lieblich, sondern verächtlich.

Christian erschrak und hatte das Gefühl, im falschen Film aufgewacht zu sein. »Was ist denn los?«, fragte er verdattert.

»Mach dich einfach vom Acker, ich will jetzt allein sein.« Sie drückte ihre Zigarette auf der Fensterbank aus.

Völlig perplex zog Christian seine Klamotten an und versuchte zu begreifen, was hier los war.

»Wie heißt du noch mal?«, fragte sie ihn, als er sich ratlos aus dem Zimmer stehlen wollte.

»Christian. Hast du das schon wieder vergessen?«

»Hast du mich eigentlich gefragt, ob ich die Pille nehme, Christian?«

Christian dachte, nicht richtig zu hören. Das wurde ja immer skurriler. Sein Magen zog sich zusammen. »Du hast gesagt, dass du sie nimmst«, stammelte er.

»Kann ich mich gar nicht dran erinnern. Jetzt aber raus hier, ich muss noch einiges erledigen.«

Christian ging und konnte sich die Wandlung von Lena nicht im Geringsten erklären. Zu seiner Verwunderung fühlte er sich aber auch von dieser derben und dominanten Art, mit der sie ihn völlig unvorbereitet überrumpelt hatte, auf unerklärliche Weise angezogen.

*

Siebels begab sich ins obere Stockwerk, wo Till im Arbeitszimmer zugange war. Die beiden befanden sich mittlerweile allein im Haus.

»Die Scheidung war ziemlich schmutzig«, berichtete Till. »Jede Menge Aktenordner voller Gehässigkeiten, die penibel vor Gericht ausgebreitet wurden. Sie unterstellte ihm Affären zu jungen Frauen und behauptete, von ihm geschlagen worden zu sein. Er stritt alles ab und versuchte sie als psychisch labil und paranoid hinzustellen. Er wollte sie sogar in die Psychiatrie einweisen lassen.«

»Dann haben wir schon mal eine Verdächtige«, seufzte Siebels. »Das Foto auf seiner Brust könnte ja durchaus ein dezenter Hinweis von ihr sein, dass ihre Anschuldigungen nicht aus der Luft gegriffen waren. Hast du ihre Adresse gefunden?«

»Ja, Eva Schlosser wohnt jetzt in der Falkstraße in Bockenheim. Und der gemeinsame Sohn Christian ist Mitglied einer Wohngemeinschaft im Nordend. Er studiert Jura.«

»Tja, besuchen wir erst seine Ex oder erst den Sohn?«

»Erst die Ex. Vielleicht haben wir den Fall dann schon gelöst.«

»Das wäre ja schön. Aber vorher machen wir einen Abstecher ins Büro. Ohne Dienstausweise können wir schlecht in der Gegend herumermitteln.«

»Handschellen können auch nicht schaden, bei einer bösartigen Ex.«

»Richtig. Und Dienstwaffen. Und ein Dienstwagen wäre auch nicht schlecht.«

»Da seid ihr ja wieder«, wurden die beiden von Jasmin begrüßt. Sie saß im Büro nebenan, die Tür stand offen.

»Wir mussten unten wieder eine Viertelstunde warten, bis wir reindurften«, brummte Siebels. »Was machen denn unsere Dienstausweise?«

»Die liegen auf euren Schreibtischen. Sorry, die sollten eigentlich schon letzte Woche fertig sein.«

»Gibt es auch Kaffee?«, fragte Till.

»Ich mache euch ausnahmsweise einen. Einen Willkommenskaffee. Ab morgen könnt ihr euren Kaffee aber selber kochen.«

»Du bekommst dafür auch ein Croissant«, erwiderte Till großherzig. »Schoko-Croissant, habe ich heute Morgen beim Bäcker besorgt.«

»Ich komme gerade aus der Mittagspause und bin satt«, wiegelte sie ab. »Wie läuft es mit eurem Fall? Kann ich was tun?« Jasmin befüllte ihre Kaffeemaschine mit Wasser.

»Unsere Dienstwaffen?«, fragte Siebels knapp.

»Die könnt ihr bei Frau Holderlein abholen, Raum 105.«

»Es geht voran«, frohlockte Siebels. »Und die Schlüssel für den Dienstwagen?«

»Auf deinem Schreibtisch, Siebels. Mit Papieren. Milch und Zucker?«

»Ja bitte. Du wirst mir von Minute zu Minute sympathischer, Jasmin.«

»War ich dir heute Morgen etwa unsympathisch?«

»Na ja, ich habe mir die Begrüßung an meinem ersten Arbeitstag irgendwie anders vorgestellt.«

»Für mich bitte nur mit Milch«, bat Till. »Er ist ein bisschen beleidigt«, klärte er Jasmin über Siebels auf. »Er hatte eigentlich damit gerechnet, einen roten Teppich ausgerollt zu bekommen.«

»Und ein von langer Hand einstudiertes Liedchen vom Polizeichor vorgetragen zu bekommen«, ergänzte Siebels.

Jasmin lachte und trällerte belustigt los.

La la laaaa la.
Der Siebels ist wieder da.
Mörder, Mörder, nimm dich in Acht.
Er hat nämlich auch den Till mitgebracht.
La la laaaa la.

Endlich ist er wieder da.
Alle Polizisten schreien laut: Huurraaaa.
La la laaaa la.

»So, das muss genügen.« Jasmin zwinkerte Siebels zu und reichte ihm die Kaffeetasse.

»Danke, jetzt habe ich endlich das Gefühl, wieder angekommen zu sein.« Siebels wischte sich eine imaginäre Träne aus dem Auge.

»Na super, dann macht euch an die Arbeit. Ich habe euch noch ein paar Akten mit kalten Fällen auf den Tisch gelegt. Nicht, dass euch hier noch langweilig wird.«

»Ach, eine Sache kannst du doch noch für uns erledigen«, fiel Siebels ein und reichte Jasmin das Foto, das auf der Brust des Opfers gefunden wurde. »Bitte scanne das ein und druck zwei Kopien für uns aus.«

Jasmin warf einen Blick auf die junge nackte Frau und runzelte die Stirn. »Ist das dienstlich?«

Till grinste und Siebels verdrehte die Augen. »Und anschließend bitte bei den Beweismitteln zum Fall Martin Schlosser ablegen.«

»Na, wenn das so ist, mache ich das doch.« Sie zwinkerte Siebels zu und nahm das Foto entgegen.

Bei einem späten Frühstück mit Croissants und frischem Kaffee sichtete die glücklich vereinte Mordkommission die kalten Fälle.

»Hier scheint schon länger niemand mehr so richtig gearbeitet zu haben«, seufzte Till und nahm sich eine neue Akte vor.

»Das Gefühl habe ich auch«, brummte Siebels. Er klappte seine Akte wieder zu und schmiss sie auf den Tisch. »Ich schlage vor, dass wir uns erst mal um den frischen Fall kümmern. Am besten teilen wir uns auf, damit es vorangeht. Ich besuche die Ex von Martin Schlosser und du seinen Sohn. Einverstanden?«

Till schaute Siebels nachdenklich an. »Nö, ich will die Ex befragen.«

»Knobeln wir es mit Schnick-Schnack-Schnuck aus«, schlug Siebels vor.

Till gewann mit drei zu zwei. Im Gegenzug durfte Siebels den neuen Dienstwagen nutzen, während Till sich von Jasmin ein Poolfahrzeug besorgen ließ.

*

Eva Schlosser war 48 und damit ein Jahr jünger als ihr Ex-Mann. Sie hatte langes, gewelltes, blondes Haar, war schlank und 1,74 m groß. Seitdem sie ihren Mann verlassen hatte, bewohnte sie eine Zweizimmerwohnung in der Bockenheimer Falkstraße. Es war bereits früher Nachmittag, als Till vor ihrer Tür stand. Mit Jeans und einem engen Top bekleidet schien sie über den unangemeldeten Besuch eines Kriminalbeamten verwundert zu sein und erkundigte sich zunächst besorgt, ob etwas mit ihrem Sohn sei.

»Es geht um Ihren Ex-Mann« beruhigte Till sie. »Darf ich kurz reinkommen?«

Eva Schlosser machte keine Anstalten, Till in ihre Wohnung zu lassen. »Was ist mit ihm?«

»Er ist tot.« Till schaute ihr in die Augen, konnte aber keine Reaktion darin lesen. Sie starrte ihn einfach nur an. »Er ist tot?«

»Er wurde in seinem Haus ermordet aufgefunden«, klärte Till sie auf.

»Es ist unser Haus. Oder mein Haus. Das wird das Gericht noch klären. Aber wenn er tot ist, ist es jetzt wohl mein Haus. Oder?«

»Sorry, aber ich bin von der Mordkommission, nicht von der Hausgerichtsbarkeit«, zeigte Till sich von seiner ironischen Seite. »Ich hätte ein paar Fragen an Sie. Wollen wir das hier oder lieber drinnen klären?«

»Ich bin nicht allein«, druckste Eva Schlosser herum.

»Dann fahren wir jetzt halt gemeinsam aufs Präsidium, das geht auch.«

»Nein, schon gut. Kommen Sie rein. Es ist aber nicht aufgeräumt.«

»Das stört mich nicht.« Kaum hatte Till die Wohnung betreten, kam ihm aus der Küche ein junger Mann mit schulterlangen Haaren und tätowierten Armen entgegen.

»Gibt es ein Problem?«, fragte er, nachdem er Till in Augenschein genommen hatte.

»Geh du mal Fernsehgucken und mach die Tür hinter dir zu. Ich habe mit dem Mann was zu besprechen«, sagte Eva Schlosser und führte Till in die Küche. »Mein Freund«, murmelte sie kaum hörbar und schloss die Küchentür von innen. Till nickte nur. Der Kerl dürfte im Alter ihres Sohnes gewesen sein. Als neuen Mann an der Seite von Eva Schlosser im Haus des toten Anwalts konnte er ihn sich nur schwerlich vorstellen.

»Er ist also ermordet worden«, sagte sie und versuchte, diese Information und den damit verbundenen Besuch des Kriminalbeamten einzuordnen.

»Ja, letzte Nacht. In dem Haus, das sie beide bis vor einem halben Jahr noch gemeinsam bewohnt haben«, drückte Till sich diplomatisch aus. »Es gab keine Einbruchspuren. Wir gehen also davon aus, dass er seinen Mörder ins Haus gelassen hat. Da es mitten in der Nacht war, hat er ihn wahrscheinlich gekannt. Oder sie.«

»Ach, daher weht der Wind. Sie verdächtigen mich?«

»Nein, ich befrage Sie nur als seine Ex-Frau. Aber ein Alibi könnte natürlich nicht schaden.«

»Mein Alibi sitzt drüben vor dem Fernseher. Wir haben die Nacht zusammen verbracht.«

»Wohnen Sie mit ihm zusammen?«

Eva Schlosser zuckte mit den Schultern. »Mehr oder weniger. Er hat keine eigene Wohnung. Wenn er nicht hier schläft, schläft er in seinem Zimmer bei seiner Mutter. Das ist hier nur eine Zweizimmerwohnung. Ganz lasse ich ihn nicht einziehen, das wird mir sonst zu eng.«

»Verstehe«, sagte Till. »Wissen Sie, ob Ihr Ex-Mann mit jemandem Probleme hatte? Streitigkeiten? Beruflich oder privat. Abgesehen von der Scheidung mit Ihnen.«

»Nein, keine Ahnung. Wir sahen uns schon länger nicht mehr und kommunizierten nur über unsere Anwälte miteinander. Aber es würde mich nicht wundern. Er ist ein verlogenes, intrigantes Schwein gewesen.« Eva Schlosser schien auch nach dem Tod ihres Ex-Mannes keine versöhnlichen Gedanken an ihn verschwenden zu wollen.

»Ich habe mich heute Vormittag im Arbeitszimmer Ihres Ex-Mannes umgesehen und mir in seinen Unterlagen einen Überblick über Ihre Trennung verschafft«, klärte Till sie auf.

»Ich habe ihm 25 Jahre lang den Rücken freigehalten, damit er seine Karriere vorantreiben konnte. Zum Dank dafür hat er mich belogen und betrogen. Ich weine ihm keine Träne nach.«

»Sie haben ihm Affären mit anderen Frauen vorgeworfen«, ging Till auf sie ein. »Er hat das aber abgestritten. Haben Sie ihn mit einer anderen Frau gesehen?«

Eva Schlosser sah Till verletzt an. »Eine Frau spürt so etwas. Er zeigte keinerlei Interesse mehr an mir, außer wenn er Streit suchte. Und den suchte er oft. Unser Sohn hat es bei uns im Haus nicht mehr ausgehalten.« Eva Schlosser sah Till plötzlich erschrocken an. »Weiß Christian es schon? Unser Sohn? Er wohnt in einer WG.«

»Mein Kollege Steffen Siebels ist zu ihm gefahren. Wenn er ihn dort antrifft, klärt er ihn auf. Sie sollten mir aber auf alle Fälle seine Handynummer geben.«

Eva Schlosser nickte geistesabwesend. »Ja, da muss ich nachschauen, ich habe sie nicht im Kopf. Eine Sekunde bitte.«

Sie kam mit ihrem Handy zurück und suchte nach der Nummer ihres Sohnes. Es dauerte einen Moment, bis sie sie gefunden hatte. Till speicherte sie in seinem Gerät.

»Er kam mit seinem Vater gut aus«, sagte sie leise vor sich hin.

»Mit Ihnen auch?« Till hoffte, jetzt nicht in ein Fettnäpfchen getreten zu sein.

»Früher kamen wir sehr gut miteinander aus. Aber ich glaube, er hat hauptsächlich mir die Schuld an dem Krieg mit seinem Vater gegeben. Als er mitbekommen hat, dass ich mit Paul zusammen bin, hat er den Kontakt zu mir abgebrochen. Die beiden sind etwa im gleichen Alter. Dass sein Vater sich mit jungen Frauen rumgetrieben hat, interessierte ihn allerdings weniger.«

Till zog nun das Foto hervor und legte es vor ihr auf den Tisch. »Kennen Sie diese Frau?«

Eva Schlosser atmete schwer aus. »Dieses Schwein. Das Flittchen räkelt sich auf unserer Couch in unserem Haus.«

»Haben Sie sie schon einmal gesehen? Wissen Sie, wer das ist?«

Sie konnte ihren Blick nicht von dem Foto lassen. »Die ist doch noch keine zwanzig. Wann wurde das aufgenommen? Woher haben Sie das?«

»Es lag auf seiner Brust, als sein Leichnam gefunden wurde. Ich weiß nicht, wann es aufgenommen wurde.« Till nahm das Bild und steckte es wieder weg.

»Vielleicht glaubt mir ja jetzt jemand, dass er es ständig mit jungen Dingern getrieben hat«, spie sie aus.

»Sie wissen aber nicht, wer die Frau ist?«

»Keine Ahnung. Wahrscheinlich eine Aushilfsstudentin aus der Kanzlei. Sie können das Foto ja dort mal vorzeigen. Dann erfahren seine Kollegen auch, was für ein verlogener, schwanzgesteuerter Mistkerl er in Wirklichkeit war.«

»Ich denke, für heute belassen wir es dabei. Ich müsste mich aber noch einmal kurz mit Ihrem Freund unterhalten.«

»Wegen meinem Alibi? Verdächtigen Sie wirklich mich?«

»Wegen Ihrem Alibi, richtig. Noch verdächtigen wir niemanden. Wir machen nur unsere Arbeit.«

»Verstehe. Wer kümmert sich denn nun um die Beerdigung? Muss ich das machen?«

»Vielleicht macht das Ihr Sohn?« Till sah sie etwas hilflos an, dann ging er ins Wohnzimmer zu ihrem Freund Paul.

Paul lag auf dem Sofa und guckte Fernsehen. Till zeigte ihm seinen Ausweis. »Wo waren Sie letzte Nacht?«, fragte er ihn ohne weitere Erläuterungen.

Paul stellte den Fernseher leiser und schaute zur Tür raus. Eva Schlosser war aber in der Küche geblieben, was ihn scheinbar etwas verunsicherte. »Warum wollen Sie das wissen?«

»Das ist nur eine Routinefrage bei unseren laufenden Ermittlungen«, beschwichtigte Till ihn.

»Bei was für Ermittlungen?«

»Der Ex-Mann von Frau Schlosser ist ums Leben gekommen.«

»Echt jetzt? Ich habe mit dem aber nix zu tun. Ich kenne den nicht.«

»Aber Sie kennen seine Ex-Frau. Wir müssen leider mit allen Personen reden, die zu seinem Umfeld gehören. Auch wenn es gar keinen persönlichen Kontakt zu Herrn Schlosser gab. Ich müsste jetzt nur wissen, wo Sie letzte Nacht waren, und dann können Sie wieder ganz ungestört Fernsehgucken.«

»Na ja, hier war ich. Ich habe letzte Nacht hier geschlafen. Mit Eva. Wir sind so gegen zehn zusammen ins Bett und morgens bin ich um neun wieder gegangen.«

»Danke, das war es auch schon. Der Form halber muss ich Sie noch darauf hinweisen, dass Sie sich mit einer Falschaussage strafbar machen.«

»Wieso Falschaussage?«

»Der Form halber. Manchmal sagen die Leute halt nicht die Wahrheit, wenn die Polizei ganz höflich nachfragt.«

»Ich habe hier gepennt. Das kann Eva bestätigen.«

»Ja, das hat sie schon. Einen schönen Abend noch. Tschüss.«

3

87 Tage zuvor
In den drei Tagen nach seinem denkwürdigen Date mit Lena hatte Christian mehrmals den Entschluss gefasst, sie anzurufen. Und es dann doch nicht getan. Die Vernunft sagte ihm, dass er dieses noch kurze Kapitel seines Lebens nicht weiterschreiben sollte. Aber sein Herz sprach eine andere Sprache. Oder war es nur sein Jagdinstinkt, der ihn antrieb, den Kontakt zu dieser merkwürdigen Frau aufrecht zu erhalten? Er dachte an die zurückhaltende, liebliche Lena, die ihn angehimmelt hatte. Mit der er eine unvergessliche Nacht verbracht hatte. Eine Nacht, von der er zu gerne noch viele weitere erlebt hätte. Und er dachte an die Lena, die ihn am nächsten Morgen auf äußerst unfreundliche Weise aus ihrem Zimmer verwiesen hatte. Nur aus ihrem Zimmer oder auch aus ihrem Leben? Auch diese Lena hatte es ihm angetan, weil sie eine Herausforderung darstellte, die er gerne annehmen würde. Aber welche von beiden würde sich melden, wenn er die Nummer anrief, die die scheue, liebevolle Lena ihm gegeben hatte? Wie sollte er sich verhalten, wenn sie sich meldete? Wie sollte er sich verhalten, wenn das Spiel sich wiederholen würde? Hatte sie ihn einfach nur veräppelt? Er dachte ständig darüber nach, konnte sich aber keinen Reim auf die ganze Geschichte machen. Schließlich wählte er mit einem mulmigen Gefühl im Magen ihre Nummer und war gespannt, was passieren würde. Als er die liebliche Stimme von Lena am Telefon vernahm, schlug sein Herz höher.

»Hallo, Lena. Ich bin es. Christian.«
»Hallo, Christian. Ich dachte schon, du würdest dich nicht mehr melden. Was war denn los? Habe ich was falsch gemacht?«

Christian bekam einen Kloß im Hals. Sie tat so, als hätte es den Morgen danach nie gegeben. »Ich war mir nicht sicher, ob du mich wiedersehen möchtest«, *stammelte er.*

»Warum? Als ich am nächsten Tag aufgewacht bin, warst du verschwunden und hast auch keine Nachricht hinterlassen.«

»Du hast mich rausgeschmissen, erinnerst du dich?« *Christian versuchte sich vorzustellen, was für ein Gesicht sie jetzt machte. Er stellte sie sich mit einem verdatterten Gesichtsausdruck vor.*

»Oh. Tatsächlich? Entschuldige, das war dann nicht wirklich ich.«

»Das Gefühl hatte ich irgendwie auch.«

»Habe ich dir denn gefallen? Vorher, meine ich? Fandest du es schön mit mir?«

»Ja, sehr sogar. Du gefällst mir sehr gut, Lena. Ich muss ständig an dich denken.«

»Mir hat es auch gut gefallen. Ich musste auch oft an dich denken.«

Einen Moment lang blieb es still zwischen den beiden. Christian wusste nicht so recht, was er sagen sollte. Lena überlegte, wie sie es sagen sollte.

»Es ist manchmal nicht ganz einfach mit mir«, *verriet sie ihm schließlich mit leiser Stimme.*

»Hast du einen Freund? Einen anderen Mann?« *Christian wollte die Frage eigentlich nicht stellen, aber er suchte nach einer Erklärung für Lenas merkwürdiges Verhalten.*

»Wie kommst du darauf?«

»Weiß nicht. Ist nur so eine Frage.«

»Möchtest du herkommen? Zu mir? Jetzt? Ich würde mich freuen.«

Christian war es nicht verborgen geblieben, dass sie ihm seine Frage nicht wirklich beantwortet hatte. Aber die Aussicht darauf, gleich wieder mit ihr zusammen zu sein, blendete all seine Bedenken und Fragen aus. Er wollte sie einfach nur wiedersehen. Einfach nur in ihrer Nähe sein. So nah wie möglich. Und die Nacht mit ihr in ihrem Bett verbringen.

»Ja. Ich bin in einer halben Stunde bei dir. Ist das in Ordnung?«

»Sehr schön. Beeil dich. Bis gleich.«

*

Siebels stand vor der Wohnungstür einer Altbauwohnung in der Holzhausenstraße im Frankfurter Nordend. Drei Namensschilder waren an der Tür angebracht. Zizkowitz, Schlosser, Krampmann. Ein junger Mann mit schwarzen Locken öffnete und schaute Siebels fragend an.

»Ich möchte zu Christian Schlosser«, erklärte Siebels und sein Instinkt sagte ihm, dass der Mann an der Tür es nicht war.

»Einen Moment«, bekam er zur Antwort. Der junge Kerl rief lauthals nach Christian und entfernte sich dann kommentarlos. Siebels blieb allein vor der geöffneten Tür stehen und wartete geduldig, bis ein gleichaltriger Mann mit kurzgeschnittener Frisur erschien.

»Was gibt es?«, fragte er mit einer Spur Misstrauen in der Stimme.

»Christian Schlosser?«

»Ja, und Sie?«

Siebels zeigte ihm seinen Dienstausweis und stellte sich vor. »Können wir uns drinnen ungestört unterhalten?«

Christian Schlosser machte zunächst keine Anstalten, Siebels in die Wohnung hereinzubitten. »Worüber denn?«

»Über Ihren Vater«, hielt Siebels sich noch bedeckt.

Christian Schlosser machte einen unschlüssigen Gesichtsausdruck. Schließlich nickte er und ließ Siebels herein. Sie gingen durch den Flur auf sein Zimmer. Dort gab es außer dem Bett nur einen Stuhl als Sitzgelegenheit. Die beiden blieben zunächst stehen, Siebels schloss die Tür hinter sich.

»Was ist mit meinem Vater?«, fragte Christian Schlosser und in seiner Stimme klang die Sorge mit.

»Es tut mir leid, Ihnen diese Nachricht jetzt übermitteln zu müssen. Ihr Vater ist tot.«

Christian Schlosser sah Siebels mit großen, ungläubigen Augen an. Er sagte nichts, schüttelte nur den Kopf. Erst langsam, dann schneller.

»Vielleicht setzten wir uns besser«, schlug Siebels vor.

Wie in Trance ließ Christian sich auf die Bettkante sinken. Siebels nahm auf dem Stuhl Platz.

»Ihr Vater wurde heute früh in seinem Haus von einem seiner Kollegen tot aufgefunden«, fuhr Siebels fort. »Es handelt sich um einen Todesfall mit Fremdeinwirkung. Ihr Vater wurde erschlagen.«

»Erschlagen? In seinem Haus?« Christian sah Siebels immer noch ungläubig an. »Ein Einbruch?«

»Nein, das können wir ausschließen. Es gibt keine Einbruchsspuren. Soweit wir das beurteilen können, wurde auch nichts gestohlen. Das müssten Sie bei Gelegenheit aber noch prüfen.«

»Aber Sie wissen auch nicht, wer es war?«

»Nein, bisher haben wir noch keine Spur zum Täter. Wissen Sie, ob Ihr Vater mit jemandem Probleme hatte? Streit?«

»Mit meiner Mutter«, flüsterte Christian. »Aber die beiden sind geschieden und leben getrennt«, schob er schnell hinterher. »Weiß meine Mutter es schon?«

Siebels nickte. »Ein Kollege von mir ist gerade bei ihr.«

»Ich habe schon seit einiger Zeit keinen Kontakt mehr zu ihr. Jetzt sollte ich mich bei ihr melden«, grübelte er vor sich hin.

»Ja, das sollten Sie wohl tun«, pflichtete Siebels ihm bei. »Wissen Sie, ob Ihr Vater nach der Trennung wieder eine Beziehung zu einer Frau hatte?«

»Nein, hatte er nicht. Warum?«

»Weil wir uns ansonsten gerne auch mit dieser Frau unterhalten hätten.«

»Meine Mutter hat ihm ständig vorgeworfen Affären mit jüngeren Frauen zu haben. Aber da ist nichts dran. Stattdessen hält meine Mutter sich jetzt einen jungen Liebhaber. Der ist in meinem Alter. Das ist doch alles verrückt.«

»Wann hatten Sie zuletzt Kontakt zu Ihrem Vater?«

Christian überlegte kurz. »Das ist jetzt bestimmt schon über drei Monate her. Wir haben telefoniert. Er wollte Karten für das nächste Spiel der Eintracht besorgen und mich ins Stadion einladen. Ich sagte ihm, dass ich schon anderweitig verplant sei.«

Siebels schaute den jungen Mann mitfühlend an. »Ich muss Sie das jetzt fragen, fürs Protokoll. Wo waren Sie gestern am späten Abend und in der letzten Nacht?«

»Ich bin gestern Abend gegen neun Uhr hier eingetroffen und seitdem nicht mehr aus dem Haus gewesen.«

»Kann das jemand bezeugen?«

»Ja, meine Mitbewohner. Joshua und Daniel. Wir haben bis nach Mitternacht zusammengesessen.«

»Gut. Eine letzte Frage habe ich noch.« Siebels zeigte ihm das Foto, das auf der Brust von Christians Vaters hinterlassen wurde. »Kennen Sie diese Frau?«

Christian warf zunächst nur einen flüchtigen Blick auf das Bild. Dann nahm er das Foto in die Hand und starrte drauf. Plötzlich sprang er auf und rannte aus dem Zimmer. Siebels schaute ihm hinterher, wie er schräg gegenüber im Bad verschwand. Dort übergab er sich. Das Foto hatte er im Flur fallengelassen. Siebels hob es auf und steckte es ein.

»Geht es wieder besser?«, erkundigte er sich, als Christian mit einem Glas Wasser zurückkam.

»Ja, Entschuldigung. Dass mein Vater wirklich tot ist, muss ich erst noch verarbeiten. Ich fühle mich gerade ziemlich elend.«

»Ich will Sie heute auch nicht weiter belästigen. Soll ich einen Arzt rufen, der nach Ihnen schaut?«

»Nein danke, es geht schon wieder. Kann ich meinen Vater noch mal sehen? Muss ich ihn denn noch identifizieren?«

»Das wird nicht nötig sein. Wir melden uns bei Ihnen, wenn Sie ihn sehen können. Im Moment geht es leider noch nicht.«

»Okay, ich bringe Sie noch zur Tür.«

»Die Frau auf dem Foto, kennen Sie sie?«

Christian schüttelte den Kopf. »Ach so, nein. Die habe ich noch nie gesehen. Wer soll das sein?«

»Das hätte ich ja gerne von Ihnen gewusst. Sie liegt nackt auf der Couch im Haus Ihres Vaters.«

»Ja, das habe ich gesehen. Aber ich habe dafür keine Erklärung. Woher haben Sie das Foto?«

»Wir gehen davon aus, dass es der Mörder Ihres Vaters absichtlich am Tatort hinterlassen hat. Können Sie sich vorstellen, warum?«

Christian wurde leichenblass, krümmte sich leicht und schien sich gleich wieder übergeben zu müssen. »Nein, das kann ich mir beim besten Willen nicht erklären«, presste er hervor.

»Brauchen Sie wirklich keinen Arzt?«

»Nein, ich muss mich aber hinlegen, mir ist schlecht.«

Siebels legte seine Karte auf den Stuhl. »Rufen Sie mich an, falls Ihnen noch etwas einfällt.«

Bevor Siebels losfuhr, rief er Till an. »Hast du Eva Schlosser angetroffen?«

»Ja, ich bin gerade wieder auf dem Weg zurück zum Präsidium.«

»Ich dachte, wir treffen uns noch bei Nils Brenner, dem Kollegen von Martin Schlosser, der ihn gefunden hat.«

»Na gut«, seufzte Till. »Wo wohnt der?«

»In Eschborn.« Siebels gab Till die genaue Adresse durch.

*

Eine halbe Stunde später traf Siebels vor dem Haus von Nils Brenner ein, wo Till noch im Auto sitzend auf ihn wartete. Familie Brenner bewohnte ein schmuckes freistehendes Einfamilienhaus. Im Vorgarten waren ein Sandkasten, eine Schaukel und eine Spielhütte aufgebaut.

»Hier scheint das Familienglück noch in Ordnung zu sein«, bemerkte Siebels.

»Wäre nicht die erste herausgeputzte Fassade, hinter der es bröckelt«, gab Till launisch zurück und betätigte den Klingelknopf.

Die Tür wurde von Frau Brenner geöffnet, zwei kleine Kinder tobten um sie herum. »Kommen Sie rein, mein Mann erwartet Sie schon.« Die Kinder wurden zur Ruhe ermahnt und die Polizisten ins Arbeitszimmer begleitet.

»Ich warte schon den ganzen Tag auf jemanden von der Kripo«, sagte Nils Brenner und deutete seinen Besuchern an, sich auf bereitgestellten Stühlen niederzulassen.

»Es ging leider nicht früher«, entschuldigte Siebels sich halbherzig.

»Ist ja auch egal, ich versuche mich halt seit Stunden irgendwie abzulenken, aber das gelingt mir nicht.«

»Das kann ich verstehen. Wie lange kannten Sie Herrn Schlosser?«

»Schon lange, wir haben uns während des Studiums kennen gelernt.«

»Sie waren also nicht nur Kollegen, sondern auch Freunde?«

»Ja, wir waren gut miteinander befreundet. Früher haben wir auch öfter gemeinsam mit unseren Familien was unternommen. Aber Martins Familie hat sich leider aufgelöst. Er bewohnte das Haus zum Schluss allein.«

»Erzählen Sie doch bitte mal ganz genau, wie Sie heute Morgen Ihren Freund aufgefunden haben«, bat Siebels.

Nils Brenner zuckte mit den Schultern. »Da gibt es nicht viel zu erzählen. Ich wollte ihn abholen, zusammen wollten wir zu einem Seminar nach Stuttgart fahren. Wir hatten uns für Viertel nach sechs heute Morgen verabredet. Ich war um zehn nach sechs da und habe noch zehn Minuten im Auto auf ihn gewartet. Als er nicht kam, bin ich zum Haus, habe geklingelt und geklopft. Aber es hat sich nichts gerührt. Die Haustür stand einen spaltweit offen. Ich habe sie aufgedrückt und ihn gerufen. Als keine Antwort kam, bin ich reingegangen. Da habe ich ihn liegen sehen. Mit seinem Kopf in einer Blutlache. Ich habe ihn angesprochen, habe ihn leicht gerüttelt und seinen Puls gefühlt. Aber es war offensichtlich, dass er tot war. Also habe ich den Notruf gewählt und die Polizei verständigt.«

»Sonst ist Ihnen nichts aufgefallen? Jemand, der sich in der Nähe des Hauses aufgehalten hat? Ein geparktes Auto vor dem Haus?«

»Nein, da war niemand. Auch kein Auto.«

Till stellte sich vor, wie der Mann seinen langjährigen Freund und Kollegen aufgefunden hatte. Warum hatte er das Foto nicht erwähnt, das auf dem Opfer abgelegt worden war? Till fragte ihn direkt und zeigte ihm seine Kopie des Fotos.

Nils Brenner nickte bedächtig. »Ja, das hat auf seiner Brust gelegen. Ehrlich gesagt, war ich schon drauf und dran gewesen, es einzustecken und verschwinden zu lassen. Aber ich habe es nicht angerührt.«

»Kennen Sie die Frau auf dem Foto?«, wollte Siebels wissen.

»Nein, ich habe sie noch nie gesehen.«

»Hat Martin Schlosser vielleicht mal eine Bemerkung gemacht, dass er eine Affäre mit einer jüngeren Frau hat? Unter guten Freunden spricht man doch über solche Dinge. Jedenfalls wenn man geschieden ist und sich keine Sorgen mehr um die Treue machen muss.«

»Nichts dergleichen. Eva hat ihm vorgeworfen, Affären mit jungen Frauen gehabt zu haben. Martin hat sich aber immer nur ganz der Arbeit in der Kanzlei gewidmet. Er war einer von zwei Partnern. Deswegen ging auch seine Ehe in die Brüche. Er war mehr mit der Kanzlei als mit Eva verheiratet und hat sich letzten Endes auch für die Kanzlei entschieden.«

»Das Foto spricht aber eine andere Sprache«, bemerkte Siebels trocken.

Nils Brenner druckste ein wenig herum. »Es gab wohl hin und wieder ausgelassene Herrenabende in der Führungsriege um Tobias Lang und seinen Partnern. Da wurden auch mal leichte Mädchen einbestellt. Jedenfalls ging das in der Kanzlei mal durch die Gerüchteküche. Vielleicht stammte das Foto ja von solch einer Gelegenheit.«

Till dachte wieder an das Gespräch, das er zuvor mit Eva Schlosser geführt hatte. Dass ihr niemand geglaubt hatte, dass an ihren Vorwürfen gegenüber ihrem Mann etwas dran sein könnte, war ihr übel aufgestoßen. Dass sie sich jetzt selbst einen jungen Liebhaber hielt, schätzte Till als Trotzreaktion einer verletzten Frau ein. »Ich würde mich gern kurz mit Ihrer Frau unterhalten«, kam es Till bei seinen Überlegungen spontan in den Sinn.

Nils Brenner schaute Till überrascht an. Dann sah er auf die Uhr. »Sie wird die Kinder gerade ins Bett bringen. Was wollen Sie denn von ihr?«

»Ich möchte ihr nur ein paar Fragen stellen. Mein Kollege wird sich in der Zeit mit Ihnen weiter unterhalten.«

»Wenn es sein muss. Aber stellen Sie Ihre Fragen bitte nicht vor den Kindern.« Nils Brenner machte einen äußerst unglücklichen Eindruck.

»Keine Sorge«, beruhigte Till ihn und verließ das Arbeitszimmer.

Die Kinder tobten im oberen Stockwerk noch herum, aber Marlene Brenner setzte sich mit Till ins Wohnzimmer. Mit lauten Rufen ermahnte sie ihren Nachwuchs, sich schon mal die Zähne zu putzen, dann widmete sie ihre ganze Aufmerksamkeit Till.

»Ihr Mann hat Ihnen ja sicherlich erzählt, was passiert ist?«

»Ja, natürlich. Ich kann es immer noch nicht fassen.«

»Haben Sie noch Kontakt zu Eva Schlosser?«

»Seitdem sie geschieden sind, hatte ich keinen Kontakt mehr zu Eva. Zu Martin auch nicht mehr so oft. Hin und wieder kam er abends mal vorbei und hat mit Nils ein oder zwei Bier getrunken.«

»Wie war denn Ihr Verhältnis zu Eva Schlosser, als die Ehe der beiden noch intakt war?«

»Es war okay. Wir waren nicht die besten Freundinnen, kamen aber miteinander aus. Ihr Sohn war ja schon ein Teenager, als ich das erste Mal schwanger wurde. Sie war selbst noch sehr jung, als sie Mutter wurde. Von daher hatten wir also schon verschiedene Sichtweisen auf das Leben.«

»Welche Sichtweise hatte Eva Schlosser denn?«

»Sie war mit ihrer Rolle als Mutter und Hausfrau nicht ausgefüllt. Aber sie hatte sich damals darauf eingelassen und dann war der Zug irgendwann abgefahren. Wie das eben so ist. Sie war unzufrieden mit sich und ihrem Leben und gab ihrem Mann die Schuld dafür. Jedenfalls nachdem Christian älter geworden war.«

»Hatte sie Affären, als sie noch verheiratet war?«

»Wie kommen Sie darauf?«

»Nur so ein Gefühl«, sagte Till und es blieb ihm nicht verborgen, dass Marlene Brenner sich bei dieser Frage nicht sehr wohl in ihrer Haut fühlte. »Sie können sich darauf verlassen, dass ich dieses Gespräch vertraulich behandele.«

»Und wenn es so wäre, was hätte das denn mit dem Mord an Martin zu tun?«

»Wahrscheinlich nichts. Aber wenn jemand im eigenen Haus erschlagen wird und ein Einbruch ausgeschlossen werden kann, haben wir es zumeist mit familiären Motiven zu tun. Oder mit Leuten, die in irgendeiner Weise mit der Familie in Verbindung stehen oder standen.«

»So wie wir?«

»Zum Beispiel. Wussten Sie, dass Eva Schlosser jetzt mit einem Mann zusammenlebt, der ungefähr im Alter von ihrem Sohn Christian ist?«

»Ups. Nein, das wusste ich nicht. Es wundert mich aber auch nicht wirklich.«

»Warum nicht?«

Marlene Brenner druckste zunächst ein wenig herum. »Na ja, ich glaube, sie hatte schon seit längerer Zeit ein Faible für jüngere Männer. Für deutlich jüngere Männer.«

»Obwohl sie ihrem Mann vorgeworfen hatte, Affären mit jungen Frauen zu haben?«

»Ja, das war ja das Merkwürdige. Frei nach dem Motto: Ich mache mir die Welt, wie sie mir gefällt.«

»Gibt es auch ein konkretes Beispiel, das ihr Faible für deutlich jüngere Männer belegt? Während ihrer Ehe?«

»Gibt es«, seufzte Marlene Brenner. »Aber das habe ich nie jemanden erzählt. Nicht mal meinem Mann.«

*

Siebels war von Tills plötzlicher Eingebung, Frau Brenner befragen zu wollen, etwas überrascht und versuchte sich nun wieder auf das Gespräch mit Nils Brenner zu konzentrieren. »Kommen wir bitte noch einmal auf das Foto zu sprechen. Das erweckt eigentlich nicht den Eindruck, als wäre es auf einem feuchtfröhlichen Herrenabend entstanden. Ganz im Gegenteil. Auf mich macht es eher den Eindruck, als würde zwischen Fotografen und Modell eine vertraute, intime Atmosphäre herrschen. Meinen Sie nicht?« Das Foto lag noch vor Brenner auf dem Tisch. Er warf erneut einen flüchtigen Blick darauf.

»Möglich. Ich weiß es nicht. Das mit den leichten Mädchen war ja auch nur ein Gerücht. In der Kanzlei wird unter vorgehaltener Hand viel erzählt. Manches stimmt, manches nicht. Ich versuche mich bei dem Tratsch eigentlich rauszuhalten. Ich hätte es nicht erwähnen sollen.«

»Kommen wir mal zu etwas Anderem. Auf welche Gebiete ist die Kanzlei denn spezialisiert?«

»Wir übernehmen Mandate für Wirtschaftsunternehmen. Unsere Kernkompetenzen liegen im Wirtschaftsrecht, Gesellschafts- und Handelsrecht sowie im Immobilienrecht. Martin war für einige unserer größten Kunden zuständig. Zum Beispiel für zwei große Wohnungsgesellschaften. Und für die Deutsche Bahn.«

»Gab es da in letzter Zeit irgendwelche Probleme?«

»Anwälte leben von Problemen«, erwiderte Brenner.

»Ja, von den Problemen ihrer Mandanten. Ich meinte aber, ob es innerhalb der Kanzlei Probleme oder Streitigkeiten gab.«

»Das sind Interna. Darüber darf ich keine Auskünfte geben«, versuchte Brenner sich der Frage zu entziehen.

»Doch, doch, der Mordkommission dürfen Sie alles erzählen, was im Zusammenhang mit dem Opfer steht. Und in diesem Fall war das Opfer nicht nur Ihr Kollege, sondern auch ein guter Freund. Jetzt können wir noch ein vertrauliches Gespräch unter vier Augen führen. Morgen werden wir eine Befragung in der Kanzlei durchführen. Vielleicht können wir das aber auch abkürzen und jetzt ganz in Ruhe darüber sprechen. Sie wissen ja, die Gerüchteküche brodelt schneller, als man schauen kann. Je kürzer wir uns in der Kanzlei aufhalten müssen, desto weniger wird es hinterher brodeln. Immerhin haben Sie das Opfer in seinen Privaträumen aufgefunden. Also, gab es da etwas in der Kanzlei, von dem ich wissen sollte?«

Nils Brenner ließ einen Bleistift durch seine Finger wandern und schien die Lage, in der er sich befand, abzuschätzen. »Ich will aber nicht, dass Sie falsche Schlüsse aus Begebenheiten ziehen, die mit Martins Tod nichts zu tun haben«, gab er sich bedenklich.

»Keine Sorge, wir ziehen keine voreiligen Schlüsse. Wir ermitteln in alle Richtungen und lassen nichts außer Acht. Was sich davon als ermittlungsrelevant erweist, können wir schon richtig einordnen. Also?«

»Also gut. Martin und Jürgen Hellmann hatten in letzter Zeit ein bisschen Stress miteinander. Die beiden sind die Partner von Herrn Lang und stehen demnach ganz oben in der Hierarchie. Martin hat sich das hart erarbeitet. Jürgen Hellmann wurde vor ungefähr zwei Jahren zum Partner berufen. Als Ersatz für einen Kollegen, der in den Ruhestand getreten ist. Die Personalie Hellmann war eine ziemliche Überraschung. Es hat überhaupt nichts darauf hingedeutet. Im Gegenteil, er war und ist bestenfalls ein mittelmäßiger Anwalt. Er war von allen in Frage kommenden Kollegen eigentlich der Letzte, dem man so einen Aufstieg zutrauen konnte. Eher wäre damit zu rechnen gewesen, dass er die Kanzlei verlässt, weil er den Ansprüchen nicht genügte. Aber plötzlich wurde er von Herrn Lang mir nichts dir nichts in die Führungsetage befördert. Die Qualität seiner Arbeit hat sich dadurch nicht verbessert. Zuletzt hat er einen ziemlichen Bock gerissen. Die Kanzlei hat dadurch einen wichtigen Kunden verloren. Bei Lang kam er damit trotzdem durch, Martin war ziemlich angefressen.«

»Okay, worum ging es dabei genau?«

»Einer unserer Kunden, eine Investorengesellschaft, hat in ein neu erbautes Hochhaus in Frankfurt investiert. Jürgen Hellmann hat die Kaufverträge mit dem Bauherrn ausgearbeitet. Laut dem Vertrag konnten Baumängel bei dem fertiggestellten Hochhaus ausgeschlossen werden. Dazu wurden alle möglichen Gutachten von uns in Auftrag gegeben. Nach Abschluss des Kaufvertrages hat sich aber herausgestellt, dass die Brandmeldeanlage nicht voll funktionstüchtig war und aufwendige Nacharbeiten notwendig wurden.«

»Aha. So etwas kommt also nicht nur in Berlin vor.«

»Leider. Das hat unseren Mandanten viel Geld gekostet. Geld, das er von uns zurückfordert.«

»Herr Schlosser hatte aber keine Schuld an dem Desaster?«

»Nein, definitiv nicht. Das hatte Hellmann allein zu verantworten. Das Gutachten, das er erstellen ließ, war das Papier nicht wert, auf dem es geschrieben stand. Hellmann wollte Geld sparen und hat einen Gutachter beauftragt, der mit einer technischen Anlage in dieser Größenordnung völlig überfordert war.«

»Dieser Herr Hellmann hatte deswegen aber keine Konsequenzen zu fürchten?«

»Wenn es nach Martin gegangen wäre, wäre er hochkant rausgeflogen. Herr Lang hat es ihm aber durchgehen lassen. Obwohl Herr Lang in der Regel sehr hart durchgreift. Viel härter als Martin. Er ist ein Alphatier der schlimmsten Sorte. Nur bei Hellmann drückt er regelmäßig ein Auge zu.«

»Woran das liegt, können Sie sich aber nicht erklären?«

Brenner schüttelte den Kopf. »Nein. Das ist mir ein Rätsel. Zumal Hellmann auch ein Alkoholproblem hat. Noch so eine Sache, die Tobias Lang normalerweise nicht dulden würde.«

4

87 Tage zuvor

Lena öffnete Christian die Tür zu ihrer kleinen Studentenwohnung und lächelte ihn schüchtern an. »Schön, dass du so schnell kommen konntest.«

Christian umarmte und küsste sie. Sie erwiderte seinen Kuss, schmiegte sich an ihn, schien sich mit ihm wohlzufühlen. Christian bugsierte sie langsam zum Bett, sie ließ es gerne zu. Sie machten es sich auf dem Laken bequem, küssten sich ohne Unterlass, fingen an, sich gegenseitig auszuziehen.

»Nimmst du die Pille?«, fragte Christian und öffnete ihren BH. Beim letzten Mal hatte sie ihm diese Frage schon bejaht. Aber am darauffolgenden Morgen hatte sie davon anscheinend nichts mehr gewusst.

»Ja, ich nehme die Pille. Du musst dir keine Sorgen machen«, hauchte sie ihm ins Ohr.

Christian blieb misstrauisch, begehrte sie aber noch mehr als bei ihrem ersten Treffen. Beim ersten Mal hatte Lena sich ihm bereitwillig hingegeben, war aber weitestgehend passiv geblieben. Jetzt zeigte sie sich fordernder. Sie streifte ihm die noch verbliebene Unterwäsche vom Körper, konnte es kaum erwarten, von ihm geliebt zu werden. Christian konnte und wollte es auch nicht länger hinauszögern. Er machte sich keine Gedanken mehr darüber, ob sie nun tatsächlich verhütete. Er glaubte ihr, vertraute ihr, wollte sie, schlief mit ihr, war glücklich und spürte, dass auch sie glücklich war.

Sie seufzten und stöhnten im Takt. Schneller, langsamer, schneller, lauter und leiser. Wimmernd, fordernd, bittend. Bis sie erschöpft liegen blieben, nachdem sie sich gegenseitig zum Höhepunkt hochgeschaukelt hatten.

Christian verharrte noch eine Weile mit geschlossenen Augen auf ihr, bevor er sich neben sie rollte und sie verliebt anlächelte.

»Bleibst du heute Nacht wieder bei mir?«, fragte sie und schaute ihn hoffnungsvoll an.

Christian nickte nachdenklich. Jetzt dachte er wieder an den Morgen danach und rätselte, ob sich das wiederholen würde. »Rauchst du?«, fragte er sie.

Lena schüttelte den Kopf. »Nein, ich habe noch nie geraucht. Warum?«

»Nur so.«

Lena blickte an ihrem nackten Körper herunter. »Gefalle ich dir?« Sie schien sich nicht sicher zu sein, ob sie ihm wirklich gefallen könnte.

Christian fing an, sie mit zärtlichen Küssen zu verwöhnen. Am Hals, auf der Brust, am Bauch. »Du bist wunderschön«, säuselte er und meinte es auch so. »Ich kann meine Augen nicht von dir lassen.«

»Möchtest du ein Foto von mir machen? Jetzt? So, wie ich hier liege? Nackt. Dann kannst du mich immer betrachten, auch wenn wir nicht zusammen sind.«

»Ja, das wäre toll.«

Lena legte sich auf die Seite, posierte mit der Hand unter dem Kinn. »Worauf wartest du? Du hast doch dein Handy dabei, oder?«

Christian zögerte noch. Tat sie das nur, um ihm eine Freude zu bereiten? Machte sie das öfter, auch mit anderen Männern? Ihr koketter Augenaufschlag wischte seine neuerlichen Bedenken beiseite. Er holte sein Handy und fotografierte sie, so wie sie vor ihm lag und sich ihm von ihrer schönsten Seite präsentierte.

*

»Hat sich das Gespräch mit ihr gelohnt?«, wollte Siebels von Till wissen. Die beiden saßen in Siebels Wagen vor dem Haus der Brenners und tauschten sich noch aus, bevor sie ihren ersten Arbeitstag ausklingen ließen.

Till bezog sich zunächst auf seinen Besuch bei Eva Schlosser. »Sie hält sich jetzt einen jungen Liebhaber. Mir kam das komisch vor. Vor allem, weil sie ihrem Mann ja schwere Vorwürfe wegen Affären mit jungen Frauen gemacht hatte. Deswegen wollte ich mich mit Frau Brenner unter vier Augen unterhalten. Und siehe da, ich hatte anscheinend den richtigen Riecher. Ihrer Meinung nach hatte Eva Schlosser schon während ihrer Ehe unzüchtigen Umgang mit einem Nachbarsjungen. Sie hat sie zumindest einmal in flagranti erwischt. Irgendwas ist da faul mit der guten Frau und ihrer schmutzigen Scheidung. Wie ist dein Gespräch mit dem Sohn von ihr verlaufen?«

»Hmm«, brummte Siebels und kratzte sich am Kinn. »Der war ziemlich mitgenommen und musste kotzen. Erst dachte ich, die Nachricht vom Tod seines Vaters wäre ihm auf den Magen geschlagen. Aber der Auslöser seines Übelseins war eher das Foto, das ich ihm gezeigt habe. Er behauptete, die Frau noch nie gesehen zu haben und keine Ahnung zu haben, wer das sein könnte und warum ihr Aktbild auf der Brust seines toten Vaters hinterlassen wurde. Aber das kaufe ich ihm nicht ab. Der musste kotzen, weil er diese Frau kennt. Und weil sie jetzt als Aktmodell bei seinem ermordeten Vater auftauchte.«

»Da haben wir es mit einer ziemlich verkorksten Familie zu tun, kann das sein?«

»Da tun sich Abgründe auf. Aber es gibt auch noch einen Hinweis, der in eine andere Richtung führt.« Siebels berichtete von der Sache mit der verpfuschten Brandmeldeanlage und den damit verbundenen Problemen der Kanzlei.

»Dann haben wir morgen jedenfalls keine Langeweile«, freute sich Till. »Erst die Kanzlei Lang und Partner und dann der durch unzüchtiges Verhalten aufgefallene Nachbarsjunge der Schlossers?«

»Ja, falls Jasmin uns nicht anderweitig eingeplant hat. Die ist auf Zack, schätze ich.«

*

83 Tage zuvor
Lena befand sich im roten Salon. So nannten sie den Kellerraum, weil eine alte und abgenutzte rote Couchgarnitur dort vor sich hingammelte. Niemand benutzte diesen Raum, der als Abstellraum in Vergessenheit geraten war. Hier konnten sie sich in Ruhe über alles unterhalten. Oft stritten sie aber auch. Mal saßen sie hier nur zu zweit, manchmal zu dritt oder zu viert. Selten sogar zu fünft.

Lena saß im Schneidersitz und mit verschränkten Armen auf dem Sessel und war beleidigt. Wie meistens, wenn sie eine Auseinandersetzung mit Kristie hatte. »Er mag mich und er findet mich schön«, sagte sie trotzig.

»Blödsinn«, entgegnete Kristie, die mit angezogenen Beinen auf dem Dreisitzer-Sofa saß. »Er nutzt dich nur aus. Der will dich nur ficken und du schmeißt dich ihm völlig verblödet an den Hals.«

»Woher willst du das denn wissen? Du hast doch gar keine Ahnung. Misch dich einfach nicht ein und alles wird gut.«

Kristie tippte sich mit dem Zeigefinger gegen die Stirn. »Ich werde mich bestimmt nicht raushalten und zusehen, wie du uns immer weiter in die Scheiße reinreitest.«

»Er liebt mich und ich liebe ihn«, jammerte Lena.

»Er liebt mich und ich liebe ihn«, äffte Kristie sie mit kindischer Stimme nach. »So ein Quatsch. Du hast doch keine Ahnung, was Liebe überhaupt ist. Du machst deine Beine breit, das ist alles. Du benimmst dich wie eine Nutte. Liebe? Pfff, dass ich nicht lache.«

»Du machst alles kaputt, wie immer.« Lena wischte sich eine Träne aus dem Auge. Sie hatte sich noch nie durchsetzen können. Schon gar nicht gegen Kristie.

»Ich mache alles kaputt? Du hältst dich nicht an die Regeln, das ist das Problem.«

Lena war drauf und dran, den roten Salon fluchtartig zu verlassen, aber da kam Silvia herein und schaute die beiden streng an.

»Ihr streitet ja schon wieder. Hört das denn niemals auf?«

»Lena hat sich verliebt«, spottete Kristie und verdrehte genervt die Augen.

»Ja, wir lieben uns«, sagte Lena trotzig.

»Du solltest in diesen Dingen nicht immer so voreilig sein, Lena.« Silvia versuchte zu schlichten und die Sache wieder auf die Reihe zu bringen.

»Ich muss mich ja immer beeilen, bevor Kristie alles gleich im Keim erstickt.«

»Du solltest dich auch nicht immer so voreilig einmischen«, ermahnte Silvia Kristie. »Wenn ihr euch an die getroffenen Vereinbarungen halten würdet, müsstet ihr nicht ständig streiten. Also haltet euch einfach an unsere Absprachen.«

Kristie nickte, dachte aber nicht im Traum daran, sich an die Vereinbarungen zu halten. Lena gewann sich ein hoffnungsfrohes Lächeln ab.

*

»Na, erzähl schon. Wie war dein erster Tag im alten Job?«

Sabine und Steffen Siebels saßen nach dem gemeinsamen Abendessen im Wohnzimmer. Ihren Sohn Dennis hatten sie bereits ins Bett verfrachtet. Sabine öffnete zur Feier des Tages eine Flasche Rotwein.

»So, als hätte es meine glorreiche Zeit als Privatdetektiv nie gegeben«, fasste Siebels seine Eindrücke zusammen. »Na ja, wir haben jetzt eine Assistentin«, fiel ihm dann noch ein.

»Oh, ist sie hübsch?« Sabine rückte auf der Couch ein Stück näher an ihren Mann heran und schaute ihn neugierig an.

»Sehr hübsch. Tolle Figur. Sie ist noch ziemlich jung. Aber sehr selbstbewusst. Dumm ist sie auch nicht. Und sie ist sehr stolz darauf, so einen erfahrenen und erfolgreichen Kriminalhauptkommissar bei der täglichen Arbeit unterstützen zu dürfen.«

»Sollte ich Anna besser warnen?« Sabine grinste übers ganze Gesicht.

»Wieso Anna?«

»Na, wenn eure Assistentin so scharf darauf ist, Till bei seiner Arbeit zu unterstützen, sollte Anna vielleicht besser ein Auge auf ihn werfen. Nicht, dass er noch Dummheiten macht.«

»Du bist eine böse Frau«, murmelte Siebels gespielt beleidigt vor sich hin.

»Und warum hast du so eine böse Frau geheiratet?«, neckte Sabine ihn weiter.

»Weil ich da Jasmin noch nicht kannte.« Jetzt grinste Siebels übers ganze Gesicht.

»Jasmin?«

»Jasmin, unsere neue Assistentin.«

Siebels bekam den Ellbogen seiner Frau in die Hüfte gerammt.

»Autsch«, rief Siebels. Dann schaute er Sabine tief in die Augen. »Weil ich dich über alles liebe, meine Schöne.« Damit hatte sich Siebels eine Schmuseeinheit verdient, die er sehr genoss.

»Habt ihr denn schon einen Fall in Bearbeitung?«, erkundigte sich Sabine nach der kleinen Schmuserei und schenkte noch Rotwein ein.

Siebels berichtete von seinem neuen Fall und einer scheinbar ziemlich verkorksten Familie.

»Frauen können wirklich böse sein«, resümierte Sabine, nachdem sie über die kleinen Widersprüche im Leben der Eva Schlosser unterrichtet worden war. »Jedenfalls, wenn sie schwere Enttäuschungen erlebt haben.«

»Soll heißen, wenn Frau böse wird, ist immer Mann dran schuld?«

»Vielleicht nicht immer. Aber fast immer.«

»Dann bin ich aber sehr beruhigt, dass ich so eine liebe, herzenswarme Frau an meiner Seite haben darf. Das kann ja dann nur an mir liegen.«

Sabine lachte. »Umkehrschlüsse sind in diesem Fall nicht zulässig.«

Till und Anna hatten sich Pizza beim Lieferservice bestellt. Till konnte es sich nicht verkneifen, während des gemeinsamen Abendessens die neue Assistentin zu erwähnen.

»Ich kenne sie«, sagte Anna und kaute dabei auf ihrem Pizzastück herum. »Sie hat ein paar Tage bei uns in der Gerichtsmedizin verbracht, um die Abläufe bei der Mordkommission besser zu verstehen. Das ist aber schon zwei oder drei Monate her.«

»Und, was hältst du von ihr?«

»Sie ist taff. Ihr könnt froh sein, so jemanden im Team zu haben.«

»Sie hat sogar ein Willkommens-Liedchen für Siebels gesungen, weil der über seinen nicht stattgefundenen offiziellen Empfang ein bisschen enttäuscht war.«

»Ja, ich glaube, die passt ganz gut zu euch. Ich habe übrigens auch schon die ersten amtlichen Erkenntnisse zu eurem neuen Fall.«

»Kann ich erst meine Pizza fertigessen?« Till war ein wenig empfindlich, wenn Anna detailliert über ihre gerichtsmedizinische Arbeit berichtete. Jedenfalls wenn sie es mündlich tat, dabei Pizza aß und mit ihm in der Küche saß.

»Meinen Bericht schicke ich morgen an Jasmin. Müssen wir jetzt nicht machen«, beschwichtigte Anna ihn.

»Jetzt hast du mich aber neugierig gemacht.«

»Schädelbruch mit Hirnblutungen«, sagte Anna lapidar.

Till legte sein letztes schon angebissenes Pizzastück zur Seite, nahm einen großen Schluck aus der Bierflasche und versuchte, sich das Ganze nicht allzu bildlich vorzustellen.

»Aber er war nicht gleich tot?«

»Nein, er hat noch mindestens ein bis zwei Stunden gelebt, war aber bewegungsunfähig.«

»Da muss man ziemlich kräftig zuschlagen«, sinnierte er.

Anna nickte. »Mit voller Wucht, ja.«

»Das spricht eher für einen Mann als Täter.«

»Nicht unbedingt. Wenn jemand so zuschlägt, braucht es dazu nicht nur Kraft, sondern vor allem eine gehörige Portion Wut. Die Tatwaffe spielt natürlich auch eine Rolle. Die Skulptur, die der Täter benutzt hat, ist aus Eisen, scharfkantig und massiv. Damit könnte auch eine Frau einen Schädel zum Brechen bringen.«

Till nahm seinen letzten Bissen Pizza und fragte sich, ob Eva Schlosser zu so einem Schlag imstande gewesen wäre. Er konnte es sich nicht wirklich vorstellen.

»Gibt es irgendwelche Anzeichen, dass er sich noch gegen den Schlag gewehrt hat?«

»Nein. Er wurde von hinten angegriffen. Wahrscheinlich hat er das gar nicht registriert, bevor er getroffen wurde.«

»Also hat er auch nicht damit gerechnet. Klingt nicht unbedingt nach einem Streit.«

»Behältst du mich denn immer genau im Auge, wenn wir uns mal streiten?« Anna machten solche Gespräche mit Till Spaß. Besonders, wenn er falsche Schlüsse zog und sie ihn wieder auf die richtige Fährte brachte.

»Sollte ich das besser tun?« Till zog die Augenbrauen hoch und hatte schon wieder ein böses Bild im Kopf. Anna stand wutentbrannt hinter ihm und zog ihm mit dem Schürhaken eins über den Schädel.

»Unterschätze niemals eine wütende Frau«, sagte Anna lächelnd.

5

Tag 2, Dienstag

»Hey, Siebels, warte mal.«

Siebels blieb an der Türschwelle zum Büro von Jasmin stehen und schaute rein. »Guten Morgen, Jasmin. Was gibt es denn?«

»Weißt du, wann Till kommt?«

Siebels guckte auf die Uhr. Es war kurz nach halb neun. »Der wird bald auftauchen, warum?«

»Magst du noch einen Kaffee mit mir trinken, bis er kommt? Ich habe schon welchen gekocht.«

Schmunzelnd musste Siebels an sein gestriges Gespräch mit Sabine über seine neue Assistentin denken. Wollte sie ihn jetzt tatsächlich anbaggern? »Klar, ich komme gleich. Ich lege nur noch die Jacke im Büro ab.«

Jasmin war mit einem schnellen Schritt bei ihm und half ihm aus der Jacke. »Die kannst du auch hier so lange ablegen. Ich habe sogar einen Garderobehaken. Milch und Zucker, richtig?«

»Ja, richtig.« Siebels kam das nun doch etwas merkwürdig vor und er hoffte inständig, dass Till bald erscheinen würde.

»Wie läuft es denn mit eurem Fall?« Jasmin reichte Siebels die Kaffeetasse.

Vielleicht war sie ja einfach nur karrieregeil, überlegte Siebels. »Da stehen wir noch ganz am Anfang. Wäre gut, wenn wir bald den Bericht von der Spurensicherung bekommen würden.«

»Ich kümmere mich drum, dass das erledigt wird. Kann ich sonst noch was für dich tun?«

»Hast du gestern nicht gesagt, dass wir unseren Kaffee ab heute selbst kochen müssen?«

»Stimmt. Aber ich habe mich anders entschieden. Das gilt jetzt erst ab morgen. Das ist doch kein Problem für dich, oder? Ist er gut?«

»Wer ist gut?«

»Na der Kaffee. Oder ist zu viel Zucker drin? Ich mag ihn ja nicht so süß. Aber ich dachte, du bist mehr so der süße Typ, deswegen habe ich gleich zwei Stück Zucker rein.« Jasmin lächelte Siebels zuckersüß an und Siebels hielt nach Till Ausschau. Aber von dem war noch nichts zu sehen.

»Mmh, der ist gut. Perfekt. Danke.«

»Das freut mich, wenn er dir schmeckt. Setz dich doch einen Moment zu mir. Wir konnten uns gestern ja gar nicht richtig beschnuppern. Das war ja gleich so hektisch.«

In Siebels Erinnerung war diese Hektik ausschließlich von Jasmin ausgegangen, aber das behielt er jetzt für sich. »Bist du verheiratet?«, fragte er frei heraus und schnupperte sich zügig voran.

Jasmin hielt ihm ihre Hände vor die Nase. »Kein Ring. Nicht verheiratet. Ich bin Single. Und du? Du hast deine Frau doch hier bei der Arbeit kennen gelernt, habe ich gehört. Stimmt das?«

»Ja, das stimmt. Das war beim ersten Fall, den ich zusammen mit Till bearbeitet habe. Sie hat uns damals mit Hintergrundinformationen aus dem Sex-Gewerbe versorgt.«

»Jetzt rede dich aber mal nicht gleich um Kopf und Kragen«, lachte Jasmin mit erhobenem Zeigefinger.

Siebels' Gesicht nahm schon eine rötliche Farbe an, als Till endlich auf der Bildfläche erschien. »Da bist du ja endlich«, stammelte er.

»Guten Morgen, oh gibt es schon wieder frischen Kaffee?«

»Nix da«, wimmelte Jasmin ihn ab. »Geht jetzt mal in euer Büro, ich habe zu tun.«

Siebels schüttelte nur den Kopf, schnappte sich seine Jacke und machte sich mit der Kaffeetasse in der anderen Hand auf den Weg nach nebenan. Till folgte ihm. Kaum hatte Siebels die Tür geöffnet, wurden er und Till mit einem warmen Applaus in Empfang genommen. Eine ganze Reihe der alten, ihnen noch gut bekannten Kollegen, hatte sich dort versammelt. In vorderster Front stand Charly, der auch gleich zu einer Rede ansetzte.

»Wir heißen die besten Kommissare und liebenswertesten Kollegen der letzten hundert Jahre herzlich willkommen, zurück im Dienst bei der Frankfurter Mordkommission. Ein Hoch auf Siebels und Till.«

Siebels stand mit offenem Mund vor seinen Kollegen, die wieder applaudierten. Till stellte sich neben Siebels und legte seinen Arm um dessen Schultern. »Sie haben uns ja doch nicht vergessen«, freute er sich.

Hinter ihnen kam Jasmin mit einem großen Strauß Blumen herein. »So, Jungs, den stelle ich mal auf den Tisch, dann sieht das nicht mehr ganz so trostlos bei euch aus.«

Siebels musste lachen, als er verstand, warum Jasmin ihn von seinem Büro fernhalten wollte, bevor Till eingetroffen war. Dann umarmte er seinen alten Weggefährten Charly Hofmeier. Till tat das Gleiche mit seinem alten Spezi Kulmbacher. Schließlich begrüßten und herzten sie all die anderen Kollegen und Kolleginnen.

»Tja, wenn ich das geahnt hätte, hätte ich Mettbrötchen mitgebracht«, seufzte Siebels.

Charly deutete auf ein ausgebreitetes gelbes Tuch auf dem Besprechungstisch, auf dem nun auch ein bunter Strauß Blumen stand. »Schau doch mal, was da wohl Leckeres drunter ist«, flachste er.

Siebels lüftete das Tuch und zum Vorschein kamen die beliebten Mettbrötchen. »Jetzt fühle ich mich endlich wieder wie zuhause«, zeigte Siebels sich erfreut.

Jasmin kam mit einem kleinen Geschirrwagen herein, auf dem drei große Kannen und ausreichend Tassen standen. »Also gut, Till, heute bekommst du ausnahmsweise auch noch mal einen Kaffee von mir.«

Nachdem alle Kollegen mit Mettbrötchen und Kaffeetasse ausgestattet waren, ergriff Charly wieder das Wort. »Dass ihr zwei morgens ohne einen guten Kaffee nicht arbeitsfähig seid, weiß man ja hier im Präsidium. Darum haben wir ein bisschen gesammelt, um euch die Rückkehr zur alten Arbeitsstätte etwas angenehmer zu gestalten. Lieber Siebels, lieber Till, da drüben steht ein Willkommensgeschenk der Frankfurter Polizei.« Charly zeigte auf ein Sideboard, auf dem wiederum unter einem Tuch verhüllt die nächste Überraschung wartete. Siebels ließ nun Till den Vortritt, der das Geschenk enthüllte. Zum Vorschein kam ein Kaffeevollautomat.

»Ist das geil«, gab Till seiner Freude lautstark Ausdruck. »Und ihr seid die geilsten Kollegen, die ich je hatte.«

»Ich glaube, ich habe euch ziemlich vermisst, während meiner Zeit als einsamer Privatdetektiv«, legte Siebels nach. »Ich bin echt froh, jetzt wieder mit euch zusammenarbeiten zu dürfen.«

In der nächsten halben Stunde wurde noch allerhand getratscht, dann verabschiedeten die Kollegen sich nach und nach. Zurück blieb Charly, einer der IT-Spezialisten des Präsidiums. Ohne dessen Unterstützung hätten Siebels und Till damals einige ihrer Fälle nicht so schnell aufklären können.

Siebels gesellte sich wieder zu seinem alten Kumpel. »Mensch, Charly, das war ein schöner Empfang. Danke dafür.«

»Bedankt euch bei Jasmin. Die hat das organisiert. Ich habe ihr nur ein paar Tipps gegeben, wo sie beim Sammeln überall vorstellig werden könnte.«

»Unsere Assistentin wird mir immer sympathischer«, stellte Till fest.

»Als sie mich vorhin davon abhalten wollte, allein ins Büro zu gehen, dachte ich schon, sie wäre ein bisschen durchgeknallt«, lachte Siebels. »Und du, Charly, wie läuft es bei dir?«

»Ich kann mich nicht beklagen. Aber ohne euch war es manchmal schon langweilig.«

»Na, dann ändern wir das doch wieder. Wir müssen an die E-Mails und Daten von Handy, Laptop und PC unseres Mordopfers kommen.« Siebels zeigte Charly das Foto. »Wäre schön, wenn wir dadurch einen Hinweis auf die Identität dieser jungen Frau bekommen würden.«

Charly pfiff durch die Zähne. »Wow, steiler Feger. Ich schaue mir seine Gerätschaften nachher mal an.«
»Jasmin lässt dir die Sachen ins Büro bringen.«
»Fein. So, dann will ich euch nicht länger bei euren Ermittlungen stören. Wir sehen uns, bis bald.«

*

Die Kanzlei Lang und Partner befand sich in der Bockenheimer Landstraße, in der Nähe der Alten Oper. In dem Altbau nahm die Kanzlei die Räumlichkeiten im Erdgeschoss sowie in der ersten Etage in Beschlag. Von außen wies nur ein unscheinbares Schild an der Hauswand auf die Büros von Lang und Partner hin. Im Eingangsbereich wurden Siebels und Till von einer Empfangsdame in einem teuren Designerkleid hinter einem Tresen mit einem breit aufgesetzten Lächeln in Empfang genommen. Siebels schätzte sie auf Ende zwanzig. Simultan legten Siebels und Till ihre neuen Dienstausweise vor der Dame auf dem Tresen ab.
»Wir möchten zu Herrn Lang«, sagte Siebels und sah dabei in ein perfekt geschminktes Augenpaar.
»Kriminalpolizei«, entfuhr es der Dame ehrfürchtig. »Darf ich fragen, worum es geht?«
»Das sagen wir Herrn Lang lieber persönlich.«
»Natürlich. Einen Moment bitte.« Die Frau griff zum Telefon, dunkelrot lackierte Fingernägel tippten graziös eine Durchwahl ein. Sie informierte ihren Chef über den eingetroffenen Besuch, lauschte einen Moment in die Hörmuschel und setzte dann wieder ihr breites Lächeln auf, nachdem sie das Gespräch beendet hatte. »Herr Lang holt sie in fünf Minuten ab. Setzen Sie sich doch bitte so lange.« Sie deutete auf eine kleine Sitzbank aus beigem Leder.
Siebels und Till saßen dort eine Viertelstunde, bis Tobias Lang erschien, um sie abzuholen. Er war Anfang fünfzig, trug das graumelierte Haar kurzgeschnitten und beeindruckte mit einer kräftigen Statur. Er war knapp 1,90 m groß und mit einem maßgeschneiderten dunkelgrauen Anzug bekleidet. »Sie sind wegen Martin hier«, sagte er mit einem

wissenden Nicken. »Schreckliche Sache. Herr Brenner hat mich gestern ins Bild gesetzt. Kommen Sie, gehen wir in mein Büro.«

Siebels und Till folgten Tobias Lang über eine Treppe in die erste Etage, wo mehrere verschlossene Türen zu Einzelbüros führten. Tobias Lang ging schnellen Schrittes zu den zwei hintersten Türen auf der Etage. Dort lag sein Büro. Es war äußerst geräumig und vom Gang aus durch beide Eingänge betretbar. Neben einem mächtigen Schreibtisch stand ein Besprechungstisch mit vier Stühlen. Im hinteren Teil des Büros befand sich ein weiterer Arbeitsplatz, der aber unbesetzt war.

Tobias Lang bot seinen Besuchern zwei Stühle an seinem Besprechungstisch an. »Martin war meine rechte Hand. Ich kann es immer noch nicht fassen. Nils Brenner war gestern ziemlich durcheinander, als er mich angerufen hat. Er hat die Leiche von Martin gefunden, sagte er mir. Ich habe ihm für heute freigegeben. Was ist da denn genau passiert?«

»Das versuchen wir herauszufinden. Herr Schlosser wurde vorgestern Abend zwischen 22:00 und 23:00 in seinem Haus niedergeschlagen und erlag seinen schweren Kopfverletzungen.«

»War es ein Einbrecher?«

»Das können wir ausschließen. Er muss den oder die Täter ins Haus gelassen haben.«

»Also jemanden, den er kannte? Mit seiner Ex-Frau lag er ja schon seit Jahren im Clinch«, hegte Tobias Lang auch gleich einen Verdacht.

»Kennen Sie seine Frau?«

»Nicht wirklich. Es gab Gelegenheiten, bei denen wir zusammengetroffen sind. Bei einer Weihnachtsfeier oder ähnlichen Anlässen. Ein widerliches Weib, wenn Sie mich fragen. Sie hat Martin das Leben zur Hölle gemacht.«

»Ich habe mich schon mit ihr unterhalten«, sagte Till. »Sie warf ihrem Mann vor, außereheliche Affären gehabt zu haben. Halten Sie das für möglich?«

Tobias Lang zuckte gleichgültig mit den Schultern. »Keine Ahnung, sein Liebesleben interessierte mich nicht. Aber wundern würde es mich nicht, bei der Giftschlange, mit der er verheiratet war.«

Siebels legte nun das Foto vor Tobias Lang auf den Tisch. »Das wurde bei Martin Schlossers Leiche gefunden. Kennen Sie diese Frau?«

Lang nahm das Foto zur Hand und betrachtete es eingehend, bevor er es Siebels wieder zurückgab. »Die Kleine hat Klasse«, kommentierte er das Bild. »Hat Martin anscheinend doch noch was Passendes gefunden. Und damit jemanden ziemlich eifersüchtig gemacht, würde ich vermuten.«

»Finden Sie nicht, dass sie ein bisschen zu jung für Herrn Schlosser gewesen ist?« Siebels steckte das Bild wieder ein.

»Vielleicht machte das ja gerade den Reiz aus, für Martin und für sie. Jedenfalls handelt es sich um eine erwachsene Frau. Also was solls? Ich hätte es ihm gegönnt, nach allem, was er mit seiner Ex durchgemacht hat.«

»Sie kennen die Frau also nicht?«

»Nein, Martin hat sie mir leider nicht vorgestellt.«

»Gut. Herr Schlosser war hier in der Kanzlei also Ihre rechte Hand. Heißt das, dass er in der Hierarchie gleich hinter Ihnen stand?«

»Im Prinzip ist das richtig. Martin hatte schon seit zehn Jahren Partnerstatus. Es gibt noch einen zweiten Partner, Jürgen Hellmann. Den habe ich aber erst vor ungefähr zwei Jahren dazu geholt. Vorher war er als einfacher Anwalt hier beschäftigt. Die beiden waren gleichberechtigt, im Zweifel hatte Martins Wort aber höheres Gewicht. Jedenfalls in meinen Ohren.«

»Gab es denn Differenzen zwischen Herrn Hellmann und Herrn Schlosser? Oder zwischen Ihnen und Herrn Schlosser?«

»Wir sind eine äußerst erfolgreiche Kanzlei mit namhaften Mandanten. Das liegt nicht zuletzt daran, dass wir als Team zusammenarbeiten. Differenzen gibt es natürlich immer, aber die werden hier unter Männern ausdiskutiert und dann ist Ruhe.«

Siebels ließ sich nicht anmerken, dass er da von Nils Brenner ganz andere Informationen bekommen hatte. Um dem nachzugehen, kam er nun auf diesen zu sprechen. »Herr Schlosser und Herr Brenner sollten gestern ja gemeinsam zu einem Seminar nach Stuttgart fahren. Arbeiteten die beiden auch sonst eng zusammen? So, wie ich Herrn Brenner verstanden habe, nimmt er in der Kanzlei ja auch eine verantwortungsvolle Position ein.«

»Hat er das gesagt?«

»Nicht direkt. Aber ich dachte, dass aus seinen Worten herausgehört zu haben.« Siebels hatte aus Brenners Worten diesbezüglich zwar gar nichts herausgehört, aber er wollte jetzt herausfinden, wie das Arbeitsklima in dieser Kanzlei war.

Tobias Lang nickte unmerklich. »In einigen Wochen tritt die Geldwäschegesetzmeldepflichtverordnung Immobilien in Kraft. Das gehört unter anderem zum Aufgabenbereich von Nils Brenner. Zu diesem Thema sollte er das Seminar gestern besuchen. Ich wollte aber, dass Martin sich auch auf den neuesten Stand bringt. Weil ich von Brenners Fähigkeiten nicht mehr wirklich überzeugt bin. Als ich ihn eingestellt habe, dachte ich, einen hungrigen und erfolgsgierigen Anwalt an Land gezogen zu haben. Leider hat sich das nicht bewahrheitet. Spätestens seitdem er Vater geworden ist, hat sein beruflicher Elan sehr zu wünschen übriggelassen. Lange wird er hier nicht mehr tätig sein.«

»War das auch die Meinung von Herrn Schlosser? Und von Herrn Hellmann?«, hakte Siebels nach.

»Ja, da waren wir uns einig. Brenner hat das aber noch nicht kapiert. Der hält sich für einen tollen Anwalt und hegt sogar Ambitionen, hier noch als Partner einzusteigen. Das zeugt von einem völlig verzerrten Bild der Realität.«

Till hatte sich bisher noch gar nicht geäußert. Er hatte Tobias Lang aber sorgfältig beobachtet und war zu dem Entschluss gekommen, dass der tatsächlich das Alphatier darstellte, von dem Nils Brenner gesprochen hatte. »Auf Herrn Brenner würden Sie als Mitarbeiter also gern verzichten«, brachte Till sich nun ein. »Jetzt müssen Sie aber auf die Dienste von Herrn Schlosser verzichten. Ändert das etwas an

Ihren Plänen bezüglich der Zukunft von Herrn Brenner in der Kanzlei?«

Tobias Lang sah Till unverblümt lange direkt in die Augen, bevor er darauf einging. »Was wollen Sie damit sagen? Dass Nils Brenner Martin umgebracht hat, um seine Stellung hier zu festigen? Oder gar, um dessen Position als Partner zu übernehmen?«

»Ich wollte damit gar nichts sagen«, stellte Till klar. »Ich habe Ihnen nur eine Frage gestellt.«

»Aber die Frage war gar nicht so dumm. Auf den Gedanken bin ich überhaupt noch nicht gekommen. Dem Brenner würde ich das zutrauen. Nicht, weil er bösartig ist, sondern weil er ein Verlierertyp ist, sich das aber nicht eingestehen will. Vielleicht hat Martin ihm das zu verstehen gegeben und es kam zum Streit, der schließlich ausgeartet ist. Was weiß ich.«

»Haben Sie Familie?«, erkundigte sich Till.

»Eine Frau und zwei Kinder. Aber wir leben getrennt. Warum fragen Sie?«

»Weil das Familienleben Ihrer Mitarbeiter Ihnen scheinbar gegen den Strich geht. Die Vereinbarkeit von Job und Familie wird heutzutage ja eher propagiert«, kritisierte Till die Ausführungen von Tobias Lang.

»Die Entscheidung, wo und wie jemand sein Arbeitsleben gestalten will, bleibt ja jedem selbst überlassen. Wer hier in verantwortungsvoller Position tätig sein und ein entsprechendes Gehalt einstreichen will, muss auch Leistung bringen. Und jetzt muss ich unser Gespräch auch wieder beenden. Ich habe noch einen wichtigen Termin.«

»Wir sind so weit auch fertig«, sagte Siebels und erhob sich. »Wir würden uns aber gerne noch kurz mit Herrn Hellmann unterhalten.«

»Das geht jetzt nicht. Der ist außer Haus bei einem Mandantengespräch.«

»Gut, dann verschieben wir das zunächst.«

6

80 Tage zuvor

Christian rieb sich den Schlaf aus den Augen. Es dauerte einen Moment, bis er realisierte, dass er in Lenas Bett lag. Er war wachgerüttelt worden. Es war 3:00 Uhr in der Nacht. Lena saß neben dem Bett auf einem Stuhl. Das Licht im Zimmer war angeschaltet, was ihm noch mehr Mühe bereitete, die Augen zu öffnen. Lena hatte ihn mit ausgestrecktem Arm an der Schulter gerüttelt. Solange, bis er endlich aus dem Schlaf erwachte. Sie trug eine Brille, die er noch nicht an ihr gesehen hatte. Eine dicke Hornbrille. Ihr Blick durch die Gläser wirkte ernst und streng. Sie war vollständig bekleidet, mit einer bis zum Hals zugeknöpften Bluse und einer altmodischen Bundfaltenhose.

»Wir müssen uns unterhalten«, sagte sie, als sie sicher war, endlich Christians volle Aufmerksamkeit auf sich gezogen zu haben.

»Jetzt? Es ist drei Uhr nachts.«

»Das ist egal. Es ist wichtig.«

»Na gut, wenn es sein muss«, seufzte Christian und war gespannt, was sie auf dem Herzen hatte. Er setzte sich aufrecht ins Bett und sah Lena verschlafen und verwundert zugleich an. Sie saß mit gestrecktem Rücken und übereinandergeschlagenen Beinen auf dem Stuhl und hatte einen Notizblock und einen Stift in der Hand. »Worum geht es denn?«

»Um uns. Liebst du mich?« Sie stellte diese Frage völlig emotionslos, was Christian endgültig aus dem Konzept brachte. Er schaute sie einfach nur an. Und Lena sah ihn an, ungeduldig auf seine Antwort wartend.

»Ich glaube schon«, stammelte Christian.

»Du glaubst es nur?« Lena notierte sich etwas auf ihrem Block.

»Was schreibst du denn da auf?«

»Na, dass du dir nicht sicher bist. Wie viele Freundinnen hattest du denn schon bisher?«

Christian schüttelte leicht genervt den Kopf. »Ist das jetzt dein Ernst?«

Lena sah ihn wieder mit diesem strengen Blick an. Ihre Mundwinkel waren leicht nach unten gezogen. Christian war sich sicher, dass er sie bisher fast nur mit einem Lächeln auf den Lippen gesehen hatte. Abgesehen von diesem Morgen danach.

»Natürlich ist das mein Ernst. Weißt du es etwa nicht mehr? Waren es schon so viele?«

»Nein, ich hatte bisher zwei Freundinnen.«

Lena notierte sich das und stellte gleich die nächste Frage. »Wie lange dauerten diese beiden Beziehungen?«

»Das ist mir jetzt zu blöd«, murrte Christian und wollte aufstehen.

»Ist es dir unangenehm, über dich zu sprechen?«

»Ich mag es nicht, mitten in der Nacht verhört zu werden«, drückte Christian seinen Unmut lauter als gewollt aus.

»Es geht aber nicht anders«, erwiderte Lena unbeeindruckt. »Also, wie lange ging das mit deinen Freundinnen?«

»Mit Katja war ich ein halbes Jahr zusammen. Sie ist dann zum Studieren nach München gezogen. Davor war ich zwei Jahre lang mit Jana befreundet.«

Lena notierte sich das wieder und fuhr mit ihrer Befragung unbeirrt fort. Christian wurde neugierig, wie das weitergehen würde, und blieb auf dem Bett sitzen. Er lernte gerade eine ganz neue Lena kennen.

»Bist du mit Katja auch gleich am ersten Abend ins Bett gegangen?«

»Nein, das hat länger gedauert. Bestimmt drei Wochen oder so.«

»Und mit Jana?«

»Mit Jana ging es schneller, nach zwei oder drei Tagen.«

»Bist du fremdgegangen, während dieser Beziehungen?«

»Nein, bin ich nicht. Beruhigt dich das jetzt?«

Lena notierte sich wieder seine Antworten, ignorierte seine Frage aber. »Möchtest du später einmal heiraten und Kinder bekommen?«

Bei diesem Thema wurde es Christian nun doch wieder mulmig zumute. »Du nimmst doch die Pille, oder?«

Lena ignorierte seine Frage erneut, schaute ihn aber abwartend an und klopfte ungeduldig mit dem Stift auf ihren Block.

»Ich weiß es noch nicht. Darüber mache ich mir nach dem Studium Gedanken«, murmelte Christian vor sich hin und gab es auf, ihr Gegenfragen zu stellen.

»Du schließt es aber nicht aus?«, bohrte Lena nach.

»Natürlich nicht.«

Nachdem Lena das scheinbar wohlwollend notiert hatte, taxierte sie Christian und stellte ihm ihre nächste Frage. »Wie würdest du reagieren, wenn ich fremdgehen würde?«

Christian sah sie zunächst verblüfft an. War es das, worauf sie hinauswollte? Ging es ihr gar nicht um seine Treue, sondern um ihre Untreue? Wollte sie ihn jetzt damit konfrontieren, damit erst gar keine Missverständnisse zwischen ihnen auftraten? »Würdest du es mir denn erzählen, wenn du fremdgehen würdest?«, versuchte er es doch noch einmal mit einer Gegenfrage.

Lena überlegte kurz. »Nein, wahrscheinlich nicht«, gab sie ihm zur Antwort. »Aber wenn du es trotzdem herausfinden würdest, wie würdest du reagieren?«

»Ich wäre enttäuscht und würde die Beziehung wahrscheinlich beenden.«

Lena setzte zwar den Stift an, notierte aber noch nichts. »Und wenn du mich trotzdem noch lieben würdest und ich dich auch?«

»Warum solltest du dann fremdgehen?«

Lena schien über diese Frage angestrengt nachdenken zu müssen. »Vielleicht, weil ich nicht Nein sagen kann, wenn ein Mann mich begehrt. Oder weil ich es für meine Selbstbestätigung brauche.«

Christian konnte kaum glauben, was sie da von sich gab. In ihm reifte der Entschluss, diese Geschichte besser wieder zu beenden. Auf der anderen Seite war er von Lena fasziniert. So eine Frau hatte er zuvor noch nie getroffen.

»Was ist nun?«, hakte Lena nach. »Könntest du damit leben?«

»Vielleicht.« Christian beschloss, sich zunächst noch alle Optionen offen zu halten.

Lena nahm das mit einer gewissen Erleichterung auf, schrieb wieder etwas in ihren Block und sah Christian nachdenklich an. »Du musst deine Liebste immer gut beschützen, ganz egal, was auch passiert.«

Dann stand sie auf, stellte den Stuhl zurück vor den kleinen Schreibtisch und knipste das Licht aus. »Du kannst jetzt weiterschlafen, gute Nacht.«

Christian war mittlerweile hellwach und konnte natürlich nicht mehr einschlafen. Im Zimmer war es stockdunkel, er konnte Lena nur noch schemenhaft erkennen. Sie verschwand im Bad und blieb dort eine Weile. Christian schloss die Augen und versuchte, wieder einzuschlafen. Vielleicht war das Ganze sowieso nur ein blöder Traum und er gar nicht wach gewesen. Aber dann vernahm er aus dem Bad leise Geräusche, die er nicht zuordnen konnte. Kurz darauf kam Lena aus dem Bad geschlichen. Sie legte sich wortlos zurück zu ihm ins Bett. Sie war wieder nackt und schmiegte sich leise seufzend an ihn. So, wie sie es getan hatte, als sie zusammen eingeschlafen waren. So, als hätte es das merkwürdige Verhör von eben gar nicht gegeben.

*

»Was hältst du von Tobias Lang?«, wollte Siebels wissen, als er mit Till wieder im Auto saß.

»Er ist ein arrogantes Arschloch«, fasste Till sich kurz.

»Ja, mag sein. Aber seine Erläuterungen passen so gar nicht zu denen von Nils Brenner. Irgendwas stimmt da doch nicht. Dass er uns so mir nichts dir nichts einen seiner Angestellten als mutmaßlichen Täter schmackhaft machen will, irritiert mich ehrlich gesagt etwas.«

»Das Betriebsklima in der Kanzlei scheint jedenfalls nicht das Beste zu sein. Seine Trauer um Martin Schlosser hielt sich auf jeden Fall in Grenzen. Aber das hilft uns jetzt auch nicht weiter. Der Mord an Schlosser hängt mit seinem Privatleben zusammen. Die Frau auf dem Foto ist der Schlüssel. Die müssen wir finden. Das Ganze sieht doch nach einem Eifersuchtsdrama aus und nicht nach mörderischen Intrigen von karrieregeilen Anwälten.«

»Du favorisierst als Täterin also die Ex des Opfers, Eva Schlosser?«

»Das erscheint mir momentan jedenfalls die naheliegendste Vermutung zu sein.«

»Warum sollte sie dieses Foto auf ihrem toten Exmann platzieren? Um den Verdacht gleich auf sich selbst zu lenken? Macht keinen Sinn, oder?«

»Frauen mit verletzten Gefühlen handeln nicht unbedingt rational«, klärte Till seinen Kollegen auf.

»Sagt der Frauenversteher«, seufzte Siebels. Er fuhr zum Riedberg, zum Wohnort von Martin Schlosser. »Vielleicht sind wir schlauer, wenn wir den vermeintlichen Liebhaber von ihr aufgespürt haben?«

Sie kannten weder seinen Namen noch seine genaue Adresse. Nur die vage Beschreibung von Marlene Brenner. Der junge Mann müsste mittlerweile Mitte zwanzig sein. Ein schlanker Kerl mit schwarz gelockten Haaren, die ihm bis auf die Schultern fielen.

Sie erreichten ihr Ziel. Siebels stellte den Wagen vor dem Haus von Martin Schlosser ab. Auf der gegenüberliegenden Straßenseite standen Mehrfamilienhäuser im Schuhkartonformat. Auf der Straße war keine Menschenseele zu sehen.

»Und wie finden wir den Kerl jetzt?«, seufzte Siebels resigniert.

»Wir klingeln uns von Haus zu Haus und erkundigen uns nach ihm«, schlug Till vor.

Siebels wiederholte noch mal die Beschreibung des jungen Mannes, die er gerade von Till bekommen hatte.

»Exakt. So viele von der Sorte werden hier ja nicht wohnen. Fangen wir in der Mitte der Häuserreihe an, ich arbeite mich links runter und du orientierst dich nach rechts.«

»Klingt nach einem guten Plan«, erwiderte Siebels mit wenig Enthusiasmus.

Siebels' Laune wurde gleich besser, als er schon beim ersten Anlauf einen älteren Herrn antraf, der sich sicher war, dass es sich bei dem gesuchten jungen Mann nur um Julius Schneider handeln könne. Der wohne zwei Häuser weiter und weil er keiner geregelten Arbeit nachginge, sei er dort jetzt bestimmt auch anzutreffen. Die Eltern von Julius wären hingegen eher selten zuhause. Die hielten sich nämlich beruflich oft im Ausland auf. Der Vater in Indien, China oder auf den Philippinen, die Mutter in England, Irland oder Schottland. Der gesprächige Nachbar verstand auch gar nicht, warum man da überhaupt verheiratet sein müsse und noch viel weniger, wozu sie hier ein Haus benötigten.

Julius Schneider war tatsächlich zuhause und sein Äußeres entsprach recht genau der Beschreibung von Marlene Brenner. Siebels und Till zogen synchron ihre Dienstausweise hervor.

»Sie kommen bestimmt wegen der Sache mit Herrn Schlosser, oder?« Julius Schneider machte einen sympathischen und unbekümmerten Eindruck.

»Ganz recht«, bestätigte Siebels seine Vermutung. »Wir haben ein paar Fragen an Sie, dürfen wir reinkommen?«

»Klar. Ich wurde aber schon befragt und konnte keine Auskünfte geben. Das hat sich nicht geändert.«

»Gestern haben die Kollegen eine reine Routinebefragung in der Nachbarschaft durchgeführt«, sagte Siebels, während sie dem jungen Mann in ein geräumiges Wohnzimmer folgten. Dort lief auf einem riesigen Flachbildschirm ein Musiksender. »Wir sind von der Mordkommission und befragen die Leute noch einmal etwas spezifischer.«

Julius schaltete die Kiste aus und bot seinen Besuchern Platz auf den Sesseln an. »Spezifischer?«

»Mit größerer ermittlungstechnischer Relevanz«, erläuterte Till. »Wir gehen bei unseren Befragungen mehr in die Tiefe.«

»Klingt ja spannend.« Julius setzte sich auf das Sofa.

Da Till seinem Instinkt folgend Marlene Brenner befragt und von ihr den Tipp mit Julius bekommen hatte, sollte er auch dessen Befragung übernehmen, hatte Siebels zuvor vorgeschlagen.

»Sie konnten bei unseren Kollegen gestern also keine hilfreiche Aussage machen«, fasste Till den bisherigen Stand kurz zusammen.

»Stimmt. Ich habe nichts gesehen und nichts gehört und erst etwas davon mitbekommen, als die Polizistin hier geklingelt und mich befragt hat.«

»Wie gut kannten Sie Herrn Schlosser?«

»Nicht sehr gut. Eigentlich nur vom Sehen. Und das auch nur alle paar Wochen mal.«

»Und seinen Sohn Christian? Der ist ja ungefähr in Ihrem Alter.«

»Wir haben früher im gleichen Verein Fußball gespielt. Gut befreundet waren wir aber nicht. Er war kein guter Spieler und wir lagen nicht auf einer Wellenlänge.«

»Sind Sie ein guter Spieler?«

»Ziemlich gut, ja. Aber nicht ehrgeizig genug, um daraus Kapital zu schlagen. War das jetzt eine Frage von ermittlungstechnischer Relevanz?« Julius lächelte vergnügt.

»Wer weiß. Ihre Eltern sind oft im Ausland unterwegs, hat uns einer Ihrer Nachbarn verraten.«

»Stimmt. Mein Vater ist als Ingenieur viel in Asien unterwegs. Meine Mutter arbeitet im Vertrieb für eine Kosmetikfirma und reist oft in den angelsächsischen Raum.«

»Und was machen Sie beruflich?«

»Ich passe auf das Haus auf«, sagte Julius schulterzuckend nach kurzer Überlegung.

Siebels und Till warfen sich einen vielsagenden Blick zu. »Das ist alles?« Till beschlich das Gefühl, dass der junge Mann etwas zu verbergen hatte.

»Das ist momentan meine Hauptbeschäftigung. Nebenbei jobbe ich noch ein wenig herum und überlege, was ich studieren könnte. Mein Jura-Studium habe ich nach dem zweiten Semester aufgegeben, danach habe ich es mit BWL probiert. Das habe ich schon nach dem ersten Semester wieder geschmissen. Momentan tendiere ich dazu, Mathematik auf Lehramt zu studieren.«

»Ist ja auch nicht immer so einfach, den richtigen Weg für sich zu finden«, bemerkte Siebels.

»Wussten Sie schon immer, dass Sie Polizist werden wollen?«

Siebels nickte. »Ja, das war mir schon früh klar und ich wüsste bis heute nicht, was ich sonst hätte tun können.«

»Vielleicht wäre das ja auch was für mich?«, überlegte Julius.

»Jetzt dürfen Sie aber erst mal als Zeuge brillieren«, sagte Siebels und übergab den Stab wieder an Till.

»Was für Jobs machen Sie denn, wenn Sie nicht gerade auf das Haus aufpassen?«

»Dieses und jenes. Ich gebe Nachhilfeunterricht, mache manchmal für ein paar Tage oder Wochen Büroarbeiten in der Firma meines Vaters und programmiere und gestalte Webseiten. Das kommt aber nicht allzu häufig vor, mein Kundenkreis ist da überschaubar.«

»Nach unseren Erkenntnissen verdienen Sie sich auch durch kleinere Gartenarbeiten in der Nachbarschaft noch etwas hinzu. Ist das richtig?«

»Stimmt. Aber das ist noch überschaubarer. Der alten Frau Müller mähe ich im Sommer den Rasen. Ich nehme an, sie hat Ihnen das erzählt?«

Till bemerkte, dass Julius es jetzt zu gerne bei dieser Frau Müller belassen würde. Aber den Gefallen würde er ihm natürlich nicht tun. Er schüttelte den Kopf. »Nein, mit einer Frau Müller haben wir uns nicht unterhalten.«

Julius wirkte jetzt nachdenklich und leicht abwesend. »Das ist im Viertel ja bekannt, dass ich Frau Müller da immer mal zur Hand gehe. Aber was spielt das auch für eine Rolle?«

»Haben Sie auch bei Familie Schlosser schon ausgeholfen?«, kam Till nun auf den Punkt.

»Stimmt. Das ist aber bestimmt schon ein oder zwei Jahre her. Da habe ich eine Hecke zurückgeschnitten. Mit Herrn

Schlosser hatte ich damals aber gar keinen Kontakt. Und selbst wenn, was wollen Sie jetzt eigentlich von mir?«

»Frau Schlosser hatte Sie also für diese Arbeit engagiert?«

Dass Julius sich immer weniger wohl in seiner Haut fühlte, konnte er nicht verbergen. »Ja. Ist das ein Problem?«

»Können Sie sich schon denken, worauf ich hinauswill?«, fragte Till süffisant.

»Sollte ich mir besser einen Anwalt nehmen?« Die Selbstsicherheit, die Julius zuvor ausgestrahlt hatte, war nun wie weggeblasen.

»Das bleibt Ihnen überlassen. Aber ich wüsste nicht, warum das nötig sein sollte. Wir interessieren uns allerdings weniger für Ihre Tätigkeiten als Aushilfsgärtner, sondern eher dafür, in welcher Beziehung Sie zu Frau Schlosser standen.«

Julius ließ sich einen Moment Zeit, bevor er darauf einging. »Okay, wir hatten mal was miteinander. Das ging aber nicht lange und danach hatten wir kaum noch Kontakt. Hat ja dann auch nicht mehr lange gedauert, bis sie ihren Mann verlassen hat und von hier weggezogen ist. Woher wissen Sie denn davon?«

»Spezifisch relevante Ermittlungsmethoden«, grinste Till. »Was hatten Sie damals denn für einen Eindruck von ihr? Erzählen Sie doch mal.«

»Glauben Sie, dass sie ihren Mann umgebracht hat?«

»Wir glauben gar nichts. Wir wollen uns nur ein Bild machen. Also seien Sie doch so nett und helfen uns ein bisschen weiter.«

»Sie hat mich auf der Straße vorm Haus angesprochen«, fing Julius widerwillig an zu berichten. »Ob ich mir nicht ein bisschen was dazuverdienen wolle, wegen der Hecke im Garten. Ich war einverstanden und kam zwei Tage später zu ihr. Es war ein warmer Tag. Sie zeigte mir die Hecke. Eine Heckenschere hatte sie auch schon zurechtgelegt. Zwei Stunden habe ich daran rumgeschnippelt. Als ich fertig war, kam sie mit einer Kanne Eistee. Wir haben uns auf die Terrasse gesetzt und uns unterhalten. Dabei hat sie angefangen, mich anzumachen. Das hat mir gefallen. Ich habe mich darauf eingelassen. Sie war ja auch ansehnlich. Lange Rede, kurzer Sinn. Da ich vom Heckeschneiden ziemlich verschwitzt war, hat sie mich unter die Dusche geschickt und ist gleich mitgekommen, um mich einzuseifen.«

»Na, das war doch schon mal sehr hilfreich für den Anfang«, zeigte Till sich zufrieden.

»Für den Anfang? Viel mehr gibt es da nicht mehr zu erzählen.«

Till vollzog zunächst eine Kehrtwende und zeigte Julius das Foto von der unbekannten nackten Frau auf der Couch im Hause Schlosser. »Haben Sie diese Frau schon einmal gesehen?«

Julius nahm das Foto und betrachtete es sich eingehend. »Das ist drüben bei den Schlossers aufgenommen.«

»Richtig. Kennen Sie die Frau?«

»Ich glaube, ich habe sie schon mal gesehen.«

Till warf einen Blick zu Siebels. Der zeigte unmerklich den erhobenen Daumen.

»Und wo glauben Sie, sie schon mal gesehen zu haben?«

»Könnte sein, dass ich sie mit Christian gesehen habe. Nach dem Training auf dem Fußballplatz. Oder in der Vereinskneipe. Ich bin mir nicht ganz sicher.«

Siebels dachte an Christian Schlosser, dem anscheinend doch mehr das Foto als die Nachricht vom Tod seines Vaters auf den Magen geschlagen war.

»War es die Freundin von Christian?«

Julius nickte. »Ich habe die beiden nur zusammen gesehen, nicht mit ihnen gesprochen. Aber ich denke schon, die haben einen ziemlich verliebten Eindruck gemacht.«

»Das hilft uns schon mal sehr viel weiter. Wissen Sie auch, wie sie heißt?«

Julius schüttelte den Kopf. »Nee, keine Ahnung.«

»Gibt es jemanden aus dem Verein, der mit Christian gut befreundet ist und ihren Namen wissen könnte?«

»Max. Max Krause. Die beiden hingen oft zusammen rum. Aber Christian weiß es bestimmt auch.« Im letzten Satz war der ironische Unterton nicht zu überhören.

»Davon ist auszugehen«, bestätigte Till. »Kommen wir noch mal auf Ihre kleine Affäre mit Ihrer ehemaligen Nachbarin zurück. Wie lange ging das denn?«

»Werden meine Eltern davon erfahren?«, wollte Julius erst mal wissen, bevor er den Polizisten weitere Einzelheiten aus seinem Liebesleben verriet.

»Von uns nicht. Jedenfalls nicht, solange wir Sie nur als Zeugen befragen.«

»Und was soll das jetzt heißen?«

»Soll heißen, dass Sie nichts zu befürchten haben, wenn Sie nicht vorletzte Nacht rüber zu Herrn Schlosser gegangen sind und ihm eins über den Schädel gehauen haben.«

»Habe ich nicht. Warum denn auch?«

»Also, wie lange ging das Techtelmechtel zwischen Ihnen und Ihrer Nachbarin?«

»Weiß nicht, zwei oder drei Monate. Aber wir haben uns nicht regelmäßig getroffen, Vielleicht alle zwei Wochen mal.«

»Hat sie dabei ihren Mann erwähnt? Oder ihre Ehe? Hat sie Ihnen gesagt, warum sie eine Affäre mit Ihnen angefangen hat?«

»Einmal hat sie darüber gesprochen. Sie war ziemlich sauer auf ihren Alten. Der würde ständig mit jungen Dingern rumvögeln und sie nur noch als billige Putzhilfe betrachten. Mir war das eigentlich egal. Ich hatte meinen Spaß und sie auch.«

»Warum hat Ihre Affäre dann nur zwei oder drei Monate angehalten? Ist doch praktisch, wenn man gegenüber wohnt und genug Tagesfreizeit hat.«

»Stimmt, das war wirklich praktisch. Damit niemand Verdacht schöpft, habe ich jedes Mal ein paar Dinge im Garten erledigt, bevor wir in die Kiste gesprungen sind. Ich weiß gar nicht genau, warum es aufgehört hat. Sie hat sich einfach nicht mehr gemeldet. Wenn ich kommen sollte, hatte sie mir immer eine Nachricht auf das Handy geschickt. Die blieben irgendwann einfach aus.«

»Und Sie haben nicht mal nachgefragt, warum sie sich nicht mehr meldet?«

»Nö. Na ja, als schon eine Zeitlang Funkstille herrschte, habe ich zufällig einen Kerl gesehen, der drüben ins Haus gegangen ist. Mittags. Ich bin also davon ausgegangen, dass sie einen anderen hatte. Oder schon zweigleisig gefahren ist, als wir uns noch getroffen haben. Das war mir zu blöd, also habe ich es dabei belassen.«

»Den anderen Kerl haben Sie aber noch nie zuvor gesehen? Oder wissen Sie, wer das war?«

»Nein, den kannte ich nicht. Der dürfte aber auch in meinem Alter gewesen sein. Bin mir aber nicht sicher, habe ihn nur kurz und aus einiger Entfernung gesehen.«

Till ließ sich eine vage Beschreibung von dem unbekannten Mann geben und bedankte sich abschließend für das offene Gespräch.

»Komische Frau, die Frau Schlosser«, wunderte sich Siebels, als sie wieder im Wagen saßen.

»Ja, mit der werden wir bestimmt noch interessante Gespräche führen.« Till grinste. »Würde mich ja interessieren, wie viele Männer die gehabt hat, während sie ihrem Mann ständig Untreue vorgeworfen hat.«

»Du wirst es herausfinden«, sagte Siebels, der es selbst gar nicht so genau wissen wollte. »Jetzt fahren wir zu Christian Schlosser. Ich will endlich wissen, wer die Frau auf dem Foto ist, warum sie auf dem Foto ist und warum das Foto auf Christians erschlagenem Vater abgelegt wurde.«

7

79 Tage zuvor

Als Christian am nächsten Morgen die Augen aufschlug, lag Lena schlafend eng angeschmiegt bei ihm. Er rührte sich nicht, wollte sie nicht wecken, sondern ihre gleichmäßigen, warmen Atemzüge auf seiner Brust spüren. Er wusste nichts über sie, gestand er sich ein. Außer, dass sie ab und an sehr sonderbar war. Er wollte mehr erfahren. Plötzlich war sie da gewesen, stand auf einmal in seinem Leben oder besser gesagt, er landete schlagartig in ihrem Bett. Er fühlte sich wohl mit ihr. Mochte es, ihr beim Schlafen zuzusehen. Sie wirkte so friedlich und schutzbedürftig. In der Nacht war das allerdings ganz anders gewesen. Da war sie ihm so ganz und gar nicht anschmiegsam oder schutzbedürftig vorgekommen, sondern war ihm mit ihrer distanzierten Art und Weise auf die Nerven gegangen. Was hatte sie sich dabei gedacht, mitten in der Nacht? Was hatte sie damit bezweckt? Er wurde das Gefühl nicht los, dass sie auch noch mit anderen Männern schlief und von ihm seinen Segen dazu haben wollte. Aber das erschien ihm völlig absurd. Vor allem, wenn er sie jetzt im Schlaf betrachtete.

Sie rührte sich, erwachte, blinzelte ihn verträumt an und schenkte ihm ein verliebtes Lächeln. »Guten Morgen, mein Held«, flötete sie. »Hast du gut geschlafen in meinem kleinen Bett?«

»Guten Morgen, mein kleiner Engel«, säuselte Christian. »Ich habe gut geschlafen. Aber ehrlich gesagt, hätte ich noch viel besser geschlafen, wenn du mich nicht mitten in der Nacht geweckt hättest.«

Lena zuckte unmerklich zusammen. Etwas verlegen wendete sie ihren Blick von Christian ab. »Oh, habe ich das?«

»Kannst du dich nicht mehr daran erinnern?« Christian hatte das Gefühl, dass sie tatsächlich nichts mehr davon wusste.

»Ich habe fest geschlafen«, stammelte sie unsicher.

»Du hast dich angezogen, eine Brille aufgehabt, den Stuhl neben das Bett gestellt und dich daraufgesetzt. Du hast mir lauter komische Fragen gestellt und dir Notizen zu meinen Antworten gemacht. Das alles weißt du nicht mehr?« Christian konnte es nicht fassen. Was war mit ihr nur los?

Lena ging nicht darauf ein. Sie stand auf und begab sich ins Badezimmer. Christian ließ sich wieder zurück aufs Bett fallen, seufzte und schloss die Augen. Plötzlich hörte er Stimmen aus dem Badezimmer. Undeutlich, aber er war sich sicher, dass es verschiedene Stimmen waren. Er stand auf und schlich sich zur Badezimmertür. Er hielt die Luft an und legte sein Ohr an die Tür. Jetzt hörte er die Stimmen deutlicher. Lenas Stimme, die verzweifelt klang. Die Stimme von Lena, wie sie heute Nacht geklungen hatte. Und die Stimme von Lena, wie er sie am Morgen nach ihrer ersten Nacht wahrgenommen hatte. Es waren drei verschiedene Stimmen. Die drei Stimmen stritten miteinander.

»Warum macht ihr mir alles kaputt?«, jammerte die liebliche Lena.

»Ich will doch nur sichergehen, dass es gut für dich wird«, sagte die nervige Lena.

»Du dumme Nuss denkst nur ans Ficken und reitest uns damit alle in die Scheiße«, fluchte die derbe Lena.

»Das stimmt nicht. Ich will einfach nur glücklich sein und meine Ruhe vor euch haben.«

»So geht das aber nicht. Du musst dich mit uns arrangieren.«

»Wäre echt besser, wenn du mal ne Weile im roten Salon verschwinden würdest. Mit einem Keuschheitsgürtel.«

Christian war völlig perplex. Wohnten hier etwa drei Frauen? Handelte es sich um Schwestern? Sie sahen sich täuschend ähnlich, waren aber doch so verschieden. Er musste jetzt wissen, was hier vor sich ging. Mit dem Fingerknöchel klopfte er gegen die Tür. »Lena, alles in Ordnung?«

»Ja, alles gut. Ich komme gleich raus.«

Christian war sehr gespannt, wer da noch alles aus dem Bad kommen würde.

»Verpiss dich, du Penner«, zischte es hinter der Tür.

Die derbe Lena mochte ihn scheinbar nicht so sehr, wunderte sich Christian.

»Das war ich nicht«, jammerte seine Lena. Sie öffnete die Tür und stand mit Tränen in den Augen vor ihm. »Hast du gelauscht?«

Christian schaute an ihr vorbei ins Bad rein. Aber da war niemand mehr. Drei Personen hätten in den kleinen Raum auch gar nicht reingepasst. »Das war ja nicht zu überhören. Du führst Selbstgespräche?«

Lena nickte. »Ja. Findest du das schlimm?«

Christian wusste nicht, was er dazu sagen sollte. Langsam kam er zu dem Entschluss, dass sie völlig verrückt sein musste. »Ich finde es ein bisschen merkwürdig«, relativierte er ihr gegenüber seine Meinung.

Lena ging an ihm vorbei und zog sich an. Sie machte jetzt einen trotzigen Eindruck auf ihn. »Ich bin Lena«, sagte sie. »Die anderen beiden heißen Kristie und Silvia.«

*

Siebels und Till wurden von Joshua, einem der Mitbewohner von Christians Wohngemeinschaft, hereingelassen. Er trug eine tiefhängende Jeanshose und ein ausgewaschenes T-Shirt.

»Christian ist in seinem Zimmer. Irgendwas stimmt nicht mit ihm. Ich glaube, er ist krank.«

»Ich würde mich gern kurz mit Ihnen unterhalten, während mein Kollege ein paar Fragen mit Christian klärt«, entschied Till intuitiv.

Joshua machte keinen sehr glücklichen Gesichtsausdruck. »Worum geht es denn? Hier ist es im Moment etwas unaufgeräumt.«

»Das stört mich nicht.« Till ging einfach in die Gemeinschaftsküche voran, wo sich tatsächlich das schmutzige Geschirr stapelte. Auf dem Tisch standen leere Bierflaschen, ein halbvoller Aschenbecher und Pizzakartons. »Schaut doch nach einer echten Männer-WG aus«, sagte Till beeindruckt. »Wie lange wohnen Sie denn schon zusammen?«

Joshua räumte den Tisch ab, stellte die Pizzakartons auf die Fensterbank und die Bierflaschen ins Spülbecken. »Daniel und ich schon seit drei Jahren, Christian kam ungefähr vor einem Jahr dazu. Nachdem Clemens ausgezogen war. Der hat einen Job in München bekommen. Als Physiker.«

»Dann kennen Sie sich also ziemlich gut, vermute ich.«

»Kann man wohl so sagen. Worum geht es denn?«

»Hat Christian eine Freundin?«

Till erntete einen misstrauischen Blick. »Wir sind von der Mordkommission und ermitteln im Todesfall von Christians Vater«, legitimierte er den Grund für seine neugierige Frage.

Joshua benötigte einen Moment, bevor er das Gehörte verarbeitet hatte. »Christians Vater wurde umgebracht?«

Till nickte. »Im eigenen Haus erschlagen. Mehr kann ich Ihnen dazu aber nicht sagen.«

»Ist ja krass.« Joshua wusste nicht, was er sonst noch dazu sagen sollte.

»Kennen Sie die Freundin von Christian?«, startete Till einen neuen Versuch, diesmal etwas subtiler formuliert.

»Ja, schon. Aber nicht sehr gut. Sie war ab und an mal hier. Aber meistens sind die beiden dann gleich in Christians Zimmer verschwunden. Warum fragen Sie nach ihr? Sie wird ja wohl kaum Christians Vater umgebracht haben. Oder doch?«

»Davon gehen wir nicht aus. Wir wollen ihr nur ein paar Fragen stellen. Wie heißt sie denn?«

»Lena. Warum fragen Sie nicht Christian? Was für Fragen wollen Sie ihr denn stellen? Sie denken doch nicht, dass Christian seinen Vater ...? Niemals. Die beiden hatten ein gutes Verhältnis zueinander.«

»Mein Kollege befragt ihn ja gerade. Und im Moment verdächtigen wir noch niemanden. Wir wollen uns zunächst nur ein Bild über das Umfeld von Christians Vater verschaffen. Hat Lena auch einen Nachnamen?«

Joshua zuckte mit den Schultern. »Wahrscheinlich schon. Aber ehrlich gesagt, weiß ich den gar nicht. Sie wohnt in einem Studentenwohnheim. Viel mehr weiß ich nicht von ihr.«

»Hat Christian nie von seiner Freundin erzählt? War sie nie dabei, wenn Sie hier Pizza gegessen und Bier getrunken haben?«

»Am Anfang schon, als sie frisch zusammen waren. Da war sie auch total nett und süß und so. Aber irgendwann ist sie mal völlig ausgetickt. Sie hatte die Nacht bei Christian gepennt. Am nächsten Morgen legte sie hier einen sehr seltsamen Auftritt hin. Seit diesem Tag hatte ich nur noch sporadischen Kontakt zu ihr.«

*

Christian saß leichenblass auf dem Bett, als Siebels sein Zimmer betrat. »Tut mir leid, aber ich muss Sie noch einmal belästigen.« Siebels setzte sich wieder auf den Stuhl, der einzigen Sitzgelegenheit im Zimmer außer dem Bett.

Christian nickte apathisch und schaute durch Siebels hindurch.

»Sie können sich ja bestimmt denken, warum.«

»Lena hat meinen Vater nicht umgebracht.«

»Das hat ja auch niemand behauptet. Lena ist Ihre Freundin und sie ist die Frau auf dem Foto, das ich Ihnen gestern gezeigt habe, richtig?«

»Ja. Ich gehe jedenfalls davon aus, dass es Lena ist.«

»Sie gehen davon aus? Hat sie denn noch eine Zwillingsschwester?«

»So ähnlich. Nicht nur eine.«

Siebels wusste nicht, was er von dieser Antwort halten sollte. »Sie ist ein Mehrlingskind? Drillinge?«

»Ja, so ähnlich. Was wollen Sie jetzt von mir?«

»Ich möchte wissen, was es mit dem Foto auf sich hat. Und mich mit Lena unterhalten.«

»Lena kann manchmal nicht Nein sagen«, blieb Christian vage.

»Aha. Haben Sie mit ihr gesprochen, nach meinem gestrigen Besuch?«

»Nein. Ich muss das alles erst mal für mich verarbeiten.«

»Das verstehe ich. Vielleicht sollten Sie mit jemandem darüber sprechen. Mit einem Freund. Oder einem Arzt.«

»Ich möchte eigentlich im Moment nur allein sein.«

»Ich will Sie jetzt auch gar nicht lange belästigen. Ich brauche aber eine Adresse oder eine Telefonnummer von Ihrer Freundin.«

»Wozu? Sie hat mit dem Tod meines Vaters nichts zu tun.«

»Aber sie könnte das Mordmotiv sein. Und ehrlich gesagt, haben Sie nun ein sehr gutes Motiv. So, wie es sich darstellt, hatte Ihr Vater ein Verhältnis mit Ihrer Freundin.«

»Dass Sie das denken müssen, kam mir auch schon in den Sinn«, sagte Christian trotzig. »Aber so ist es nicht.«

»Wie ist es denn?«

»Ich weiß es nicht. Finden Sie es heraus. Sie sind doch der Polizist.«

»Keine Sorge, ich werde es herausfinden. Und dazu muss ich mich natürlich mit Ihrer Freundin unterhalten.«

»Das geht nicht so einfach.«

»Nicht? Jetzt reden Sie doch mal Klartext, sonst sitze ich noch die ganze Nacht hier.«

»Lena ist in Behandlung. Bei einer Psychiaterin. Das habe ich vor einigen Wochen veranlasst. Sprechen Sie erst mit ihr.«

*

»Können Sie mir mal genauer erklären, was Sie mit völlig ausgetickt meinen?« Till hatte das Bild der nackten Frau auf der Couch im Kopf. Sie wirkte sinnlich und kokett. Wie eine Lolita. Wie es war, wenn so eine Frau durchdrehte, konnte er sich nicht vorstellen.

»Ich weiß nicht, ob ich das jetzt wirklich erzählen soll.«

»Sollten Sie. Es geht um eine Mordermittlung.«

»Vielleicht hat sie damals ja was geraucht oder was eingeschmissen, was ihr nicht gutgetan hat«, versuchte Joshua sich herauszuwinden.

»Klar, warum nicht. Das ist eine gute Erklärung, wenn sich jemand merkwürdig oder aggressiv verhält.«

»Aber ich kann mir nicht vorstellen, dass sie ein Junkie ist.« Joshua zeigte sich von der Erklärung nicht überzeugt.

»Vielleicht war es ja eine einmalige Sache? Wie hat sich das denn nun geäußert?«

»Okay, Sie geben ja doch keine Ruhe. Also, als wir abends zusammengesessen haben, war sie noch ganz normal. Nett, zurückhaltend, freundlich. Am nächsten Morgen stand sie plötzlich in meinem Zimmer. Ich habe noch geschlafen. Ich wurde wach, weil sie neben meinem Bett stand und ziemlich derb auf mich eingeredet hat. Sie war wie verwandelt. Ich bekam es richtig mit der Angst zu tun.«

»Es ist aber nichts Außergewöhnliches vorgefallen in der Nacht zuvor?«

»Daran habe ich zuerst auch gedacht. Ich hatte schon Angst, dass Daniel irgendeinen Scheiß gebaut hat. Aber der hat mir später versichert, dass da nix war. Überhaupt nix. Und Christian wollte darüber nicht reden. Irgendwie war dem das peinlich.«

»Was hat sie denn zu Ihnen gesagt, als sie in Ihrem Zimmer war?«

Joshua erinnerte sich mit einem flauen Gefühl im Magen an dieses merkwürdige Ereignis. »Sie rüttelte an meiner Schulter und schnauzte mich an, als ich wach wurde. Sie beschimpfte mich als dummen Spanner. Ich fragte sie, was denn los sei. Ich war noch völlig verschlafen und von ihrem Auftritt total überrumpelt. Sie setzte sich zu mir auf die Bettkante und sah überheblich auf mich herunter. Dann redete sie ganz ruhig weiter. Sagte, dass ich genauso ein blöder Penner wäre wie Christian. Dass ich nur darauf gewartet hätte, dass sie zu mir ins Zimmer kommen würde. Dass ich sie nur ficken wollte, dass das aber so nicht laufen würde. Ich war richtig geschockt, als sie das so ganz unverblümt aussprach und mir dabei feindselig in die Augen sah. Ich befürchtete, ich hätte am Abend zuvor vielleicht irgendwas gesagt oder getan, was sie missverstanden haben könnte. Aber dem war nicht so. Das wurde mir aber erst später bewusst. Plötzlich hielt sie eine Schere in der Hand. Die musste sie vorher aus der Schublade meines Schranks geholt haben, als ich noch schlief. Wahrscheinlich hat sie meinen ganzen Schrank durchsucht. Sie hielt mir die Schere vors Gesicht und drohte mir. Sie würde mir meinen beschissenen Schwanz abschneiden, schnipp, schnapp, dann wäre er ab. Dabei lachte sie gehässig vor sich hin. Ich bekam es wirklich mit der Angst zu tun und rief laut nach Christian. Sie lachte noch lauter und sagte, dass sie dem auch den Schwanz abschneiden würde. Schnipp schnapp. Sie fuchtelte mit der Schere vor meiner Nase herum und wiederholte es in einer Tour. Schnipp schnapp. Schnipp schnapp. Endlich kam Christian rein. Er brüllte sie an, nachdem er registriert hatte, was los war. Aber nicht wütend oder so. Er war total besorgt um sie und rief sie ständig beim Namen. Lena, Lena, hörst du mich. Lena, komm zu mir.

Das war total irreal. Aber plötzlich veränderte sie sich. So, als würde sie sich verwandeln. Sie zuckte ein paar Mal zusammen, kniff die Augen für einen kurzen Moment zu und schaute dann völlig verwirrt zwischen mir und Christian hin und her. Als wüsste sie gar nicht, wo sie sich überhaupt befand. Christian sagte ihr, sie solle die Schere fallen lassen. Sie schaute die Schere in ihrer Hand an und schien sich darüber zu erschrecken. Sie ließ sie fallen. Dann verließ sie wortlos mein Zimmer. Christian stammelte etwas Unverständliches und ging ihr hinterher.«

Till wusste nicht, was er von dieser Geschichte halten sollte. »Und Sie haben später nie mit Christian darüber gesprochen?«

»Ich habe es versucht, aber Christian hat abgeblockt. Er hatte eine halbseidene Erklärung parat, sagte, dass sie manchmal Alpträume hätte und schlafwandeln würde. Das würde nur selten passieren, aber sie würde in Zukunft nicht noch mal hier übernachten. Sie kam dann eigentlich gar nicht mehr her. Damit war das Thema für Christian erledigt.

Er wollte nicht weiter darüber sprechen und das habe ich auch respektiert.«

*

Als sie wieder im Wagen saßen, berichtete Siebels von der Psychiaterin, mit der sie sich unterhalten sollten.
»Psychiatrische Behandlung? Das passt gut zu dem, was Joshua mir erzählt hat. Aber diese Psychiaterin wird sich auf ihre ärztliche Schweigepflicht berufen. Das bringt uns bestimmt nicht weiter.«
»Christian hat nach meinem gestrigen Besuch mit ihr gesprochen. Nur mit ihr, sonst mit niemandem. Sie sollte mit Lena sprechen und danach entscheiden, ob Lena mit uns spricht oder nicht.«
»Klingt alles sehr mysteriös. Da haben wir ja wieder einen tollen Fall erwischt. Irgendwie alles wie früher.«
»Mich juckt es auch schon wieder wie früher, den Fall so schnell wie möglich aufzuklären«, zeigte Siebels sich in alter Manier. »Was hat Joshua denn so von sich gegeben?«
Till erzählte ihm die verrückte Geschichte.

8

79 Tage zuvor

»Kristie mag mich nicht«, stellte Christian ernüchtert fest.

»Kristie mag niemanden«, beruhigte Lena ihn. »Jedenfalls keine Männer, die mich mögen.«

»Gibt es denn viele Männer, die dich mögen?«

»Nein. Wie denn auch, wenn Kristie sie immer gleich verjagt.«

»Mich verjagt sie nicht so schnell. Irgendwie mag ich Kristie sogar.«

»Du magst Kristie? Das glaube ich nicht. Sie wird dich nur beschimpfen und bedrohen.«

»Vielleicht muss sie mich erst noch besser kennen lernen?«

»Nein! Genau das will ich ja verhindern.«

»Das hat aber nicht gut geklappt.«

»Stimmt. Leider. Deswegen hat sich ja jetzt auch noch Silvia eingemischt. Das ist eine Katastrophe.«

»Silvia mag ich auch«, sagte Christian und wunderte sich selbst darüber, wie schnell er sich mit dieser Situation zu arrangieren schien.

»Silvia ist okay. Aber sie nervt manchmal ganz schön.«

»Ja, das stimmt«, lachte Christian. Aber dann wurde er gleich wieder ernst. »Wenn ich Silvia richtig verstanden habe, bist du leicht rumzukriegen. Stimmt das?«

»Das hat sie gesagt?« Lena klang überrascht.

»Na ja, nicht so direkt. Aber indirekt. Bei uns ging es ja auch ziemlich schnell.«

»Das hat dich aber nicht gestört, oder?«

»Nein, hat es nicht. Wie siehst du die Sache eigentlich? Sind wir jetzt zusammen? Ein Paar?«

Lena musste darüber nachdenken. »Möchtest du das?«

»Ja. Aber ich möchte dich für mich allein haben.«

»*Du wirst aber nicht lange bleiben. Es ist noch keiner lange geblieben.*«

»*Ich bleibe. Ganz egal, was Kristie sagt oder macht.*«

»*Kristie kann ganz schön gemein sein. Sie wird keine Ruhe geben, bis du aus meinem Leben verschwunden bist.*«

»*Nutzt du deswegen jede sich bietende Gelegenheit aus, wenn du einen Mann triffst? Damit du Sex mit ihm hast, bevor Kristie aus der Deckung kommt?*«

»*Ich weiß nicht. Vielleicht. Ich möchte niemanden enttäuschen. Von Kristie sind alle enttäuscht.*«

»*Es würde doch schon genügen, wenn du mich nicht enttäuschst.*«

»*Gut, ich will versuchen, dich nicht zu enttäuschen. Aber ich muss dir noch etwas sagen.*«

»*Was denn?*«

»*Es gibt noch mehr. Nicht nur Kristie und Silvia.*«

*

Siebels hatte auf der Rückfahrt von Christian den gewünschten Rückruf von Jürgen Hellmann bekommen, dem zweiten Partneranwalt von Tobias Lang. Hellmann befand sich in einem Hotel, wo er zurzeit wohnte, und hatte noch eine Stunde Zeit, bevor er den nächsten Termin wahrnehmen musste. Es handelte sich um ein kleineres Hotel am Rebstockpark, in unmittelbarer Nähe zum Messegelände. Siebels beschloss, mit Till direkt dorthin zu fahren.

»Warum wohnt er in einem Hotel?«, wollte sein Partner wissen.

»Woher soll ich das wissen?«

»Das ist nicht gerade ein luxuriöses Hotel, eher was für weniger gut betuchte Messegäste«, sagte Till. Es lag im Neubaugebiet des Rebstockparks. Till hatte bis vor einigen Jahren im benachbarten Stadtteil City West gewohnt und früher in dem Park seine Joggingrunden gedreht. Mittlerweile waren außer dem Hotel ganze Straßenzüge mit Wohnhäusern und eine neue Straßenbahnlinie entstanden.

»Mal was anderes«, sagte Siebels. »Die Frankfurter Luxushotels haben wir bei unseren letzten Ermittlungen doch zur Genüge aufgesucht.« Siebels hatte damals als Privatdetektiv den Auftrag bekommen, den brutalen Mord an einer Escort-Dame aufzuklären. Dabei traf er gleich auf Till, der für das LKA tätig war und einen international operierenden Waffenhändler observierte. In der Folge bekamen sie es sogar mit einem saudischen Prinzen zu tun, der mit seinem Gefolge eine ganze Etage eines erstklassigen Hotels in Beschlag nahm. »Hellmann ist halt nur ein Anwalt und kein Prinz«, brachte er es dann auf den Punkt.

Jürgen Hellmann roch leicht nach Alkohol, obwohl es noch früh am Abend war. Er war Mitte vierzig, hatte schütteres Haar und wenig Sinn für Ordnung. In seinem kleinen Hotelzimmer lagen Papiere, Mappen und Aktenordner kreuz und quer auf dem Fußboden und auf dem Bett zerstreut. Eine angebrochene Flasche Whiskey stand auf dem Nachttisch.

»Wir können uns auch unten in der Lobby unterhalten«, schlug Siebels vor.

»Ja, das ist vielleicht besser«, seufzte Hellmann und sah sich hilflos in seinem Zimmer um. »Ich habe gerade ziemlich viel um die Ohren und muss mich noch in die Materie einarbeiten.«

»Sie wissen, warum wir mit Ihnen reden wollen?«, erkundigte sich Siebels, nachdem sie in der Lobby in einer Sitzecke Platz genommen hatten.

Hellmann nickte. »Herr Lang hat mich informiert. Martin Schlosser wurde umgebracht. Ich kann es noch gar nicht fassen.«

»Wie war denn Ihr Verhältnis zu Herrn Schlosser?«

Jürgen Hellmann atmete tief aus, bevor er darauf einging. »Das war gut. Sehr gut. Wir waren in der Kanzlei ein gutes Team und haben auch privat auf einer Wellenlänge gelegen.«

Till bemerkte, dass Hellmann in der kurzen Zeit seit ihrer Ankunft schon mehrmals verstohlen einen Blick auf seine Uhr geworfen hatte. Als Dreamteam konnte er sich Hellmann und Schlosser überhaupt nicht vorstellen. Er hatte Martin Schlosser zwar lebend nie gesehen, aber der Anblick seiner Leiche ließ vermuten, dass er aus einem anderen Holz geschnitzt war als dieser Hellmann. Schlosser schien ein adretter Mann gewesen zu sein. Sein penibel aufgeräumtes und sauberes Haus wies schon auf einen ausgeprägten Ordnungsfimmel hin. Bei Hellmann wirkte alles etwas schwabbelig. Der Anzug eine Nummer zu groß, der Krawattenknoten schief, das schüttere Haar ungekämmt und in seinem Zimmer ein heilloses Durcheinander.

»Sie wohnen hier?«, erkundigte sich Till.

»Ja, seit einigen Wochen schon. Ich komme einfach nicht dazu, mir eine passende Bleibe zu suchen. Meine Frau hat mich verlassen. Oder besser gesagt, sie hat mich aus unserem Haus geschmissen und ich bin vorübergehend hier untergekommen. Auch in dieser Hinsicht teilte ich das gleiche Schicksal wie Martin. Mit dem Unterschied, dass er in seinem Haus geblieben ist und seine Frau sich eine andere Bleibe gesucht hat.«

Kaum hatte er ausgeredet, entschuldigte er sich, weil er auf Toilette müsse. Auf dem Rückweg legte er einen Umweg über die Bar ein und brachte sich einen doppelten Whiskey mit.

»Darf ich fragen, warum Ihre Frau Sie rausgeschmissen hat?«, erkundigte sich Till.

Hellmann sah ihn aus traurigen Augen an. »Das geht Sie zwar nichts an, aber was soll's. Ich hatte eine kleine Affäre und sie ist dahintergekommen. Ich habe meine Frau geliebt. Liebe sie immer noch. Diese Affäre hat mir eigentlich nichts bedeutet. Es war nicht mal eine richtige Affäre. Und jetzt friste ich mein Dasein in diesem kleinen Hotelzimmer, wenn ich nicht bis spät abends in der Kanzlei bin.«

Siebels reichte Hellmann jetzt das Foto von Lena. »Haben Sie diese Frau schon einmal gesehen?«

Hellmann nahm das Foto in die Hand und versank förmlich darin. »Das ist sie«, sagte er mit einem theatralischen Seufzer.

»Das ist wer?« Siebels stand auf dem Schlauch.

»Das war meine kleine, unbedeutende Affäre. Woher haben Sie denn dieses Foto?«

»Mit dieser Frau hatten Sie eine Affäre?« Siebels konnte es kaum glauben.

In Tills Kopf überschlugen sich die Gedanken, aber es kam dabei keine vernünftige Erklärung hervor. »Erzählen Sie uns das bitte genauer«, forderte er Hellmann auf.

Hellmann trank seinen doppelten Whiskey mit einem Zug aus. »Was gibt es denn da viel zu erzählen? Eine Affäre halt. Kurz und schön und mit bösen Folgen.«

»Wann und wo und wie haben Sie sie kennen gelernt?« Till nahm jetzt keine Rücksicht auf die Empfindlichkeiten seines Gegenübers.

Der geringe Widerstand von Hellmann war damit auch schon gebrochen. Er beichtete sein Vergehen und ließ seinen Blick dabei sehnsuchtsvoll zur Hotelbar schweifen. »Vor ein paar Wochen habe ich sie kennen gelernt. In einem Baumarkt. Ich wollte dort eigentlich ein paar Gartengeräte kaufen. Aber dann habe ich sie gesehen. Sie ging in eine ganz andere Abteilung. Im Wohnbereich schaute sie nach Gardinenstangen und machte dabei einen ziemlich ratlosen Eindruck. Ich war fasziniert von ihr. Sie wirkte so unbedarft, war jung und schön und allein. Ich habe sie einfach angesprochen, habe gefragt, ob sie Hilfe braucht. Sie hat mich angelächelt und genickt. Wir haben dann zusammen eine Gardinenstange und moderne Vorhänge ausgesucht und uns dabei über ihren Geschmack bezüglich Wohnaccessoires unterhalten. Ich habe ihr dabei Komplimente gemacht, das fiel auf fruchtbaren Boden. Schließlich habe ich sie zu ihrer Studentenbude begleitet und ihr die Gardinenstange an der Wand montiert und die Vorhänge aufgehängt. Mehr zum Spaß habe ich dann gesagt, dass sie jetzt auch ganz ungeniert nackt in ihrem Zimmer rumlaufen könnte. Sie lachte und fragte, ob sie das vielleicht gleich mal ausprobieren sollte. Da habe ich natürlich zugestimmt. Sie zog sich tatsächlich aus. Vor meinen Augen. Ich konnte es kaum glauben. Dann zog ich mich auch aus. Sie hatte keine Einwände. Im Gegenteil, es gefiel ihr. Und dann hatten wir Sex.«

Siebels und Till schauten sich ungläubig an. Hellmann sah wieder verstohlen auf seine Uhr.

»Wie lange dauerte diese Affäre?«, wollte Till wissen.

»Nur ein paar Wochen. Erst hat meine Frau davon erfahren und mich vor die Tür gesetzt und kurz darauf hat Lena mir den Laufpass gegeben. Tja, dumm gelaufen.«

»Warum hat Lena die Affäre beendet?«

Hellmann zuckte die Schultern. »Ich nehme an, sie hatte einen anderen. Sie war sehr freizügig und suchte vor allem ihren Spaß. Sie brauchte den Kick. Vielleicht stand sie auch drauf, sich mit glücklich verheirateten Männern zu treffen. Das war bei mir ja nicht mehr der Fall.«

»Sie wollten doch wissen, woher wir dieses Foto haben«, kam Siebels auf Hellmanns Frage zurück.

»Ja, woher haben Sie das? Und warum zeigen Sie mir es jetzt?«

»Weil es bei der Leiche von Martin Schlosser gefunden wurde.«

»Was? Wieso das? Das verstehe ich nicht.« Hellmann nahm das leere Whiskeyglas und gierte nach dem letzten Tropfen darin.

»Wahrscheinlich, weil sie eine Affäre mit ihm hatte«, mutmaßte Till. »Wussten Sie denn nichts davon? Sie waren doch so ein tolles Team. Hat er sie Ihnen ausgespannt? Waren Sie und Herr Schlosser vielleicht mehr Rivalen als Kollegen?«

»Nein, das ist doch Quatsch. Verdächtigen Sie jetzt etwa mich, Martin umgebracht zu haben?«

»Wo waren Sie denn am Sonntagabend? Zwischen zehn Uhr und Mitternacht?« Siebels sah Hellmann abwartend an.

»Da war ich bei Tobias Lang. Wir haben noch einiges zu besprechen gehabt. Das hat länger gedauert, als gedacht. Ich bin erst kurz nach Mitternacht wieder aufgebrochen und von dort direkt zu meinem Hotel hier gefahren.«

»Ist das normal, dass Sie sonntagnachts geschäftliche Besprechungen abhalten?«

»Es kommt vor. Nicht oft, aber manchmal schon.«

»Worum ging es dabei denn, wenn es so wichtig war?«, erkundigte sich Till.

»Das müsste ich Ihnen ein andermal erklären«, sagte Hellmann mit einem nervösen Blick auf die Uhr. »Ich habe jetzt noch einen wichtigen Termin und muss dafür noch etwas vorbereiten. Tut mir ehrlich leid.« Hellmann stand auf und verabschiedete sich.

Jasmin schickte sich gerade an, in den wohlverdienten Feierabend zu gehen, als Siebels und Till wieder im Büro eintrafen.

»Hey, du bist ja noch da«, sagte Siebels erstaunt.

»Ja, aber nicht mehr lange. Ich habe schon meinen Yoga-Kurs ausfallen lassen, um für euren Fall zu recherchieren«, antwortete sie ihm mit gestresstem Gesichtsausdruck.

»Wir können ja jetzt noch eine Runde Yoga zusammen machen«, schlug Till mit einem spitzbübischen Grinsen vor.

»Dafür seid ihr zwei doch viel zu hüftsteif«, konterte Jasmin.

»Sie unterschätzt uns«, sagte Till zu Siebels.

»Obwohl wir doch offensichtlich richtige Power-Yoga Typen sind«, fand Siebels Spaß an der kleinen Konversation.

»Wollt ihr zwei Spaßvögel jetzt noch ein Briefing über das Tagesgeschehen? Anderenfalls mache ich mich jetzt auf die Socken.«

»Na, leg schon los«, forderte Siebels sie auf.

»Also: Da hat jemand für dich angerufen, Siebels. Eine Psychiaterin. Du sollst sie zurückrufen, Zettel mit Nummer liegt auf deinem Tisch.«

»Okay, danke. Was gibt es sonst noch?«

»Sonst gibt es noch den Obduktionsbericht, Protokolle der Zeugenbefragungen aus der Nachbarschaft und einen vorläufigen Bericht der Spurensicherung. Das ist alles digital abgelegt. Ich habe dir das aber auch mal ausgedruckt, liegt alles auf deinem Schreibtisch. Außerdem habe ich euer Foto von der nackten Frau gecheckt. Ein Gesichtsabgleich in unseren Datenbanken hat nichts ergeben. Dann habe ich einen Fotoabgleich in Google durchgeführt und dabei bin ich fündig geworden.«

»Lass mich raten«, warf Till ein. »Sie hat auf einer Datingseite inseriert und nach reifen Herren Ausschau gehalten.«

»Sugardaddys, genau, das würde passen«, rief Siebels enthusiastisch.

Jasmin schüttelte den Kopf. »Nein, nichts dergleichen. Ich habe ein Profil auf Facebook gefunden, das aber nicht mehr aktiv genutzt wird. Es wurde vor fünf Jahren eröffnet und über einen Zeitraum von knapp zwei Jahren gab es dort sporadische Posts. Das Profil gehört zu einer Magdalena Steinmann. Sie war damals Schülerin der Goethe-Schule in Buenos Aires.«

»In Argentinien?« Siebels bezweifelte, dass Jasmin da einen korrekten Treffer gelandet hatte.

»Ja, klar in Argentinien. Die Goethe-Schule unterrichtet dort dreisprachig. Deutsch, Englisch und Spanisch.«

»Unsere Frau heißt aber Lena und nicht Maria Magdalena«, gab Siebels zu bedenken.

»Magdalena scheint auch nicht ihr richtiger Name zu sein«, widersprach Jasmin. »Genauso wenig wie Lena. Ich habe das mal recherchiert. Ein Matthias Steinmann ist 1989 nach Argentinien ausgewandert. Das wurde mir vom Auswärtigen Amt bestätigt. Er ist Ende 2017 in Argentinien gestorben. Herzinfarkt. Er war Witwer und hinterließ eine Tochter. Maria Steinmann. Aber egal, auf Facebook kann man sich ja nennen, wie man will. Was aus ihr geworden ist, konnte ich aber noch nicht rausfinden. Und jetzt muss ich los. Bis morgen.«

»Ich glaube, sie ist es tatsächlich«, sagte Till. Er saß vor dem Facebook-Profil von Magdalena Steinmann. Außer dem Profilbild gab es drei weitere Fotos von ihr. Till betrachtete die Bilder und hielt sich das Foto vom Tatort zum Vergleich daneben. »Kein Zweifel, das ist sie.«

Siebels stellte sich hinter Till und begutachtete ebenfalls die Fotos. »Ja, scheint ein und dieselbe Person zu sein. Aber auf den Facebook-Bildern wirkt sie ganz anders. Verschlossen, irgendwie unnahbar. Auf unserem Foto schaut sie kokett und verführerisch in die Kamera.«

Till lehnte sich zurück und verschränkte die Arme hinter dem Kopf. »Wer ist dieses Mädchen also? Sie ging als Tochter von Auswanderern in Argentinien zur Schule und nach dem Tod ihres Vaters wird sie Vollwaise. Sie kommt nach Deutschland zurück. Wohnt in Frankfurt in einem Studentenwohnheim. Was studiert sie? Das werden wir morgen wohl in Erfahrung bringen.«

»Wenn nicht wir, dann Jasmin«, ergänzte Siebels.

»Ja, die Frau ist gut. Da müssen wir echt aufpassen, dass sie uns nicht die Butter vom Brot nimmt und den Fall ohne uns aufklärt.«

»Ja, ich denke auch schon drüber nach, sie gegen dich einzutauschen.«

»Ach, Siebels, die will doch nicht mit einem alten Sack durch die Gegend ziehen. Also wenn schon, dann bekommst du den Assistentenjob und ich bilde das Dreamteam mit Jasmin.«

»Ach, Till, gib mir noch zwei oder drei Jahre, dann ziehe ich mich zurück, werde euer Assistent und koche Kaffee für euch. Aber vorher möchte ich noch ein paar böse Buben einlochen. Oder böse Mädchen. Fällt dir noch mehr zu unserem Mädchen ein, außer, dass sie wahrscheinlich Studentin ist, weil sie in einer Studentenbude wohnt? Sofern wir der Aussage von Hellmann mal Glauben schenken wollen. Da würde ich aber noch ein großes Fragezeichen dahinter setzen.«

»Auf jeden Fall ist sie die Freundin von Christian Schlosser und heißt als solche Lena. Sie hat sich im Haus von Christians Vater nackt fotografieren lassen. Von Christians Vater?«

»Vielleicht hat ja auch Christian das Foto gemacht?«, überlegte Siebels laut.

»Und warum musste er kotzen, als du ihm das Foto gezeigt hast?«

»Weil es auf seinem toten Vater gefunden wurde«, suchte Siebels nach einer Erklärung.

»Überzeugt mich nicht. Ich denke, Christians Vater hat das Foto gemacht und er hatte etwas mit ihr. Mit der Freundin seines Sohnes. Und mit der Geliebten seines Kollegen Hellmann. Wie passt dessen Affäre mit unserem seltsamen Mädchen ins Bild? Das ist alles sehr mysteriös, wenn du mich fragst.«

»Wenn die Geschichte von Hellmann stimmt, kann das nur Zufall sein. Er hat sie ja angeblich im Baumarkt aufgegabelt.«

»Ja, wenn seine Geschichte stimmt. Ich befürchte aber, dass der Kerl ein notorischer Lügner ist.«

»Da könntest du recht haben. Und auf sein Alibi gebe ich auch nicht viel. Irgendwas stimmt doch in dieser Kanzlei nicht. Aber es ist wie es immer war, wir müssen mit viel Fleiß die einzelnen Puzzlestücke zusammensetzen und irgendwann sehen wir das ganze Bild. Ich rufe jetzt diese Psychiaterin an und dann gucke ich noch mal bei Charly vorbei. Der wollte sich um Schlossers Handy kümmern.«

»Und ich mache für heute Schluss«, beschloss Till.

»Grüß Anna von mir.«

»Mache ich. Grüße Sabine von mir.«

Die Tür von Charlys Büro stand weit offen. Charly saß hinter seinem Schreibtisch, die Beine ausgestreckt auf der Schreibtischkante abgelegt, in den Händen hielt er ein Smartphone und wischte mit der Fingerspitze über das Display. Dabei war er so konzentriert, dass er den eingetretenen Siebels erst bemerkte, als der sich neben seinen Füßen auf die Schreibtischkante setzte.

»Wo kommst du denn plötzlich her?«, wunderte sich Charly und schien regelrecht erschrocken über den unerwarteten Besuch zu sein.

»Von draußen komm ich her«, scherzte Siebels. »Ist das das Handy von Martin Schlosser?«

»Jepp.« Charly nahm die Füße vom Schreibtisch und schlug die Beine übereinander. »Martin Schlosser heißt zum Glück nicht nur wie der typische Deutsche, er nutzte auch eine von den in Deutschland am häufigsten genutzten PIN. Also hat es nicht lange gedauert, bis ich es geknackt hatte.«

»Sein Geburtsdatum? Oder das seines Sohnes?«

»Weder noch. Das war auch meine erste Intention. Nein, vier Mal die fünf.«

»Aha.« Siebels guckte etwas missmutig. »Und diese PIN wird also sehr häufig genutzt?«

»Sag ich doch. Vier Mal die fünf oder vier Mal die null, das sind neben den Geburtsdaten die beliebtesten PINs. Eins, zwei, drei, vier steht aber an der Spitzenposition. So wie du gerade guckst, hast du auf deinem Handy auch vier Mal die Fünf. Habe ich recht?«

»Ist doch jetzt ganz egal«, winkte Siebels ab. »Hast du noch mehr Bilder von der jungen Frau darauf gefunden?«

»Ändere lieber deine PIN. Jedenfalls wenn du Bilder von schönen, jungen Frauen auf deinem Handy hast und nicht willst, dass andere Leute die sich auch mal anschauen.« Charly grinste schief.

»Ich benutze das Ding eigentlich nur zum Telefonieren und auch das kommt nicht allzu oft vor. Eine schöne Frau habe ich zuhause und zu verheimlichen habe ich sowieso nix.«

»Wie langweilig«, kommentierte Charly. »Martin Schlosser hat eine ganze Galerie von diesen Bildern. Immer die gleiche Frau, immer in koketten Posen, oft nackt, an vielen verschiedenen Plätzen. Draußen wie drinnen. Die Bilder entstanden über einen Zeitraum von ungefähr drei Monaten. Das letzte wurde vor zwei Wochen aufgenommen.« Charly reichte Siebels das Smartphone mit der geöffneten Galerie.

Siebels staunte nicht schlecht, als er von Bild zu Bild wischte. Die Fotos hatten alle eines gemeinsam. Die junge Frau posierte mit einer anziehenden erotischen Ausstrahlung. Sie wirkte niemals billig, auch nicht in den aufreizenden Posen, in denen sie sich zur Schau stellte. »Kaum zu glauben, dass es sich um die Freundin seines Sohnes handelt«, murmelte Siebels und wischte weiter. Betrachtete sich Fotos, die auf einem Kinderspielplatz aufgenommen wurden. Barbusig im Sandkasten oder auf dem Schaukelpferd. Nackt auf einer Wiese liegend, nur mit Turnschuhen auf einem Waldweg von hinten abgelichtet, in der Badewanne oder unter der Dusche im Badezimmer im Haus von Martin Schlosser. Nackt, aber mit einer Sonnenbrille, die ihr halbes Gesicht verdeckt, auf dem Fahrersitz seines Wagens. Durch die geöffnete Tür fotografiert. Räkelnd auf dem Bett in seinem Schlafzimmer. Nur mit einem Trenchcoat bekleidet, vorne geöffnet, vor einer Mauer posierend.

»Scheint ein zeigefreudiges kleines Luder zu sein«, kommentierte Charly die Bildergalerie.

»Kannst du mir die Bilder auf mein Handy schicken?« Siebels reichte Charly das Smartphone.

»Aha, jetzt bist du also doch auf den Geschmack gekommen.«

»Blödmann. Gibt es auch Konversation zwischen den beiden? E-Mails, SMS, WhatsApp oder was auch immer?«

»Weiß nicht, so weit bin ich noch nicht. Das hebe ich mir für morgen auf. Mein Arbeitstag ist eigentlich schon lange vorbei.«

»Ja, meiner auch. Du kannst das auch Jasmin geben, sie ist schließlich unsere Assistentin. Und die ist gut. Das mit den vier Fünfen hätte die auch ruckzuck rausgehabt.«

Charly zog die Augenbrauen hoch. »Der alte Charly hat wohl langsam ausgedient. Na ja, musste irgendwann ja mal so kommen.«

»Ach, Charly, wir sind beide alte Esel. Lass uns bei Gelegenheit mal wieder ein Bier zusammen trinken.«

9

Tag 3, Mittwoch

Dr. Paula Behrens trug ein elegantes blaues Kleid. Schwarze, leicht gewellte Haare fielen ihr auf die Schultern. Sie hätte auch Werbung für Haarshampoo machen können, kam es Siebels in den Sinn. Aber sie war Psychiaterin mit einem Lehrauftrag an der Uni und praktizierte an der Klinik für Psychiatrie, Psychosomatik und Psychotherapie an der Uniklinik Frankfurt. Für spezielle Patienten hielt sie auch Psychotherapiestunden in ihrer Wohnung ab. Siebels hatte am Abend zuvor noch einen Termin mit ihr vereinbart. Punkt zehn Uhr stand er vor ihrer Haustür in der Siesmayerstraße. Der Altbau lag gegenüber vom Eingang des Palmengartens. Siebels betrat eine geräumige Fünf-Zimmer-Wohnung mit Parkettboden und hohen Decken. Einer der Räume diente ihr als Behandlungszimmer. Dorthin folgte ihr Siebels. Hinter einem aufgeräumten Schreibtisch stand eine Bücherwand. Darin befand sich ausschließlich Fachliteratur in überschaubarer Anzahl. Daneben war ein Sideboard angeordnet, darauf ein Aquarium, in dem bunt schimmernde Zierfische das Auge des Betrachters auf sich zogen. In den Ecken des Zimmers standen Vasen mit frischen Blumen. Vor dem Fenster war eine kleine Sitzgruppe angeordnet. Ein runder Tisch mit Glasplatte, ein Zweisitzer-Sofa sowie zwei Sessel mit karamellfarbenem Lederbezug. Siebels setzte sich auf einen davon, Dr. Paula Behrens auf den gegenüberliegenden.

»Schön haben Sie es hier«, begann Siebels und ließ seinen Blick durch den stilvoll eingerichteten Raum schweifen.

»Danke. Es ist vorteilhaft, wenn sich meine Patienten wohl fühlen. Das Ambiente kann da schon einiges bewirken.«

Siebels nickte. »In meinem Büro würden Fische oder Blumen nicht lange überleben. Aber gefallen würde es mir schon«, sagte er anerkennend und fragte sich, ob entsprechende Arrangements durch Jasmin eine Überlebenschance haben könnten. »Sie möchten mit mir also über die Freundin von Christian Schlosser sprechen? Sind Sie da nicht an Ihre ärztliche Schweigepflicht gebunden?«

»Ich hatte gestern ein eingehendes Gespräch mit Lena und auf meinen Rat hin hat sie mich von meiner Schweigepflicht entbunden. Das heißt, ich bin dazu befugt, Ihnen allgemeine Auskünfte über Symptome, Diagnose und Behandlung meiner Patientin zu geben. Allerdings hängt das auch von Ihnen und Ihrer Kompromissbereitschaft ab.«

Siebels fragte sich, worauf das hinauslaufen sollte. »Wie darf ich das verstehen?«

»Darf ich zunächst fragen, welche Rolle Lena in Ihren Ermittlungen spielt?«

Das war eine Frage, auf die Siebels noch keine zufriedenstellende Antwort hatte. »Sie sind über die Umstände informiert, derentwegen wir uns für Lena interessieren?«

Paula Behrens nickte. »Christian Schlosser hat mich aufgeklärt. Über den Tod seines Vaters und die Begleitumstände mit dem Foto von Lena, das bei der Leiche seines Vaters gefunden wurde. Gibt es noch mehr, von dem ich wissen sollte?«

»Nein. Das ist der Grund, warum wir mit Lena gerne sprechen würden.«

»Wir?«

»Mein Kollege Till Krüger ist noch in den Fall involviert. Der unterhält sich gerade mit der Mutter von Christian Schlosser.«

»Gut. Also mein Vorschlag lautet wie folgt: Ich kläre Sie über Lenas psychiatrisches Profil auf und wenn Sie Fragen an Lena haben, stellen Sie die ihr ausschließlich hier und in meiner Gegenwart. Gegebenenfalls übermitteln Sie mir auch Ihre Fragen und ich rede dann unter vier Augen mit Lena darüber. Ist das für Sie akzeptabel?«

»Nein, das ist so natürlich erst mal nicht akzeptabel. Aber vielleicht geben Sie mir zunächst einen Überblick, was es mit der Behandlung von Lena überhaupt auf sich hat. Vielleicht sehe ich das dann ja anders.«

Die Psychiaterin warf einen Blick aus dem Fenster. Kurz darauf wendete sie sich wieder Siebels zu. »Vor ungefähr drei Wochen hat Christian Schlosser mich kontaktiert. Er hat mir von den merkwürdigen Verhaltensweisen seiner Freundin berichtet und mich gefragt, ob es sich dabei um eine psychische Erkrankung handeln könnte. Seine Schilderung hat bei mir gleich einen Verdacht ausgelöst. Ich traf mich zunächst nur mit ihm und stellte ihm spezielle Fragen zu dem Verhalten seiner Freundin. Mein Verdacht erhärtete sich und ich traf mich schließlich auch mit Lena. Sie hatte mich auf den Wunsch von Christian hin aufgesucht, war aber sehr skeptisch und blieb mir gegenüber sehr verschlossen. Aber sie willigte ein, sich regelmäßig mit mir zu treffen. Bisher hatten wir nur eine überschaubare Anzahl an Sitzungen. Aber sie fing relativ schnell an, sich mir gegenüber zu öffnen. Und sie erlaubte mir, sie näher kennen zu lernen. Sie und die anderen.«

»Die anderen?« Siebels war gespannt, was die Psychiaterin über Lena zu sagen hatte. Und über die anderen.

»Lena leidet unter einer dissoziativen Identitätsstörung«, fasste Dr. Paula Behrens es nun kurz zusammen.

Siebels schaute die Psychiaterin fragend an. »Was kann ich mir darunter vorstellen?«

»Früher nannte man es auch multiple Persönlichkeitsstörung. Vereinfacht heißt das, dass Lena mehrere voneinander unabhängige Persönlichkeiten in sich beherbergt. Diese Persönlichkeiten sind in ihrem Charakter und ihren Verhaltensweisen völlig unterschiedlich ausgeprägt. Sie agieren in der Regel autonom, das heißt, es ist nur eine der Persönlichkeiten aktiv, die anderen schlummern in einer Art Dornröschenschlaf und bekommen gar nicht mit, was die aktive Persönlichkeit tut. Das ist aber nicht zwingend so. Ich bin mir noch unschlüssig, wie genau es sich bei Lena und ihren Ko-Existenzen tatsächlich verhält. Alle kommen zum Vorschein, die einen öfter, die anderen eher selten. Wenn das passiert, steht im wahrsten Sinne des Wortes ein völlig anderer Mensch vor Ihnen. Nur der Körper, der die verschiedenen Persönlichkeiten beherbergt, bleibt derselbe. Allerdings hat jede Persönlichkeit auch eigene körperliche Attribute. Die Stimmlage ändert sich, der Ausdruck der Augen, die Körperhaltung. Die verschiedenen Persönlichkeiten haben verschiedene Geschmacksrichtungen. Sie haben unterschiedliche Ausdrucksweisen, unterschiedliche Kleidungsstile, unterschiedliche Auffassungen über alles Mögliche. Sie haben es also nicht nur mit Lena zu tun, sondern auch mit Kristie oder Silvia. Das sind die beiden Persönlichkeiten, die neben Lena am häufigsten aktiv sind. Manchmal wissen sie voneinander, was sie tun, oft aber nicht. Sie können Lena also nicht einfach so befragen. Sie müssen auch Kristie und Silvia befragen, wenn Sie Antworten haben wollen. Und das ist ein äußerst schwieriges Unterfangen. Und es gibt noch andere Persönlichkeiten, die vielleicht nur selten zum Vorschein kommen, aber die einzigen sind, die die eine oder andere Frage beantworten könnten.«

»Das klingt ziemlich verrückt«, seufzte Siebels.

»Das ist nur schwer zu verstehen und noch viel schwerer ist es, damit umzugehen. Ich bewundere übrigens Christian. Er hat sich darauf eingelassen und nicht das Weite gesucht.«

»Das mit dem Foto hat ihm aber ziemlich zugesetzt.«

Paula Behrens nickte nachdenklich. »Ja, natürlich. Aber er hält trotzdem zu Lena. Was ihm mehr zu schaffen macht, ist wohl die Frage, ob sein Vater tatsächlich ein Verhältnis mit ihr hatte.«

Siebels ging nicht darauf ein, dachte aber sehr wohl an die vielen anderen Fotos, die sie auf dem Handy von Martin Schlosser gefunden hatten. Darauf würde er gegebenenfalls zu einem anderen Zeitpunkt zu sprechen kommen. »Kennen Sie ihren vollen Namen?«, fragte er stattdessen.

»Lena Steinmann. Aber ehrlich gesagt, bin ich mir nicht sicher, ob das ihr richtiger Name ist. Über ihre Familie hat sie bis jetzt noch gar nicht gesprochen.« Paula Behrens kniff die Lippen zusammen, bevor sie leise weitersprach. »Die Ursache einer dissoziativen Identitätsstörung liegt leider oft in der Familie begründet.«

Siebels wartete auf eine weitere Erklärung. Als die ausblieb, fragte er nach.

»Diese Störung tritt nur sehr selten auf. Einige Wissenschaftler bezweifeln sogar, dass es sie überhaupt in dieser Ausprägung gibt. Aber bei fast allen Fällen, die in der einschlägigen Literatur beschrieben oder in Fachkreisen erörtert wurden, wird als Ursache ein massiver Missbrauch des Patienten oder der Patientin in frühester Kindheit beschrieben.«

Siebels horchte auf. Obwohl das ein Thema war, mit dem er sich lieber nicht auseinandersetzen wollte. Er hatte in seiner Laufbahn schon viel erlebt, hatte es mit skrupellosen Verbrechern zu tun gehabt, aber Kindesmissbrauch war etwas, das weit über den Job hinausging. Das schüttelte man nach Feierabend nicht einfach ab. Da kam man nicht vom Büro nach Hause und genoss die Familienidylle. Da konnte man auch als hartgesottener Polizist dran zerbrechen. Doch nun saß er hier und musste sich wohl oder übel mit der Thematik auseinandersetzen. »Sexueller Missbrauch?«, fragte er mit einem trockenen Hals.

»Nicht unbedingt, aber in den meisten Fällen ist das der Hintergrund. Es kann sich aber auch um das Verarbeiten von erlebter massiver Gewalt handeln. Das Muster ist jedenfalls das Gleiche. Das Kind kann das Erlebte nicht verarbeiten. Es sucht nach einem Ausweg, einem Fluchtweg. Und der einzige Fluchtweg für das Kind ist es, sich eine neue Identität zu schaffen. Es nimmt eine Persönlichkeit an, die mit der Umwelt besser zurechtkommt. Oder die einfach vorgeschoben wird, um sich selbst aus der Welt herauszunehmen und im tiefsten Unterbewusstsein zu vergraben. Dieser Schritt vollzieht sich normalerweise zwischen dem dritten und sechsten Lebensjahr. Es bleibt aber nicht bei dieser einen neuen Persönlichkeit. Es werden weitere erschaffen, mit ganz anderen Charaktereigenschaften. In Extremfällen können sich bis zu zwanzig verschiedene Identitäten bilden, die je nach Lebenslage zum Vorschein kommen und in der Lage sind, die Dinge zu meistern, die das Leben bereithält.«

Siebels versuchte, das Gehörte zu verarbeiten und mit seinem Fall in einen Kontext zu bringen. Da er Lena noch nicht persönlich kennen gelernt hatte, war sie bis jetzt nur eine abstrakte Figur in seinen Gedankengängen. Eine Figur, die er nur von Fotos kannte. Er nahm sein Handy und öffnete die Bilder, die Charly ihm von Martin Schlossers Smartphone geschickt hatte. Er beschloss, dass es nun doch ein guter Zeitpunkt war, die Psychiaterin über diese Fotos in Kenntnis zu setzen, und reichte ihr sein Handy. »Diese Bilder waren alle auf dem Smartphone von Christians Vater. Die Geschichte zwischen den beiden muss über einen längeren Zeitraum gelaufen sein. Lena macht nicht den Eindruck, als würde sie dazu gezwungen, ganz im Gegenteil. Sie scheint mir sehr freizügig und zeigefreudig zu sein. Wie passt das mit einem sexuellen Missbrauch zusammen?«

Paula Behrens wischte sich durch die Fotos, verharrte auf jedem einen längeren Moment und verzog dabei keine Miene. Dann gab sie Siebels das Handy zurück. »Das passt sehr gut zusammen, nämlich genauso, wie ich es Ihnen eben erklärt habe. Lena wurde nicht als Lena geboren. Sie wurde sozusagen nachträglich als neue Identität geschaffen. Das klingt jetzt vielleicht hart, aber ich vermute, Lena wurde geschaffen, um die Wünsche und Begierden der Männer zu befriedigen. Sie wird zu einem Mann, der sie begehrt, niemals Nein sagen. Sie ist empfänglich für die kleinsten Signale, die ein Mann an sie aussendet. Und sie hält es für ihre Pflicht, auf solche Signale positiv und empfänglich zu reagieren. Ich bin mir ziemlich sicher, dass sie als neue Persönlichkeit im frühen Kindesalter erschaffen wurde, um einen erlebten Missbrauch positiv verarbeiten zu können. Zur ursprünglichen Identität von Lena konnte ich während meiner Psychotherapie bisher aber noch nicht vordringen.«

»Wer ist sie also wirklich?«, fragte Siebels mehr sich selbst und dachte an das Facebook-Profil von Magdalena Steinmann.

*

Till wurde von Eva Schlosser im Morgenmantel und mit einem missbilligenden und glasigen Blick empfangen. Augenscheinlich hatte sie am Abend zuvor das eine oder andere Glas zu viel getrunken. »Was gibt es denn noch?«, fragte sie genervt.

»Wir sind dabei, uns die Lebensumstände Ihres Ex-Mannes genauer zu betrachten und weil wir ihn leider nicht mehr selbst befragen können, halten wir uns nun halt an die, die ihn gut kannten. Darf ich reinkommen? Dauert auch nicht lange.«

Till wurde wieder in die Küche geschickt. Eva Schlosser suchte aber zunächst das Bad auf, um sich frisch zu machen und anschließend das Schlafzimmer, um sich was anzuziehen. Till wartete geduldig und stellte fest, dass Paul scheinbar nicht anwesend war. Vielleicht würde es Eva Schlosser dann ja leichter fallen, sich über ihre früheren jungen Liebhaber auszulassen, hoffte Till.

»So, was haben Sie denn auf dem Herzen?«, fragte sie, als sie in einer durchlöcherten Jeans und einem engen Top zu Till in die Küche kam.

»Ehrlich gesagt, bereiten Sie uns ein bisschen Kopfzerbrechen«, sagte Till und lächelte sie dabei verschmitzt an.

»Ich? Wie das?« Sie setzte sich zu ihm an den Tisch.

»Auf der einen Seite sind da Ihre vehementen Vorwürfe gegen Ihren Ex-Mann, auf der anderen Seite drängt sich uns der Verdacht auf, dass Sie sich in Affären mit jüngeren Männern gestürzt haben. Das passt nicht so richtig zusammen.«

Eva Schlosser zündete sich eine Zigarette an und schenkte Till wieder einen missbilligenden Blick. »Paul ist zwar deutlich jünger als ich, aber mit ihm habe ich erst etwas nach meiner Scheidung angefangen und nicht während meiner Ehe.«

»Mit Paul haben Sie sich also erst nach der Scheidung zusammengetan. Aber was ist mit Julius Schneider, Ihrem ehemaligen aparten Nachbarsjungen? Mit dem hatten wir gestern nämlich ein sehr aufschlussreiches Gespräch.«

Der Blick von Eva Schlosser verdüsterte sich. Sie blies Till den Qualm ihrer Zigarette genau ins Gesicht. Da Siebels früher starker Raucher gewesen war, nahm Till das gelassen hin. So schnell sich ihr Blick verfinstert hatte, so schnell hellte er sich in Begleitung eines gekünstelten Lächelns wieder auf. »Ach ja, der Julius. Ich gestehe, Herr Kommissar. Der war eine Sünde wert, der süße Nachbarsjunge. Ein Ausrutscher. Ich habe es auch schnell wieder beendet. Sind Sie zufrieden? War es das jetzt?«

Till schaute ihr ins Gesicht, sagte nichts, schaute sie einfach nur an und versuchte hinter die Fassade zu blicken. Aber das gelang ihm nicht.

»Sind Sie verheiratet?«, fragte Eva Schlosser ihn.

»Ja, bin ich. Sehr glücklich sogar.«

»Wie schön für Sie. Sind Sie noch nie fremdgegangen?«

Till schüttelte den Kopf. »Nein, ich habe mich vor meiner Ehe ausgetobt.« Er bemerkte sofort, dass er einen wunden Punkt bei ihr getroffen hatte. Zu früh geheiratet, Mutter geworden und das Leben dem Familienglück gewidmet, das dann aber irgendwie abhandengekommen war.

»Irgendwann habe ich meinen Mann einfach nur noch gehasst«, flüsterte sie vor sich hin. »Ich weiß gar nicht, warum. Es war einfach so. Ich war von ihm abhängig und er hat sich einen Scheiß für mich interessiert. Er wollte nur ein sauberes Haus und einen gefüllten Kühlschrank. Am Anfang hatte ich Christian. Ich habe ihn ganz gut erzogen, glaube ich. Er war mein Ein und Alles. Aber er wurde erwachsen und fing an, seine eigenen Wege zu gehen. Und ich blieb allein zurück. Zu jung, um als Hausmütterchen den Staub von den Möbeln zu wischen, zu alt, um noch mal von vorne anzufangen.«

Till fühlte sich nicht ganz wohl in seiner Haut, als sie ihm plötzlich ihr Herz ausschüttete. Jetzt zeigte sie sich von ihrer verletzlichen Seite. Eine Frau, die auf der Strecke blieb, weil der Sohn flügge und der Mann im Job aufgegangen war. Und Paul war sicher nicht die Lösung des Problems. Genauso wenig wie Julius oder wen sie sich da sonst noch ins Bett geholt hatte.

»Ich habe meinen Mann nicht umgebracht. Meinen Ex-Mann«, verbesserte sie sich im gleichen Atemzug.

»Kennen Sie die Freundin Ihres Sohnes?«, wechselte Till das Thema.

Sie zuckte mit den Schultern. »Nein, er hat sie mir nie vorgestellt. Wie gesagt, seit meiner Scheidung habe ich kaum noch Kontakt zu meinem Sohn. Warum fragen Sie?«

Entweder sagte sie die Wahrheit oder sie war eine ausgezeichnete Schauspielerin. Jedenfalls hatte sie bei seinem letzten Besuch keine Reaktion gezeigt, die auf das Gegenteil schließen ließ, als er ihr das Foto zeigte. Aber hatte sie wirklich keine Ahnung, dass die Freundin ihres Sohnes möglicherweise auch ein Verhältnis mit dessen Vater unterhielt? Till hatte am Morgen die anderen Fotos zu Gesicht bekommen, die Charly noch auf Martin Schlossers Handy ausgegraben hatte. Wenn sie diese Fotos kannte und wusste, dass sich ihr Ex-Mann mit der Freundin seines Sohnes vergnügte, war das ein starkes Mordmotiv. Die Mutter, die ihren Sohn vor seinem Vater beschützte. Vor dem Mann, den sie irgendwann einfach nur noch hasste. Sollte er sie jetzt damit konfrontieren? Ihr die Bilderserie zeigen und ihr sagen, was es damit auf sich hatte? Um festzustellen, dass sie genau wusste, was da gelaufen war?

*

Siebels saß neben Paula Behrens an deren Schreibtisch vor dem Laptop, gemeinsam schauten sie sich das Profil von Magdalena Steinmann auf Facebook an.

»Ich denke, sie ist es«, sagte die Psychiaterin. »Sie ging also in Argentinien zur Schule. Davon hatte ich keine Ahnung.«

»Aber nicht als Lena und nicht als Maria, sondern als Magdalena.«

»Als Magdalena habe ich sie noch nicht kennen gelernt. Sie kam also als Lena nach dem Tod ihres Vaters in dessen Heimatland. Dafür muss es einen guten Grund geben. Wissen Sie, woran ihr Vater gestorben ist?«

»An einem Herzinfarkt. Die Todesumstände der Mutter scheinen aber etwas mysteriös zu sein. Da versuchen wir noch mehr herauszufinden. Denken Sie, dass sie vom eigenen Vater missbraucht wurde?«

»Das kann ich nicht sagen. Es wäre möglich. Es wäre aber auch möglich, dass es jemand anderes war und der Vater es nie mitbekommen hat. Wenn er schon früh Witwer wurde und beruflich ausgelastet war, wird er nicht viel Zeit für seine Tochter aufgebracht haben können.«

»Dass ein Vater so etwas nicht bemerkt, kann ich mir kaum vorstellen«, bezweifelte Siebels diese Theorie.

»Vielleicht hatte er den Kontakt zu seiner wahren Tochter schon längst verloren und war nur noch mit deren neu erschaffenen Identitäten konfrontiert?«, gab Paula Behrens zu bedenken.

»Erzählen Sie doch mal von diesen anderen Identitäten«, bat Siebels.

»Im Kern sind mir nur die vertraut, die zum Vorschein kommen, seitdem Lena sich in Frankfurt niedergelassen hat. Der Gegenpart von Lena ist Kristie. Sie ist eine Kämpferin, sie sieht in Männern nur das Schlechte. Sie geht sofort auf Konfrontation und schaltet sich gern ein, wenn Lena sich den Avancen eines Mannes gegenüber offen zeigt. Kristie kommt meistens zum Vorschein, wenn Lena schläft oder in sich gekehrt ist und von der Außenwelt nichts mitbekommt. Das ist natürlich ein totales Desaster. Abends schmeißt sich Lena einem Mann an den Hals, der vielleicht gar keine schlechten Absichten hat, aber am nächsten Morgen von Kristie auf übelste Weise beschimpft und zum Teufel gejagt wird. Wenn Kristie ihren Job erledigt hat, zieht sie sich wieder zurück und überlässt Lena das Feld. Die wundert sich dann, warum ihr neuer Verehrer schon wieder nichts mehr mit ihr zu schaffen haben will. Sie vermutet dann zwar, dass Kristie sich eingeschaltet hat, aber in der Regel weiß sie nicht, was genau Kristie angestellt hat. Um dieses Dilemma zu überwinden, wurde Silvia geschaffen. Silvia versucht zwischen den beiden zu vermitteln und Regeln aufzustellen, um ein Leben zu ermöglichen, mit dem alle klarkommen. Aber das funktioniert überhaupt nicht. Im Gegenteil, es macht die Sache oft nur noch schlimmer. Silvia ist ein absoluter Vernunftmensch, der keine Gefühle zu haben scheint. Sie analysiert die Dinge und will mit ihren Regeln dafür sorgen, dass Lena und Kristie sich nicht ständig in die Quere kommen. Meiner Meinung nach existiert sie aber hauptsächlich deswegen, damit Lena und Kristie überhaupt miteinander kommunizieren. Denn wenn die eine nicht weiß, was die andere tut, ist jeder Tag ein totales Chaos für diese Gemeinschaft.«

»Christian kennt aber nicht nur Lena, sondern auch Kristie und Silvia?«, fragte Siebels nach, denn je mehr er darüber nachdachte, desto verwirrter wurde er.

»Ja, so ist es. Er kann damit umgehen und hat gelernt, sich auch mit Kristie und Silvia zu arrangieren. Es gibt nicht viele Menschen, die mit so einer Situation versuchen klarzukommen. Christian kann es. Und was noch viel wichtiger ist, er will es auch.«

»Aber was ist mit seinem Vater? Der müsste doch auch Bekanntschaft mit Kristie gemacht haben? Wenn ich mir die Bilderserie von Lena auf seinem Handy anschaue, sind die beiden über einen längeren Zeitraum ihrem Hobby der Aktfotografie nachgegangen. Was da sonst noch zwischen den beiden lief, kann ich zwar noch nicht sagen, aber die Bilder müssten für Kristie doch Grund genug gewesen sein, gegen Martin Schlosser vorzugehen, oder? Einen Mitbewohner von Christian ist sie übrigens auch angegangen, obwohl sie dazu meines Wissens nicht wirklich Grund hatte.«

»Ja, da sagen Sie was«, murmelte Paula Behrens nachdenklich. »Christian hat mit Kristie oder Silvia Bekanntschaft gemacht, wenn Lena zuvor eingeschlafen war. Möglicherweise kam das bei ihren Treffen mit Christians Vater nicht vor. Wenn sie nicht bei ihm oder mit ihm übernachtet hat.«

»Vielleicht befragen wir Kristie dazu direkt?«, schlug Siebels vor.

»Sie gehen auf meine Bedingungen also ein?«

»Das erscheint mir nach Sachlage sinnvoll zu sein. Wir können uns vielleicht ganz gut ergänzen in diesem Fall.

Allerdings benötige ich zunächst ein medizinisches Attest von Ihnen über Lenas Zustand. Oder Marias Zustand?«

»Belassen wir es jetzt bei Lena. Sie ist die Person auf dem Foto und an dieser Person sind Sie ja interessiert.«

»Da bin ich mir jetzt gar nicht mehr so sicher«, seufzte Siebels.

10

70 Tage zuvor

»Du hast dich ja immer noch nicht verpisst.«

Christian rieb sich den Schlaf aus den Augen. Sie stand mit verschränkten Armen am Bettende und blickte auf ihn herab. »Guten Morgen, Kristie. Wir haben uns ja schon länger nicht mehr getroffen. Wie geht es dir?« Christian bekam einen Stinkefinger als Antwort vor die Nase gehalten. Er quittierte die Geste mit einem Lächeln. Endlich war sie wieder zum Vorschein gekommen, die böse Kristie. Darauf hatte er gewartet. Er hatte sich vorgenommen, sich mit ihr anzufreunden und sich nicht provozieren zu lassen, ganz egal, was sie tat oder sagte. »Hast du schon gefrühstückt? Ansonsten können wir ja zusammen was frühstücken. Ich könnte Omelette machen.«

Kristie zündete sich eine Zigarette an und blies den Rauch in seine Richtung. »Klingt gut, ich habe tatsächlich ziemlichen Hunger. Aber beeil dich ein bisschen, es ist ja schon fast neun.«

»Klar, ich muss vorher nur schnell ins Bad. Magst du schon mal Kaffee aufsetzen?«

»Nein, mag ich nicht.«

»Kein Problem. Sag mal, wo ist Lena jetzt eigentlich? Schläft sie? Oder hört sie uns zu?«

Kristie zuckte mit den Schultern und schien sich zu konzentrieren. Sie sah durch Christian förmlich hindurch. »Du bleibst jetzt schön im roten Salon«, sagte sie plötzlich.

»Im roten Salon?« Christian guckte Kristie verwundert an, aber die schien ihn gar nicht zu registrieren.

»Vergiss es. Wir frühstücken jetzt zusammen. Er macht Omelette. Ich hoffe, er kriegt das hin. Und dann werde ich ihm einiges über dich erzählen.«

Christian dämmerte es langsam. Kristie redete mit Lena. Lena wollte anscheinend zurück, aber Kristie versperrte ihr den Weg.

»Kümmere dich um Maria. Wegen dir ist die wieder völlig verängstigt. Du kommst noch früh genug wieder raus.« Kristies Blick fokussierte sich wieder auf Christian. »Ist das Omelette schon fertig?«

»Ähm, nein.« Christian lag nackt unter der Bettdecke und war sich nicht sicher, ob er so vor Kristies Augen aufstehen und ins Bad gehen sollte. Er dachte jetzt aber nicht länger drüber nach, stand auf und ging mit stoischer Ruhe durch das kleine Zimmer. Direkt an Kristie vorbei. »Wer ist Maria?«, fragte er im Vorbeigehen.

Kristie nahm einen letzten tiefen Zug an der Zigarette und blies ihm wieder den Rauch direkt ins Gesicht. »Das geht dich einen Scheiß an.«

»Und warum ist sie verängstigt?«, ließ sich Christian nicht beirren. Er stand nackt vor Kristie, was sie aber nicht sonderlich zu stören schien.

Ohne eine weitere Vorwarnung bekam er von Kristie eine schallende Ohrfeige verpasst. »Nenne ihren Namen nie wieder, sonst bringe ich dich um«, zischte sie und schien es sehr ernst zu meinen.

Unter der Dusche erholte Christian sich von dem Schreck, den er mit der Ohrfeige und Kristies Morddrohung erfahren hatte. Maria ging ihm aber nicht mehr aus dem Kopf. Wer war sie? Kristie schien sie beschützen zu wollen. Aber vor was? Oder vor wem? Christian sah nur eine Möglichkeit, der Sache auf den Grund gehen zu können. Er musste das Vertrauen von Kristie gewinnen.

Als er seine Dusche beendet hatte, bereitete er in der Gemeinschaftsküche außerhalb des Studentenzimmers das versprochene Frühstück zu. Kristie hatte ihm dabei zugeschaut und noch eine Zigarette geraucht. Jetzt saßen sie sich am Tisch gegenüber, die Omelette auf den Tellern. Kristie schien es zu schmecken. Sie schaufelte sich eine Gabel nach der anderen in den Mund und hatte ihre Portion in kürzester Zeit aufgegessen. »Gar nicht so schlecht«, *sagte sie dann.*

»Danke. Freut mich, wenn es dir geschmeckt hat.«

Kristie sah ihn einen Moment lang nachdenklich an. »Lena ist wie eine läufige Hündin. Sie treibt es mit jedem, der nicht bei drei auf dem Baum ist. Warum tust du dir das an? Hm?«

»Das stimmt doch gar nicht. Sie hat niemanden außer mir und das bleibt jetzt auch so, weil du es nicht schaffst, mich zu vertreiben.«

Kristie sah ihn mit einem eindringlichen Blick an. »Da täuschst du dich aber gewaltig und zwar in jeder Hinsicht.«

Christian zeigte sich wenig beeindruckt. »Was ist eigentlich mit dir, magst du keinen Sex?«

»Ich mag keine Männer«, *bekam er zur Antwort.*

»Du stehst auf Frauen?« *Auf die Idee war Christian noch gar nicht gekommen. Schließlich teilten sich Kristie und Lena den gleichen Körper.*

»Ja. Aber ich gehe nicht gleich mit jeder ins Bett, im Gegensatz zu Lena. Und wir reden jetzt über Lena. Nicht über mich. Lena wird dir niemals treu sein. Wenn du das glaubst, bist du völlig bescheuert.«

»Warum bist du dir da so sicher?«

»Weil es ihre Natur ist. Sie wird dich ins Unglück stürzen. So tief, das kannst du dir gar nicht vorstellen.«

*

»Ich weiß nicht, was ich von ihr halten soll«, fasste Till sein Gespräch mit Eva Schlosser zusammen. Er saß mit Siebels wieder im Büro. Die Fotos vom Handy ihres Ex-Mannes hatte er ihr nicht mehr gezeigt.

»Dann wirst du noch viel weniger wissen, was du von Christians Freundin halten sollst, wenn ich dir jetzt eine Zusammenfassung von meinem Gespräch mit der Psychiaterin gebe.«

»Das ist ja total verrückt«, stöhnte Till, nachdem Siebels seine neuen Kenntnisse zum Besten gegeben hatte. »Kein Scheiß?«

»Paula Behrens macht mir jedenfalls einen seriösen Eindruck. Morgen kannst du dir selbst ein Bild machen. Um zehn Uhr sollen wir uns bei ihr mit Lena unterhalten können. Oder mit Kristie, Silvia, Maria. Keine Ahnung, worauf das dann hinausläuft.«

»Wenn das so ist, wie du sagst, können wir uns die Ermittlungen doch eigentlich auch sparen. Das kann ja nur auf Schuldunfähigkeit und Einweisung in die Klapse hinauslaufen.«

»Laut Paula Behrens neigen Menschen mit dissoziativer Identitätsstörung nicht zu Gewaltausübung oder kriminellem Verhalten. Sie hat mir übrigens ein paar Filmtitel zu dem Thema aufgeschrieben. Hollywoodstreifen, darunter ein paar ziemlich bekannte.« Siebels reichte Till einen Zettel.

Till las die Titel auf der Liste laut vor. »Shelter, Waking Madison, The Ward, Hide & Seek, Peacock, Dorothy, Dressed to Kill, Split, Glass, Das geheime Fenster.«

»Du kannst mit Anna ja mal abends bei uns vorbeikommen, dann machen wir uns einen gemütlichen Fernsehabend mit Pizza und Bier.«

»Hast du etwa Netflix?«, fragte Till erstaunt. »Oder bist du noch Mitglied in einer Videothek?«

»Klar haben wir Netflix. Also Sabine hat das. Aber ich darf auch manchmal mitgucken.«

Till überflog noch einmal die Filmtitel. »Da können wir nächtelang durchgucken.«

»Wir schauen uns erst mal einen an. Das Thema wird uns in der Realität noch genug Anschauungsmaterial liefern, befürchte ich.«

Jasmin betrat das Büro. »Hey, ihr seid ja da.«

»Hey, du bist ja auch da«, erwiderte Till.

»Und ich habe euch was mitgebracht. Ein paar Fakten über Matthias Steinmann. Falls euch das interessiert?«

»Das interessiert uns sogar sehr«, sagte Siebels. »Lass mal hören.«

Jasmin setzte sich an den Besprechungstisch und schlug eine Mappe auf.

»Matthias Steinmann heiratete 1989 seine Frau Claire, die französische Staatsbürgerin war, aus Paris kam und in Frankfurt einige Semester als Austauschstudentin studierte. Ihr Vater war als Diplomat lange Jahre in Südamerika tätig, wo sie einen Großteil ihrer Kindheit und Jugend verbrachte. Drei Jahre in Costa Rica, zwei Jahre in Brasilien und fünf Jahre in Argentinien. Als sie heirateten, war sie Mitte zwanzig und hatte ihr Studium der Kunstgeschichte in Paris kurz zuvor beendet. Er war Mitte dreißig und als Immobilienmakler in Frankfurt tätig. Die gleiche Tätigkeit übte ein Onkel von ihm in Argentinien aus. Herbert Steinmann war Anfang der 70er Jahre nach Argentinien ausgewandert. Matthias Steinmann verbrachte nach seiner Ausbildung zum Immobilienmakler zwei Jahre bei seinem Onkel, der sich dort im Laufe der Zeit ein kleines Vermögen erwirtschaftet hatte und einige hochwertige Objekte im Großraum Buenos Aires besaß. Der Onkel starb kurz nach der Hochzeit der Steinmanns und weil er kinderlos und Witwer war, erbte Matthias Steinmann dessen Hinterlassenschaften inklusive eines gutgehenden Maklerbüros in Buenos Aires. Anfang 1990 trat Matthias Steinmann sein Erbe an und wanderte mit seiner Frau Claire nach Argentinien aus. Das war die Zeit, in der das Land aus einer schweren Wirtschaftskrise kam und sich in den darauffolgenden Jahren wieder erholte. Diese Erholung endete allerdings 1998 mit einer erneuten schweren Wirtschaftskrise. Während des Aufschwungs hat Steinmann mit seinen Immobiliengeschäften das geerbte Vermögen vervielfacht. Er war vermutlich mehrfacher Millionär und besaß eine beachtliche Anzahl an Häusern, größtenteils im Großraum Buenos Aires. Claire Steinmann war als Kunsthändlerin aktiv, ihr gehörte eine gutgehende Galerie und auch sie verdiente in der Zeit des wirtschaftlichen Aufschwungs nicht schlecht. Im Juni 1996 kam Maria Steinmann zur Welt. Sie wuchs in Argentinien auf, besaß aber neben der argentinischen auch die deutsche und die französische Staatsbürgerschaft. Im Februar 2001 starb Claire

Steinmann. Angeblich bei einem Unfall. Aber das, was ich in der kurzen Zeit herausfinden konnte, klingt ziemlich diffus. Ich bin da in Kontakt mit den argentinischen Behörden, die können oder wollen aber keine vernünftigen Auskünfte geben. Matthias Steinmann starb 2017 im Alter von 63 Jahren an einem Herzinfarkt. Er hatte nicht wieder geheiratet und Maria war sein einziges Kind geblieben. Letztes Jahr kam sie nach Frankfurt und hat sich hier an der Universität für Psychologie eingeschrieben.« Jasmin klappte ihre Mappe wieder zu und sah in erstaunte Gesichter. »Mehr habe ich noch nicht herausgefunden. Hilft euch das vielleicht weiter?«

»Mensch, Jasmin, das ist aber eine Menge in der kurzen Zeit. Wie hast du das nur gemacht?« Siebels konnte noch gar nicht richtig glauben, was für einen Fang sie mit ihrer Assistentin gemacht hatten.

»Ich spreche ein bisschen Spanisch, das hat es natürlich einfacher gemacht«, zeigte Jasmin sich bescheiden und beeindruckte Siebels und Till noch mehr.

»Mit wem hast du denn alles gesprochen in Argentinien?«, erkundigte sich Till und ließ sich von Jasmin die Mappe reichen.

»Mit der Dirección Nacional de Migraciones, dem Registro Civil, der Deutschen Botschaft in Buenos Aires und vor allem mit Jorge Muller. Das ist der Geschäftsführer und Verwalter von Steinmann Immobilien. Der spricht auch ganz passabel Deutsch, seine Großeltern waren Einwanderer aus Düsseldorf. Bezüglich der Todesumstände von Claire Steinmann hat der sich aber auch sehr bedeckt gehalten und nur von einem Unglück gesprochen.«

Till hatte sich die zusammengetragenen Daten aus der Mappe von Jasmin noch einmal genauer betrachtet. »Maria war fünf Jahre alt, als ihre Mutter starb. Ihr Vater war ein erfolgreicher Geschäftsmann. Wer hat sich nach dem Tod der Mutter um das Kind gekümmert?«

Jasmin zuckte mit den Schultern. »Keine Ahnung. Aber die Steinmanns waren reich und beide berufstätig. Die werden sich auch vor dem Tod von Claire bestimmt schon ein Kindermädchen geleistet haben.«

»Kannst du das rausfinden und die Kontaktdaten ermitteln, falls es ein Kindermädchen gab, das heute noch lebt?«

»Klar, ich kann es versuchen. Ist das wichtig?«

Siebels erzählte Jasmin von seinem Gespräch mit Paula Behrens, berichtete ihr über deren Diagnose der dissoziativen Identitätsstörung bei Maria alias Lena und dem Verdacht des frühen kindlichen Missbrauches als Ursache für diese psychische Störung.

»Oh je, das ist ja harter Tobak«, entfuhr es Jasmin. »Aber mit diesen Informationen kann ich mich natürlich zielgerichteter schlau machen.«

»Das wäre super«, sagte Siebels hoffnungsvoll. »Außerdem wäre ein Kontakt aus ihrer Schulklasse in Argentinien sehr hilfreich. Eine beste Freundin oder so etwas in der Art.«

»Ich werde mich drum kümmern«, versprach Jasmin und machte sich eine Notiz.

»Hat sie denn das Vermögen ihres Vaters geerbt?«, wollte Till von Jasmin wissen.

»Davon gehe ich aus. Aber danach habe ich mich nicht speziell erkundigt. Das kann ich natürlich auch noch machen.«

»Je mehr wir über sie erfahren, desto besser«, sagte Till. »Die ganze Geschichte um Maria Steinmann ist ja mehr als undurchsichtig. Sie hat ihr ganzes Leben in Argentinien verbracht, wahrscheinlich als psychisches Wrack, dann kommt sie nach dem Tod ihres Vaters hierher und studiert ausgerechnet Psychologie. In ihrer Identität als Lena Steinmann scheint sie ziemlich ungeniert in der Gegend herumzuvögeln und landet als Aktfoto auf der Leiche von Martin Schlosser. Und obendrein ist sie wohl auch steinreich. Ich befürchte, da kommt noch einiges auf uns zu, Siebels.«

»Das befürchte ich allerdings auch. Und trotz ihrer verworrenen Lebensgeschichte sollten wir uns nicht nur auf sie konzentrieren. Das könnte auch alles nur nebensächlich mit dem Mord an Martin Schlosser zu tun haben. Eva Schlosser ist in meinen Augen genauso verdächtig und was ich von

Jürgen Hellmann halten soll, weiß ich auch nicht so recht. Seine Affäre mit Lena kann ja nicht rein zufällig in dem Gesamtbild zustande gekommen sein.«

»Wer ist Jürgen Hellmann?«, fragte Jasmin.

Siebels klärte sie auf, über die Kanzlei, Tobias Lang und Jürgen Hellmann.

Jasmin schüttelte ungläubig den Kopf.

»Angeblich hat er sie im Baumarkt aufgegabelt und fand sich kurz darauf in ihrem Bett wieder«, klärte Till sie auf.

»Seid ihr sicher, dass sie als Kind missbraucht wurde?« Jasmin kam das alles merkwürdig vor.

»Nein, das ist nur eine Vermutung der Psychiaterin, Frau Dr. Behrens. Aber wenn, dann wurde Maria missbraucht. Nicht Lena. Lena ist vielleicht nur entstanden, um den Männern das zu geben, was sie von Maria haben wollten«, versuchte Siebels die Theorie der verschiedenen Persönlichkeiten von Maria Steinmann noch einmal zu erläutern.

»Hmm«, machte Jasmin. »Ehrlich gesagt, überzeugt mich das noch nicht so richtig.«

»Mich auch nicht«, stimmte Till ihr zu.

»Ich hoffe, dass wir morgen endlich mit Lena sprechen können. Dann sehen wir weiter«, beendete Siebels die Mutmaßungen zu diesem mehr als undurchsichtigen Fall. »Und jetzt statte ich Charly einen Besuch ab. Bis später.«

»Dich hatte ich eigentlich heute Morgen schon erwartet«, sagte Charly und klang leicht enttäuscht, als Siebels sein Büro betrat.

»Heute Morgen war ich bei einer Psychiaterin«, erwiderte Siebels und setzte sich auf den freien Stuhl.

»Das ging aber schnell, gerade mal zwei Tage wieder im Dienst und schon reif für die Klapse?«

»Ich nicht, aber die sexy Frau auf den Fotos.«

»Sie ist verrückt? Schaut gar nicht so aus. Aber gut, man kann in die Menschen nicht hineinsehen.«

»Nein, leider nicht. Sonst wäre mein Job ja auch das reinste Kinderspiel.«

Charly lachte. »Aber in die Handys kann man reinsehen, mein Freund. Und das ist fast so, als würde man in den Menschen reinsehen können.«

Siebels grinste. »Hast du also noch etwas Interessantes für mich gefunden, ich habe es ja geahnt.«

»Na ja, es gab eine passende Unterhaltung auf WhatsApp zu der Bilderserie. Einen Mord könnte ich damit nicht aufklären, aber das ist ja auch dein Job.«

»Na dann lass mich doch mal sehen und mach es nicht so spannend.«

»Eile mit Weile. Wenn es so wichtig wäre, wärst du ja bestimmt früher hier aufgetaucht.«

»Charly, was willst du? Mettbrötchen? Streicheleinheiten? Lobeshymnen?«

»Mettbrötchen. Mit ordentlich Salz und Pfeffer drauf.«

»Also gut, Frühstück geht morgen auf mich.«

»Siehst du, geht doch.« Charly reichte Siebels das Handy von Martin Schlosser mit dem geöffneten Chatverlauf. »Zwei Mettbrötchen, eines für die Bilder und eines für den Text«, schob Charly hinterher, bevor er das Handy losließ.

»Hat dir schon mal jemand gesagt, dass du ein mieser, korrupter Bulle bist?«

»Nö, eigentlich nicht. Aber dass ich ein sehr sympathischer und hilfsbereiter Kollege bin, das schon.«

»Das war es, was ich eigentlich sagen wollte.« Siebels grinste und verlagerte seine Aufmerksamkeit auf den Chatverlauf.

Martin:
Hallo, Lena, hat es dir gestern gefallen bei uns?
Lena:
Hallo. Ja, das war ein sehr schöner Abend gestern.
Martin:
Ja, das war es. Freut mich, dass es dir gefallen hat. Soll ich dir ein paar von den Fotos schicken, die ich gemacht habe? Du bist auf einigen drauf und sehr gut getroffen.

Lena:
Ja, bitte schicke sie mir. Danke.

Martin:
Bitte schön, hier sind sie. Du bist wirklich sehr fotogen.

Lena:
Danke. Die Fotos sind echt gut geworden. Aber meine Bluse ist zu weit aufgeknöpft, glaube ich. War mir gar nicht aufgefallen.

Martin:
Das ist perfekt. Ein sehr reizvoller Anblick.

Lena:
Ich mag es, fotografiert zu werden. Vielleicht habe ich ja deswegen einen Knopf zu viel aufgemacht?

Martin:
Vielleicht war es ja auch ein Knopf zu wenig? Lach.

Lena:
Meinst du? Dann musst du ja noch mal Fotos von mir machen. Lol.

Martin:
Klingt doch nach einer guten Idee. Muss ja niemand wissen außer uns.

Lena:
Stimmt. Das bleibt dann unser kleines Geheimnis.

Martin:
Ich mag kleine Geheimnisse. Morgen Abend gegen neun, bei mir?

Lena:
Ja, gerne. Mit einer etwas zu weit aufgeknöpften Bluse?

Martin:
Genau! Aufknöpfen kannst du dann gern später, bei einem Glas Wein.

Lena:
Ja. Aber nicht zu viel Wein, so viele Knöpfe hat die Bluse nicht. Smile.

Martin:
Das werden auf jeden Fall sehr schöne Fotos!

»Ja, das wurden sehr schöne Fotos«, seufzte Siebels. »Ist das alles, Charly?«

»Nein, es gibt noch zwei oder drei weitere Chats. Ich muss noch mal prüfen, ob welche gelöscht wurden, die man vielleicht wieder zum Vorschein bringen kann. Dafür hatte ich noch keine Zeit und ich habe auch wenig Hoffnung. Aber man kann ja nie wissen. Das, was gelöscht wird, ist ja meistens das Spannendste.«

»Aber das hier liest sich ja auch schon spannend. Leider geht nicht daraus hervor, wo sic sich kennen gelernt haben und ob Martin Schlosser wusste, dass er mit der Freundin seines Sohnes intim wurde.«

»Das geht aus den anderen Chats auch nicht hervor, so viel kann ich dir schon verraten.«

»Klingt aber fast so, als wären die ersten Fotos, die er ihr geschickt hat, auf einer Familienfeier oder so entstanden. Eine andere Gelegenheit kann ich mir dafür jetzt gar nicht vorstellen.«

»Vielleicht eine Firmenfeier«, gab Charly zu bedenken. »Möglicherweise hatte sie dort einen Job als Studentin.«

»Nein, Nils Brenner hat sie auf dem Foto nicht erkannt. Das ist ein Kollege von Martin Schlosser, die beiden waren auch privat befreundet.«

»Oder er hat sie doch erkannt und dich angelogen. Das machen die Leute ja manchmal, wenn sie peinliche Fragen von aufdringlichen Polzisten gestellt bekommen.«

»Ich bin doch nicht aufdringlich«, wehrte Siebels ab. »Aber der Gedanke, dass Nils Brenner sie sehr wohl kannte, ist vielleicht gar nicht so weit hergeholt. Jedenfalls würde es mich nicht mehr wundern.«

»Wenn du mich fragst, hat sie diesen Martin Schlosser eiskalt um den Finger gewickelt. Lolita lässt grüßen. Das ist ein ganz raffiniertes Biest. Die hat diese Masche nicht nur bei Schlosser durchgezogen. Nie und nimmer. Die hat die Verführung meisterhaft zelebriert.«

Siebels lauschte bedächtig Charlys Worten und dachte dabei an den Chatverlauf und die Fotos. Was Charly da von sich gab, machte Sinn. Damit landete er auch wieder bei der

Frage, wie Jürgen Hellmann als Verführungsopfer ins Bild passte.

Charly bekam einen Anruf, er nahm den Hörer ab und gab ihn kurz darauf an Siebels weiter. »Till sucht dich.«

»Wir müssen noch mal los, Siebels. Jürgen Hellmann liegt tot in seinem Hotelzimmer.«

11

Diesmal trafen Siebels und Till gleichzeitig mit den Kollegen von der Spurensicherung ein. Die Rezeptionistin hieß Carola Schmidt und führte die Truppe zum Zimmer von Jürgen Hellmann. »Ein Page hat gesehen, dass die Zimmertür offen war. Er hat geklopft und gerufen. Als keine Reaktion kam, ist er reingegangen. Tja, wie er unseren Gast vorgefunden hat, sehen Sie gleich selbst.«

»Gibt es Videoüberwachung?«, wollte Till wissen.

»Nur im Bereich des Haupteingangs.«

Sie standen jetzt vor der geschlossenen Zimmertür, die Carola Schmidt mit einer Magnetkarte öffnete. An der Türklinke hing noch das Schild: Bitte nicht stören.

»Deswegen hat er den ganzen Tag über unentdeckt im Zimmer gelegen«, erklärte Carola Schmidt. »Bis dann doch jemand vom Personal mal nach dem Rechten geschaut hat.«

Die Beamten schlüpften in ihre Schutzanzüge und streiften sich Überzieher über die Schuhe. Siebels hasste das, weil er sich immer so schwer damit tat, den Schutzanzug anzulegen. Peter Lich kam ihm zur Hilfe.

»Danke, geht schon«, stöhnte Siebels.

»Das hat der noch nie geschafft, ohne dabei umzufallen«, lästerte Till gehässig und brachte die Kollegen von der Spurensicherung zum Lachen.

»In Zukunft werde ich auch an keinem Tatort mehr erscheinen, der von der Spurensicherung noch nicht freigegeben ist. Das bringt doch alles nichts«, schimpfte Siebels. »Wir stehen ja doch nur im Weg rum und werden gleich wieder rausgescheucht.«

Jetzt kam auch Anna von einem Pagen begleitet zum Zimmer. Die Gerichtsmedizinerin wurde von ihrem Mann Till mit einem Kuss begrüßt. Gleich darauf wandte er sich an den Hausangestellten, der nicht so recht wusste, wie er diesen Kuss deuten sollte. »Haben Sie den Toten gefunden?«

Der Page nickte geflissentlich. Augenscheinlich war er indischer Abstammung. »Ja, ich habe gefunden Mann tot auf Bett. Schlimm. Sehr schlimm. Er hat geblutet aus Kopf.«

»Haben Sie jemanden gesehen? Jemanden, der aus dem Zimmer kam? Oder ins Zimmer reingegangen ist?«

»Nein. Niemand. Niemanden gesehen.«

»Aber die Zimmertür stand offen?«

Der Page nickte und deutete mit Daumen und Zeigefinger an, dass die Tür nur einen spaltweit aufgestanden hatte.

»Genau wie bei Schlosser«, sagte Till zu Siebels. »Die Tür stand einen spaltweit offen.«

Die Leute von der Spurensicherung und Anna betraten das Zimmer. Siebels schickte die Rezeptionistin wieder fort und gab ihr den Auftrag, ihm eine Kopie der Videoüberwachung der letzten 24 Stunden zu besorgen.

»Kannten Sie Herrn Hellmann?«, fuhr Till mit seiner Befragung fort.

»Toter Herr Hellmann nicht glücklich. Hat getrunken viel Whiskey. Manchmal wir haben gesprochen. Er wohnt hier, weil seine Frau ist böse auf ihn. Wegen anderer Frau.«

»Hat er den Whiskey immer allein getrunken? Oder hatte er auch manchmal Besuch?«

»Ich habe Besuch nie gesehen. Nein, hat immer allein getrunken. Armer Mann. Frau hat ihn verlassen. Viel Stress bei Arbeit. Viel Whiskey.«

Till zog das Foto von Lena aus der Tasche und hielt es dem Pagen vor die Nase. »Haben Sie diese Frau hier schon einmal gesehen?«

Der Page schaute lange auf das Bild. Dann schüttelte er den Kopf. »Nein, nicht gesehen. Aber wenn ich Foto haben kann, ich frage Kollegen.«

Till lachte. »Das geht leider nicht. Wir fragen selbst Ihre Kollegen. Gefällt sie Ihnen?« Er deutete auf die nackte Lena.

Der junge Inder zuckte verlegen mit den Schultern. »Sie sieht nett aus.«

»Ja, sehr nett sogar«, pflichtete Till ihm bei. »Wie lange arbeiten Sie denn schon hier im Hotel?«

»Seit zwei Jahren. Ist guter Job. Ich immer pünktlich, keine Probleme.«

»Sehr gut«, lobte Till ihn. »Dann kennen Sie sich in dem Hotel doch bestimmt gut aus. Kann man denn hier zu den Zimmern gelangen, ohne dabei unten im Eingangsbereich von der Kamera erfasst zu werden?«

»Ja. Es gibt Seiteneingang. Da geht es zum Raucherbereich. Da ist auch Kamera, aber kaputt.«

»Aha. Und wie lange ist die schon kaputt?«

»Ich weiß nicht genau. Vielleicht zwei Wochen. Kinder von Gästen haben gespielt mit Fußball. Ball ist gegen Kamera geflogen, Kamera kaputt.«

»Und von dort kann man hierherkommen, ohne an einer anderen Kamera vorbeilaufen zu müssen?«

»Ja, kein Problem. Kleiner Aufzug ist gleich neben Seiteneingang.«

»Dann kann also jeder unbemerkt ins Hotel gelangen«, seufzte Till. »Vielen Dank, mehr muss ich jetzt nicht wissen. Wie heißen Sie?«

»Ich heiße Shantimay.«

»Shantimay, ein schöner Name. Sie können jetzt wieder an Ihre Arbeit gehen. Wenn ich noch Fragen habe, frage ich einfach nach Shantimay.«

Shantimay zog sich zurück, Siebels und Anna kamen wieder aus dem Zimmer.

»Wo bleibst du denn?«, wollte Siebels wissen.

»Ich habe mich mit Shantimay unterhalten.« Till berichtete von Hellmanns ständigem Verlangen nach Whiskey und von der defekten Kamera am Seiteneingang.

»So eine Scheiße«, brummte Siebels. »Dann können wir das ganze Videomaterial durchgehen und wenn wir niemanden von Interesse darauf finden, hat das nix zu sagen.«

»Vielleicht habt ihr ja Glück und der Mörder kam durch den Haupteingang«, machte Anna ihnen Mut.

»Die Mörderin«, korrigierte Till sie.

»Was war denn die Todesursache?«, wollte Siebels von Anna wissen.

»Der Mörder oder die Mörderin hat dem Opfer einen heftigen Schlag auf den Kopf verpasst. Vermutliche Tatwaffe ist eine leere Whiskeyflasche. Amtliche Erkenntnisse gibt es aber wie immer erst nach der Obduktion. Ihr wisst ja, wie der Hase läuft.«

»Räumt Lena mit ihren Liebhabern auf?«, warf Till die spekulative Frage in den Raum.

»Lena oder Kristie oder wer auch immer«, sagte Siebels und reichte Till ein Foto. »Das lag auf dem Bett neben seiner Leiche.«

Till pfiff leise durch die Zähne. Auf dem Bild war Lena zu sehen. Nur mit einem String bekleidet lächelte sie selig in die Kamera. Sie saß auf einem Bett, kniend auf ihren nach hinten abgewinkelten Unterschenkeln. Sie posierte freizügig, wirkte aber wie auf dem Bild bei Martin Schlosser. Unschuldig und verlockend zugleich. »Ist es das Bett aus dem Zimmer hier?«

»Ja, eindeutig«, bestätigte Siebels.

»Dann ist es bestimmt auch auf dem Handy von Hellmann zu finden.«

»Wahrscheinlich. Sein Handy lag auf dem Nachttisch, das habe ich schon an mich genommen. Einen Drucker habe ich aber nicht gesehen, das Bild wurde also wahrscheinlich schon früher ausgedruckt.«

»Wer außer Lena und den Opfern könnte also Bilder ausdrucken, die auf den Handys von Martin Schlosser und Jürgen Hellmann abgespeichert waren? Lena hat sich die Fotos von den Fotografen bestimmt schicken lassen.«

»Christian könnte Zugriff darauf gehabt haben, auf Lenas Computer oder ihrem Handy«, überlegte Siebels laut.

»Nee. Der hätte den Hellmann vielleicht umgebracht. Aber den eigenen Vater? Das glaube ich nicht.«

»Eva Schlosser dürfte jedenfalls keinen Grund haben, Hellmann ins Jenseits zu befördern«, schloss Siebels sie aus dem Kreis der Verdächtigen nun aus.

»Eigentlich gibt es nur eine sinnvolle Erklärung«, seufzte Siebels. »Lena posiert als Fotomodell und Kristie bringt die Fotografen um. Wenn ich die Psychiaterin richtig verstanden habe, weiß Lena vielleicht gar nichts von Kristies Aktivitäten.«

»Umgekehrt weiß Kristie aber sehr wohl von Lenas Aktivitäten«, hielt Till dagegen. »Das Modell deiner Psychiaterin überzeugt mich nicht wirklich.«

»Da hat er ausnahmsweise mal recht«, sagte Anna augenzwinkernd und verabschiedete sich.

»Moment, Moment, nicht so schnell«, stoppte Siebels sie. »Du wolltest uns doch bestimmt noch was über den ungefähren Todeszeitpunkt mitteilen, oder?«

»Gestern Abend zwischen 20:00 und 22:00 Uhr, grob geschätzt. Genaueres... na, du weißt schon.«

»Mitternacht«, murmelte Siebels. »Also lagen zwischen unserem Besuch und seinem Ableben ein paar Stunden. Er hatte schon einiges getrunken, als wir uns mit ihm unterhalten hatten. Wenn er so weitergemacht hat, muss er sturzbesoffen gewesen sein. Ob Lena der Termin war, der ihn ständig so nervös auf die Uhr schauen ließ? Oder hatte er zwischen unserem Besuch und dem von Lena tatsächlich noch einen anderen Termin?«

»Das können wir vielleicht mit der Videoaufzeichnung nachvollziehen«, gab Till sich optimistisch.

Siebels nickte nachdenklich und schaute Anna hinterher, die durch den Hotelgang zum Aufzug ging. »Lass uns in die Bar gehen und was trinken«, schlug er spontan vor. »Wenn die Spurensicherung durch ist, schauen wir uns noch mal seine Habseligkeiten im Zimmer an.«

Sie genehmigten sich beide ein alkoholfreies Bier, Siebels nahm sich das Handy von Hellmann vor.

»Das solltest du vielleicht besser Charly überlassen«, sagte Till belustigt, als Siebels das Zahlenfeld für den Freischaltcode vor sich hatte.

»Das kann ich auch«, antwortete Siebels leichtfertig und tippte auf dem Touchscreen herum.

»Das ist ein aktuelles iPhone, das knacken selbst die Profis bei den amerikanischen Geheimdiensten nicht so schnell«, klärte Till seinen Partner auf.

»Von denen heißt wahrscheinlich auch keiner Siebels«, sagte Siebels süffisant und hielt Till das entsperrte Handy vor die Nase. »Ich habe es schon geknackt. Noch Fragen?«

Till traute seinen Augen nicht. »Im Leben nicht. Der Code stand auf einem Zettel, der neben dem Handy lag, gib es zu.«

»Quatsch.« Siebels öffnete die Fotogalerie auf dem Handy und nach kurzem Suchen fand er ein Album, das nicht nur nach Lena benannt war, sondern auch viel Lena zum Inhalt hatte.

»Es war sein Geburtsdatum?«, fragte Till konsterniert.

»Nein, du musst kriminalistischer denken«, sagte Siebels und grinste breit.

»Das Geburtsdatum von Lena?«, überlegte Till kleinlaut.

»Quatsch, das kannte er bestimmt nicht.« Siebels scrollte sich durch die Fotogalerie und zeigte Till eines der Bilder.

Till nahm das Handy und schaute sich das Foto kopfschüttelnd an. »Sieht so aus, als ob es in einem Büro aufgenommen wurde. Ob das sein Büro in der Kanzlei ist?«

»Ich würde fast wetten, dass es so ist«, bestätigte Siebels den Gedanken. Lena saß auf einem Bürostuhl, die Füße auf dem Schreibtisch abgelegt. Sie trug nur einen String und weiße Strapse. In der Hand hielt sie zusammengeheftete Papiere. Es sah aus wie ein schriftliches Vertragswerk.

»Ob das der schlecht ausgehandelte Kaufvertrag für seinen Mandanten ist, von dem Nils Brenner gesprochen hat?«, überlegte Till und klang fassungslos.

»Weiß nicht. Das wäre jedenfalls sehr makaber. Seine Geschichte vom Baumarkt klingt jetzt jedenfalls so gar nicht mehr plausibel. Der hat uns erzählt, dass er mit Lena schon lange keinen Kontakt mehr hat und dabei dauernd auf die Uhr gestarrt, weil er Lena erwartet hat. Der hat uns nur Scheiße erzählt. Der Typ war ein notorischer Lügner. Und ich habe ihm das abgekauft, ich Idiot.«

»Ich auch«, gab Till zu. »Und jetzt will ich wissen, wie du im ersten Versuch den Freischaltcode eingeben konntest.«

»Viermal die Null«, sagte Siebels lapidar. »Das haben die meisten. Und wer viel und oft Whiskey trinkt erst recht, weil es mit der Koordination dann nicht mehr so gut geht, auch nicht beim Tippen von Zahlenfolgen.«

»Ja, klingt logisch«, sagte Till kopfschüttelnd und war trotz allem vom Gegenteil überzeugt. Er schaute sich die anderen Fotos an, auf denen Lena sich ebenfalls sehr fotogen in aufreizenden Dessous präsentierte. »Dem war seine gescheiterte Ehe scheißegal. Der war auf Lena scharf und alles andere hat ihn nicht mehr gejuckt. Aber wie kam Lena bloß an diese merkwürdigen Anwälte? Die kann sie doch nur durch Christian kennen gelernt haben.«

»Vergiss nicht, dass wir von mehreren unabhängig voneinander agierenden Persönlichkeiten sprechen, wenn wir von Lena sprechen. Das macht die Sache nämlich kompliziert.«

»Das mit dieser dissoziativen Identitätsstörung glaube ich auch erst, wenn ich mich selbst davon überzeugt habe«, zweifelte Till mittlerweile wieder verstärkt an der ganzen Geschichte.

Siebels nahm sich wieder Hellmanns Handy vor. »Die Chats, das hätte ich fast vergessen.« Er erzählte Till von den Chatunterhaltungen zwischen Lena und Martin Schlosser auf dessen Handy. »Ich kam leider noch nicht dazu, mehr davon zu lesen. Schauen wir mal, ob nicht auch Hellmann Nachrichten mit ihr ausgetauscht hat.«

»Wenn ich die beiden um die Ecke gebracht hätte, hätte ich die Handys nicht am Tatort zurückgelassen, wenn kompromittierende Bilder und Nachrichten zwischen mir und den Opfern darauf sind«, überlegte Till laut.

»Du hättest bestimmt auch keine ausgedruckten Nacktbilder von dir bei den Leichen hinterlassen, oder?« Siebels lächelte und wischte auf dem Handy herum.

Till verdrehte die Augen. »Okay, irgendwie ergibt es wenigstens halbwegs einen Sinn, wenn das mit den verschiedenen Identitäten tatsächlich so ist. Aber auch nur halbwegs.«

»Ja, das sehe ich auch so. Lena und Kristie. Entweder legt Kristie es darauf an, dass wir alles herausfinden. Oder es gibt noch jemand in Lena, der Amok läuft.«

»Ich bin schon sehr gespannt, was uns morgen erwartet.«
»Dachte ich es mir doch, es gibt einen Nachrichtenverlauf«, frohlockte Siebels und las Till daraus vor.

Jürgen H.:
Hallo Lena, wie geht es dir? Hoffe, du hast den Abend gestern genauso genossen wie ich.
Lena:
Hi Jürgen. Ja, das war ein sehr schöner Abend gestern.
Jürgen H.:
Na ja, ein bisschen langweilig war die Veranstaltung schon. Aber du bist ein Lichtblick gewesen. Wirklich!
Lena:
Oh Danke. Aber ich habe doch gar nichts gemacht, smile.
Jürgen H.:
Doch, du hast mich zum Träumen gebracht.
Lena:
Oh. Ich hoffe, es waren schöne Träume, lächel.
Jürgen H.
Oh ja. Sehr schöne Träume. Aufregende Träume!
Lena:
Möchtest du eine Erinnerung von mir und dem Abend haben? Ich kann dir ein Foto schicken.
Jürgen H.:
Ja. Schick mir ein Foto von dir.
Lena:
Habe es selbst gerade erst bekommen. Hoffe, es gefällt dir. Habe es dir schon geschickt.
Jürgen H.:
Danke. Du schaust wunderschön darauf aus.
Lena:
Ich weiß nicht. Meine Bluse ist ein bisschen zu freizügig geöffnet, glaube ich.

Jürgen H.:
Finde ich nicht. Im Gegenteil. Du kannst dich doch sehen lassen. Also mir gefällt es sehr gut. Ich werde mir dein Bild bestimmt noch oft anschauen!
Lena:
Das freut mich. Möchtest du noch ein anderes Bild von mir haben?
Jürgen H.:
Unbedingt! Je mehr, desto besser.
Lena:
Ich schicke dir noch eins. Oder zwei. Hoffe, sie gefallen dir auch so gut.
Jürgen H.:
Oh ja, die gefallen mir auch gut. Du bist sehr fotogen. Hast du noch mehr so schöne Fotos?
Lena:
Leider nicht.
Jürgen H.:
Möchtest du mir mal Modell stehen?
Lena:
Warum nicht?
Jürgen H.:
Eben, warum nicht? Wie wäre es morgen Abend?
Lena:
Da bin ich leider schon verplant. Übermorgen?
Jürgen H.:
Ja, kein Problem. Wo?
Lena:
Ich weiß nicht.
Jürgen H.:
Ich besorge ein Hotelzimmer, wo wir ungestört sind.
Lena:
Ja, gut. Ich freu mich, bis Sonntag.

Jürgen H.:
Bis Sonntag. Ich werde meine Kamera dabeihaben. Zieh dir was Hübsches an.
Lena:
Auch drunter? Smile.
Jürgen H.:
Vor allem drunter! Ich melde mich, wenn das Zimmer gebucht ist.

»Unglaublich«, murmelte Siebels. »Sie hat fast gleichzeitig mit Schlosser und Hellmann Kontakt aufgenommen und mit beiden ähnliche Gespräche geführt. Beide Gespräche beginnen damit, dass es gestern ein schöner Abend gewesen sei. An diesem Abend muss sie beide Männer kennen gelernt und am darauffolgenden Tag mit ihnen geschrieben und sich mit ihnen verabredet haben. Das gibt's doch gar nicht.«

»Wir sollten mal einen Blick auf ihr Handy werfen. Wer weiß, wen sie an dem Tag noch alles angeschrieben hat?«

»Jetzt mal den Teufel nicht an die Wand. Sag mir lieber, bei welcher Gelegenheit sie Schlosser und Hellmann kennen gelernt hat.«

»Wo bleibt dein kriminalistischer Instinkt, Siebels? Es muss was mit der Kanzlei zu tun haben.«

»Okay. Und weiter? Wie ist Lena dort auf Schlosser und Hellmann getroffen?«

»Was weiß ich. Vielleicht bei einer Feier mit Familienmitgliedern. Schlosser hat seinen Sohn eingeladen und der hat seine Freundin mitgebracht.«

»Ja, das wäre möglich. Dann müsste Nils Brenner doch auch da gewesen sein und Lena dort gesehen haben. Der hat aber abgestritten, sie schon einmal zu Gesicht bekommen zu haben.«

»Dann fragen wir ihn halt noch einmal. Komm, lass uns jetzt zurück ins Zimmer gehen, die sind bestimmt bald fertig.«

12

Peter Lich war mit seiner Truppe tatsächlich gerade am Einpacken, als Siebels und Till wieder im Zimmer erschienen. Der Leichnam von Hellmann war schon abtransportiert worden.

»Habt ihr was für uns?«, erkundigte Siebels sich hoffnungsvoll.

»Jede Menge Fingerabdrücke. Die meisten vom Opfer. Wir brauchen Vergleichsabdrücke vom Personal, da kümmere ich mich noch drum. Keine Blutspuren im Zimmer außer auf dem Bettzeug. Alles andere erfahrt ihr dann aus dem Labor, wenn es so weit ist.«

»Spermaspuren auf dem Bettlaken?«, fragte Siebels kleinlaut nach.

Peter Lich schüttelte den Kopf. »Nein, sieht nicht so aus, als hätte er vor seinem Ableben noch Sex gehabt. Jedenfalls nicht im Bett. Soll die Bettwäsche trotzdem ins Labor?«

»Ja, bitte«, seufzte Siebels. »Und wenn es nur ein paar Hautschuppen sind, die mehr Aufschluss über seinen letzten Besuch geben könnten.«

»Geht klar, kein Problem.« Peter Lich verabschiedete sich mit den zwei noch verbliebenen Männern und ließ Siebels und Till allein zurück.

»Das wirkt hier alles trostlos«, drückte Siebels seine Empfindung aus, als er an die letzten Stunden und Tage von Hellmann dachte.

»Ist ja auch ein billiges Hotelzimmer. Nicht zu vergleichen mit den Suiten, in denen wir zuletzt die Leichen eingesammelt haben.«

»Aber ähnlich trostlos wie das Haus von Martin Schlosser«, kam es Siebels in den Sinn. »Beide haben seit geraumer Zeit getrennt von ihrer Familie gelebt. Vielleicht ist das ja das Muster?«

»Vielleicht«, murmelte Till vor sich hin. Die Unordnung, die bei ihrem Besuch am Abend zuvor im Zimmer herrschte, war nicht mehr ganz so schlimm. Es standen noch einige Aktenordner übereinandergestapelt in einer Ecke. Till zog die wenigen Schranktüren und Schubladen auf, die das Zimmer zu bieten hatte. »Hellmann war aber schlampig«, kommentierte er die sich ihm darbietenden Inhalte. Schriftliche Unterlagen waren vom Fußboden aufgesammelt und achtlos in zwei Schubladen gestopft worden. Auch im Kleiderschrank war nichts ordentlich zusammengelegt oder aufgehängt. Er hatte seine Klamotten größtenteils einfach hineingeworfen. »Bei Schlosser war alles pikobello und penibel aufgeräumt gewesen.«

»Da kam ja auch die Putzfrau zweimal die Woche.«

»Ach, aber hier kommt der Zimmerservice jeden Tag.«

»Die räumen aber nicht die Socken und Unterhosen in den Schubladen ordentlich zusammen, oder?«

»Wäre ich mir bei Shantimay nicht so sicher«, kicherte Till vergnügt.

»Komm, lass uns gehen. Hier finden wir nichts Nützliches mehr«, seufzte Siebels, nachdem sie alles durchgeschaut hatten. »Jetzt stellt sich noch die Frage, wer sich heute Abend die Videoüberwachung des Hotels anschaut. Zum Glück haben wir gestern erst relativ spät mit ihm gesprochen. Gegen sechs sind wir wieder gegangen. Von da an bis Mitternacht sollten wir uns ansehen, wer das Hotel betreten und verlassen hat.«

»Wir teilen uns die Video-Arbeit«, schlug Till vor. »Du nimmst dir das Hotelvideo vor und ich schaue mir mit Anna einen von den Filmen an, die diese Psychiaterin dir empfohlen hat.«

»Super Idee«, entgegnete Siebels mit grimmiger Miene, ließ sich aber darauf ein.

»Dann sind wir morgen doch bestens vorbereitet, um Lena zu befragen. Meiner Meinung nach sollte der Fall danach sowieso gelöst sein.«

»Die Fälle«, korrigierte Siebels ihn. »Wir haben jetzt zwei Tote und ob es nur ein Täter oder eine Täterin ist, bleibt noch zu klären.«

64 Tage zuvor

Christian hatte mit Lena einen Stadtbummel unternommen. Lena wollte sich was Hübsches zum Anziehen kaufen. Christian hatte zwar keine große Lust auf Shoppen gehabt, ließ sich aber dennoch schnell überreden. Lena zog ihn immer noch magisch an. Doch die Aussicht, jederzeit plötzlich auf Kristie oder Silvia treffen zu können, faszinierte und sorgte ihn gleichzeitig. Bisher war er nur in Lenas Bude auf eine der beiden gestoßen und das war in den letzten Wochen nur selten vorgekommen. Aber wie sollte er reagieren, wenn das in der Öffentlichkeit passieren würde? Er wusste mittlerweile ja auch, dass es da noch andere gab, die er noch gar nicht kannte. Von Maria hatte er bereits gehört. Kristie hätte ihn aber eher umgebracht, als ihm auch nur ein Wort über diese Maria zu verraten. Seine Neugier war allerdings geweckt und er wartete immer noch auf eine passende Gelegenheit, um Lena einmal darauf anzusprechen.

Christian war davon ausgegangen, dass Lena sich Jeans oder T-Shirts kaufen wollte. Aber zu seiner Überraschung standen Dessous auf ihrer Einkaufsliste. Sie schaute sich in einer Fachabteilung in aller Seelenruhe die Auslagen an und fragte Christian bei jedem Stück, das sie begutachtete, nach seiner Meinung. Lenas Interesse galt dabei den reizvollsten Stücken, was bei Christian einerseits für lebhaftes Kopfkino sorgte, andererseits für eine leichte Verunsicherung. Sie waren nicht allein in dem Geschäft. Eine Verkäuferin lauerte etwas abseits und stand in Bereitschaft, mit ihrer Expertise den vielleicht noch nötigen Kaufimpuls geben zu können. Außerdem befanden sich noch zwei andere Frauen in der Abteilung und sahen sich um. Lena wollte bei jedem Teil wissen, was Christian davon hielt. Der fand ein Teil schöner als das andere und so kam es, dass Lena schlussendlich fast das komplette Sortiment kaufte. Als Christian den Betrag an der Ladenkasse aufleuchten sah, drehte sich ihm fast der Magen um. Lena schien das aber überhaupt nichts auszumachen. Sie zückte eine Kreditkarte und strahlte Christian an, als sie die große Einkaufstasche mit ihren neuen Errungenschaften überreicht bekam.

Anschließend schlenderten sie händchenhaltend durch die Einkaufsstraße. Christian trug die Tragetasche mit den Dessous und konnte es kaum erwarten, Lena in dieser reizvollen Aufmachung zu bestaunen. Insgeheim machte er sich zwar Sorgen, dass er nicht der Einzige sein könnte, dem Lena sich in dieser Wäsche präsentierte, aber diesen Gedanken verdrängte er gleich wieder. Dass sie sich das, ohne mit der Wimper zu zucken, leisten konnte, machte ihn aber stutzig. »Hast du eigentlich im Lotto gewonnen?«, erkundigte er sich. »Das war ja ein ordentlicher Betrag, den du da hingeblättert hast.«

»Ich habe ein bisschen was gespart«, sagte Lena leichtfertig. »Und wenn ich dir damit eine Freude machen kann, ist es doch eine gute Investition, oder?«

»Damit wirst du mir noch sehr viel Freude machen«, ließ Christian keinen Zweifel. »Wollen wir noch in ein Eiskaffee gehen, bevor wir unsere kleine Modenschau machen?«, fragte er mit einem spitzbübischen Grinsen.

Sie ergatterten noch einen freien Tisch im Außenbereich in der Fußgängerzone. Nachdem das bestellte Eis serviert war, kam Christian auf das zu sprechen, was ihn seit seinem gemeinsamen Frühstück mit Kristie beschäftigte. »Kommt Maria eigentlich auch manchmal zum Vorschein?«, fragte er und versuchte, es eher beiläufig klingen zu lassen.

»Maria?« Die eben noch fröhliche Miene von Lena wurde plötzlich sehr ernst. »Wieso fragst du? Wie kommst du darauf?«

»Nur so, Kristie hat sie erwähnt. Dabei hat sie aber mit dir gesprochen, glaube ich.«

»Aha.« Lena wirkte nachdenklich. »Maria kommt eigentlich nie zum Vorschein«, sagte sie dann leise.

»Warum nicht?« Christian war ehrlich interessiert an diesen Dingen. An den verschiedenen Persönlichkeiten, die seine Freundin in sich beherbergte. Jede von ihnen schien sich einer Aufgabe verschrieben zu haben.

»Ach, sie hat sich schon vor sehr langer Zeit zurückgezogen. Ich kenne sie selbst gar nicht so gut. Vergiss sie einfach wieder. Kristie hätte sie nicht erwähnen sollen. Eigentlich macht sie das auch nie. Ich verstehe gar nicht, wie das passieren konnte.«

Christian zuckte die Schultern. »Es ist halt passiert und das hat mich schon ein bisschen neugierig gemacht.«

»Sie ist ein kleines Kind«, klärte Lena ihn auf. »Du interessierst dich doch nicht für Kinder, oder?«

»Nein, natürlich nicht«, beeilte Christian sich zu sagen, dem das alles äußerst merkwürdig vorkam. Warum sollte ein kleines, verschlossenes Kind in Lenas Körper wohnen?

*

Siebels saß im Büro, die Videoüberwachung des Hotels hatte er auf einem Stick, der in seinem Rechner steckte. Bevor er die Aufnahme startete, suchte er nach Fotos von Jürgen Hellmanns Frau. Er fand welche in den sozialen Netzwerken und druckte sie aus.

Siebels prägte sich die Gesichtszüge von Frau Hellmann ein. Sie machte einen sportlichen Eindruck, einige Fotos zeigten sie beim Joggen, beim Kanu fahren und an einer Kletterwand. Das lange Haar zu einem Zopf gebunden, nur sehr dezent geschminkt, wenn überhaupt. Diese Frau schien viel Energie zu haben und so gar nicht zu dem nach Whiskey und jungen Frauen lechzenden Anwalt zu passen.

Viel Betrieb herrschte an dem Abend nicht in der Empfangshalle. Er sah sich selbst mit Till, als sie das Hotel betraten und eine halbe Stunde später wieder verließen. Irgendwie kam er sich alt vor, als er sich so betrachtete. Das konnte aber auch an der Bildqualität liegen, die zu wünschen übrigließ, redete er sich ein. Obwohl die Schritte von Till doch mehr Elan ausstrahlten als seine eigenen. Vielleicht sollte er einfach mal wieder ein bisschen Sport treiben, kam es ihm in den Sinn. Während er über sich und das Älterwerden im Allgemeinen nachdachte, passierte auf dem Monitor gar nichts. Er spulte die Aufzeichnung einige Minuten im Schnelldurchlauf weiter, bis wieder Menschen erschienen. Ein japanisches Ehepaar verließ das Hotel, kurz darauf betrat es ein Mann, der einen Rollkoffer hinter sich herzog. Siebels bezweifelte, dass er seine Zeit sinnvoll verbrachte. Er hatte gemeinsam mit Till den Seiteneingang des Hotels und die dort angebrachte Kamera in Augenschein genommen, die von einem Nachwuchs-Fußballspieler außer Gefecht gesetzt worden war. Es war ein Kinderspiel, unbeobachtet von der noch funktionierenden Kameraüberwachung in das Zimmer von Hellmann und wieder raus aus dem Hotel zu gelangen. Sie hatten zwar überprüft, ob in der unmittelbaren Umgebung des Seiteneingangs noch andere Videokameras installiert waren, aber dem war nicht so.

Siebels wurde langsam müde und rieb sich die Augen. Er verließ seinen Beobachtungsposten und gab seiner neuen Kaffeemaschine den Befehl, frischen Kaffee zu brühen. Die Maschine ratterte ohne Ermüdungserscheinungen los. Während der Kaffee in einem feindosierten Strahl von der Maschine in seine Tasse befördert wurde, warf er einen flüchtigen Blick auf den Monitor. Aus dem flüchtigen Blick wurde ein neugieriger. Wer hatte da gerade das Hotel betreten? Siebels hatte nur noch einen Blick auf die hochhackigen Schuhe erhaschen können, bevor die Person schon wieder aus dem Blickfeld verschwunden war. Er setzte sich ohne Kaffee wieder an seinen Platz, spulte zurück und betrachtete sich jetzt den Vorgang von vorne. Eine Frau betrat das Hotel. Schulterlange, gewellte, schwarze Haare. Zielstrebig bewegte sie sich mit elanvollen Bewegungen zu den Aufzügen. Sie trug ein Sommerkleid und einen Blouson darüber. Um ihre Schulter hing eine kleine Handtasche. Siebels kannte die Frau. Er ließ sie auf dem Video ein paar Schritte rückwärtsgehen und stoppte das Bild, als ihr Gesicht für einen kurzen Moment sichtbar wurde. Siebels konnte sich keinen Reim darauf machen. Was hatte sie dort zu suchen? Das war ohne Zweifel Paula Behrens, die Psychiaterin von Lena. Es war 18:55 Uhr, als sie die Hotelhalle betrat. Hellmann starb gegen Mitternacht. Diese Frau konnte doch unmöglich auch eine Affäre mit Hellmann gehabt und ihn zu guter Letzt umgebracht haben. Das ergab keinen Sinn. Siebels kratzte sich am Kopf und starrte das Standbild an. Paula Behrens war eine attraktive und eloquente Frau. Überhaupt nicht der Typ, der in irgendeiner Weise zu Hellmann passte. Konnte das Zufall sein? Hat sie jemand ganz anderen im Hotel getroffen? Oder wollte sie mit Hellmann wegen ihrer Patientin sprechen? Das ergab schon eher einen Sinn. Wollte sie ihn vielleicht warnen, dass er sich in Gefahr befand, weil er sich mit Lena vergnügt hatte? Wollte sie ihn vor Kristie warnen? Siebels nahm sich jetzt seine Kaffeetasse von der Maschine, stellte sie auf seinem Schreibtisch ab und ließ den Film weiterlaufen. In der Hotelhalle tat sich zunächst nichts mehr. Siebels beobachtete trotzdem das Bild, sah zwischendurch den indischen Pagen Shantimay durch die Halle laufen und bangte, wie lange Paula Behrens wohl im Hotel geblieben war. Während er bangte, schlugen seine Gedanken Purzelbäume. Lena hatte sich als Studentin der Psychologie an der Universität eingeschrieben. Weil sie ihre eigenen psychologischen Abgründe besser kennen lernen wollte? Weil sie wusste, dass ein Teil von ihr gerne Männer verführte und ein anderer Teil in ihr diese Männer ermordete? Gab es noch andere Männer, die eine Affäre mit Lena unterhielten und kurz darauf aus dem Leben geschieden waren? Vielleicht in Argentinien? War Paula Behrens nur Paula Behrens? Oder war es am Ende gar nicht Paula Behrens, die da ins Hotel gegangen war. Beherbergte auch sie noch andere Persönlichkeiten in sich?

Siebels raufte sich die Haare und trank seinen Kaffee. Paula Behrens war eine normale Frau, ermahnte er sich. Es gab sicherlich eine vernünftige Erklärung für ihren Besuch im Hotel.

Siebels ließ das Band wieder vorlaufen und stoppte es um 19:30 Uhr. Er ließ es in normaler Geschwindigkeit weiterlaufen und atmete schwer aus. Paula Behrens verließ das Hotel wieder. Kurz vor dem vermutlichen Zeitpunkt des Ablebens von Jürgen Hellmann. Siebels hoffte, dass Anna den vermuteten Todeszeitpunkt in ihrem offiziellen Bericht eher etwas nach hinten als nach vorne verschieben würde. Zwischen 20:00 und 22:00 Uhr hatte sie gesagt. Grob geschätzt.

Siebels griff zum Telefon und rief zuhause an. Es war jetzt schon genauso spät, wie auf der Aufzeichnung vom Abend zuvor. Das Abendessen stand wahrscheinlich schon auf dem Tisch.

»Der Herr Kommissar macht Überstunden?« Sabine kam gleich zur Sache.

»Ja, leider. Wir haben heute schon die zweite Leiche in unserem aktuellen Fall zu beklagen. Aber wenn wir Glück haben, ist die Sache bis morgen aufgeklärt und dann baue ich die Überstunden sofort wieder ab.«

»Wenn es nur mit Glück zu tun hat, hättest du heute doch auch pünktlich sein können«, zog seine Frau ihn in gewohnter Weise auf. Siebels liebte das an ihr.

»Ich rede natürlich vom Glück des Tüchtigen«, konterte er geschickt.

»Natürlich, schon klar. Du kannst dir später deine Pizza aufwärmen.«

»Pizza? Mmh. Das klingt gut. Selbst gemacht?«

»Ja, mit allem drauf, was meinem Liebsten gut schmeckt. Champignons, Schinken, Paprika und Peperoni.«

»Oh Mann, plötzlich knurrt mein Magen. Ich beeile mich. Was macht Dennis?«

»Der putzt sich die Zähne.«

»Guter Junge«, sagte Siebels, weil ihm zu dieser Nachricht sonst nichts einfiel.

»Ja, der genießt seit einiger Zeit wieder eine richtig gute Erziehung.«

»Was soll das denn heißen?«

»Ach, nichts weiter.« Sabine kicherte. »Nur mein Mann spurt jetzt wieder nicht so richtig und lässt mich hier einfach versauern.«

»Ich bin aber auch gut erzogen«, protestierte Siebels.

»Jedenfalls habe ich mir viel Mühe mit dir gegeben. Also sieh zu, dass du bald nach Hause zu deiner Frau kommst.«

Siebels behielt während der Unterhaltung den Monitor und die Zeitanzeige im Blick. »Ich fahre gleich los. Ich wollte dir eigentlich auch nur kurz sagen, dass ich dich liebe, mein Schatz.«

»Ich dich auch, Bärchen. Bis später.«

»Bärchen«, brummte Siebels, nachdem er aufgelegt hatte. Er sollte wirklich den Gedanken mit dem Sportmachen weiterverfolgen. Tiger wäre doch ein viel schönerer und passenderer Kosename als Bärchen. Tigerchen, vielleicht. Während Siebels über einen passenden Kosenamen sinnierte, tat sich vor ihm auf dem Monitor zunächst nichts. Siebels betrachtete sich die nächste Dreiviertelstunde im Schnelldurchlauf. Bis wieder jemand das Hotel betrat. Siebels traute seinen Augen nicht. Auch wenn er sie noch nie von Angesicht zu Angesicht gesehen hatte, erkannte er sie sofort. Er stoppte das Bild, als die Kamera ihr Gesicht erfasste. Siebels klatschte in die Hände. »Hab ich dich«, rief er und notierte die Zeit, zu der Lena das Hotel betreten hatte. Es war 20:15 Uhr. Eine Dreiviertelstunde, nachdem Paula Behrens wieder gegangen war. Lebte Hellmann da noch? Lena ging genauso zielstrebig zu den Aufzügen wie zuvor Paula Behrens. Wenn Lena jetzt etwas länger blieb, wäre der Fall wohl gelöst. Und falls nicht, würde er richtig kompliziert werden.

Siebels schaute gebannt auf den Monitor, auf dem sich nichts tat. Seine Gedanken kamen nicht mehr zur Ruhe. Wenn Hellmann eher gegen 22:00 Uhr erschlagen wurde, hätte Lena genügend Zeit gehabt, um sich mit Hellmann zu vergnügen, sich danach in Kristie oder sonst wen zu verwandeln und Hellmann aus dem Leben zu befördern. Bis auf die scheinbar nicht vorhandenen Spuren auf dem Bettlaken passte alles zusammen. Siebels lehnte sich zurück und dachte angestrengt nach. Vielleicht hatten sie auch gar keinen Sex. Möglicherweise ging es nur darum, reizvolle Fotos zu machen. Aber Hellmann war sich vielleicht nicht mehr so sicher gewesen, worauf er sich da eingelassen hatte. Kurz zuvor hatte er augenscheinlich Besuch von Paula Behrens gehabt. Hatte sie ihn gewarnt? Vor Lena? Vor Kristie? Vor der Situation im Allgemeinen? Hatte Hellmann Lena anschließend darauf angesprochen? War daraufhin Kristie erschienen und hatte dem Spaß ein Ende bereitet? Weil Hellmann nicht wissen durfte, was er von der Psychiaterin erfahren hatte? Musste Hellmann deswegen für immer aus Lenas Leben verschwinden, genauso wie Martin Schlosser? Aber Kristie konnte nur zum Vorschein kommen, wenn Lena schlief, hatte die Psychiaterin gesagt. War es schon Kristie, die ins Hotel gekommen ist? Hatte sie sich bei Hellmann als Lena ausgegeben und Lena wusste gar nichts von ihrem Besuch im Hotel?

Siebels kratzte sich am Kopf. Was war da abgelaufen? Besonders bei der Verwandlung von Lena zu Kristie war er sich unsicher. Wenn es so war und erst im Hotelzimmer geschah, wusste Kristie dann, wo Lena vorher ihre Fingerabdrücke überall hinterlassen hatte? Hätte sie nicht auch wissen können, dass sie von der Kamera aufgenommen worden war? Waren die Morde an Schlosser und Hellmann überhaupt im Voraus geplant gewesen? Oder geschah es im Affekt, nachdem es bei Lena einen plötzlichen Wechsel der Persönlichkeit gegeben hatte? Diese Variante erschien Siebels eigentlich am plausibelsten. Jetzt musste er nur noch die Zeit notieren, zu der Lena, oder wer auch immer sie zu diesem Zeitpunkt war, das Hotel wieder verlassen hatte. Dann konnte er endlich nach Hause gehen, seine Frau in den Arm nehmen und seine Pizza verschlingen.

Um 22:05 Uhr betrat ein Mann das Hotel. Er zog einen großen Koffer hinter sich her. Siebels konnte sein Gesicht nicht erkennen. Der Mann trug eine Baseballkappe und ging zielgerichtet zum Aufzug, den Kopf leicht gesenkt. Er stellte wieder auf Schnelldurchlauf und wartete. Aber er wartete vergebens. Er ließ den Film im Schnelldurchlauf bis zum Ende der Aufzeichnung laufen. Die letzten Personen, die vor ihm auf dem Monitor erschienen, waren er und Till und Anna sowie Peter Lich mit seinen Leuten. Wo zum Geier war

Lena abgeblieben? Hatte sie den Rückweg über den Seiteneingang genommen? Das war die einzige logische Erklärung. Die Aufnahme war somit nur noch halb so viel wert. Wenn Lena unbemerkt von der Kamera das Hotel verlassen hatte, blieb alles andere nur Spekulation und es hätte auf dem gleichen Weg noch jemand ganz anderes bei Hellmann im Zimmer auftauchen können. Siebels dachte kurz an seinen letzten Fall, bei dem er noch als Privatdetektiv und Till als Kommissar beim LKA tätig waren. Da hatten sie sich bei ihren Ermittlungen auch auf eine Videoüberwachung aus einem Hotel verlassen. Erst spät kamen sie dahinter, dass diese Aufnahmen manipuliert worden waren. Aber da hatten sie es mit Geheimdiensten, Waffenhändlern und einem saudischen Prinzen zu tun gehabt. Das war nicht vergleichbar. Nicht bei diesem Fall, nicht in diesem Hotel.

13

Martin:
Die Fotos sind echt klasse geworden.
Lena:
Ja, sehr schöne Bilder. Es hat mir wirklich Spaß gemacht. Gefalle ich dir? Wenn ich so wenig trage? Oder gar nichts?
Martin:
Ja! Ich will mehr davon! Du auch?
Lena:
Ja. Wenn du es gerne möchtest. Ich möchte dir gefallen.
Martin:
Du gefällst mir sehr. Wir werden noch eine sehr aufregende Zeit miteinander haben.
Lena:
Das klingt schön, lächel.
Martin:
Genieße einfach alles, was passiert.
Lena:
Das mache ich sehr gerne. Wir können alles tun, so wie du es möchtest.
Martin:
Das freut mich. Morgen Abend, um zehn, bei mir.
Lena:
Ja, ich komme.

Tag 4, Donnerstag

Siebels und Till hatten sich am Morgen bei Charly im Büro eingefunden und gemeinsam einen Blick auf den weiteren Chatverlauf zwischen Martin Schlosser und Lena geworfen.

»Schlosser scheint überhaupt keine Skrupel gehabt zu haben, sich mit der Freundin seines Sohnes zu vergnügen«, interpretierte Siebels den Gesprächsverlauf.

»Umgekehrt aber auch nicht«, bemerkte Charly. »Die Kleine hat es ihm schon sehr leicht gemacht.«

»Christian wird mit keinem Wort erwähnt, weder von Lena noch von seinem Vater«, wunderte sich Siebels.

Till hatte das Handy jetzt in der Hand und las den Austausch noch einmal. »Das wäre bestimmt der Stimmungskiller gewesen, also haben sie ihn nicht erwähnt. Das hätte die Schwingungen zwischen den beiden nur unnötig gestört.«

»Vielleicht hast du recht«, murmelte Siebels nachdenklich. »Aber ich bin mir noch nicht im Klaren darüber, ob Martin Schlosser sich überhaupt bewusst war, dass er sich mit der Freundin seines Sohnes einließ. Und ob es Lena bewusst war, dass sie es mit dem Vater von Christian zu tun hatte.«

»Wenn er es wusste, hat er es vielleicht einfach verdrängt«, warf Charly ein. »Oder er kam zu der Überzeugung, dass eine Frau wie Lena als seriöse Lebenspartnerin für seinen Sohn sowieso nicht in Frage kam. Warum also nicht ein kleines Abenteuer erleben, bevor die Chance vertan ist?«

»Weil es unanständig ist«, sagte Siebels kopfschüttelnd.

»Das macht den Reiz ja gerade aus«, zeigte Till sich unbeeindruckt. »Wir müssen uns jetzt auch langsam auf den Weg zu unserem Termin mit der Psychiaterin und Lena machen. Ehrlich gesagt, kann ich es kaum erwarten, Lena endlich persönlich kennen zu lernen. Und auf die Psychiaterin bin ich auch gespannt.«

Siebels hatte Till schon über seine Beobachtungen aus der Videoüberwachung des Hotels eingeweiht. Und sie waren übereingekommen, dass sie diese Erkenntnisse zunächst zurückhielten und sich ganz unvoreingenommen ein Bild von der Patientin Lena machen wollten. Das Gleiche galt für Paula Behrens. Deren Auftauchen im Hotel wollten sie erst nach der Befragung von Lena zur Sprache bringen.

Paula Behrens empfing die Beamten an ihrer Wohnungstür. Sie trug einen weinroten Hosenanzug und hatte das Haar zu einem Pferdeschwanz gebunden. »Kommen Sie rein. Lena ist schon da. Sie ist etwas nervös. Ich möchte Sie bitten, das Ganze langsam anzugehen. Geben Sie ihr Zeit, sich auf Sie und Ihre Fragen einzustellen.«

»Natürlich«, versprach Siebels. »Für uns ist es ja auch eine außergewöhnliche Situation und wir möchten uns zunächst ein Bild von Ihrer Patientin machen können.«

Im Behandlungszimmer hatte Paula Behrens die Sitzgruppe entsprechend angeordnet. Siebels und Till sollten nebeneinandersitzen, Lena ihnen gegenüber. Paula Behrens nahm den stirnseitigen Platz ein. Von dort konnte sie sowohl Lena als auch die Beamten im Blick behalten. Auf dem Tisch standen gefüllte Wassergläser für alle Teilnehmer bereit.

Lena saß bereits auf ihrem Platz, als Paula Behrens mit Siebels und Till hereinkam. Sie trug Jeans und T-Shirt. Die Hände hatte sie im Schoß gefaltet liegen. Sie lächelte verlegen, als Paula Behrens ihr die Kriminalkommissare vorstellte. Siebels war vom ersten Augenblick an fasziniert von ihr. Ihre hellbraunen Augen funkelten ihn freundlich und neugierig an. Wenn Siebels sich während seiner Ermittlungen mit Menschen unterhielt, sie befragte oder sie durch die Mangel drehte, nahm er immer natürliche Schutzmechanismen wahr, mit denen sich die Befragten mehr oder weniger abschotteten. Je nachdem, wie viel jemand zu verbergen hatte. Aber selbst wer im Grunde genommen gar nichts zu verbergen hatte, ließ eine gewisse Vorsicht walten, um nicht zu viel preiszugeben. Oder einfach nur um die eigene Privat- und Intimsphäre zu schützen. Siebels hatte gelernt, solche Schutzmechanismen zu umgehen oder auch Schutzmauern einzureißen, um die Wahrheit ans Licht zu zerren. Oft war das mühevoll und benötigte seine Zeit. Vor allem benötigte es Informationen, mit denen man wie aus einer Waffe auf die Schutzmauern schießen konnte, um sie zum Einsturz bringen zu können. Oder wenigstens zum Bröckeln. Er hatte mit Lena noch kein einziges Wort gesprochen, hatte sie nur für einen kurzen Moment in Augenschein genommen, und dabei den Eindruck gewonnen, als würde Lena über keinerlei solcher Schutzfunktionen verfügen. Als würde sie nur darauf warten, sich offenbaren zu dürfen. Frei von jeglichen

Ängsten oder Hemmungen. Unbedarft, naiv und gleichzeitig mit einem völlig entwaffnenden Wesen ausgestattet. Sie brauchte einen Beschützer, dem sie sich bedingungslos anvertrauen konnte. Genau dieses Gefühl beschlich Siebels, nur weil er sich im selben Raum wie sie aufhielt. Das gleiche Gefühl hatte sie mit Sicherheit auch Martin Schlosser vermittelt. Und Jürgen Hellmann. Dieses Wesen schien sie auch auf ihre sexuellen Bedürfnisse zu übertragen. Schutzlos und nackt vor der Kamera ihres Beschützers. Nur so fühlte sie sich glücklich und zufrieden. Für sie machte es keinen Unterschied, ob das nun ein Martin Schlosser, ein Jürgen Hellmann oder wer auch immer war.

»Nehmen Sie doch Platz.«

Die Stimme von Paula Behrens schreckte Siebels förmlich aus seinen tiefen Gedankengängen auf. Er schüttelte sich kurz im Geiste, um sich auf das Gespräch mit Lena konzentrieren zu können. Ein schneller Seitenblick zu Till zeigte ihm, dass auch er von Lenas Ausstrahlung beeindruckt war.

»Sie sind also Lena, die Freundin von Christian Schlosser«, begann Siebels mit sanftmütiger Stimme die lang ersehnte Unterhaltung mit der unter doppeltem Mordverdacht stehenden jungen Frau.

»Ja, das bin ich.« Lena lächelte selig. »Christian und ich mögen uns sehr.«

»Das ist doch schön«, entgegnete Siebels und rang sich ebenfalls ein Lächeln ab. »Wie lange kennen Sie beide sich denn schon?«

Lena überlegte kurz. »Schon seit drei Monaten. Das ist sehr lange. Finden Sie nicht?«

Siebels konnte seinen leicht verdutzten Gesichtsausdruck nicht verbergen. Aber er ließ sich darauf ein. »Doch, doch. Drei Monate sind schon eine lange Zeit. Soviel ich weiß, sind Sie ja auch erst seit Kurzem in Frankfurt. Ist das richtig?«

Lena nickte. »Ja, das stimmt.«

»Und wo haben Sie vorher gelebt?«

Lena schaute hilfesuchend zu Paula Behrens. Scheinbar war ihr diese Frage nicht ganz geheuer. Und den Beschützerpart hatte nun ihre Psychiaterin. »Im Ausland«, fasste Lena sich kurz.

»In Argentinien?« Siebels führte das Gespräch intuitiv. Aber er bemerkte, dass er schon mit solch banalen Aussagen, mit denen er seine bereits vorhandenen Informationen preisgab, kleine Geschosse auf Lenas nicht vorhandene Schutzmauer abfeuerte.

Lena guckte sich im Zimmer um, ihr Blick wanderte von einer Zimmerecke zur anderen, vom Boden zur Decke und wieder zurück. Siebels schaute Paula Behrens an. Die stand Lena nun bei. »Möchtest du zunächst vielleicht lieber nur über die zurückliegende Zeit sprechen, in der du mit Christian befreundet bist?«

Lena nickte hastig. »Ja, bitte.«

»Kein Problem«, ging Siebels darauf ein. Der Blick von Lena wurde wieder ruhiger und haftete sich auf Siebels. Sein Entgegenkommen schien sie zu beruhigen.

»Gab es in letzter Zeit auch mal Streit zwischen Ihnen und Christian?«

Lena schüttelte fast empört den Kopf. »Nein, nie. Wir lieben uns doch.«

»Natürlich«, sagte Siebels besänftigend. »Aber gerade, wenn man sich liebt, kommt es ja manchmal auch zum Streit. Vielleicht weil man so etwas wie Eifersucht verspürt.«

»Nein, nein, ich bin nicht eifersüchtig.«

»Und Christian?«

»Christian? Nein, gar nicht. Warum fragen Sie?«

Weil wir dein Nacktfoto auf der Leiche seines Vaters gefunden haben, dachte Siebels. Aber so schonungslos konnte er das nun unmöglich formulieren, jetzt kam es auf das richtige Feingefühl an. »Kennen Sie denn den Grund, warum wir uns mit Ihnen unterhalten möchten?« Siebels wusste gar nicht, inwieweit Lena von Paula Behrens auf das Gespräch vorbereitet worden war. Eigentlich hatte er das mit ihr vorab klären wollen, aber daran hatte er gar nicht mehr gedacht.

Lena schaute wieder zu Paula Behrens. Die nickte ihr wohlwollend zu. »Weil Christians Vater tot ist. Stimmt das?«

»Ja, das stimmt. Kannten Sie ihn?«

»Ja, ich kannte ihn. Er war sehr nett. Ich mochte ihn.«

»Wissen Sie auch, dass er ermordet worden ist? In seinem Haus?«

Lena schien kurz nachdenken zu müssen. »Das hat Frau Behrens mir gesagt. Aber mit Christian habe ich darüber noch gar nicht gesprochen.«

»Gibt es einen Grund dafür, warum Sie mit Christian noch nicht darüber gesprochen haben?«

Lena zuckte mit den Schultern. »Wir haben überhaupt noch nicht miteinander gesprochen, seitdem es passiert ist. Ich konnte ihn nicht erreichen.«

Siebels bemerkte, dass Till neben ihm allmählich ungeduldig wurde. Und ihm ging es genauso. Mit diesem Geplänkel kamen sie nicht weiter. Er hatte es langsam angehen lassen, wie mit Paula Behrens besprochen. Nun wurde es aber Zeit, Fakten auf den Tisch zu legen. »Wir haben am Tatort bei der Leiche von Christians Vater ein Foto gefunden. Wissen Sie davon etwas?«

»Ein Foto? Was für ein Foto?«

Siebels sah Paula Behrens fragend an.

»Darüber haben wir doch schon gesprochen, Lena«, erinnerte die Psychiaterin sie.

»Ja, stimmt. Das ist ja komisch«, sagte Lena leichthin. »Wie kommt ein Foto von mir dahin?«

»Wir hatten gehofft, dass Sie uns das vielleicht sagen können«, nahm Siebels das Gespräch wieder an sich.

Lena schaute abwechselnd zwischen Paula Behrens und Siebels hin und her. »Ich habe dafür keine Erklärung«, sagte sie dann achselzuckend.

»Möchten Sie das Foto sehen?«, fragte Siebels.

Lena sagte nichts, sie schloss die Augen. Ihr Kopf bewegte sich langsam vor und zurück, als wäre sie in Trance. Paula Behrens stand auf und rüttelte sie leicht an der Schulter. »Lena, bleib hier. Hörst du mich? Lena?«

Lena öffnete wieder die Augen. Sie schaute wieder zwischen der Psychiaterin, Till und Siebels hin und her und

schien einen Moment zu brauchen, um sich zu orientieren.
»Ja, zeigen Sie mir das Foto«, sagte sie selbstbewusst.

Siebels zog das Bild aus seiner Jackentasche und legte es vor Lena auf den Tisch.

»Das hat ihm am besten gefallen«, sagte Lena.

»Wem?« Siebels fragte sich, was in der Frau gerade vor sich ging.

»Martin. Er hat mich fotografiert.«

»Hatten Sie eine Affäre mit ihm? Oder ein Verhältnis?«

Lena sah Siebels nachdenklich an. Dann schloss sie erneut die Augen und fing an, leicht mit dem Oberkörper zu wippen. Paula Behrens wollte sie wieder zurückholen, aber es war zu spät. Lena zuckte mehrmals am ganzen Körper zusammen. Dann öffnete sie die Augen wieder und Siebels bemerkte, wie sich ihre funkelnden und freundlich blickenden Augen in einen kalten Blick verwandelt hatten.

»Das geht dich einen Scheiß an«, zischte sie wütend. Ihre ganze Körperhaltung veränderte sich schlagartig.

»Hallo, Kristie«, sagte Paula Behrens. »Die Herren sind von der Kriminalpolizei. Sie wissen schon Bescheid über euch. Also über Lena, dich und Silvia und die anderen. Gibt es ein Problem oder warum hast du Lena rausgedrängt?«

»Ich habe sie nicht rausgedrängt, sie hat sich verpisst. So ist sie halt.«

Siebels war bemüht, sich von der neuen Situation nicht beirren zu lassen. »Das macht ja nichts, mit Ihnen würden wir uns natürlich auch gerne unterhalten.«

Kristie schaute abschätzend von Siebels zu Till. »Der Penner sieht aber so aus, als hätte er sich lieber weiter mit Lena unterhalten.« Sie guckte Till provozierend an. »Sag schon, bist du scharf auf Lena? Oder warum hockst du hier mit deinem Bullenkumpel?« Mit einem missbilligenden Blick wendete sie sich im gleichen Atemzug wieder Siebels zu. »Ich wüsste nicht, warum ich mich jetzt mit so einem alten Sack wie dir unterhalten sollte.«

Siebels fühlte sich völlig überrumpelt. Alter Sack, so hatte ihn bisher noch niemand tituliert.

»Schon mal was von Beamtenbeleidigung gehört?« Till fragte sich, ob die Frau hier einfach nur eine grandiose Show abzog oder ob er tatsächlich gerade Zeuge einer aufgetretenen dissoziativen Identitätsstörung wurde.

Kristie zeigte ihm einen Stinkefinger. »Wenn dir sonst nichts einfällt, kannst du auch wieder heimgehen. Depp.«

Till hatte sich am Abend zuvor einen Spielfilm zum Thema angesehen. Waking Madison. Madison beherbergte mehrere Identitäten in sich. Sie wollte Selbstmord begehen, weil sie mit ihrem Leben völlig überfordert war. Sie bekam nichts davon mit, wenn eine ihrer Ko-Existenzen das Ruder übernahm. Diese Ko-Existenzen waren völlig andere Menschen und lebten das Leben über Tage oder Wochen weiter. Zeiträume, die der Hauptexistenz im Bewusstsein fehlten, wenn sie wieder zum Vorschein kam. Zeitlücken, die sie nicht mehr füllen konnte, trieben sie fast in den Wahnsinn. Zeitlücken, in denen Dinge geschehen waren, für die sie absolut keine Erklärung hatte. Es war nur ein Film, der dem Zuschauer erst am Ende die Zusammenhänge dieser verschiedenen Persönlichkeiten enthüllte. Nur ein Film. »Hast du Martin Schlosser auch so angepöbelt?«, wollte Till von Kristie wissen.

Kristie ignorierte Tills Frage und wandte sich Paula Behrens zu. »Wo sind meine Zigaretten?«

»Muss das jetzt sein?« Die Psychiaterin klang nun streng, was in Gegenwart von Lena nicht der Fall gewesen war.

»Ja, das muss jetzt sein. Scheiße.«

»Kristie raucht wie ein Schlot«, erklärte Paula Behrens den Beamten. »Wenn Lena zu mir kommt, hat sie keine Zigaretten dabei, sie raucht ja nicht. Wenn Kristie auftaucht, will sie rauchen. Also habe ich immer ein Päckchen vorrätig.« Paula Behrens holte aus ihrer Schreibtischschublade die Zigaretten, ein Feuerzeug und einen Aschenbecher und kippte das Fenster. Kristie zündete sich umgehend eine an und blies Till den Rauch ins Gesicht. Genauso, wie Eva Schlosser es getan hatte. Aber ein hartgesottener Polizist kam damit klar.

»Kann ich auch eine haben?«, fragte Siebels und deutete auf die Zigarettenpackung.

»Och nee«, stöhnte Till. Dem jetzt auffiel, dass Siebels tatsächlich nur noch selten zur Zigarette griff.

»Jetzt will der Bulle auch noch schnorren«, seufzte Kristie genervt.

»Klar können Sie eine haben, das sind ja schließlich meine«, sagte Paula Behrens.

Siebels zündete sich ebenfalls eine an und bedankte sich.

»Wo ist Lena jetzt? Hört sie zu?« Till dachte an die Zeitlücken und wollte wissen, ob das Lena genauso erging, wenn sie wieder zurückkehrte.

Kristie musterte Till eingehend und zog dabei an der Zigarette. »Die hat sich so hastig verdrückt, glaube nicht, dass sie von drinnen zuhört. Die hat wohl Schiss vor euch gehabt. Keine Ahnung wieso.«

»Hat sie dich gerufen oder bist du von selbst zum Vorschein gekommen?«, wollte Paula Behrens wissen.

»Sie ist einfach abgehauen. Da musste ich halt übernehmen.«

»Sonst wollte niemand übernehmen?«

»Nö, mit den Bullen wollte sonst niemand reden.«

»Ist sie in den roten Salon geflüchtet?«, fragte die Psychiaterin.

»Ja, du weißt doch, wie das läuft, Paula. Sie war ganz durcheinander. Wegen dem Foto da, nehme ich an. Das ist wieder typisch Lena.« Kristie beugte sich über den Tisch und schaute sich das Bild genauer an. »Das ist doch zum Kotzen. Sind die Bullen deswegen hier?«

»Ja, deswegen sind die Kommissare hier«, seufzte Paula Behrens.

»Wie war das jetzt mit Martin Schlosser?«, kam Till auf seine Frage zurück. »Hast du ihm auch gesagt, dass er ein Penner ist?«

»Den Typ kenne ich nicht. Wer soll das sein?«

»Bei dem haben wir das Foto gefunden«, erklärte ihr Till.

»Aha. Dann werde ich ihm bald mal einen Besuch abstatten.«

»Das geht nicht, der lebt nicht mehr«, sagte Siebels. »Wir sind übrigens von der Mordkommission und ermitteln im Mordfall Martin Schlosser.«

Kristie verschlug es für einen Moment die Sprache. Sie schaute Paula Behrens fragend an, bis diese das mit einem Nicken bestätigte. »In was für eine verfluchte Scheiße hat Lena uns da wieder reingeritten?«, fluchte Kristie und steckte sich gleich die nächste Zigarette an.

»Und was ist mit Christian Schlosser? Kennst du ihn?« Till arbeitete in Gedanken an einer Strategie, mit der er dieses Schauspiel der verschiedenen Identitäten des seltsamen Mädchens ad absurdum führen konnte. Falls es sich um ein Schauspiel handelte. Das herauszufinden, hielt er jetzt für die oberste Priorität. Mit den richtigen Fragen sollte das nicht so schwierig sein.

»Klar kenne ich Christian. Der hartnäckige Christian. Der stört gewaltig, aber das rafft er nicht.«

»Er stört nur dich, Kristie. Nur dich.« Paula Behrens hatte anscheinend schon öfter mit Kristie über Christian gesprochen.

»Ja, ja, ich weiß. Lena und Christian, die große Liebe. Na ja, ein bisschen habe ich mich an den Typ tatsächlich schon gewöhnt.«

Till fuhr mit seiner Strategie fort. »Der Mann, der das Foto gemacht hat, hat noch viel mehr Bilder von Lena gemacht. Alle von der gleichen Qualität. Jetzt wurde er umgebracht. Er war der Vater von Christian. Wie kommt es, dass du Christian kennst, seinen Vater aber nicht? Wenn doch beide intimen Umgang mit Lena hatten.«

Kristie zog nervös an ihrer Zigarette und schaute hilfesuchend zu Paula Behrens.

»Habt ihr nie darüber gesprochen? Im roten Salon?« Paula Behrens klang so, als hätte sie berechtigte Zweifel an Kristies Aussage.

»Davon hat sie nie etwas gesagt.« Kristie klang plötzlich verzweifelt. Ihre Aggressivität war wie weggeblasen. »Lena ist böse«, flüsterte sie.

»Kann mir mal jemand erklären, was der rote Salon ist?«, fragte Till, der das Gespräch nicht mehr nachvollziehen konnte.

»Ja, das muss ich erklären«, ging Paula Behrens darauf ein. »Der rote Salon ist ein imaginärer Ort, an dem sich die verschiedenen Persönlichkeiten treffen und austauschen können. Diesen Ort gab es früher wahrscheinlich tatsächlich. In Kindheitstagen. Ein Ort, an dem sich die ursprüngliche Existenz sicher gefühlt hat. Vermutlich schon bevor es zur dissoziativen Identitätsstörung kam. Sie nannte diesen Ort den roten Salon und dorthin lud sie auch die neu entstandenen Persönlichkeiten ein. Seitdem ist es aber ein Ort, der nur im Unterbewusstsein existiert. Wenn die aktive Persönlichkeit ihre Erlebnisse dort den anderen nicht mitteilt, bekommen die inaktiven Persönlichkeiten in der Regel auch nichts davon mit. Das ist der Normalzustand. Inaktive Persönlichkeiten befinden sich normalerweise in einer Art Schlafzustand. Das ist aber nicht zwingend. Sie können durchaus auch die Aktivitäten der gerade agierenden Persönlichkeit mitverfolgen. Das ist für den Gesamtorganismus aber sehr anstrengend und kommt daher eher selten vor. Was häufiger vorkommen kann, ist ein Wechsel der aktiven Persönlichkeit in der Aufwachphase nach dem Schlaf. Auf diese Weise hat Kristie zum Beispiel Christian kennen gelernt. Er hat bei Lena übernachtet. Am nächsten Morgen ist aber Kristie neben ihm aufgewacht. Sie hat Lena im Schlaf praktisch zur Seite gedrängt und ist an ihrer Stelle aufgewacht. Natürlich hat sie während der Schlafphase mitbekommen, dass da noch jemand im Bett lag, der da eigentlich nicht hingehörte. Und außerdem gibt es noch den fluchtartigen Persönlichkeitswechsel, wie wir ihn gerade erlebt haben. Lena wollte sich dem Gespräch warum auch immer entziehen und ist einfach in den roten Salon geflüchtet. Eine der inaktiven Persönlichkeiten kann dann spontan einspringen. Falls das nicht passiert, fällt der Körper einfach in Ohnmacht. Habe ich das soweit richtig erklärt, Kristie?«

Kristie nickte. »So ungefähr läuft das ab, ja. So ganz genau wissen wir es ja selbst nicht.«

»Sie wissen es selbst nicht so genau?«, fragte Till erstaunt nach. Dann musste er aber wieder an seinen Filmabend denken. Die Hauptdarstellerin konnte sich ihr eigenes vielfältiges Leben auch erst erklären, nachdem sie lange Zeit in psychiatrischer Behandlung gewesen war. Aber es war nur ein Film. Und den hatte Lena alias Kristie ja vielleicht auch gesehen.

»Wir haben uns schon geduzt, schon vergessen?« Jetzt klang Kristie nicht mehr aggressiv, sie lächelte Till verschmitzt an.

»Stimmt. Mit Lena hatten wir uns halt gesiezt.«

»Das ist das Problem«, erklärte Kristie und zündete sich die nächste Zigarette an. »Wir sind alle grundverschieden, haben verschiedene Interessen, verschiedene Ansichten, verschiedene Stärken, verschiedene Schwächen. Eine von uns kommt allein mit dem Leben gar nicht klar. Deswegen teilen wir die Arbeit auf. Aber Lena ist eigentlich in allen Belangen lebensunfähig. Blöderweise kommt sie mit ihrer Art trotzdem am besten durchs Leben. Jedenfalls bis jetzt.«

»Hat Lena im roten Salon denn mal ihre Bekanntschaft mit Jürgen Hellmann erwähnt?«, wollte Siebels von Kristie wissen. Aus den Augenwinkeln nahm er wahr, dass Paula Behrens bei der Erwähnung dieses Namens leicht zusammenzuckte.

»Jürgen Hellmann? Nee, von dem hat sie auch nichts erzählt. Wer ist das denn schon wieder?«

Siebels zog das Foto aus der Tasche, das sie am Tatort von Jürgen Hellmann gefunden hatten. »Jürgen Hellmann hat Lena auch gerne fotografiert. Und er wurde gestern ebenfalls ermordet.«

»Nee, nee, nee«, rief Kristie entsetzt und sprang auf. »Ich glaube, mir wird gerade kotzübel, ich muss mal aufs Klo.« Sie rannte aus dem Zimmer, ihre Zigarette qualmte im Aschenbecher weiter. Siebels drückte sie aus.

»Kann sie im roten Salon auch rauchen, wenn sie inaktiv ist? Oder wie hält sie es sonst aus, ohne Zigaretten?«, wollte Till von der Psychiaterin wissen.

»Gute Frage. Ich vermute, dass sich diese Sucht nur bemerkbar macht, wenn sie in den aktiven Modus wechselt. Ich will aber auch nicht ausschließen, dass sie im Unterbewusstsein in der Lage ist, imaginär zu rauchen.«

»Fantasiezigaretten, das wäre doch auch was für dich, Siebels«, schlug Till seinem Kollegen vor.

»Mache ich doch schon längst so, hast du das noch nicht bemerkt?«

»Ja, irgendwas ist anders als früher. Gehst du zum Rauchen dann auch in einen roten Salon?«

»Nee, ich gehe in einen Westernsalon, habe einen Cowboyhut auf und trage Stiefel und Sporen.«

»Ich glaube, Sie können hier noch einen neuen Patienten dazugewinnen«, schlug Till der Psychiaterin vor.

Paula Behrens lächelte. »Das ist doch eine ganz normale Männerfantasie. Kein Grund zur Besorgnis.«

»Dann bin ich kein normaler Mann«, schlussfolgerte Till.

»Endlich sieht er es ein«, schloss Siebels das Thema damit ab. »Wollen Sie nicht lieber mal nach ihr sehen?«

Aber da kam Kristie schon wieder zurück ins Behandlungszimmer. Sie trug nun allerdings eine dicke Hornbrille und bewegte sich eher roboterartig. Nicht so geschmeidig wie Lena und nicht so fläzig wie Kristie. Sie setzte sich mit durchgestrecktem Kreuz auf den Sessel, schlug die Beine übereinander und warf einen konzentrierten Blick auf Siebels und Till.

»Darf ich vorstellen, das ist Silvia«, erklärte Paula Behrens die neue Entwicklung.

»Kann ich bitte meinen Stift und einen Schreibblock haben?«, wandte Silvia sich an ihre Psychiaterin.

»Natürlich, Silvia. Das sind übrigens die Herren Siebels und Krüger. Die Herren sind Kommissare bei der Polizei.« Paula Behrens holte die gewünschten Utensilien aus der gleichen Schublade wie zuvor die Zigaretten und reichte Stift und Block an Silvia.

»Muss der stinkende Aschenbecher hier stehen?«, ereiferte sich Silvia.

Paula Behrens verfrachtete ihn wieder zurück in die Schublade, die Kippen beförderte sie in den Papierkorb.

»Darf ich bitte erfahren, um was es hier geht? Handelt es sich um eine Zeugenbefragung oder um ein Verhör?«

»Eine Zeugenbefragung«, gab Siebels ihr zur Antwort und versuchte, sich auf die neue Lage einzustellen.

»Hat Lena dich über die Situation aufgeklärt?«, wollte Paula Behrens von Silvia wissen.

Silvia ignorierte die Frage und konzentrierte sich auf Siebels. »Können Sie das bitte spezifizieren. Welches Geschehen soll exakt bezeugt werden? Wann fand das Geschehen statt? Datum und Uhrzeit?« Silvia saß schreibbereit da und wartete auf Antworten, die sie notieren konnte.

»Die Sache läuft so«, ging Till darauf ein. »Wir fragen und Sie antworten. Und nicht umgekehrt.«

»Nein, nein, so läuft das ganz und gar nicht«, wehrte Silvia ab. »Das erscheint mir doch ein Verhör zu sein. Ich bestehe auf anwaltschaftlichen Beistand.«

Siebels und Till schauten beide hilfesuchend zu Paula Behrens.

»Ich denke, psychiatrischer Beistand ist zunächst hilfreicher, Silvia. Deswegen sitzen wir jetzt mit den Kommissaren zusammen in meinem Behandlungszimmer. Darauf hatten wir uns doch geeinigt, oder?«

Silvia klopfte mit dem Stift nervös auf dem Block herum. »Ja. Nein. Ich weiß nicht. Es ist kompliziert.«

»Das stimmt allerdings«, kommentierte Till Silvias letzte Aussage.

»Was wollen Sie eigentlich genau von Lena wissen?« Silvia war bemüht, den Schlamassel nun irgendwie zu managen.

»Wir würden gerne wissen, wo und wann genau Lena Martin Schlosser und Jürgen Hellmann kennen gelernt hat. Wir würden gerne wissen, warum sie sich von allen beiden so freizügig hat fotografieren lassen. Und ob sie außer den Fotoshootings noch tiefergehende Kontakte zu den beiden Männern pflegte. Wir möchten gerne wissen, wer diese Fotos an den Tatorten hinterlegt hat, an denen Jürgen Hellmann und Martin Schlosser ermordet wurden. Und am meisten interessiert uns natürlich, wer die beiden umgebracht hat und warum.«

Silvia schrieb eifrig mit. »Wie hieß der? Jürgen Schnellmann?«

»Jürgen Hellmann«, verbesserten Siebels und Till synchron.

»Und die letzte Frage war noch mal?«

»Wer die beiden Männer umgebracht hat und warum?«

»Gut, ich habe das alles notiert«, schnaufte Silvia gestresst.

»Dann besprecht ihr das jetzt im roten Salon und morgen treffen wir uns wieder hier. Ist das in Ordnung?« Paula Behrens schaute Silvia und die Kommissare fragend an.

»Puuh«, machte Silvia und fächelte sich mit ihrem Schreibblock Luft zu. »Ich versuche das zu klären und werde Lena morgen wieder herschicken. Aber ich kann nicht versprechen, dass wir dann zu allen Fragen auch Antworten parat haben.«

»Gut, versucht einfach euer Bestes. Dann machen wir für heute Schluss«, beendete Paula Behrens die Sitzung. Kaum hatte sie das ausgesprochen, erhob sich Silvia und verließ mit ihrem Schreibblock fluchtartig das Behandlungszimmer und die Wohnung.

»Da scheint einiges schiefzulaufen«, stöhnte Paula Behrens. »Ich hatte gehofft, dass sie mittlerweile schon besser harmonieren und sich absprechen. Aber immerhin haben Sie jetzt die drei Hauptpersonen innerhalb kurzer Zeit kennen gelernt. Ich habe dafür einige Sitzungen benötigt.«

»Und das ist wirklich keine Show?« Till hegte immer noch seine Zweifel, obwohl er sehr beeindruckt von der Befragung war.

»Leider nicht. Es ist genauso, wie Sie es gerade erlebt haben.«

»Und wo hatte Silvia plötzlich die Brille her?«

»Aus Lenas Rucksack. Der stand draußen in der Garderobe. Lena hat meistens eine Brille dabei, falls Silvia übernimmt. Ohne Brille kann Silvia nicht agieren.«

»Ist das ein Fetisch oder sieht sie tatsächlich so schlecht?«, wollte Siebels wissen.

»Gute Frage. Das würde ich zu gerne mit einem Optiker klären. Aber so weit sind wir noch nicht.«

»Und warum nimmt Lena keine Zigaretten mit?«, fragte Till.

»Lena hasst Zigaretten. Den Gefallen würde sie Kristie niemals tun.«

»Das ist echt verrückt«, fasste Siebels seine Eindrücke zusammen. »Kannten Sie eigentlich Martin Schlosser?«

Paula Behrens schüttelte den Kopf. »Nein, Christians Vater kannte ich nicht.«

»Aber Sie kannten Jürgen Hellmann?«

»Ich glaube, jetzt muss ich auch eine rauchen.« Paula Behrens griff zu der Zigarettenpackung und zündete sich mit fahrigen Händen eine an. Siebels gönnte sich ebenfalls noch eine. Die konnte er nun gut gebrauchen.

14

59 Tage zuvor

Es war ein Samstagabend. Christian hatte Lena angerufen und gefragt, ob sie etwas unternehmen wolle. Ins Kino gehen oder beim Italiener eine Pizza essen oder beides. Lena klang fröhlich, als sie ihm mitteilte, dass das nicht ginge, weil sie Besuch hätte. Besuch von Freunden. Sie würden gerade einen Spieleabend vorbereiten. Christian wunderte sich darüber. Bisher hatte er noch keine Freunde von Lena kennen gelernt und sie hatte auch nie welche erwähnt. Als sie ihn in einer euphorischen Stimmungslage dazu einlud, auch vorbeizukommen, hätte er am liebsten abgelehnt. Allein deshalb, weil sie nicht von sich aus auf die Idee gekommen war, ihn auch einzuladen. Andererseits wollte er zu gerne wissen, wer Lenas Freunde waren. Wollte wissen, ob sie auch in das Geheimnis seiner Freundin eingeweiht waren. Ob sie auch Kristie oder Silvia kannten. Und woher sie Lena überhaupt kannten. Christian sagte halbherzig zu und machte sich auf den Weg.

Eine halbe Stunde später klopfte er an ihre Tür. Er musste mehrmals klopfen und eine Weile warten, bis sie ihm endlich öffnete. Sie begrüßte ihn herzlich und drückte ihm einen Kuss auf die Wange. Christian blieb aber konsterniert an der Türschwelle stehen. Lena trug nur einen Slip und einen BH. Reizwäsche, die sie kurz zuvor beim Shoppen mit ihm erworben hatte. Drinnen lief Musik. Ein alter Titel von David Bowie.

»Komm rein, wir haben schon angefangen zu spielen«, sagte Lena und zog Christian an der Hand mit ins Zimmer. Dort war es verqualmt und es roch süßlich. Auf dem Fußboden saßen zwei Männer und rauchten einen Joint. Beide mit entblößtem Oberkörper. Zwischen ihnen lagen Spielkarten. Außerdem eine halbvolle Flasche Wodka.

»*Das sind Juan und Carlos*«, *stellte Lena ihm ihre Freunde vor.* »*Und das ist Christian. Mein Freund.*«

Juan und Carlos nickten Christian zu. Carlos bot ihm einen Joint an.

»*Was läuft hier ab?*« *Christian hatte das Gefühl, im falschen Film gelandet zu sein.*

»*Wir machen einen lustigen Spieleabend, das habe ich dir doch gesagt. Wir spielen Strippoker. Ich habe aber immer schlechte Karten.*« *Lena kicherte und setzte sich auf den Fußboden zu ihren Freunden.*

»*Du hast eine tolle Freundin*«, *sagte Juan und zwinkerte Christian zu.*

»*Komm, setz dich und spiel mit*«, *bat Lena ihn.*

Christian wäre am liebsten schreiend davongelaufen. Aber er setzte sich dazu. Unter keinen Umständen konnte er Lena mit diesen Typen alleine zurücklassen. Die beiden waren etwas älter als Lena und er. Vielleicht dreißig oder Mitte dreißig. Christian nahm jetzt den Joint an, den Carlos ihm angeboten hatte. Er hatte schon öfter was geraucht. Mit seinen Mitbewohnern in der WG. Juan reichte Lena seinen Joint und sie nahm einen tiefen Zug. Auch bei ihr schien es nicht das erste Mal zu sein, was Christian verblüffte.

Carlos mischte die Karten neu und teilte aus, auch für Christian. Christian entspannte sich langsam. Vielleicht lag das an dem Zeug, das er jetzt rauchte. Die beiden Typen machten einen relaxten Eindruck. Er hatte schon damit gerechnet, dass sie aggressiv werden könnten, wenn er ihnen die Tour vermasselte. Aber nun saß er bei ihnen und wusste nicht, wo das noch hinführen sollte. Er fragte sich, ob Juan und Carlos Spanier oder eher Mexikaner seien. Sie sprachen beide gutes Deutsch mit leichtem Akzent. Juan war an den Oberarmen tätowiert, Carlos trug ein protziges goldenes Kreuz an einer Halskette.

»*Woher kennt ihr euch?*«, *wollte Christian von Lena wissen.*

»Wir haben uns heute Mittag im Schwimmbad kennengelernt«, sagte Lena wie beiläufig und deckte ihre Karten auf. »Oh je, schon wieder kein gutes Blatt«, kicherte sie.

Christian verschlug es die Sprache. Sie hatte die beiden erst vor einigen Stunden kennen gelernt. Und jetzt saß sie fast nackt mit den Kerlen hier rum und hatte nicht das geringste Problem damit. Im Schwimmbad hatte sie auch Christian kennen gelernt. Und wenige Stunden später hatte er mit ihr in ihrem Bett gelegen. Er hatte damals gedacht, dass es zwischen ihnen beiden so richtig gefunkt hätte. Was für ein Trugschluss. Lena wäre mit jedem mitgegangen. Und daran hatte sich nichts geändert.

Juan und Carlos hatten ihre Karten auch aufgedeckt und deutlich bessere Blätter als Lena auf der Hand. Nun war es an Christian, seine Karten offenzulegen. Er zog zuvor an seinem Joint und hoffte, dass ihm die Wirkung des Cannabis das ganze Theater etwas leichter ertragen ließ. Der Joint machte ihn allmählich high. Das tat ihm gut. Ihm fiel allerdings sein Gespräch mit Kristie ein, als er mit ihr gefrühstückt hatte. Ihre Worte klangen plötzlich wieder in seinen Ohren.

Lena wird dir niemals treu sein. Wenn du das glaubst, bist du völlig bescheuert.

Warum bist du dir da so sicher?, hatte er sie gefragt.

Weil es ihre Natur ist. Sie wird dich ins Unglück stürzen. So tief, das kannst du dir gar nicht vorstellen.

Christian fühlte sich trotz Dope so unglücklich wie selten zuvor. Er deckte seine Karten auf. Nichts Besonderes. Aber zwei Buben und damit immer noch über dem, was Lena zu bieten hatte.

»Oh, da habe ich ja schon wieder verloren«, kicherte Lena.

»So ein Pech aber auch«, sagte Juan. »Dann musst du deinen BH ausziehen.«

Christian hoffte, dass Lena das jetzt ablehnen würde. Oder noch besser, dass Lena verschwinden würde und Kristie zum Vorschein käme und die Jungs zum Teufel jagen würde. Er schaute zu ihr, genauso wie Juan und Carlos.

Lena schien die Blicke, die auf sie gerichtet waren, zu genießen. Christian nahm noch einen tiefen Zug von dem Joint. Seine Gefühle änderten sich plötzlich. Er fühlte sich nicht mehr unglücklich, sondern glücklich. Lena war seine Freundin. Das hatte sie den Jungs klipp und klar gesagt und die schienen das akzeptiert zu haben. Es war seine Freundin, die diese Männer in ihren Bann zog, genauso wie ihn jetzt. Aber sie gehörte zu ihm, nicht zu ihnen. Sie waren nur Zaungäste. Die durften gucken, aber nicht anfassen. Das Anfassen würde Christian vorbehalten bleiben. So einfach war das. Und so machte es sogar Spaß. Letztendlich würden die Jungs ihn bewundern, weil nur er den Schlüssel zu dieser heißen und offenherzigen Frau besaß.

»Soll ich dir beim Öffnen behilflich sein?«, *fragte er Lena und wartete ihre Antwort nicht ab. Er beugte sich zu ihr und löste den Haken. Lena schenkte ihm ein zuckersüßes Lächeln, streifte sich den BH von den Brüsten und ließ ihn zu Boden fallen.*

»Wow, was für heiße Titten«, *entfuhr es Carlos.*

»Gefallen sie dir?«, *wollte Lena es noch einmal von ihm hören und streckte ihre Brüste provokativ heraus.*

»Und wie die mir gefallen. Perfekte Titten, total perfekte Titten«, *ereiferte sich Carlos.*

»Und wie gefallen sie dir, Juan?«

»Baby, deine Titten sind klasse. Absolut.«

»Danke«, *säuselte Lena und klang verlegen dabei.*

Auch Christian konnte sich an den wohlgeformten Brüsten mit den kleinen rosa Vorhöfen und den spitzen Nippeln kaum sattsehen. Irgendwie war er sogar stolz auf seine vorzeigbare Freundin, deren freizügiger Anblick den Jungs den Atem raubte. Christian erregte das nun sogar.

»Nächste Runde?«, *fragte er und fing schon an, die Karten neu zu mischen.*

»Ich bin raus, ich habe keine Lust mehr«, *erklärte Lena ihren Freunden und sorgte damit für überraschte Gesichter.*

»Ohne dich macht es aber keinen Spaß«, *befand Carlos.*

»Nur noch eine Runde«, *bettelte Juan.* »Die letzte Runde.«

»Nein, ich habe schon zu oft verloren.«

»Christian, kannst du deine Freundin nicht überreden?«, fragte Carlos und zwinkerte Christian verschwörerisch zu.

»Und wenn sie nicht verliert, soll es dann trotzdem die letzte Runde sein?«, wollte Christian von den beiden wissen und grinste sie an.

Carlos zuckte mit den Schultern. »Das können wir ja danach entscheiden.«

»Ihr müsst jetzt sowieso gehen«, sagte Lena versonnen. »Christian und ich haben nämlich noch etwas vor.«

»Jetzt schon?« Carlos klang enttäuscht und konnte seine Augen nicht von Lenas Brüsten lassen.

»Christian kann aber noch ein Abschiedsfoto von uns dreien machen«, schlug Lena ihren neuen Freunden vor. »Mit euren Handys, was haltet ihr davon?«

Christian bekam umgehend zwei Handys in die Hand gedrückt. Lena setzte sich zwischen die beiden auf den Fußboden, legte ihre Arme um die Schultern von Juan und Carlos und lächelte freudig. Christian machte mit jedem Gerät mehrere Bilder, auch mit seinem eigenen Handy. Dann gab er den beiden ihre Handys zurück. Entzückt betrachteten sie sich die Fotos und schienen damit zufrieden zu sein. Sie bekamen gar nicht mit, dass Lena sich wieder anzog, während sie ihre Trophäen bewunderten. Als sie es bemerkten, akzeptierten sie schweren Herzens, dass die Party vorbei war. Nach einigem Hin und Her zogen sie ihre Shirts wieder an und traten den Rückzug an.

»Was sollte das denn?«, fragte Christian kopfschüttelnd, als die beiden gegangen waren.

»Was meinst du?« Lena schaute ihn unschuldig an.

»Wenn ich nicht dazugekommen wäre, wären die nicht so schnell wieder verschwunden. Das ist dir doch klar, oder?«

»War doch nur ein Spiel und es hat Spaß gemacht. Die zwei sind doch sehr nett, findest du nicht?«

»Viel hätte nicht gefehlt, und sie hätten dich begrapscht. Und vergewaltigt. Aber das hätte dich auch nicht gestört, oder?«

Lena zuckte mit den Schultern. »Ich weiß nicht.«

»Und wenn sie wiederkommen? Wenn sie nicht aufgeben, bis sie bekommen haben, was sie wollen? Sie werden sich die Fotos angucken und das wird ihnen bald nicht mehr reichen.«

Lena legte ihre Hand auf Christians Brust und streichelte sie sanft. »Du beschützt mich doch, wenn es sein muss, oder?«

»Du bist ja völlig verrückt«, seufzte Christian. Dann zog er sie wieder aus. Und sich. Hastig. Gierig. Lustvoll.

*

»Ich habe gestern Abend mit Herrn Hellmann gesprochen«, sagte Paula Behrens, nachdem sie schweigend und nachdenklich die Zigarette geraucht hatte. »In seinem Hotelzimmer. Er wurde danach also auch umgebracht?«

Siebels nickte und reichte Paula Behrens das Foto, das bei Hellmann am Tatort hinterlassen wurde. »Es gibt noch mehr davon auf seinem Handy. Genauso wie auf dem Handy von Martin Schlosser. Sie wussten davon? Oder warum waren Sie gestern bei Jürgen Hellmann?«

»Als ich Lena auf das Gespräch mit Ihnen vorbereitet und auch das Foto erwähnt habe, hat sie mir einige von den Bildern auf ihrem Handy gezeigt. Sie fand nichts weiter dabei und fragte mich, ob sie mir gefallen würden. Ich weiß gar nicht, was mich mehr schockiert hat. Die Fotos an sich oder die Tatsache, dass Christians Vater sie gemacht hatte. Ich fragte, wieso sie sich vom Vater ihres Freundes so freizügig fotografieren ließ. Er sei halt sehr nett und würde sie gerne fotografieren. Genauso wie Jürgen. Ich brauchte ein bisschen Geduld, bis ich herausfand, wer Jürgen war und wo ich ihn finden konnte.«

Siebels glaubte ihr. So oder so ähnlich hatte er die Erklärung für ihr Auftauchen im Hotel erwartet.

»Was haben Sie ihm denn gesagt?«, wollte Till wissen.

»Ich habe mich als Psychiaterin vorgestellt, ihm gesagt, dass Lena meine Patientin sei und dass er in seinem und ihrem Interesse den Kontakt zu ihr umgehend beenden solle.«

»Und wie hat er reagiert?«

»Er war betrunken, als ich bei ihm war. Er hat gelallt, dass seine Frau ihn wegen Lena verlassen hätte. Warum also sollte er nun den Kontakt zu ihr abbrechen? Schließlich würde er sie nur fotografieren und sich mit ihr unterhalten. Außerdem wäre sie ja wohl volljährig. Alles andere wäre ihm scheißegal.«

»Haben Sie ihm geglaubt, dass er sie nur fotografieren würde?«

»Ich weiß es nicht. Das kann ich mir eigentlich kaum vorstellen. Aber Lena hat auch nichts anderes behauptet.«

»Haben Sie Hellmann etwas von Martin Schlosser erzählt?«

»Nein. Das hatte ich zwar vorgehabt, aber nachdem kein vernünftiges Gespräch mit ihm möglich war, habe ich es gelassen. Ich hielt es auch für besser, weil ich nicht glaube, dass Lena für den Tod von Martin Schlosser verantwortlich ist.«

»Das haben Sie jetzt aber hübsch ausgedrückt«, bemerkte Till. »Den Reaktionen von Kristie und Silvia nach zu urteilen, waren die es aber auch nicht. Die kannten die beiden nicht einmal. Lena hingegen hat sich relativ schnell aus dem Staub gemacht, ohne vorher auch nur irgendetwas Hilfreiches von sich zu geben.«

»Ich weiß«, seufzte Paula Behrens. »Ich hoffe, dass die drei sich nun zusammenraufen und wir das alles schnell aufklären können. Ich bin mir immer noch ziemlich sicher, dass Lena keinen der beiden Männer getötet hat. Genauso wenig Kristie oder Silvia.«

»Seien Sie sich da mal nicht so sicher«, ging Siebels darauf ein. »Nachdem Sie gestern Abend das Hotel verlassen hatten, tauchte eine Dreiviertelstunde später Lena dort auf.«

Paula Behrens blickte Siebels überrascht an. »Wirklich? Konnten Sie erkennen, ob es wirklich Lena war? Sie haben die Unterschiede der verschiedenen Persönlichkeiten ja nun kennen gelernt.«

»Anhand der Videoaufzeichnung kann ich das nicht sagen. Eine Brille trug sie jedenfalls nicht. Geraucht hat sie auch nicht. Und vom Bewegungsablauf her würde ich schon auf Lena tippen. Aber es schlummern ja auch noch andere Persönlichkeiten in ihr, haben Sie gesagt. Möglicherweise ist die Täterin ja unter ihnen zu finden? Vielleicht das Original, Maria?«

»Maria und die anderen kenne ich noch nicht. Es könnte sogar ein Mann darunter sein. Eine dissoziative Persönlichkeitsstörung kann sich auch auf beide Geschlechter beziehen.«

»Oh nee«, stöhnte Till.

*

Im roten Salon

»Oh je, oh je, wir sitzen ganz schön in der Klemme«, jammerte Silvia. »Was ist da nur wieder passiert?«

»Na was wohl. Unser kleines Flittchen hat keine Gelegenheit ausgelassen. Wir hätten ihr niemals erlauben dürfen, dass sie selbstständig und völlig unkontrolliert ihre Neigungen auslebt.«

»Ich habe aber niemanden umgebracht«, sagte Lena beleidigt.

»Ach, und warum hast du dich dann so schnell verpisst, als die Bullen mit dir reden wollten?«

»Die haben so komische Fragen gestellt. Als hätte ich jemandem was angetan. Aber ich habe nix gemacht. Ehrlich.«

»Und was waren das für schreckliche Fotos?«, fragte Silvia fassungslos.

»Die sind überhaupt nicht schrecklich. Die sind schön.«

»Das sind Pornobilder, du dumme Schlampe. Fotografiert von Christians Vater. Das ist doch das Allerletzte. Ich glaub das jetzt echt nicht.«

»Martin war immer total nett zu mir. Na ja, meistens jedenfalls. Ich habe ihm halt gefallen, was ist daran so schlimm?«

»Das fragst du am besten mal Christian«, spie Kristie aus. Mittlerweile tat ihr Christian richtig leid.

»Schreit euch doch nicht so an«, flehte Maria. Sie saß mit angezogenen Beinen auf der roten Couch und hielt sich die Ohren zu.

»Maria hat recht«, pflichtete Silvia ihr bei. »Hier geht es jetzt um einen Mord. Nein, es sind sogar zwei Morde. Wir müssen uns überlegen, wie wir Lenas Unschuld beweisen können.«

»Welche Unschuld?« Kristie schüttelte den Kopf.

»Ich war es aber wirklich nicht«, stieß Lena verzweifelt aus.

»Wer war eigentlich der andere Typ? Hellmann? Wo hast du denn den aufgegabelt?«

»Das war ziemlich lustig«, begann Lena zu berichten. »Ich habe Martin und Jürgen am gleichen Tag kennen gelernt. Christian hat mich zu einer Jubiläumsfeier der Kanzlei seines Vaters mitgenommen. Da habe ich mich auch mit Martin und Jürgen unterhalten und wir haben unsere Telefonnummern ausgetauscht. Die fanden mich alle beide sehr hübsch und wollten mich fotografieren, haben sie mir später geschrieben. Also erst der eine und dann der andere. Da konnte ich doch nicht einfach Nein sagen, oder?«

»Nein, natürlich nicht«, stöhnte Kristie und verdrehte die Augen.

»Wie auch immer, jetzt sind sie beide tot«, stellte Silvia fest. »Und bei beiden Leichen hat die Polizei eines von den Fotos gefunden, wenn ich das richtig verstanden habe.«

»So habe ich das auch verstanden. Wegen dem Flittchen können wir den Rest unseres Lebens im Knast verbringen.«

»Sag so etwas nicht«, jammerte Silvia. »Wer wusste denn alles von diesen Fotos? Also von außen und von uns? Ich hatte jedenfalls keine Ahnung davon.«

»Ich wusste leider auch nichts davon, sonst hätte ich die beiden Typen zum Teufel gejagt und sie würden jetzt noch leben«, seufzte Kristie.

»Ich will davon überhaupt nichts wissen«, piepste Maria.

»Aber Magdalena weiß vielleicht mehr.«

»Magdalena?«, riefen Silvia und Kristie gleichzeitig aus.

»Ja, die schleicht immer herum, wenn ihr nichts davon mitbekommt.«

»Ich dachte, die hätte sich nicht mehr gerührt, seitdem wir umgezogen sind«, wunderte Kristie sich.

»Na ja, seitdem wir nach Deutschland umgesiedelt sind, hat sie sich dünn gemacht. Vielleicht will sie Lena jetzt eins auswischen. Sie hat sich ja nicht gerade freiwillig zurückgezogen.«

»Aber warum sollte sie mir eins auswischen wollen? Ich habe meine Sache doch gut gemacht«, trotzte Lena vor sich hin.

»Und was ist mit Tom?«, fragte Silvia.

»Tom? Der wird doch nicht an Lenas Stelle aktiv. Warum sollte er? Das würde der nie machen.« Kristie konnte nicht glauben, dass Tom irgendetwas von Lenas Aktivitäten als Fotomodell mitbekommen haben sollte. Tom war nur in den roten Salon gekommen, wenn es Ärger gab, den sie nicht lösen konnten. Er hatte sie immer gut beraten. Aber irgendwann kam er nicht mehr, weil Silvia sich als Problemlöserin hervortat und im Gegensatz zu Tom unternahm sie auch Streifzüge nach draußen. Tom hatte sich stets geweigert, in dem Frauenkörper aktiv zu werden. Das hatte Kristie auch immer akzeptiert und deswegen zähneknirschend Silvia diese Rolle spielen lassen.

»Maria, schickst du bitte Magdalena und Tom zu uns«, entschied Silvia das weitere Vorgehen.

»Ich versuche es«, seufzte Maria.

15

Siebels und Till hatten auf dem Weg von Paula Behrens zum Präsidium an einem Dönerstand haltgemacht. Jasmin hatte auf Nachfrage auch einen Döner bestellt, jetzt saßen sie zu dritt im Büro und verspeisten ihr Mittagessen.

»Wie war es bei der Psychiaterin?«, erkundigte sich Jasmin, nachdem sie den letzten Bissen vertilgt und sich die Knoblauchsauce vom Mund gewischt hatte.

»Unbeschreiblich«, versuchte Till sich kauend zu artikulieren.

»Vom nächsten Gespräch machen wir eine Videoaufzeichnung«, sagte Siebels. »Das hätten wir heute schon machen sollen.«

»Ihr habt das nicht aufgenommen?«, wunderte sich Jasmin. »Das ist aber schlampige Ermittlungsarbeit.«

»Hey, das war eine Zeugenbefragung«, verteidigte sich Siebels.

»Das war die denkwürdigste Zeugenbefragung meiner Laufbahn«, befand Till und warf die Aluverpackung von seinem Döner in den Papierkorb.

»Das ist ein Papierkorb, der ist für Papier«, wies Jasmin ihn auf den Lapsus hin.

Till betrachtete sich nachdenklich den Papierkorb. »Und was wäre die Alternative?«

»Der Restmüllkorb, das ist der schwarze.«

»Seit wann haben wir einen Restmüllkorb?«

»Seitdem ich das veranlasst habe. Ihr seid doch Polizisten und keine Umweltfrevler, oder?«

Till nahm schweigend das Alu aus dem einen Korb und beförderte es in den anderen. »Zufrieden?«

»Schon besser. Wie war das jetzt mit der Zeugenbefragung?«

»Die Frau wechselt ihre Persönlichkeiten schneller als ein Elitesoldat das Magazin seines Maschinengewehrs«, stöhnte Till.

»Also seid ihr nicht wirklich weitergekommen?«

»Wie denn, wenn man eine Frage stellt und während man auf die Antwort wartet, sitzt plötzlich jemand ganz anderes vor einem. Und die eine weiß nicht, was die andere tut.«

»Jetzt setzen sie sich im roten Salon ja zusammen und besprechen sich«, machte Siebels seinem Kollegen Mut. »Vielleicht können wir morgen schon ein viel aufschlussreicheres Gespräch mit den Damen führen.«

»Selbst wenn, was soll dabei rauskommen? Wenn Lena es war, lassen die anderen sie vielleicht einfach für alle Zeiten im roten Salon verschwinden. Was dann?«

»Dann schleusen wir dich Undercover in den roten Salon ein und du holst sie wieder raus.«

»Nee, da kriegen mich keine zehn Pferde rein. Ich bleibe schön in meiner eigenen kleinen Welt.«

»Also während ihr euch im Kreis dreht, bin ich schon ein wenig weitergekommen«, ließ Jasmin die beiden wissen.

»Neues aus Argentinien?«, fragte Siebels neugierig.

»Wir drehen uns nicht im Kreis, wir kreisen in anderen Sphären«, ließ Till das nicht auf sich sitzen.

»Davon bin ich überzeugt«, lachte Jasmin. »Aber ja, ich habe Neuigkeiten aus Argentinien. Ich habe eine ehemalige Klassenkameradin von Magdalena Steinmann aus der Goethe-Schule in Buenos Aires aufgetrieben. Sina Morgenstern. Und das Beste ist, sie ist gerade auf Besuch bei ihren Großeltern in Würzburg. Ihr könntet also persönlich mit ihr sprechen. Allerdings fliegt sie in vier Tagen zurück nach Argentinien. Übrigens waren die beiden schon Sandkastenfreundinnen. Und Sina wusste noch, dass Magdalena früher eigentlich Maria hieß. Aber Maria sei plötzlich für eine Zeitlang verschwunden gewesen. Und als sie wiederauftauchte, hätte sich nicht nur ihr Charakter verändert, sondern auch ihr Name.«

»Dann fahren wir morgen erst nach Würzburg, bevor wir den Damen aus dem roten Salon wieder unsere Aufwartung machen«, schlug Till vor.

»Schaffst du das auch alleine? Ich möchte den Termin mit den Damen aus dem roten Salon morgen Vormittag nur ungern verschieben. Ich glaube nämlich, dass die kooperativ sein wollen. Wenn wir denen jetzt einen Korb verpassen, könnte sich das wieder ändern.«

»Du bist aber auch schon voll auf dem Psychotrip«, wunderte sich Till. »Dann fahre ich allein nach Würzburg. Meine Stärken liegen auch eher in der Befragung von normalen Leuten, glaube ich.«

»Bevor ihr große Pläne schmiedet, ich habe noch mehr Neuigkeiten aus Argentinien«, meldete sich Jasmin wieder zu Wort.

»Das Kindermädchen von Maria?«, fragte Siebels hoffnungsvoll.

»Nein, kein Kindermädchen. Ein pensionierter Polizist. Das hat mich gestern Nachmittag zwei Stunden am Telefon gekostet, bis endlich jemand nach der Akte Claire Steinmann gesucht und mir dann auch noch die Telefonnummer von dem Polizisten, der damals den Fall bearbeitet hat, rausgesucht hat. Der heißt Manuel Alvarez. Ihr könnt nachher auf Skype mit ihm sprechen. Sein Neffe kann dolmetschen.«

»Ich dachte, es wäre ein Unfall oder ein Unglück gewesen«, erinnerte sich Till an Jasmins letzten Bericht aus Argentinien.

»So hatten sich die Leute ausgedrückt, mit denen ich zuerst gesprochen hatte. Aber da scheint mehr dahinterzustecken. Um halb fünf habe ich das Gespräch mit Manuel Alvarez vereinbart. Passt euch das?«

»Jetzt geht es nicht?«, fragte Siebels.

»Nein, jetzt geht nicht. Wir sind in Deutschland fünf Stunden voraus und sein Neffe kann vorher nicht. Es sei denn, ihr sprecht mit ihm auf Spanisch.«

»Du kannst doch Spanisch, hast du gesagt.«

»Ich kann ein bisschen Spanisch, habe ich gesagt. Das war schon ziemlich anstrengend, damit überhaupt so viel in

Erfahrung zu bringen. Aber ich bleibe gerne so lange hier und unterstütze euch bei dem Gespräch. Wie gut das Deutsch von dem Neffen ist, weiß ich ja auch nicht.«

»Das wäre super, Jasmin.« Siebels warf einen Blick auf die Uhr. »Da bleibt noch genug Zeit für ein Gespräch mit Christian. Von dem muss jetzt mal ein bisschen mehr kommen. Seine Beziehung mit Lena scheint mir der Schlüssel zu den verschlossenen Türen zu sein.«

»Was soll das überhaupt für eine Beziehung gewesen sein? Mit so einer Frau kann man doch keine vernünftige Partnerschaft führen.«

»Apropos Beziehung, was hältst du davon, dich mal mit der Frau von Jürgen Hellmann zu unterhalten? Du bist doch der Spezialist im Team für Frauen aus gescheiterten Ehen.«

»Oh, das wusste ich ja noch gar nicht«, lachte Jasmin.

»Dass ich ein Frauenversteher bin, sieht man doch auf den ersten Blick, oder? Wo finde ich die Frau Hellmann denn jetzt?«

»Also ehrlich, wenn ich dich mir so betrachte, wie ein Frauenversteher siehst du eigentlich nicht aus. Eher wie ein Macho. Aber egal, ich suche dir trotzdem die Kontaktdaten von Jürgen Hellmanns Frau raus.«

*

Im roten Salon

Maria kam mit Tom und Magdalena zurück in den roten Salon. Tom schien sich zu freuen, endlich mal wieder mit allen zusammensitzen zu können. Magdalena wirkte weniger amüsiert.

»Alles klar bei euch?«, erkundigte sich Tom etwas unsicher. Die Gesichtsausdrücke der versammelten Frauen sprachen jedenfalls eine andere Sprache.

»Warum hast du dich so lange nicht mehr blicken lassen?«, wollte Kristie von ihm wissen.

»Ich war müde. Mit eurem ganzen Weiberkram will ich auch gar nichts zu tun haben. Und Maria war ja mit sich beschäftigt und befand sich in Sicherheit.«

Silvia schrieb sich umgehend auf, warum Tom sich so lange nicht hatte blicken lassen.

»Immer noch fleißig am Schreiben?«, zog Tom Silvia wegen ihrer Marotte auf.

»Das ist jetzt sehr wichtig, dass das alles dokumentiert und protokolliert wird«, erklärte Silvia mit ernster Stimme.

»Klar«, erwiderte Tom. »Worum geht es denn? Was habe ich verpasst?«

»Vielleicht kann Magdalena uns das am besten erklären«, sagte Kristie und schaute Magdalena herausfordernd an.

Im Gegensatz zu Tom hatte Magdalena sich nicht zu den anderen gesetzt, sondern stand mit verschränkten Armen vor ihnen. »Ich habe keine Ahnung, wovon du redest. Also sag, was Sache ist, sonst bin ich wieder weg.«

»Du bleibst jetzt schön hier«, zischte Kristie.

»Wir stehen unter Verdacht, zwei Männer umgebracht zu haben«, schaltete Silvia sich ein und blätterte dabei in ihrem Schreibblock. »Die Kriminalpolizei befragt uns dazu.«

»Ach du Scheiße«, entfuhr es Tom. »Die Kriminalpolizei verdächtigt euch? Warum?«

»Das fragst du am besten Lena«, seufzte Kristie.

Tom wendete sich Lena zu. »Konntest du wieder nicht Nein sagen?«

»Das waren sehr nette Männer«, ging Lena in die Offensive. »Sie mochten mich total gerne. Und sie fanden mich sehr hübsch.«

»Du bist so naiv«, stöhnte Tom. »Ihr redet ab jetzt nicht mehr mit den Bullen, klar? Kein Wort mehr.«

»Die Polizei hat an beiden Tatorten ein Nacktfoto von Lena gefunden. Wie sollen wir das erklären, wenn wir nichts sagen?«

»Niemand muss irgendwas erklären«, erwiderte Tom mit scharfem Tonfall. »Lena ist, wie sie ist, und damit sind wir eine Weile ja auch ganz gut gefahren. Aber das geht die Bullen überhaupt nichts an.«

»Damals hatte sie aber auch nur sporadische Auftritte. Seitdem wir in Deutschland sind und sie im Dauermodus die nimmersatte Studentin spielt, ist das Chaos ausgebrochen.«

»Ach, Kristie, du hast uns doch auch immer nur Probleme eingebrockt«, seufzte Tom.

»Das war aber nichts gegen die Probleme, die wir jetzt haben.«

»Und du glaubst, dass Magdalena dafür verantwortlich ist?«

»Ich glaube, dass Lena und Magdalena dafür verantwortlich sind.«

Lena sah Magdalena entsetzt an. »Bist du etwa draußen gewesen und hast mein Leben durcheinandergebracht?«

*

Christian befand sich alleine in der WG und führte Siebels in die Gemeinschaftsküche, wo er gerade mit den Vorbereitungen für die Beerdigung seines Vaters beschäftigt war.

»Unterstützt Sie Ihre Mutter dabei?«, fragte Siebels.

»Nicht wirklich. Ich glaube, sie weiß nicht, wie sie mit der Sache umgehen soll. Ob sie jetzt ihren Frieden mit meinem Vater machen oder das aufgebaute Feindbild beibehalten soll. Außerdem fürchtet sie sich davor, auf der Beerdigung den ganzen Freunden und Kollegen meines Vaters gegenüberzutreten. Die standen ja größtenteils auf der Seite meines Vaters. Sie hat sogar darüber nachgedacht, ihren Lover mitzubringen. Aber da bin ich auf die Barrikaden gegangen. Das geht ja gar nicht.«

»Wird Lena mit auf die Beerdigung gehen?«

Christian zuckte mit den Schultern. »Ich habe immer noch nicht mit ihr gesprochen, seit dem Tod meines Vaters. Ich schaffe das einfach nicht.«

»Wegen dem Foto?«

Christian nickte. »Meiner Mutter haben sie noch gar nicht gesagt, bei wem es sich auf dem Foto handelt. Warum nicht?«

»Mein Kollege hat mit ihr gesprochen und es für besser befunden, ihr davon noch nichts zu sagen. Aber früher oder später wird sie es wohl erfahren.«

»Sie wird total ausflippen«, seufzte Christian. »Wenn sie es vor der Beerdigung erfährt, kann ich Lena nicht mitbringen. Sonst gibt es bestimmt einen Eklat.«

»Wir haben uns gestern übrigens mit Lena unterhalten. Nur kurz, dann übernahm Kristie das Gespräch. Die blieb aber auch nicht lange und dann beehrte uns Silvia.«

Christian rang sich ein gequältes Lächeln ab. »Dann wissen Sie nun ja Bescheid.«

»Ja. Und ich frage mich, wie Sie das schaffen, auf dieser Basis eine Beziehung mit Lena zu führen.«

»Das frage ich mich ehrlich gesagt auch, seitdem ich das erste Mal mit Kristie und kurz drauf mit Silvia konfrontiert wurde. Ich mochte sie alle drei, jede auf ihre Weise. Manchmal war ich sogar ganz froh, wenn Lena plötzlich weg war und ich mit Kristie vorliebnehmen musste. Am Anfang war sie unausstehlich, das genaue Gegenteil von Lena. Das hat mich fasziniert. Aber vor allem hat mich Lena fasziniert. Sie hat mich ständig aufs Neue überrascht. Ich war damit eigentlich total überfordert und hatte mir oft vorgenommen, das Ganze zu beenden. Aber es ging irgendwie nicht. Je länger wir zusammen waren, desto besser verstand ich sie und die ganzen Zusammenhänge. Ich wurde richtig süchtig nach Lena, musste immer an sie denken, wenn sie nicht bei mir war. Ich habe mir ihre ganzen Eskapaden schöngeredet und war sogar stolz darauf, so eine außergewöhnliche Freundin zu haben.«

»Sie haben sie aber auch zu Frau Behrens geschickt.«

»Ja. Vor allem wollte ich wissen, woran ich eigentlich bin. Also eine medizinische Diagnose. Diese Diagnose von Frau Behrens deckte sich dann ja auch mit meinen Erfahrungen. Und Lena fing an, ihr zu vertrauen. Wahrscheinlich, weil Frau Behrens gut verstand, was in Lena vor sich ging. Frau Behrens wollte mit ihrer Behandlung dafür sorgen, dass Lena ihr Leben mit Kristie und Silvia besser organisiert bekommt.«

»Das hat aber nicht so gut geklappt«, bemerkte Siebels. Und er fragte sich jetzt, ob nicht gerade die Behandlung durch die Psychiaterin der Auslöser für das ganze Dilemma mit nunmehr zwei Toten gewesen sein könnte. Oder hatte sie gar mit ihrer Patientin experimentiert? Hatte Paula Behrens ihre Patientin absichtlich manipuliert, um aus ihr eine eiskalte Mörderin zu machen? Aber warum? Aus wissenschaftlicher Überheblichkeit? Oder wissenschaftlichem Forschungsdrang? Sah sie in Lena ihre Eintrittskarte zu Ruhm und Ehre bei der Erforschung von dissoziativen Persönlichkeitsstörungen? Hatte ihr Auftauchen bei Jürgen Hellmann vielleicht doch einen ganz anderen Grund gehabt? Hatte sie auch Martin Schlosser einen Besuch abgestattet, bevor er ermordet wurde? Siebels wollte das nicht glauben. Aber den Hintergrund von Paula Behrens zu durchleuchten, konnte nicht schaden. Eine zweite psychiatrische Meinung über die Symptome von Lena wäre bestimmt angebracht. Anderenfalls lief er Gefahr, dass Paula Behrens tatsächlich in der Lage wäre, die Ermittlungen zu manipulieren. Siebels schob diese Gedanken zunächst beiseite und konzentrierte sich wieder auf sein Gespräch mit Christian. »Sie haben von Lenas Eskapaden gesprochen. Was genau haben Sie damit gemeint?«

»Na ja, das Foto, das Sie bei meinem Vater gefunden haben. Ehrlich gesagt, wundert es mich nicht. Lena hat überhaupt kein Problem damit, sich freizügig zu zeigen und fotografieren zu lassen. In dieser Beziehung ist sie absolut schmerzfrei. Jedenfalls wenn jemand nett zu ihr ist. Sie findet das völlig normal. Das ist schwer zu verstehen, aber so ist es nun einmal.«

»Aber Ihr Vater wusste doch, dass sie Ihre Freundin ist, oder?«

Christian nickte betrübt. »Ja, das wusste er. Er wollte es mir erklären. Aber ich habe ihm nicht zugehört. Ich wollte nichts mehr mit ihm zu tun haben, als ich es erfahren habe. Wenn ich gewusst hätte, dass es ein endgültiger Abschied war, hätte ich ihn vielleicht angehört. Es hat mich ziemlich mitgenommen, als Sie mir das Foto gezeigt haben.«

Siebels nickte verständnisvoll und ging zum nächsten Opfer über. »Sagt Ihnen der Name Jürgen Hellmann etwas?«

Christian überlegte einen Moment. »Das ist ein Kollege meines Vaters. Warum?«

»Er wurde letzte Nacht auch umgebracht.« Siebels versuchte, in Christians Mimik versteckte Reaktionen herauszulesen. Aber wenn Christian mehr wusste, als er zugab, konnte er es gut verbergen.

»Sehen Sie da einen Zusammenhang zu dem Tod meines Vaters?«

Siebels klärte Christian über den Zusammenhang auf. Über das Foto von Lena, das sie bei Hellmanns Leiche gefunden hatten. Dass Lena kurz vor der Tatzeit am Tatort aufgetaucht war, behielt er aber noch für sich.

»Hellmann«, murmelte Christian. »Mein Vater hat ihn eigentlich nie erwähnt. Ich habe ihn nur einmal gesehen.«

»Das wäre meine nächste Frage«, ging Siebels darauf ein. »Lena scheint Ihren Vater und Jürgen Hellmann am gleichen Tag kennen gelernt zu haben. Bei welcher Gelegenheit könnte das gewesen sein?«

»Da gab es eigentlich nur eine Gelegenheit. Da habe ich diesen Hellmann auch gesehen. Bei einer Jubiläumsfeier der Kanzlei, bei der mein Vater beschäftigt war. Das 25-jährige Firmenbestehen. Dazu waren auch die Familienangehörigen von den Anwälten und Angestellten eingeladen. Mein Vater hat mich eingeladen und ich dachte, es wäre eine gute Gelegenheit, ihm Lena vorzustellen. Das war wohl keine so gute Idee.«

»Haben Sie mitbekommen, dass Lena auf dieser Veranstaltung Ihrem Vater oder Herrn Hellmann nähergekommen ist? Gab es Anzeichen dafür, dass sie mit den beiden in Kontakt bleiben könnte?«

»Na ja, bei meinem Vater wäre es ja nicht verwunderlich gewesen, wenn die beiden ins Gespräch gekommen wären, auch wenn ich nicht dabeigesessen und zugehört habe. Die Feier fand in der Kanzlei statt. Im Foyer war ein Buffet aufgebaut und es gab einen Getränkestand. Da sind die Leute ständig hin und her gelaufen und haben mal hier und mal dort gesessen oder zusammengestanden und jeder hat sich mal mit jedem unterhalten.«

»Ihrem Vater und Jürgen Hellmann hat sie ihre Telefonnummer gegeben«, klärte Siebels Christian über die Geschehnisse auf dieser Feier auf. »Können Sie sich erinnern, ob Lena an diesem Tag auch noch mit anderen Männern gesprochen hat?«

Christian sah Siebels erstaunt an. »Davon gehe ich aus. Aber sie wird nicht allen ihre Telefonnummer hinterlassen und sich schon gar nicht mit allen verabredet haben. Zwei an einem Tag sind ja mehr als genug.«

»Das habe ich so ja auch nicht gesagt.«

»Aber gedacht.«

»Ich will nur ausschließen können, dass wir heute oder morgen schon die nächste Leiche finden, neben der ein Foto von Lena liegt.«

*

Till traf Katja Hellmann zuhause an. Sie wohnte mit ihrer Tochter in einem Reihenhaus im Frankfurter Stadtteil Bonames. Vom Tod ihres Mannes hatte sie die Nacht zuvor durch einen Besuch einer Polizeistreife erfahren. Sie führte Till ins Wohnzimmer, wo er von einem freudig wedelnden Mischlingshund empfangen wurde. Der Hund bekam von Till die geforderte Streicheleinheit und Till von der Hausherrin eine nicht geforderte Tasse Kaffee.

»Er wurde also umgebracht?«, fragte Katja Hellmann sicherheitshalber noch einmal nach.

»Das ist richtig. Ich bin von der Mordkommission. Mein Kollege und ich haben uns wenige Stunden zuvor noch mit Ihrem Mann unterhalten.«

»Ach, er steckte also in Schwierigkeiten? Mit wem hat er sich da nur eingelassen, dass es so enden musste?«

»Sie lebten in Trennung?« Till wollte zunächst die äußeren Umstände klären und die Aussagen von Jürgen Hellmann zu seiner privaten Situation auf deren Wahrheitsgehalt prüfen.

»Ja, seit etwa vier Wochen. Ich habe ihn rausgeschmissen. Jürgen ist in ein Hotel gezogen. Eigentlich wollte er sich eine kleine Wohnung suchen. Aber das hat er nicht auf die Reihe bekommen. Oder gehofft, dass er hier wieder einziehen kann.«

»Warum haben Sie ihn rausgeschmissen?«

»Die Frage, die ich mir mittlerweile stelle, ist die, warum ich ihn überhaupt geheiratet habe. Die Antwort weiß ich allerdings. Weil ich von ihm schwanger war. Unsere Tochter Jana ist jetzt fünf. Ich habe sie heute Morgen in den Kindergarten gebracht. Sie weiß es noch nicht und ich habe keine Ahnung, wie ich es ihr beibringen soll.«

Der Hund forderte von Till weitere Streicheleinheiten. Till war ganz froh, dass er sich auf diese Weise etwas ablenken konnte. »Hatte Ihr Mann nach der Trennung Kontakt zu seiner Tochter?«

Katja Hellmann schüttelte den Kopf. »Nein, er hat zwar zweimal angerufen und gesagt, dass er sie sehen möchte. Aber er hat mich und Jana beide Male versetzt, nachdem wir einen Termin vereinbart hatten. An mir lag es nicht, ich wollte ihm Jana nicht vorenthalten.«

»Gab es für den Rausschmiss denn nun einen speziellen Grund?«

»Warum reiten Sie denn ständig auf unserer Trennung herum? Hat das was mit seinem Tod zu tun?«

Till antwortete nicht darauf, stattdessen reichte er Frau Hellmann das Foto, das sie am Tatort gefunden hatten. »Kennen Sie diese Frau?«

Katja Hellmann nahm das Foto in die Hand und schaute es sich eine Weile an, bevor sie es Till zurückgab. »Sie war hier«, sagte sie dann tonlos.

»Sie war hier? Zusammen mit Ihrem Mann?«

»Nein. Sie stand eines Tages vor der Tür und wollte mit mir sprechen. Warum fragen Sie nach ihr? Warum zeigen Sie mir dieses Foto? Hat sie meinen Mann umgebracht?«

»Das Foto haben wir am Tatort gefunden. Wer es dort hinterlegt hat, wissen wir noch nicht. Aber wir vermuten, dass es dieselbe Person war, die Ihren Mann umgebracht hat. Was wollte sie von Ihnen?«

Katja Hellmann stand auf, ging zum Fenster und schaute hinaus in den Garten. »Sie hat mich über meinen Mann aufgeklärt«, seufzte sie. Das kam ihr erst über die Lippen, nachdem sie Till den Rücken zugekehrt hatte. »Sie hatte Angst vor ihm. Sie sagte, dass sie in einer Model-Kartei geführt werden würde, wo man sie für Fotoaufnahmen buchen könne. Mein Mann hätte sich bei ihr gemeldet, sich als Fotograf ausgegeben und sie für ein Foto-Shooting gebucht. Er hätte sie in Reizwäsche fotografiert, die Bilder sollten angeblich für einen Mode-Katalog sein.«

»Für einen Mode-Katalog? Ihr Mann war Rechtsanwalt.«

»Ja, aber das hat sie mir erzählt. Und zwar überzeugend. Ist ja auch egal. Mein Mann ist weder Fotograf, noch hat er was mit Mode zu tun. Das wäre ihr nach dem Fotoshooting auch aufgegangen, erzählte sie mir. Als sie Jürgen wie verabredet getroffen hätte, wäre er betrunken gewesen, hätte ein paar äußerst fragwürdige Fotos von ihr gemacht und sie dabei sexuell belästigt. Von dem zuvor vereinbarten Honorar hätte er ihr nur einen Bruchteil bezahlt.«

»Haben Sie ihr das alles geglaubt?«, fragte Till und versuchte die Aussage von Katja Hellmann mit seinen bisherigen Erkenntnissen zu vergleichen. Aber da passte einiges nicht zusammen. Noch nicht.

Katja Hellmann blieb am Fenster stehen. »Ich wusste nicht, was ich davon halten sollte. Aber warum sollte sie zu mir kommen und mir das alles erzählen, wenn es nicht stimmte? Jürgen kam mit dem Stress in der Kanzlei nicht klar. Er hat viel getrunken und wenn er betrunken war, war er unberechenbar. Die Frau hatte Angst vor ihm. Sie sagte, dass sie von Jürgen vergewaltigt worden wäre und dass er ihr immer noch nachstellen würde. Dass er ihr auflauern würde, sie mit Anrufen und E-Mails rund um die Uhr belästigen würde. Und dass er stets betrunken wäre. Ich wollte das erst nicht glauben. Schon gar nicht, dass er sie vergewaltigt hätte. Aber dann zeigte sie mir ein Foto von dem angeblichen Foto-Shooting. Sie lag halbnackt auf einem Bett. Es war das Bett in seinem Hotelzimmer. Ich war einmal dort gewesen und habe es wiedererkannt. Sie hielt sich eine Whiskeyflasche an den Mund. Das hätte Jürgen so gewollt. Und auch, dass sie davon trinkt. Dass sie viel davon trinkt, zusammen mit ihm. Während er immer mehr Fotos von ihr machen wollte. Unseriöse Fotos. Pornobilder.«

Till erinnerte sich daran, wie ungeduldig Hellmann auf die Uhr gesehen hatte, als sie ihn befragt hatten. Und wie er nach dem Whiskeyglas gelechzt hatte. »Warum hat sie Ihnen das alles erzählt? Was wollte sie von Ihnen?«

»Sie wollte, dass ich dafür sorge, dass er aus ihrem Leben verschwindet. Ich habe sie gefragt, warum sie keine Anzeige bei der Polizei erstattet hätte. Da lachte sie gehässig und sagte, dass sie ihn umbringen würde, wenn er sie noch einmal belästige.«

»Das sieht jetzt so aus, als hätte sie ihre Drohung wahrgemacht.«

»Ja. Aber ich bin mir nicht sicher, was wirklich hinter der Sache steckte. Ich habe Jürgen noch am gleichen Abend damit konfrontiert. Und habe ihm auch das unsägliche Foto vor die Nase gehalten. Er hat gar nicht abgestritten, dass er das Bild und einige mehr davon gemacht hat. Er beichtete mir, dass er eine Affäre mit dieser Frau hätte. Dass das einvernehmlich wäre. Er wollte mir sogar weismachen, dass sie sich liebten und von einer gemeinsamen Zukunft träumten. Das war mir dann zu viel. Ich wollte gar nicht mehr wissen, was nun stimmte. Ich habe ihn rausgeschmissen und war fest entschlossen, die Scheidung einzureichen.« Katja Hellmann trat vom Fenster weg und setzte sich wieder. Sie hatte Tränen in den Augen.

Till streichelte den Hund, der seine Schnauze auf seinem Knie abgelegt hatte. Dabei versuchte er wieder, die Erzählung von Katja Hellmann in seine bisherigen Erkenntnisse einzuordnen. Das ergab nur einen Sinn, wenn Kristie hier erschienen war und Lenas Abenteuer mit Jürgen Hellmann auf diese Weise beenden wollte. Aber Kristie hatte geleugnet, von Jürgen Hellmann überhaupt etwas gewusst zu haben. War das einfach nur gelogen? »Hat die Frau ihren Namen genannt?«, fragte Till.

»Ja, als sie hier war, hat sie sich als Magdalena vorgestellt. Jürgen hat sie aber nur Lena genannt.«

*

»Nils Brenner, der Kollege und Freund von Ihrem Vater war doch bestimmt auch auf dieser Feier in der Kanzlei, oder?«

»Stimmt. Nils war natürlich auch da. Ich glaube, er hat sich auch mit Lena unterhalten.«

Siebels seufzte innerlich. Nils Brenner hatte also gelogen, als er aussagte, die Frau auf dem Foto noch nie gesehen zu haben. Warum? Um das Andenken an seinen toten Freund zu schützen? Oder weil auch er intime Begegnungen mit Lena hatte? Befand er sich jetzt in Gefahr? Es war zum Verrücktwerden. »Wie gut kennen Sie Herrn Brenner?«

»Ganz gut. Er war auch ein Freund meines Vaters. Unsere Eltern haben früher öfter gemeinsam etwas unternommen. Nach der Scheidung meiner Eltern kam Nils manchmal bei meinem Vater vorbei, um ein Bier zu trinken.«

»Fotografiert er auch gerne?«, fragte Siebels.

»Vergessen Sie es«, sagte Christian voller Überzeugung. »Nils liebt seine Frau und seine Kinder. Das ist eine intakte Familie.«

Den Eindruck hatte Siebels von den Brenners auch gehabt. Aber er wusste nur zu gut, dass es hinter den Fassaden oft ganz anders aussah.

16

45 Tage zuvor

Christian war mit Lena am Mainufer spazieren gegangen. Händchenhaltend genossen sie das warme Wetter. Unzählige Radfahrer, Jogger und Spaziergänger bevölkerten die Uferseiten. Die beiden fanden eine unbesetzte Parkbank im Schatten einer großen Buche und ließen sich darauf nieder. Vor ihnen lag der Eiserne Steg. Die Fußgängerbrücke über den Main verband das südliche Sachsenhausen mit dem Rest der Stadt. Christian legte seinen Arm um Lena, sie schmiegte sich an ihn. Am Tag zuvor hatte er sie seinem Vater vorgestellt. Gemeinsam hatten sie eine Jubiläumsfeier der Kanzlei besucht. Christian war nicht ganz wohl dabei gewesen, aber es lief alles unproblematisch ab. Lena hatte es gut gefallen, sie hatte sich mit seinem Vater und einigen anderen Leuten unterhalten und es gab keinerlei Anzeichen, dass jemand anderes als Lena zum Vorschein kommen wollte. Lena war Lena geblieben, so, wie sie Christian am liebsten war. Sie lächelte ständig, sprach nicht viel, hörte aber gerne zu und dabei war es ihr ganz egal, mit wem sie sich gerade unterhielt.

»Hat es dir auf der Feier gestern gefallen?«, fragte Christian sie dennoch.

»Ja, es war sehr schön«, erwiderte Lena versonnen.
»Und wie hat es dir gefallen?«

»Ich fand es gut, dass mein Vater dich kennen gelernt hat«, sagte Christian und verschwieg seine vorherigen Befürchtungen, dass sein Vater mit Lena so seine Probleme haben könnte.

»Ja, das fand ich auch schön. Er ist sehr nett. Und er hat mir ständig in den Ausschnitt gestarrt.«

Christian musste schmunzeln. »Nein, das glaube ich nicht. Das bildest du dir vielleicht ein.«

»Er war aber nicht der Einzige«, ließ Lena sich nicht beirren. »Jürgen hat mich genauso angestarrt, als ich mit ihm am Stehtisch alleine war. Er hat mich nach meiner Telefonnummer gefragt.«

»Wer ist Jürgen?« Einerseits bekam Christian erste Zweifel, ob es eine gute Idee gewesen war, Lena zu dieser Veranstaltung mitzunehmen. Andererseits gewöhnte er sich erstaunlich schnell an ihre ungezwungenen Flirts mit fremden Männern. Ihm gefiel es mittlerweile, wenn andere Männer nach seiner Freundin gierten. Jedenfalls so lange eine gewisse Grenze nicht überschritten wurde.

»Jürgen war der Mann mit dem gelben Hemd und dem schütteren Haar. Er war ein bisschen angetrunken, glaube ich.«

Christian erinnerte sich an den Typ. Der war ihm unsympathisch gewesen. Er hatte sich kurz mit ihm unterhalten, als er ihm an der Bierausgabe über den Weg gelaufen war. »Dass der scharf auf dich war, kann ich mir schon eher vorstellen«, sagte Christian und versuchte, es locker klingen zu lassen. »Hast du ihm deine Nummer gegeben?«

»Er hat mir erst seine gegeben, dann habe ich ihm auch meine gegeben.«

»Der Typ passt aber überhaupt nicht zu dir«, sagte Christian abschätzig.

»Muss er ja auch nicht. Außer dir passt doch überhaupt niemand zu mir.«

Lena schmiegte sich bei diesen Worten enger an Christian, was er mit großer Zufriedenheit registrierte. Er verspürte dieses merkwürdig gute Gefühl, wenn Lena von anderen Männern begehrt wurde. Wenn sie ihnen Hoffnungen machte, aber am Ende nur mit ihm alles teilte. Er empfand es sogar als befreiend, dass sie so offen darüber mit ihm redete. War das nicht die Basis für eine vertrauensvolle Beziehung? Spätestens seit der Geschichte mit Juan und Carlos empfand er es sogar als ein erregendes Spiel, wenn Lena fremde Männer heiß machte und ihn daran teilhaben ließ. Nur um sie abschließend wieder wegzuschicken, *weil er der Mann an ihrer Seite war. Silvia hatte ihn ja darauf vorbereitet. Aber es hat eine Weile gedauert, bis er es verstanden hat. Er bekam jetzt sogar Lust, bei diesem Spiel eine aktivere Rolle zu übernehmen. Lena noch mehr aus der Reserve zu locken und damit mehr Kontrolle über ihre Flirts mit anderen Männern zu bekommen.*

»Er wird sich bestimmt bei dir melden«, sagte Christian und drückte sie dabei liebevoll an sich.

»Ich weiß nicht. Er ist verheiratet.«

»Trotzdem. Er kann gar nicht anders, er ist bestimmt verrückt nach dir.«

»Und wenn er sich wirklich meldet? Was soll ich ihm dann sagen?«

»Sei einfach so süß wie immer, dann liegt er dir zu Füßen.«

Lenas Augen funkelten noch glanzvoller als sonst. »Und wenn er sich mit mir treffen möchte?«

»Dann gibst du ihm einen Korb und sagst ihm, dass du einen tollen Freund hast«, sagte Christian lachend. »Und dann will ich genau wissen, wie er reagiert hat, meine Süße.« Für einen kurzen Moment flammte ein Widerstand in ihm auf. Er fragte sich, was er eigentlich gerade tat.

»Ja, du musst aber auf mich aufpassen, damit mir nichts passiert.«

»Natürlich, meine Süße. Du gehörst nämlich nur mir.«

»Ja, ich gehöre nur dir.«

Sie küssten sich sinnlich und besiegelten damit ihren neuen Pakt. Christians eben noch leise aufflackernder Widerstand gegen diese Entwicklung versank sang- und klanglos in dieser unbekümmerten Leidenschaft.

*

Siebels und Till trafen fast zeitgleich im Präsidium ein. Bis zum anvisierten Gespräch mit Manuel Alvarez blieben ihnen noch einige Minuten, um sich auszutauschen.

»Wenn Lena als Magdalena bei Katja Hellmann aufgetaucht ist, dann hat sie vielleicht auch Eva Schlosser einen Besuch abgestattet«, vermutete Siebels.

»Dann hätte die uns genauso angelogen wie Nils Brenner. Beide haben ausgesagt, dass sie Lena noch nie zuvor gesehen haben.«

Jasmin saß bei den beiden im Büro und bereitete die Telefonübertragung via Skype vor. Sie hörte dabei interessiert zu und machte sich ihre eigenen Gedanken. »Fällt euch da was auf?«, fragte sie.

»Dass wir ständig belogen werden«, sagte Till in einem resignierten Tonfall.

»Liegt wahrscheinlich an eurem Job«, erwiderte Jasmin belustigt. »Das meinte ich aber nicht. Fällt euch nichts bei den Namen auf? Lena. Magdalena. Maria. Maria Magdalena. Eine der interessantesten Figuren aus der Bibel. Noch nie gehört?«

»Hatte diese Figur auch mehrere individuelle Persönlichkeiten?«, fragte Till mit einem ironischen Unterton.

»Das kann man fast so sagen. Allerdings hat sich das erst im Laufe der Jahrhunderte ergeben.« Jasmin googelte nach Maria Magdalena und fasste das Wesentliche über diese sagenumwobene Frau für ihre Kollegen zusammen. »Für die einen ist sie eine Heilige, eine Apostelin, die engste Vertraute von Jesus, vielleicht sogar seine Frau, selbst als wahre Gründerin der Kirche wird sie bezeichnet. Das passte aber so gar nicht in das Bild der Kirche, die in den ersten Jahrhunderten nach Christi aufblühte. Papst Gregor hat ihren Ruf als Heilige erfolgreich zerstört und sie zur Sünderin abgestempelt. Zu einer ehemaligen Prostituierten. Papst Gregor hat Folgendes über sie geschrieben:

Von dieser, welche Lukas eine sündige Frau nennt, glauben wir, dass sie jene Mirjam ist, aus der sieben Dämonen ausgetrieben wurden. Und was bedeuten diese sieben Dämonen, wenn nicht sämtliche Laster? Denn die Siebenzahl bildet die Gesamtheit ab. Mirjam von Magdala hatte also sieben Dämonen, welche von sämtlichen Lastern waren.

Mirjam war übrigens ihr jüdischer Name und sie stammte aus Magdala. Berühmt wurde sie aber als Maria Magdalena. Heute weiß man, dass Papst Gregor verschiedene Frauen zu einer Person gemacht hat, also zu einer Person, die es so nie gab. Aber trotzdem wurde Maria Magdalena über die Jahrhunderte so gesehen. Wahr ist wohl, dass Jesus ihr sieben Dämonen ausgetrieben hat, als er sie kennen lernte. Welche Dämonen das waren, geht aus der Bibel nicht hervor. Die Kirche wusste es trotzdem, ich zitiere:

Und die sieben Dämonen, von denen sie geheilt wurde, wurden mit den sieben Todsünden gleichgesetzt und mit einer unkontrollierten weiblichen Sexualität in Verbindung gebracht.«

»Das erinnert mich schon ein bisschen an unseren Fall«, sinnierte Till vor sich hin.

»Die sieben Dämonen«, überlegte Siebels laut. »Wohnen sie in Maria Steinmann? Lena, Magdalena, Kristie, Silvia. Wenn es da einen Zusammenhang geben sollte, fehlen uns noch drei. Sofern wir Maria als ursprüngliche Identität nicht mitzählen.«

»Oh je, da hast du was angerichtet, Jasmin«, seufzte Till. »Auf den Zug ist er jetzt aufgesprungen.«

»Ich finde das auch einen sehr interessanten Aspekt. Die Namenskonstellation Maria Magdalena lässt jedenfalls viel Spielraum für Spekulationen über das, was tatsächlich in diesem Menschen Maria Steinmann vor sich geht oder ging.«

»Aber nur, wenn man viel Fantasie hat. Von Kristie und Silvia steht ja wohl nichts in der Bibel, oder?«

»Da steht nur etwas von Dämonen. Wie die hießen, ist nicht überliefert.«

»Menschenskinder, wenn wir diesen Fall gelöst haben, haben wir vielleicht auch gleich noch einen kalten Fall aus der Bibel mit aufgeklärt.« Siebels sah die Ermittlungen plötzlich in ganz anderen Dimensionen.

»Klar, dann musst du dich nur noch entscheiden, ob du als Nächstes Polizeipräsident oder Pabst werden möchtest. Steht dir dann bestimmt alles offen.«

»Das entscheide ich, wenn es so weit ist«, befand Siebels und freute sich schon darauf, seiner Frau von den neuen Entwicklungen zu erzählen.

»Möchten Eure Heiligkeit vorher noch mit Manuel Alvarez sprechen?«, erkundigte sich Jasmin. »Der steht jetzt nämlich zur Verfügung.«

»Dann gewähre ich dem guten Mann doch mal Audienz«, zeigte Siebels sich gnädig und nahm vor dem Bildschirm Platz. Till postierte sich zu seiner Linken, Jasmin zu seiner Rechten. Auf der anderen Seite war neben einem älteren Mann noch ein jüngerer zu sehen, der Neffe des ehemaligen Kommissars aus Buenos Aires.

Jasmin übernahm auf Spanisch die Begrüßung und stellte die Herrschaften gegenseitig vor. Dann übergab sie an Siebels. Der Neffe hieß Alejandro und übersetzte das Gespräch recht passabel.

»Wir interessieren uns für die Umstände, unter denen Claire Steinmann ums Leben gekommen ist«, schilderte Siebels sein Anliegen.

»Ja, das ist lange her, aber ich kann mich noch gut daran erinnern«, sagte Manuel Alvarez und nickte dabei andächtig. »Fast zwanzig Jahre sind seitdem vergangen. Ich kam damals kurz zuvor aus der Provinz nach Buenos Aires, es war einer meiner ersten Fälle nach meinem Wechsel in die Großstadt. Ein Fall, bei dem ich überall nur auf Granit gebissen habe, weil er nicht aufgeklärt werden sollte. Um die Hintergründe zu verstehen, muss man einige Dinge über unser Land wissen. Darf ich Ihnen zunächst einen kurzen Überblick über die politischen und sozialen Entwicklungen in Argentinien geben?«

»Selbstverständlich«, sagte Siebels.

Manuel Alvarez trank einen Schluck Wasser, bevor er mit seiner Einführung begann. »Nach dem Zweiten Weltkrieg erlebte Argentinien wirtschaftliche Höhen und Tiefen im Wechsel. Bis 1983 gab es eine Epoche der Instabilität, in der abwechselnd zivile und Militär-Regierungen das Land in der Hand hatten. In den schlechten Zeiten litt die Bevölkerung nicht nur wirtschaftlich, die Militärdiktatur ließ zwischen

1976 und 1978 Zehntausende Menschen einfach verschwinden. Mittlerweile wissen wir, dass sehr viele von ihnen aus Flugzeugen über dem offenen Meer abgeworfen wurden.« Manuel Alvarez legte eine kurze Pause ein und ließ das Gesagte auf seine Zuhörer wirken, bevor er weitersprach.

»Im Jahre 1983 kehrte das Land mit dem Präsidenten Raul Alfonsin zur Demokratie zurück. Dieser Präsident musste 1989 infolge einer schweren Wirtschaftskrise vorzeitig zurücktreten, Carlos Menem übernahm die Macht. Die neoliberale Wirtschaftspolitik Menems war während seiner ersten Amtszeit äußerst erfolgreich und konnte das Land stabilisieren. Während seiner zweiten Amtszeit machten sich aber immer mehr die negativen Seiten dieser Wirtschaftspolitik bemerkbar.

Zwischen 1998 und 2002 fiel das Land erneut in eine schwere Wirtschaftskrise, in der die Wirtschaftskraft um zwanzig Prozent zurückging. 1999 wurde die Regierung Menem durch eine Mitte-links-Koalition mit dem Präsidenten Fernando de la Rúa abgelöst. De la Rúa konnte aber die verfahrene wirtschaftliche Situation, die sein Vorgänger hinterließ, nicht schnell und nachhaltig verbessern. Das zögerliche Handeln des Präsidenten schwächte ihn zunehmend. Es gab viel Unruhe in der Politik. Dies gipfelte Ende 2001 nach starken Unruhen und Plünderungen im Rücktritt von Präsident Fernando de la Rúa. Das Jahr, in dem auch Claire Steinmann starb. Ich erzähle Ihnen das alles, weil es die historischen Umstände sind, die dazu beigetragen haben, dass Kriminalität und Korruption in unserem Land auf einem nährstoffreichen Boden über einen langen Zeitraum gedeihen konnten. Wie Sie vielleicht wissen, steckt Argentinien aktuell wieder in einer schweren Krise und ist auf einen Schuldenerlass angewiesen. Wir stehen vor dem neunten Staatsbankrott in unserer Geschichte. Können Sie sich das vorstellen? Was das im Laufe der Zeit aus einer Gesellschaft macht? Die jungen Leute bekommen keine Arbeit, haben keinerlei Perspektiven und finden oft nur in der Kriminalität einen Weg aus der Misere. Die Kluft zwischen Arm und Reich ist in Argentinien seit jeher gewaltig. Die wohlhabenden Einwohner schotten sich ab. Sie leben in eingemauerten Wohnvierteln, die zusätzlich von privaten Sicherheitsdiensten überwacht werden. Neben Einbrüchen und Straßenraub hat sich in unserem Land besonders die Entführung von wohlhabenden Bürgern zu einer lukrativen Einnahmequelle entwickelt. 1975 gab es eine Fluchtwelle von deutschen Immigranten, die für deutsche Unternehmen in Argentinien tätig waren, nachdem ein Manager von Mercedes Benz entführt und erst gegen ein Lösegeld von mehreren Millionen US-Dollar wieder freikam. Seit einigen Jahren erfreuen sich sogenannte Express-Entführungen großer Beliebtheit. Dabei werden nicht wohlhabende, sondern einfache Menschen entführt, die gegen ein sehr geringes Lösegeld wieder freikommen. Oft sind es keine hundert Dollar, die gezahlt werden müssen, und das Ganze spielt sich innerhalb weniger Stunden ab. Das sei aber nur am Rande erwähnt, damit Sie sich eine Vorstellung vom Leben in Argentinien machen können.«

»Sie wollen uns also sagen, dass Claire Steinmann entführt wurde?«

»Das konnte ich nie beweisen. Aber alles spricht dafür. Das Einzige, was sicher ist: Sie wurde tot in einem Straßengraben aufgefunden. Ihre kleine Tochter saß neben ihr. Mit einem gebrochenen Arm. Wahrscheinlich wurden beide aus einem fahrenden Auto geworfen.«

»Sie denken also, Mutter und Tochter wurden gemeinsam entführt und bei der Entführung ist etwas schiefgelaufen?«

Manuel Alvarez nickte. »Ja, alles sprach dafür. Leider sprach auch alles dafür, dass hochrangige Beamte dafür gesorgt haben, dass bei den Ermittlungen nichts herauskam. Bei der organisierten Kriminalität sind leider manchmal auch Staatsbeamte involviert. Sie halten kriminellen Banden gegen entsprechende finanzielle Entschädigung den Rücken frei.«

»Das muss für einen engagierten Polizisten sehr deprimierend sein«, kommentierte Siebels den Hinweis auf das in Teilen korrupte System.

»Das ist es in der Tat. Und es ist schwierig, unter diesen Umständen nicht selbst korrupt zu werden. Aber ich bin meiner Linie immer treu geblieben und im Gegensatz zu manch anderen muss ich im Ruhestand den Gürtel nun enger schnallen. Aber ich kann noch mit gutem Gewissen in den Spiegel schauen. Oder Ihnen in die Augen.«

»Das ist doch das Wichtigste«, sagte Siebels aufmunternd. »Sagen Sie, Herr Alvarez, wie hat denn Matthias Steinmann auf die Vorkommnisse reagiert? Hat er bei der Polizei eine Entführung angezeigt?«

Manuel Alvarez schüttelte den Kopf. »Nein, es hat keine Anzeige gegeben. Wahrscheinlich war ihm bewusst, dass Polizisten involviert sein könnten. Das ist hier kein großes Geheimnis. Er wollte auch nicht mit mir sprechen, nachdem wir seine ermordete Frau und seine Tochter aufgefunden hatten. Ich kann es ihm nicht verdenken. Seine Tochter lebte noch, vielleicht wollte er sie einfach nur beschützen und hat sich deshalb nicht geäußert. Das kleine Mädchen konnte ich auch nicht befragen. Sie hat kein Wort gesprochen. Auch nicht mit ihrem Vater. Sie war traumatisiert. Das Kind ist dreisprachig aufgewachsen. Sie sprach Deutsch, Spanisch und Französisch. Ihre Mutter war ja gebürtige Französin. Und dann spricht das Kind gar nicht mehr.«

»Was könnte bei der Entführung schiefgelaufen sein?«, überlegte Siebels laut. »Wollte Matthias Steinmann das geforderte Lösegeld vielleicht nicht bezahlen?«

Manuel Alvarez zuckte mit den Schultern. »Ich weiß es nicht. Es wäre eine mögliche Erklärung für die Ermordung seiner Frau. Nach allem, was ich herausgefunden habe, blieb Frau Steinmann mit ihrer Tochter über einen Monat lang verschwunden, bevor sie im Straßengraben gefunden wurden. Das ist eine sehr lange Zeit. Entführer sind darauf bedacht, alles schnell abzuschließen. Vielleicht gab es misslungene Geldübergaben? Vielleicht hat Herr Steinmann private Sicherheitsleute beauftragt, seine Frau ausfindig zu machen. Möglicherweise gab es aber auf Seiten der Entführer ein Problem. Frau Steinmann könnte einen von ihnen erkannt haben. Vielleicht sogar einen Beamten, der in die

Sache involviert war. Eine Freilassung wäre dann nicht mehr in Frage gekommen. Es gibt aber auch professionelle Entführer, die das geforderte Lösegeld einkassieren und die entführte Person anschließend prinzipiell töten. Wenn die Tochter nicht überlebt hätte, würde ich das für die wahrscheinlichste These halten.«

»Aus Prinzip ein fünfjähriges Kind töten?« Siebels schüttelte ungläubig den Kopf. Till und Jasmin schauten sich fassungslos an.

»Für diese Leute ist das ein Geschäft. Ein lukratives Geschäft. Entführungsopfer, die am Leben bleiben, sind immer ein Risiko für das Geschäft und alle Geschäftspartner. Ein traumatisiertes fünfjähriges Kind ist aber kein allzu großes Risiko. Vielleicht war das der Grund, warum sie am Leben bleiben durfte?«

»Ein ganzer Monat in Gefangenschaft ist eine lange Zeit. Wurde dem Kind während der Gefangenschaft etwas angetan?« Siebels dachte an die Äußerung von Paula Behrens. Menschen mit einer dissoziativen Persönlichkeitsstörung hätten mit hoher Wahrscheinlichkeit im frühen Kindesalter sexuellen Missbrauch oder massive Gewalt erlebt. Das könnte auf Lena also durchaus zutreffen. Oder auf Maria.

Manuel Alvarez schüttelte wieder bedächtig den Kopf. »Dem Kind nicht. Abgesehen von dem gebrochenen Arm. Aber der Mutter wurde während der Gefangenschaft einiges angetan. Sie wurde mehrfach vergewaltigt. Dafür gab es deutliche Spuren an ihrem Körper. Das ist für eine Entführung sehr ungewöhnlich. Claire Steinmann war eine attraktive und selbstbewusste Frau. Vielleicht war das der Grund für die sexuelle Gewalt. Aber das bleibt leider alles nur Spekulation.«

»Halten Sie es für möglich, dass das Kind alles mitbekommen hat, was seiner Mutter angetan wurde?« Siebels bekam bei der Frage einen Kloß im Hals.

»Leider ja. Ich gehe davon aus, dass das Kind deswegen nicht mehr gesprochen hat. Sie reagierte auf gar nichts mehr. Nicht auf Fragen, nicht auf Zuwendung, nicht mal auf ihren Vater. Ob und wann sich dieser Zustand geändert hat, weiß ich nicht. Das letzte Mal habe ich sie vielleicht drei oder vier Wochen nach ihrem Auffinden gesehen. Ihr Vater hat sie damals einer Nonne anvertraut. Einer deutschen Nonne, die in Buenos Aires tätig war.«

Siebels kam noch ein Gedanke. »Herr Steinmann war ja ein erfolgreicher Immobilienmakler. Wäre es möglich, dass es bei der Entführung gar nicht um ein Lösegeld ging, sondern dass man ihn zu geschäftlichen Abschlüssen zwingen wollte? Zum Beispiel zum Verkauf einer bestimmten Immobilie zu einem besonders günstigen Preis?«

»Das kann ich auch nicht ausschließen. Das könnte den langen Zeitraum erklären, über den Mutter und Tochter verschwunden blieben. Allerdings würde ich in einem solchen Fall darauf tippen, dass Geschäftsleute die Entführung in Auftrag gegeben haben und nicht selbst aktiv geworden sind. Herrn Steinmann hätte dann natürlich klar sein müssen, wer für die Entführung verantwortlich war. In dem Fall muss er große Angst vor diesen Leuten gehabt haben, sonst hätte er eine Aussage gemacht. Oder sie haben seine Tochter nur am Leben gelassen, um ihn mit der Drohung, auch seine Tochter noch zu töten, zum Schweigen zu bringen.«

Siebels versuchte die neuen Erkenntnisse in seinem Kopf zu ordnen, was ihm aufgrund der vielen möglichen Spekulationen bei diesem Gespräch nicht einfach fiel. Aber eine Sache konnte er bestimmt noch mit seinem argentinischen Kollegen klären. »Wie wurde Frau Steinmann eigentlich umgebracht?«, erkundigte er sich.

»Mit einem Kopfschuss«, bekam er es kurz und bündig zur Antwort.

»Also war es auf keinen Fall ein Unfall während der Entführung.«

»Nein. Man hat beschlossen, dass sie sterben muss. Aber ob das von Anfang an so geplant war oder ob es sich durch bestimmte Umstände während der Entführung ergeben hat, hat sich mir nicht erschlossen.«

Siebels sah Till und Jasmin an. »Habt ihr noch Fragen an Herrn Alvarez?«

Till schüttelte den Kopf. Das Gespräch hatte viel mehr zu Tage gefördert, als er sich davon versprochen hatte.

»Ich habe noch Fragen«, schaltete sich Jasmin aber ein. »Sie sagten ja, dass sich wohlhabende Leute wie die Steinmanns gut schützen und in bewachten Wohnanlagen leben. Wissen Sie, wo oder bei welcher Gelegenheit Frau Steinmann mit ihrer Tochter entführt wurde?«

»Frau Steinmann führte in der Stadt eine Galerie. Dort wurde sie zuletzt mit ihrer Tochter gesehen. Ihr Auto stand noch dort, also gehe ich davon aus, dass es in der Galerie oder auf dem Weg von der Galerie zu ihrem Wagen passiert ist.«

»Okay«, sagte Jasmin. »Noch eine andere Frage. Ich habe mit Jorge Muller gesprochen, dem Geschäftsführer von Steinmann Immobilien. War er damals auch schon bei Herrn Steinmann angestellt?«

»An den erinnere ich mich noch, ja. Er war damals ein Assistent von Herrn Steinmann. Der hat mich so gut es ging abgeblockt, wenn ich mit Herrn Steinmann sprechen wollte.«

»Er hat mir gesagt, dass Claire Steinmann bei einem Unglück ums Leben gekommen wäre und wollte mir keine näheren Auskünfte dazu geben.« Jasmin vermied es bewusst, jetzt irgendwelche Schlüsse aus dem Verhalten von Jorge Muller zu ziehen. Aber sie war gespannt darauf, ob Manuel Alvarez dazu eine Meinung hatte.

»Ich habe mir Jorge Muller damals sehr genau angesehen. Er war ja auch einer der wenigen, die ich überhaupt befragen konnte. Dass er mit der Sache etwas zu tun haben könnte, habe ich aber ausgeschlossen. Er war in allen Belangen sauber. Dass er Ihnen nichts über die mutmaßliche Entführung gesagt hat, liegt eher daran, dass Matthias Steinmann nie darüber gesprochen hat. Es war ein Tabuthema. Wahrscheinlich für alle Zeit.«

»Herr Steinmann lebt aber nicht mehr«, wandte Jasmin ein.

»Oh, das wusste ich nicht. Aber wenn Jorge Muller bis jetzt in der Firma als Geschäftsführer tätig ist, wird er ein sehr loyaler Mitarbeiter von Herrn Steinmann gewesen sein. Es ist anzunehmen, dass er auch nach dem Tod seines Chefs nicht über Dinge spricht, über die Herr Steinmann zu Lebzeiten nie sprechen wollte.«

»Ja, das ist natürlich möglich«, gab Jasmin sich damit zufrieden.

»Und vergessen Sie nicht, dass im Fall Claire Steinmann auch korrupte Beamte involviert waren, die eine Aufklärung um jeden Preis verhindern wollten. Ich könnte Ihnen jetzt Namen nennen, aber das wird Ihnen nicht helfen, könnte mich allerdings in große Gefahr bringen.«

»Das wollen wir auf keinen Fall«, beeilte Siebels sich zu sagen. »Wir sind Ihnen sehr dankbar, für die vielen Informationen. Das kann uns bei unserem Fall sehr behilflich sein.«

»Ich bin froh, wenn ich Ihnen helfen konnte. Damals konnte ich leider nichts bewirken. Maria Steinmann lebt also in Deutschland, habe ich das richtig verstanden?«

»Ja, aber sie nennt sich jetzt Lena. Ich glaube, Maria ist damals gestorben. Nicht körperlich, aber seelisch. Aus Maria wurden verschiedene andere Personen. Aber das ist schwer zu erklären.«

»Ich glaube, ich weiß, was Sie meinen. Ich habe sie ja gesehen, als sie seelisch tot war. Das haben sie gut ausgedrückt.«

»Jetzt sind aber zwei Männer ermordet worden, mit denen sie in engem Kontakt stand. Wir können nicht ausschließen, dass sie dafür verantwortlich ist«, verriet Siebels seinem Gesprächspartner den Hintergrund für das Gespräch.

»Aus Opfern werden Täter. Oder besser gesagt, Opfer wurden zu Tätern gemacht. Das ist tragisch. Aber wenn Sie bei Ihren Ermittlungen mehr über die damaligen Geschehnisse aufdecken können, würde ich mich freuen, davon zu erfahren.«

»Ich werde Sie auf dem Laufenden halten, versprochen.« Damit verabschiedete sich Siebels und beendete die Videoübertragung.

»Puh, das war ja harter Tobak«, stöhnte Jasmin.

»Kann man wohl so sagen«, erwiderte Till. »Bringt uns in unserem Fall jetzt aber auch nicht wirklich weiter.«

»Die neuen Erkenntnisse würde ich gern mit Paula Behrens besprechen«, sagte Siebels. »Ich möchte mir aber sicher sein, dass sie integer ist. Jasmin, könntest du sie morgen durchleuchten? Besonders ihre berufliche Laufbahn. Gibt es Kollegen, die sich nachteilig über sie oder ihre Behandlungsmethoden geäußert haben? So etwas in der Art, ja?«

»Geht klar. Ich gebe dir Bescheid, wenn ich Ergebnisse habe.«

»Traust du ihr nicht?«, wollte Till wissen.

Siebels zuckte mit den Schultern. »Eigentlich schon. Aber ich möchte ausschließen, dass sie in Fachkreisen vielleicht keinen guten Ruf genießt. Mein Bauchgefühl sagt mir zwar, dass sie okay ist, aber mein Verstand sagt mir, dass ich mich nicht bedingungslos auf meinen Bauch verlassen sollte. Wir bewegen uns hier auf dünnem Eis.«

»Jedenfalls solange wir nach den Spielregeln der Psychiaterin spielen«, ergänzte Till.

»Eben. Deswegen bin ich ja echt froh, dass wir Jasmin haben. Wenn Frau Dr. Behrens Dreck am Stecken hat, findet Jasmin das raus, gelle, Jasmin?«

»Aber so was von«, zeigte Jasmin sich von ihren Qualitäten überzeugt.

Till gähnte. »Ich bin hundemüde. Zeit für Feierabend.«

»Nicht dein Ernst?« Siebels sah seinen Kollegen herausfordernd an. »Wir haben noch einiges zu klären.«

»Für heute haben wir doch schon einiges geklärt. Morgen ist auch noch ein Tag.«

»Aber auf dem Heimweg könntest du doch noch einen kleinen Abstecher bei Eva Schlosser machen und herausfinden, ob sie auch Besuch von Magdalena hatte«, schlug Siebels vor.

»Überredet«, gab Till sich nach kurzer Bedenkzeit geschlagen. Seine Neugier über Magdalena war nun deutlich größer als seine Müdigkeit.

»Dann kann sich unser Frauenversteher bestimmt mit einem Erfolgserlebnis in den Feierabend verabschieden«, sagte Siebels zufrieden zu Jasmin.

»Aber nicht vergessen, nach der Befragung Feierabend zu machen«, ermahnte Jasmin Till. »Also bei dir zuhause.«

Till sah schmunzelnd zu Siebels. »Wie meint sie das denn jetzt?«

»Keine Sorge, die Frau Schlosser steht auf junge Typen«, zeigte der sich wenig besorgt über die Ermittlungsmethoden des Frauenverstehers.

»Jede Wette, dass ich bei ihr landen könnte«, gab Till sich selbstsicher. »Aber ich will ja keinen Ärger mit ihrem Paul. Also kein Grund zur Sorge, Jasmin.«

»Och, ich mache mir keine Sorgen um dich. Eher um die Frau.«

Till schüttelte nur den Kopf. »Und du, Siebels? Was treibst du noch?«

»Ich werde mich noch mal mit Nils Brenner unterhalten und ihn fragen, warum er sich wohl so gar nicht mehr an die junge Frau erinnern kann, mit der Christian auf dieser Jubiläumsfeier war.«

»Ruf mich gleich an, wenn er es dir gesagt hat«, bat Till.

»Ich dachte, du bist müde und willst nach deinem Besuch bei Eva Schlosser endlich Feierabend machen.«

Till winkte ab. »Du rufst mich eh an, weil du wissen willst, was mit Magdalena ist.«

»Du hast mich durchschaut, du Fuchs. Komm, auf geht's.«

17

28 Tage zuvor

Christian hatte bei Lena übernachtet und als er am nächsten Morgen aufwachte, wusste er, dass Lena sich über Nacht wieder einmal in Kristie verwandelt hatte. Sie saß auf der Fensterbank, die Füße auf dem Tisch abgestellt. Sie rauchte und fluchte vor sich hin und beschäftigte sich intensiv mit einem Handy. Christian blieb ruhig im Bett liegen und beobachtete sie blinzelnd. Sie hatte noch nicht mitbekommen, dass er wach war. Ihr Finger wischte schneller über das Display des Handys und ihr Fluchen wurde immer derber. Flittchen, Nutte, Hure. Christian ahnte nichts Gutes, ließ sich das aber nicht anmerken, als er sich bemerkbar machte.

»Guten Morgen, Kristie. Lange nicht mehr gesehen. Wie geht es dir?«

Kristie ignorierte ihn zunächst und beschäftigte sich noch einen Moment mit dem Handy. Dann legte sie es neben sich und betrachtete Christian nachdenklich. »Wie lange bist du denn schon wach?«, fragte sie ihn argwöhnisch.

»Ich bin gerade wach geworden. Und du?«

»Ich habe jedenfalls viel zu lange gepennt. Bestimmt eine Woche. Oder zwei? Vielleicht sogar drei? Scheiße.«

Sie klang jetzt fast verzweifelt. Christian hatte sie bisher einfach akzeptiert, wenn sie plötzlich da war. Aber er hatte sich nie Gedanken darüber gemacht, wie es für sie war, wenn sie nicht da war. Genauso wenig wie bei Silvia. Aber mit der hatte er bisher ja auch nur eine Begegnung gehabt. »Wie fühlt es sich für dich eigentlich an, wenn du neben mir aufwachst?«, fragte er.

Kristie sah Christian komisch an. »So, als müsste ich gleich kotzen«, ließ sie ihn wissen.

»Tut mir leid. Ich fühle mich eigentlich ganz gut, wenn du plötzlich den Platz von Lena eingenommen hast.«

»*Wahrscheinlich bist du genauso verkorkst wie sie, sonst wärst du ja auch schon lange weg.*«

»*Ich liebe Lena. Und dich mag ich. Wie eine gute Freundin. Ist das okay?*«

»*Das ist Bullshit. Du raffst es nicht, weil du ein Idiot bist.*«

Langsam nahm Christians Geduld mit Kristies ewiger Stänkerei ein Ende. Irgendwie musste er das mit Lenas Schattenexistenzen mal in geordnete Bahnen lenken. Jedenfalls mit Kristie. »*Willst du mir wieder weismachen, dass Lena mich ins Verderben stürzt? Ich weiß, dass sie ein bisschen naiv und leichtfertig im Umgang mit Männern ist. Damit komme ich klar, weil wir uns gegenseitig vertrauen. Weil wir uns lieben.*«

»*Ach, ihr vertraut euch. Und ihr liebt euch.*« Kristie nahm das Handy und warf es zu Christian aufs Bett. »*Dann schau dir mal die Fotos an und lies dir ihre Nachrichten durch. Und dann sag das noch einmal, du Traumtänzer.*«

Christian beschlich ein mulmiges Gefühl. Er dachte, er hätte die Sache im Griff, nachdem es mit den zwei Typen einigermaßen glimpflich abgelaufen war. Es hatte ihm ja sogar ein bisschen gefallen. Mit leicht zittrigen Händen nahm er das Handy und öffnete die Galerie. Dort hatte Lena verschiedene Fotoalben mit Namen angelegt. Die Alben hatte sie Christian, Jürgen, Tobias und Martin genannt. Christian öffnete zunächst das Christian-Album. Darin befanden sich Fotos von Lena und ihm. Alles Bilder, die er kannte, die Lena oder er geknipst hatten. Christian wechselte in das Jürgen-Album. Und konnte nicht glauben, was er dort vorfand. Über fünfzig Fotos von Lena, auf den meisten posierte sie halb- oder ganz nackt. In den anderen beiden Alben stieß Christian auf ähnliche Bilder. Mit pochendem Herzen öffnete er Lenas Chatverlauf. Dort fand er einen regen Austausch, den Lena abwechselnd mit Jürgen, Tobias und Martin geführt hatte. Die Nachrichten waren alle in den letzten vier Wochen verschickt worden. Christian überflog die kurzen Texte. Es fühlte sich an wie ein Schlag in den Magen. Lena hatte ungeniert mit den

Kerlen geflirtet und sich mit ihnen kurz nacheinander verabredet. Und von allen dreien hat sie sich gleich beim ersten Treffen nackt fotografieren lassen. Darauf hatte sie es offensichtlich angelegt. Auf Nacktfotos. Ging es ihr nur darum? Die hätte er auch machen können. Hatte er ja auch, aber er ging davon aus, dass das sein Privileg war. Jedenfalls bis zu der Sache mit Juan und Carlos. Bei denen war er aber eingeweiht. Von Jürgen, Tobias und Martin wusste er nichts. War es nur bei den Fotos geblieben? Christian las weiter in den Nachrichten und wurde stutzig. Konnte das wirklich sein? Hatte sie die Männer auf der Jubiläumsfeier der Kanzlei kennen gelernt? Martin. Christian wurde schlecht. Die dazugehörige Telefonnummer war die seines Vaters. Jürgen. Dabei musste es sich um diesen Jürgen Hellmann handeln. Tobias. Tobias Lang. Das war der Chef von Christians Vater. Er konnte das nicht glauben. Seine Gedanken wanderten zurück zu der Feier. Er sah Lena wieder vor sich, wie er sie beobachtet hatte. Im Gespräch mit Jürgen Hellmann. Mit Tobias Lang. Mit seinem Vater. Christian war stolz auf seine Freundin gewesen, die anscheinend eine unterhaltsame Gesprächspartnerin für die Herrschaften gewesen war. Die sich mit seinem Vater auf Anhieb so gut verstanden hatte. Was war er nur für ein Idiot gewesen? Völlig desillusioniert schmiss Christian das Handy aufs Bett.

Kristie sah ihn fast etwas mitleidig an. »Na, kapierst du es jetzt endlich?«

»Warum macht sie das?«

»Das habe ich dir schon gesagt. Es ist ihre Natur. Daran wirst du nichts ändern.«

»Und was ist deine Natur?«

Kristie sah ihn einen Moment lang nachdenklich an. »Was denkst du denn?«

»Du bist das Gegenteil von Lena. Unnahbar. Unfreundlich. Abweisend. Zynisch.«

»Du kennst mich nicht«, *zischte Kristie. Diese Beschreibung schien ihr nicht zu gefallen.*

Christians Blick fiel auf das Handy, das jetzt am Bettenende lag. »Ist das eigentlich nur Lenas Handy? Oder benutzt du es auch für dich?«

»Ich benutze es nicht oft. Hauptsächlich, um rauszufinden, was Lena so treibt, wenn ich nicht da bin. Oder Silvia. Oder Magdalena.«

»Magdalena?«

»Die kommt seit einiger Zeit nicht mehr zum Vorschein, glaube ich. Jedenfalls habe ich schon lange keine Aktivitäten mehr von ihr auf dem Handy entdeckt.«

»Du benutzt das Handy, um rauszufinden, was du so treibst, wenn du schläfst?«, fragte Christian und staunte darüber, wie blöd das klang und wie schwierig es für Lena, Kristie, Silvia und wen auch immer sein musste, nur ein Teilzeit-Leben zu führen und die Restzeit durch Nachforschungen ans Tageslicht bringen zu müssen.

»Das Handy ist dafür sehr gut geeignet. Das hast du ja nun selbst gesehen.«

»Vielleicht gibt es ja auch bessere Lösungen. Ich glaube, dass ihr alle ins Extreme verfallt, weil ihr so verschieden seid und überhaupt nicht miteinander harmoniert.«

»Was weißt du schon? Nix weißt du.«

»Stimmt. Aber vielleicht weiß ein Psychiater, wie man mit diesen Dingen umgeht? Wie ihr euer Leben besser in den Griff bekommen könnt.«

»Ich komme schon klar. Und jetzt verpiss dich. Kümmer dich lieber um deine Schlampe, wenn sie sich wieder blicken lässt. Oder gib ihr endlich den Laufpass. Du nervst nämlich.«

*

Eva Schlosser öffnete die Wohnungstür und ließ Till wortlos eintreten. Till folgte ihr ins Wohnzimmer, wo sie sich auf der Couch niederließ. Sie trug nur einen Bademantel und machte keine Anstalten, sich etwas anderes anzuziehen. Till setzte sich auf den Sessel.

»Alles in Ordnung?«, erkundigte er sich, da Eva Schlosser schweigend auf der Couch sitzen blieb und ihn mit gleichgültigem Blick ansah.

»Sind Sie gekommen, um mich das zu fragen?«

Till schüttelte den Kopf und legte das Foto auf den Tisch, das auf der Brust ihres toten Ex-Mannes hinterlegt worden war. »Sie sagten, Sie hätten diese Frau noch nie gesehen. Wir haben Grund zur Annahme, dass das nicht stimmt. Wäre es möglich, dass Sie sie doch gesehen haben?«

Eva Schlosser nahm das Foto, das Till vor ihr auf den Tisch gelegt hatte, in die Hand und schaute es sich nachdenklich an.

»Hat diese Frau Sie hier besucht?«, hakte Till nach.

»Wie kommen Sie darauf?«

»Hat sie Ihnen ein ähnliches Foto gezeigt und Ihnen gesagt, dass sie von Ihrem Ex-Mann belästigt wird?«

Eva Schlosser nickte. »Warum fragen Sie, wenn Sie doch schon alles wissen?«

»Weil Sie mich diesbezüglich angelogen haben. Warum?«

»Ich weiß nicht. Ich habe instinktiv gesagt, dass ich sie nicht kenne. Ich war geschockt, als Sie mir vom Tod meines Ex-Mannes erzählt und mir dann dieses Foto vor die Nase gehalten haben. Ich wusste nicht, was ich von der ganzen Sache halten sollte.«

»Wissen Sie es jetzt?«

»Sie hat ihn umgebracht, oder?«

»Das wissen wir noch nicht. Erzählen Sie mir bitte, was Sie Ihnen gesagt hat.«

»Das war alles sehr merkwürdig. Sie stand eines Abends hier vor meiner Tür und sagte zunächst nur, dass ich recht gehabt hätte. Martin würde mit jungen Frauen rummachen Und dass er ein perverses Schwein sei.«

»Und dann haben Sie sie reingelassen?«, fragte Till nach, als Eva Schlosser nicht weitersprach.

»Ja, ich war ziemlich perplex, ehrlich gesagt. Ich wusste ja nicht, wer sie war, was sie von mir wollte, woher sie mich überhaupt kannte.«

»Hat sie Ihnen ihren Namen gesagt?«

»Ja, aber nur den Vornamen. Magdalena. Ich blieb ihr gegenüber misstrauisch und wollte wissen, was sie mit Martin zu tun hätte und warum sie jetzt bei mir aufgetaucht sei. Schließlich wären Martin und ich geschieden. Daraufhin hat sie gehässig gelacht und mich gefragt, ob ich mal den Scheidungsgrund sehen wolle. Bevor ich darauf etwas entgegnen konnte, hat sie mir auch schon ein Foto vor die Nase gehalten. Darauf war sie zu sehen. Sie war nackt, trug nur eine Baseballkappe. Die Kappe gehörte Martin. Er hatte sie vor ungefähr zehn Jahren gekauft, als wir in Italien Urlaub gemacht hatten. Auf dem Foto saß sie in einem Auto auf dem Fahrersitz. Die Fahrertür war geöffnet. Es war Martins Auto.«

Till konnte sich an das Foto erinnern, das auf Martin Schlossers Handy gespeichert war. »Und was genau wollte sie von Ihnen?«

»Tja, das habe ich sie auch gefragt. Ich bin mir aber nicht sicher, ob ich das jetzt vor Ihnen wiederholen möchte.«

Till spürte, wie unangenehm ihr das jetzt war. Und er erinnerte sich daran, wie Jasmin und Siebels ihn vorhin als Frauenversteher verspöttelt hatten. Er merkte, dass sie nah dran war, sich ihm anzuvertrauen. Aber das konnte sich jeden Moment ändern. »Ich denke, jetzt wäre ein guter Zeitpunkt, mir davon zu erzählen«, sagte er leise.

Eva Schlosser zögerte noch einen Augenblick, sah das aber wohl auch so. »Plötzlich fing sie an zu weinen« begann Eva Schlosser, über ihre Begegnung mit Magdalena zu berichten. »Sie hätte das alles nicht gewollt, schluchzte sie. Sie würde von einem Job als Model träumen und hätte Martin davon erzählt. Der hätte ihr dann vorgeschlagen, einige Fotos von ihr zu machen und sie einem Freund zu zeigen, der Beziehungen in der Branche hätte. Sie hätte sich darauf eingelassen und auch keine Einwände gehabt, als er Nacktfotos von ihr machen wollte. Angeblich wäre das bei seinem Bekannten eine normale Vorgehensweise. Aber Martin hätte sie anschließend immer wieder nackt fotografieren wollen. Sie hätte noch zwei Mal mitgespielt, aber dann wollte er mit ihr ins Bett. Das hätte sie strikt abgelehnt, aber

Martin hätte sie dann erpresst. Mit den Fotos. Deswegen wäre sie mit ihm auch ins Bett gegangen. Aber Martin hätte ihr keine Ruhe gelassen und sie immer wieder bedrängt.«

»Haben Sie ihr das alles geglaubt?« Till merkte, dass Eva Schlosser jetzt nur noch ein Nervenbündel war.

»Ich wusste nicht, was ich glauben sollte. Aber das Foto, das sie mir gezeigt hatte, das war ja eindeutig. Es war Martins Auto und es war seine Kappe, die sie trug.«

»Hat sie gesagt, warum sie damit zu Ihnen kam? Schließlich waren Sie geschieden und das wusste sie.«

»Weil ich die Mutter von Christian bin«, flüsterte Eva Schlosser. »Sie hat wohl auf meine Mutterinstinkte gehofft. Darauf, dass ich alles tun würde, um meinen Sohn zu beschützen. Auch vor seinem eigenen Vater.«

Till verstand plötzlich, was in der Frau vorging. »Sie wussten es also«, sagte er leise. »Sie hat es Ihnen gesagt, nicht wahr? Sie hat Ihnen gesagt, dass sie die Freundin von Christian ist.«

Eva Schlosser saß wie ein Häufchen Elend auf der Couch und nickte schluchzend. »Ich habe ihn aber nicht umgebracht. Und Christian auch nicht. Vielleicht hätte ich es tun sollen. Nachdem sie bei mir war, habe ich ernsthaft darüber nachgedacht. Stattdessen habe ich mich betrunken und versucht, das alles zu vergessen. Sie war es. Weil ich dazu nicht in der Lage war«, presste Eva Schlosser hervor und schaute Till eindringlich an.

»Haben Sie mit Christian darüber gesprochen?«

»Nein. Ich wollte. Aber ich konnte es nicht. Aber ich habe mit Nils Brenner darüber gesprochen. Der hat mir bestätigt, dass die Beschreibung der jungen Frau auf Christians Freundin zutreffen würde. Er hätte sie kurz vorher auf einer Feier in Martins Kanzlei zusammen mit Christian gesehen. Den Rest von der Geschichte wollte er mir aber nicht glauben.«

*

Nils Brenner führte Siebels in sein Arbeitszimmer. Seine Frau war damit beschäftigt, das Abendessen für die Familie zuzubereiten.

»Gibt es etwas Neues?«, erkundigte sich Nils Brenner.

Siebels betrachtete sich den Mann und fragte sich, ob er etwas zu verbergen hatte. Ob er auch Fotos von Lena auf seinem Handy hatte. Am liebsten hätte er ihn direkt gefragt. Aber das hätte Brenner so oder so abgestritten und falls es Fotos gab, hätte er sie gelöscht, sobald Siebels wieder aus dem Haus war. Und einfach das Handy konfiszieren, ging auch nicht. Also musste er die üblichen Umwege machen, um irgendwann zur Wahrheit zu gelangen. »Jürgen Hellmann wurde umgebracht«, sagte Siebels und versuchte eine Reaktion aus dem Gesicht von Brenner abzulesen. Da las er aber bestenfalls Überraschung ab und das war eine nachvollziehbare Reaktion auf die überbrachte Neuigkeit.

Nils Brenner schien zu überlegen, was die Information von Hellmanns Tod bedeuten könnte. »Das ist ein sehr komischer Zufall«, murmelte er vor sich hin. »Sie glauben aber nicht an einen Zufall, oder?«

»Da haben Sie allerdings recht. Erinnern Sie sich an die Jubiläumsfeier Ihrer Kanzlei?«

»Ja, natürlich. Warum?«

»Christian, der Sohn von Martin Schlosser, war auch auf dieser Feier. Können Sie sich daran erinnern?«

Brenner nickte bedächtig. Langsam schien ihm zu dämmern, worauf das hinauslief. »Ja, Christian war auch da.«

»Er war aber nicht alleine da. Er kam in Begleitung. Erinnern Sie sich auch daran?«

Brenner antwortete nur zögerlich. »Ja, er hatte jemanden dabei. Seine Freundin, soweit ich weiß.«

»Ja, Lena, seine Freundin. Würden Sie sie wiedererkennen, wenn Sie Ihnen wieder über den Weg laufen würde?«

Brenner atmete schwer aus. »Sie war es, nehme ich an. Die Frau auf dem Foto. Ist es so?«

»Sagen Sie es mir.« Siebels genoss es nun, sein Gegenüber zappeln zu lassen. Ihm jetzt das zu entlocken, was er lieber für sich behalten hätte. Warum auch immer.

»Ich war mir nicht ganz sicher. Jedenfalls gab es eine große Ähnlichkeit. Ich war ja drauf und dran, das Foto verschwinden zu lassen, als ich Martin gefunden habe. Aber ich habe es liegen gelassen. Martin war mein Freund, verdammt. Ich weiß nicht, was es mit dem Foto für eine Bewandtnis hatte. Doch Martin war ein guter Kerl. Und er hatte ein sehr gutes Verhältnis zu Christian.«

»Sie hielten es dennoch für besser, mir nichts über die Ähnlichkeit von der Frau auf dem Foto mit Christians Freundin zu sagen?«

»Ich dachte, es wäre besser nichts zu sagen als etwas Falsches. Das war natürlich dumm. Mir war schon klar, dass Sie es bald herausfinden würden.«

»Dass Martin Schlosser eine Affäre mit der Freundin seines Sohnes gehabt haben könnte, kam Ihnen nicht in den Sinn? Oder wussten Sie davon? Hat er es Ihnen erzählt?«

»Ich hatte keine Ahnung. Als ich das Foto bei ihm gesehen habe, habe ich mir natürlich meine Gedanken gemacht. Aber ich weiß nicht, was es damit auf sich hat und wilde Spekulationen will ich nicht anstellen. Schon gar nicht vor der Polizei.«

»Ja, das verstehe ich. Immerhin sieht es so aus, als hätte Christian seinen Vater erschlagen und das Motiv dafür am Tatort zurückgelassen.«

»Das herauszufinden ist Ihr Job. Ich glaube das allerdings nicht.«

»Es muss sich ja nicht um einen vorsätzlichen Mord gehandelt haben. Christian wollte seinen Vater vielleicht zur Rede stellen. Es kam zum Streit. Christian nimmt die Skulptur und schlägt zu. Eine Handlung im Affekt. Aus Trotz lässt er das Foto zurück. Um seine Tat im Nachhinein zu rechtfertigen. Menschen handeln nicht rational, wenn es um verletzte Gefühle geht.«

»Und wie passt der Tod von Jürgen Hellmann in diese Theorie?« Brenner sah Siebels herausfordernd an.

»Wenn die Theorie bis hierhin stimmt, war es bei Hellmann eine vorsätzliche Tat. Bei dem haben wir nämlich ein ganz ähnliches Foto gefunden. Bei dieser Jubiläumsfeier haben beide Männer mit Christians Freundin angebandelt.«

Brenner schaute Siebels ungläubig an. »Hellmann hatte was mit dieser Frau?«

»So ist es. Und nun ist er tot. Und was glauben Sie, was ich mich nun frage?«

Brenner zuckte mit den Schultern und sah Siebels abwartend an.

»Ich frage mich, ob es nicht noch ein drittes potentielles Mordopfer gibt. Ob es auf dieser Feier wirklich nur Martin Schlosser und Jürgen Hellman waren, die sich für Lena interessiert haben.«

»Sie meinen jetzt aber nicht mich?«

»Ist hier sonst noch jemand, den ich meinen könnte?«

»Das können Sie vergessen. Ich habe diese Frau nie wiedergesehen.«

»Hätten Sie sie denn gern wiedergesehen? Vielleicht war es ja auf dieser Feier offensichtlich, dass sie auf Abenteuer mit älteren Herren aus war? Vielleicht haben einige der anwesenden Männer die Köpfe zusammengesteckt und eine Wette abgeschlossen. Wer schafft es, bei ihr zu landen? Der Gewinner muss ein aussagekräftiges Foto vorlegen. War es vielleicht so? Haben Sie mitgewettet? Eine fröhliche Feier, Alkohol, eine nette, offenherzige Frau. Da kommt man in trauter Männerrunde schon mal auf Ideen.«

Brenner schüttelte vehement den Kopf. »Davon weiß ich nichts. Das ist ja auch Quatsch. Martin hätte doch nicht aus einer Laune heraus gewettet, wer bei der Freundin seines Sohnes landen kann. Das wäre ja widerlich. Martin war im Grunde ein feiner Kerl. Das kann ich nur wiederholen.«

»Im Grunde? Wie meinen Sie das?« In Siebels Ohren klang es so, als gäbe es da einen dunklen Fleck auf Martin Schlossers weißer Weste. Einen Fleck, den Nils Brenner gesehen hatte. Den er aber lieber übersehen hätte. Siebels Handy summte. Der Summton war nur für Anrufe von Till eingestellt. Siebels nahm ab und hörte sich an, was sein Kollege bei Eva Schlosser erfahren hatte.

»Sie hatten also keine Ahnung, dass zwischen Martin Schlosser und Christians Freundin etwas lief?«, wiederholte Siebels seine Frage von vorhin, nachdem er das Gespräch mit Till beendet hatte.

Brenner verneinte das jetzt nicht mehr postwendend, sondern rang mit sich selbst. Aber er konnte sich nicht durchringen, biss sich lieber auf die Zunge, als etwas preiszugeben.

»Eva Schlosser wusste davon«, half Siebels ihm auf die Sprünge. »Sie hat es Ihnen gesagt. Sie wollte, dass es aufhört. Sie hatte gehofft, dass Sie auf Martin Schlosser einwirken können. Aber dem war nicht so. Jetzt spucken Sie es schon aus. Früher oder später werden wir es von Lena erfahren. Mit einer Falschaussage in einem Mordfall handeln Sie sich eine nicht unerhebliche Strafe ein.«

»Wird meine Frau es erfahren?« Brenner schaute Siebels hilfesuchend an. »Meine Familie bedeutet mir alles, verstehen Sie das?«

»Je länger Sie etwas zu vertuschen versuchen, desto schlimmer wird es ausgehen. Mehr kann ich Ihnen dazu im Moment nicht sagen.«

»Wir hatten einen Dreier«, flüsterte Brenner und sah dabei beschämt zu Boden.

Siebels dachte, nicht recht zu hören. »Einen Dreier? Schlosser, Sie und Lena?«

Brenner nickte unmerklich. »Nur einmal. Ich wollte das nicht, konnte mich dem aber nicht entziehen. Es war bei Martin. Ich kam abends bei ihm vorbei. Wir hatten uns verabredet, wollten bei einem Bier noch etwas beruflich besprechen. Als ich kam, war Martin schon leicht angetrunken. Wir gingen ins Wohnzimmer. Da saß sie auf der Couch. Sie trug nur Unterwäsche. Reizwäsche. Sie lächelte mich an, so als würde sie sich über mein Erscheinen freuen. Auf dem Tisch stand eine angebrochene Flasche Rotwein. Ich war völlig überrascht. Ich hatte sie wiedererkannt. Die Freundin von Christian. Ich wollte wieder gehen. Wusste nicht, was ich davon halten sollte. Aber den beiden schien mein Erscheinen überhaupt nicht unangenehm zu sein. Martin brachte mir noch ein Glas und öffnete auch gleich eine zweite Flasche

Wein. Er forderte mich auf, mich zu setzen. Ich nahm den Sessel. Martin setzte sich neben sie auf die Couch. Im Hintergrund lief leise Musik, das Licht war gedämmt. Martin legte seinen Arm um sie und sie kuschelte sich an ihn. Dann redeten wir über das, weswegen wir uns verabredet hatten. Es war irgendwie völlig surreal. Es gab keine Erklärung, warum sie in Reizwäsche mit ihm auf der Couch kuschelte, während wir über berufliche Dinge sprachen. Es war einfach so. Ich trank mehrere Gläser Wein und gewöhnte mich an die Situation. Ich war schon ziemlich angetrunken, als Martin anfing, ihr vor meinen Augen den BH abzustreifen. Sie ließ es sich gerne gefallen, lächelte unentwegt und fühlte sich augenscheinlich sehr wohl. Es herrschte eine erotische Atmosphäre, der ich mich nicht mehr entziehen konnte. Martin forderte mich auf, rüberzukommen und ihr auch noch das Höschen abzustreifen. Ich zögerte erst. War nicht mehr in der Lage, einen klaren Gedanken zu fassen. Sie räkelte sich auf der Couch, schaute mich mit funkelnden Augen an. Dabei hat sich mein Verstand endgültig verabschiedet. Ich habe mich zu den beiden gesellt, ihr den Slip ausgezogen und dann hatten Martin und ich abwechselnd Sex mit ihr. Danach habe ich sie nie wiedergesehen.«

Siebels bekam nach dieser Aussage nichts mehr aus Nils Brenner heraus. Der saß wie ein Häufchen Elend am Tisch und hielt den Kopf in den Händen gestützt. »Ich liebe doch meine Frau und meine Kinder«, jammerte er.

18

Siebels und Till telefonierten am Abend noch einmal miteinander und tauschten sich ausführlich über ihre Gespräche aus.

»Ich glaube, Eva Schlosser hatte ihren Sohn im Verdacht, seinen Vater getötet zu haben und Christian hatte seine Mutter im Verdacht. Und das hat sich wahrscheinlich auch noch nicht grundlegend geändert. Eher im Gegenteil. Sie trauen sich anscheinend beide nicht, miteinander über den Tod von Martin Schlosser zu sprechen«, kommentierte Till seine Schlüsse aus dem Gespräch.

»Das macht es für uns nicht einfacher«, seufzte Siebels.

»Was ist mit Nils Brenner? Glaubst du, dass er auch auf der Todesliste steht?«

»Er ist jedenfalls gewarnt. Ich habe dafür gesorgt, dass eine Streife regelmäßig an seinem Haus vorbeifährt. Aber er hat mir versichert, dass er keine Fotos von Lena gemacht hat.«

»Na super. Er hat sie gefickt. Vielleicht wurde er dabei fotografiert und hat es nicht mal mitbekommen?«

»Mehr können wir im Moment nicht für ihn tun. Außer das Ganze schnellstmöglich aufzuklären. Melde dich, wenn du morgen aus Würzburg zurückkommst, dann nehmen wir uns Christian vor. Den fassen wir ab jetzt nicht mehr mit Samthandschuhen an.«

*

***23 Tage zuvor**

Enttäuschung, Wut, Verzweiflung, Zorn, Eifersucht, Verständnislosigkeit. Christian durchlief in den Tagen und Nächten, nachdem er durch Kristie das wahre Ausmaß von Lenas Umtriebigkeit erfahren hatte, ein Wechselbad schlechter Gefühle. Immer wieder nahm er sich vor, das

Kapitel Lena ein für alle Mal zu beenden. Aber das schaffte er nicht. Christian konnte sie nicht einfach vergessen. Wenigstens eine Aussprache wollte er mit ihr haben. Eine Erklärung. Eine Entschuldigung. Irgendwas, wodurch er sich wieder besser fühlte. Dass sie einfach nicht Nein sagen könne, genügte ihm nicht mehr. Fünf Tage waren vergangen, seitdem er sich von Kristie mit diesen neuen Erkenntnissen verabschiedet hatte. Bis er sich aufraffte und Lena einen unangemeldeten Besuch abstattete.

Sie schien sich aufrichtig zu freuen, als er vor ihrer Tür stand. »Da bist du ja endlich. Ich habe mir schon Sorgen gemacht, weil du nicht ans Telefon gegangen bist.«

»Hattest du etwa Sehnsucht nach mir?«, fragte Christian schroff.

»Ja. Sehr sogar. Ist alles in Ordnung?«

»Nichts ist in Ordnung«, brüllte er sie an. Ihr unschuldiges Getue brachte ihn in Rage.

»Habe ich was falsch gemacht?« Sie schaute ihn verständnislos an.

»Du treibst es mit jedem, der dir über den Weg läuft. Was denkst du dir dabei? Denkst du, dass das richtig ist, oder was? Denkst du, dass mir das egal ist? Oder dass ich es eh nicht mitbekomme?« Christian wurde immer lauter und Lena immer nervöser.

»Wovon redest du?« Sie schaute ihn ängstlich an.

»Ich rede von meinem Vater. Von Jürgen Hellmann. Von Tobias Lang. Von den Männern, mit denen du dich so nett auf der Jubiläumsfeier unterhalten hast. Erinnerst du dich?«

»Ja, natürlich erinnere ich mich«, sagte Lena leise, ohne Christian dabei anzusehen.

»Und kurz danach triffst du dich mit jedem von ihnen. Lässt dich nackt fotografieren. Hast du auch mit allen gefickt?«

»Ich wollte doch nur nett sein«, jammerte sie.

»Nur nett sein?« Christian fasste es nicht. »Wie konnte ich nur so blöd sein? Kristie hatte recht. Du bist eine Hure. Hast du Geld dafür bekommen?« Ihm fielen wieder die

sündhaft teuren Dessous ein, die Lena sich problemlos leisten konnte.

»Wieso Geld? Ich brauche kein Geld«, sagte sie trotzig. »Warum brüllst du mich so an? Ich dachte, du liebst mich?«

Ihre Naivität brachte Christian vollends aus der Fassung. »Ich zeige dir gleich, wie ich dich liebe. Du willst doch nur gefickt werden, du dumme Kuh, das kannst du haben.« Er griff sie am Handgelenk und zerrte sie zum Bett, schmiss sie mit beiden Händen auf die Matratze und öffnete hastig seine Hose. Dabei bekam er gar nicht mit, welche Veränderung in Lena vorging. »Jetzt bekommst du von mir, was du brauchst«, presste er wütend hervor. Ein kindlicher, völlig verängstigter Schrei ließ ihn innehalten. Er schaute zu ihr. Sie lag zusammengekrümmt auf dem Bett und hielt sich die Augen zu.

»Nein, nein, bitte nicht«, jammerte Lena. Mit angezogenen Beinen robbte sie sich zum Kopfende des Bettes, so weit weg von Christian wie möglich. »Mama. Mama. Bitte tu meiner Mama nicht weh.« Lena fing an, am ganzen Körper zu zittern.

Christian stand völlig perplex am Fußende des Bettes. Das war nicht Lena. Lena hatte sich tatsächlich in ein kleines Kind verwandelt. Er wollte sie beruhigen, ging um das Bett herum auf sie zu. Ihr Zittern wurde stärker, als sie sein Näherkommen wahrnahm.

»Ich bin ein ganz braves Mädchen«, stammelte sie. »Bitte nicht weh tun. Bitte meiner Mama nicht weh tun.« Mit unbeholfenen Bewegungen versuchte sie sich das Shirt auszuziehen. »Ich bin auch ganz lieb«, flüsterte sie und wischte sich Tränen aus den Augen.

»Maria?« Christian erinnerte sich daran, wie Kristie ihm unverhohlen gedroht hatte, als er sie nach Maria fragte.

Sie nickte, versuchte tapfer zu sein. »Ich ziehe mein Kleidchen aus«, sagte sie. Sie trug eine Jeans und nestelte daran herum.

»Ich tue dir nichts«, flüsterte Christian. »Und deiner Mama tu ich auch nichts.«

Sie zog sich die Jeans aus und streifte sich den Slip runter. Dann legte sie sich steif wie ein Brett auf das Bett. »Ich bin ganz lieb.«

*

Tag 5, Freitag

Till hatte sich am nächsten Morgen wie verabredet auf den Weg nach Würzburg gemacht, um Sina Morgenstern bei deren Großeltern zu besuchen. Er erreichte das Einfamilienhaus mit gepflegtem Vorgarten pünktlich um zehn Uhr. Vor dem Haus war eine ältere Dame mit dem Zupfen von Unkraut im Rosenbeet beschäftigt. Als sie Till erblickte, unterbrach sie ihre Arbeit.

»Sie sind bestimmt der angekündigte Besuch für Sina?«
Till bejahte und wies sich aus.
»Sina sitzt auf der Terrasse. Ich bringe Sie zu ihr.«
Gemeinsam gingen sie durch das Haus, auf der Rückseite lag die Terrasse. Sina saß dort mit einem Glas Orangensaft und las ein Buch. »Mein Mann ist mit dem Hund spazieren und bestimmt noch eine Stunde unterwegs«, ließ Sinas Großmutter Till wissen. »Sina, der Herr von der Frankfurter Polizei ist da.«

Sina legte das Buch zur Seite, begrüßte Till und bot ihm an, sich zu ihr zu setzen, auf einen gepolsterten Gartenstuhl.

»Möchten Sie einen Kaffee? Oder lieber etwas Kaltes?« Die Großmutter schaute Till erwartungsvoll an. Till entschied sich für ein Glas Wasser.

»Sie sind also wegen Magdalena hier?«, erkundigte sich Sina. »Ich bin schon ziemlich neugierig, um was es eigentlich geht. Ihre Kollegin wollte mir am Telefon ja leider keine weiteren Auskünfte geben.«

Die Großmutter brachte das Wasser und zusätzlich einen Kaffee. »Ich bin dann wieder vorne am Rosenbeet«, sagte sie und ließ Sina mit Till allein.

»Sie waren mit Magdalena also gut befreundet?« Till war gespannt, was er nun über die ihm noch unbekannte Magdalena erfahren würde.

Sina schien darüber nachdenken zu müssen. Sie war im gleichen Alter wie Lena. Hatte mittelblondes, schulterlanges Haar, das sie zu einem Pferdeschwanz gebunden trug. In einer engen weißen Jeans und einem rosafarbenen Top machte sie einen sportlichen Eindruck. »Im Kindergarten waren wir unzertrennlich«, schwelgte sie dann in Erinnerungen. Vielleicht wusste sie das auch nur noch von den Erzählungen ihrer Mutter.

»Sie gingen in Buenos Aires schon zusammen in den Kindergarten?«

»Ja, die Goethe-Schule hat dort auch einen Kindergarten. Als ich mit meinen Eltern nach Buenos Aires gezogen bin, war ich drei Jahre alt. Mein Vater wurde von seiner Firma dorthin versetzt. Er arbeitete bei Siemens. Eigentlich sollten wir nur drei Jahre dort bleiben. Zur Einschulung wollten meine Eltern mit mir wieder zurück nach Deutschland. Aber es kam anders. Wir leben immer noch dort und ich habe mein Abitur auf der Goethe-Schule gemacht. Zusammen mit Magdalena.«

»Aber hieß sie nicht eigentlich Maria?«

»Als wir uns im Kindergarten kennen lernten, hieß sie für mich immer nur Maria. In der Schule nannte sie sich plötzlich Magdalena. Ich nehme an, dass sie mit vollem Namen Maria Magdalena heißt. Genau weiß ich es gar nicht. Aber warum wollen Sie das alles wissen? Ist sie jetzt in Deutschland? Nach dem Abitur war sie plötzlich verschwunden. Der Kontakt war von heute auf morgen abgebrochen. Ich habe nichts mehr von ihr gehört, bis der Anruf von Ihrer Kollegin kam.«

»Ja, sie ist wieder in Deutschland. In Frankfurt, wo ihr Vater ursprünglich herkam. Kannten Sie ihren Vater?«

»Ja, ich war öfter mal bei ihnen zuhause. Ihre Mutter ist ja früh gestorben. Das war, als wir noch im Kindergarten waren. Dann war sie plötzlich eine Weile weg. Niemand wusste, was mit ihr los war. Irgendwann kam sie einfach

wieder. Ich kann mich nur noch dunkel daran erinnern. Aber irgendwie hatte sie sich ziemlich verändert. Als ich sie kennen lernte, war sie ein fröhliches, aufgedrehtes Mädchen. Wir haben zusammen getobt und viel Blödsinn gemacht. Als sie wiederauftauchte, war sie wie ausgewechselt. Ein anderer Mensch, irgendwie. Sie war verschlossen, redete nur noch das Nötigste. Sie lachte nicht mehr und hatte keine Flausen mehr im Kopf. Mit mir sprach sie noch, aber nicht viel. Na ja, ich habe dann erfahren, dass ihre Mutter gestorben ist.«
Sina hielt inne und sah Till nachdenklich an. »Ich rede und rede und weiß gar nicht mehr, was Sie mich eigentlich gefragt haben.«

»Reden Sie einfach weiter«, sagte Till lächelnd, der bei Sinas Erzählung in Gedanken die kleine Maria vor sich sah. Zusammen mit ihrer Freundin Sina. »Ich hatte gefragt, ob Sie Magdalenas Vater kannten. Aber mich interessiert im Prinzip alles, was Sie mir über Maria oder Magdalena erzählen können.«

»Als wir damals nach Argentinien ausgewandert sind, sprach ich ja kein Spanisch. Ich war drei, lernte gerade mit meiner Muttersprache umzugehen und dann kam ich in ein fremdes Land und verstand plötzlich niemanden mehr. Im Kindergarten war es zum Glück nicht so schwierig, es waren einige Kinder von deutschen Auswanderern dort. Die hatten teilweise die gleichen Probleme. Maria wurde aber in Argentinien geboren. Sie wuchs dreisprachig auf. Ihre Mutter war Französin. Maria brachte mir Spanisch bei. Dank ihr lernte ich das ziemlich schnell. Ein bisschen Französisch hat sie mir auch noch beigebracht, aber das habe ich leider alles wieder vergessen. Magdalena hat es nach dem Tod ihrer Mutter auch verlernt.«

»Und wann fing Maria an, sich Magdalena zu nennen?«

»Hmm, da muss ich mal nachdenken. Ich glaube, kurz nachdem wir eingeschult wurden.«

»Aber ihr richtiger Name war doch immer noch Maria. Wurde sie auch von den Lehrern mit Magdalena angesprochen?«

»Am Anfang nicht. Aber sie hat nicht mehr auf den Namen Maria reagiert und nur gesagt, dass sie Magdalena heißt. Das haben die Lehrer dann wohl akzeptiert.«

»Hatte Magdalena einen Freund? Später, als sie älter war?«

Sina schüttelte den Kopf. »Nein, als wir in das Alter kamen, in dem wir uns für Jungs zu interessieren begannen, wurde Magdalena immer komischer. Sie zeigte überhaupt kein Interesse. Im Gegenteil, sie zog sich noch mehr zurück, wenn wir Mädels uns über Jungs unterhielten. Dabei war sie total hübsch und sie hatte einige Verehrer. Aber Magdalena und Jungs, das war ein ganz schwieriges Thema.«

»Wie meinen Sie das?«

»Na ja, sie wäre einmal fast von der Schule geflogen. Weil sie gewalttätig gegen einen anderen Jungen geworden ist. Ihr Vater konnte das aber wieder geradebiegen.«

»Was heißt gewalttätig? Können Sie mir das genauer beschreiben?«

»Ist das der Grund Ihres Besuchs? Ist sie wieder ausgeflippt? Hat sie jemanden verletzt?«

Till überlegte, wie viel er preisgeben konnte. Wenn er dieser redseligen Frau nicht ein paar Brocken hinwarf, würde ihre Auskunftsfreudigkeit nicht lange andauern, befürchtete er. »Sie nennt sich nicht mehr Magdalena, sondern Lena. Und ich schätze, ihre Verhaltensweisen als Lena sind ganz anders, als die von der Magdalena, die Sie kannten.«

»Aha.« Sina brauchte einen Moment, um das Gehörte zu verarbeiten. »Lena ist ja vielleicht nur eine Abkürzung von Magdalena«, überlegte sie laut.

»Vielleicht. Aber die Lena, von der ich spreche, ist Männern sehr zugeneigt.«

Sina schaute Till schief an. »Wirklich?«

Till merkte, dass er nicht die ganze Zeit um den heißen Brei herumreden konnte, wenn er brauchbare Informationen von Sina haben wollte. »Ihre Freundin befindet sich in psychiatrischer Behandlung«, verriet er ihr.

»Oh. Na das wundert mich nicht wirklich. Sie war manchmal schon sehr eigenartig.«

»Sie sagten, Maria und Magdalena waren sehr unterschiedlich.«

»Total. Aber wie gesagt, das kam nach dem Tod ihrer Mutter. Und da war sie noch sehr jung.«

»Können Sie sich vorstellen, dass Maria und Magdalena zwei völlig unterschiedliche Persönlichkeiten sind? Dass Maria als eigenständige Persönlichkeit gestorben ist und von Magdalena ersetzt wurde?«

Sina wiegte den Kopf hin und her. »So könnte man das sagen, ja. Klingt gespenstisch.«

»Die Diagnose lautet dissoziative Identitätsstörung. Schon mal gehört?«

»Ach du Scheiße«, stammelte Sina. »Ja, gehört habe ich schon davon. Aber ich wäre nie auf die Idee gekommen, dass Maria davon betroffen ist. Obwohl, wenn ich jetzt so darüber nachdenke, ergibt das wirklich Sinn.«

»Haben Sie vielleicht auch mal eine andere Persönlichkeit von Magdalena kennen gelernt, ohne zu wissen, was da eigentlich ablief?«

»Ich glaube, ich brauche jetzt noch einen Kaffee. Sie auch?«

Till hatte seinen bereits ausgetrunken und hatte gegen einen zweiten nichts einzuwenden.

»Diese Gewalttätigkeit gegen den Jungen«, nahm Sina das Gespräch wieder auf, nachdem sie frischen Kaffee serviert hatte. »Das war schon sehr komisch. Gegenüber Jungs wurde sie schnell schroff. Es gab sogar Gelegenheiten, bei denen sie sich mit Jungs geprügelt hat. Das klingt jetzt vielleicht blöd, aber dabei hat sie sich selbst wie ein Junge benommen. Wie ein Schlägertyp. Ich weiß, es gibt auch Mädchen, die sich schlagen. Aber ich war einmal dabei, als es passierte. Und da war sie plötzlich tatsächlich ein komplett anderer Mensch. Ihre ganze Ausstrahlung, ihre Stimme, ihre Wortwahl, ihr Bewegungsablauf, alles war wie bei einem Jungen. Meistens verlief es eher glimpflich. Aber eines Tages schlug und trat sie Gustavo krankenhausreif. Er hat sich gewehrt. Und er war wahrlich kein Schwächling. Aber er hatte keine Chance gegen Magdalena gehabt. Oder wer immer sie da auch war.«

Till erinnerte sich an die Worte von Paula Behrens. Eine dissoziative Persönlichkeitsstörung kann sich auch auf beide Geschlechter beziehen. »Wissen Sie, was der Auslöser für diese Schlägerei war?«

»Nicht genau. Aber Gustavo war ein ziemlicher Macho, für den ein Nein nicht viel zählte. Ich nehme an, er wollte ihr an die Wäsche. Das Ganze ist in der Umkleide in der Sporthalle passiert. In der Mädchen-Umkleide. Die beiden waren allein. Erst als es dort lauter wurde, kamen ein paar Leute vorbei, um nachzusehen. Ich war auch dabei. Gustavo sah ziemlich böse aus. Er lag blutend auf dem Boden. Magdalena trat noch auf ihn ein. In die Lenden und auch gegen den Kopf. Mit Wucht. Sie war rasend. Drei Leute mussten sie festhalten. Drei Männer. Einer davon war der Sportlehrer.«

»Was passierte dabei mit ihr? Wehrte sie sich weiter? Sagte sie etwas?«

Sina nickte. »Ja, damals war ich einfach nur entsetzt. Aber wenn ich mir es jetzt so ins Gedächtnis rufe, war es schon unheimlich. Anfangs setzte sie sich mit aller Kraft zur Wehr und gab Geräusche und Töne von sich, wie ich sie von einem Mädchen noch nie gehört hatte. Mit einer tiefen Stimme. Und dann sackte sie plötzlich zusammen. Als würde sie ohnmächtig werden. Sie ließ sich widerstandslos aus der Umkleide führen. Eigentlich wurde sie mehr getragen als geführt. Ich hörte noch, wie sie den Sportlehrer fragte, was denn los sei. Da klang sie wieder wie Magdalena.«

»Wie alt war sie da?«

»Sechzehn. Oder siebzehn.«

»Sie sagten, dass es öfter zu Reibereien mit Jungen kam. Gab es da ein Muster? Wie oft ist das vorgekommen?«

»Nein, von einem Muster würde ich nicht sprechen. Das mit Gustavo war am heftigsten gewesen. Ein anderes Mal hat sie auf dem Schulhof einen Jungen mit einem Messer bedroht. Aber der hat rechtzeitig das Weite gesucht und hat das sofort dem Direktor gemeldet. Da gab es aber keine

Zeugen und Magdalena hat es abgestritten. Die ganze Sache wurde dann irgendwie unter den Teppich gekehrt und Mario, so hieß der Junge, hat seitdem immer einen riesigen Bogen um Magdalena gemacht. Ansonsten kann ich mich nur noch an eine Episode erinnern, bei der Magdalena gewalttätig geworden ist. Das war während des Unterrichtes im Klassenzimmer. Da standen wir schon kurz vor dem Abitur. Ruben saß in der Reihe hinter Magdalena. Er hat ihr obszöne Dinge von hinten zugeflüstert. Das war so seine Art, das fand er lustig. Das hatte er mit mir auch schon gemacht, ich habe ihn einfach ignoriert. Das ging eine ganze Weile so. Vorne hat die Lehrerin Unterricht gemacht und so getan, als würde sie nichts davon mitbekommen. Ich dachte eigentlich, dass Magdalena ihn auch einfach ignorieren würde, was sie eine ganze Weile auch tat. Aber plötzlich sprang sie auf und stürzte sich auf Ruben. Die beiden landeten auf dem Fußboden und Magdalena hatte ihre Hände fest um seinen Hals gelegt und würgte ihn. Er bekam echt keine Luft mehr und war nicht in der Lage, sich gegen sie zur Wehr zu setzen. Zuerst haben die meisten Leute in der Klasse gejohlt und die beiden noch angefeuert. Aber als offensichtlich wurde, dass Magdalena ihn nicht mehr losließ, gingen einige dazwischen und trennten die beiden. Und dabei hatten sie Mühe, Ruben aus Magdalenas Würgegriff zu befreien. Der schnappte anschließend minutenlang nach Luft und brachte kein Wort heraus. Sicherheitshalber wurde er zum Arzt gebracht. Aber es ist nichts Schlimmeres passiert. Magdalena tat hinterher so, als wüsste sie gar nicht, was überhaupt los sei. Aber weil Ruben die Nummer auch schon bei mir und anderen Mädchen abgezogen hatte, brachten wir das vor der Lehrerin auch gleich zur Sprache und verteidigten diesen gewalttätigen Ausbruch von Magdalena.«

»Das ist wirklich alles sehr interessant und hilft uns weiter«, sagte Till. Langsam formte sich in seinem Kopf ein Bild von dem, was mit Maria passiert war, nachdem sie mutmaßlich die Entführung, Vergewaltigung und Ermordung ihrer Mutter miterleben musste. »Wie war Magdalena denn so, wenn sie einfach nur Magdalena war? Außer dass sie verschlossen war und nichts von Jungs wissen wollte.«

»Magdalena war die Klassenbeste. Sie war sehr intelligent und hat das Abitur mit Bestnoten bestanden. Sie konnte sehr zynisch sein, wenn ihr etwas nicht gepasst hat oder wenn sie jemanden nicht für voll genommen hat. Sie war musikalisch, hat sehr gut Klavier gespielt. Man konnte mit ihr aber auch sehr gut reden, wenn man Sorgen hatte. Also mir ging es jedenfalls so. Sie hat mich des Öfteren getröstet und mir Mut gemacht. Es gab eine Zeit, da hatte ich Stress mit meinen Eltern und keinen Bock mehr auf die Schule und auf alles andere auch nicht. Ich war in einem Tief. Magdalena hat mich da wieder rausgeholt. Wir haben stundenlang über Gott und die Welt geredet. Das hat mir damals sehr gutgetan. Wir waren zwar gleich alt, aber sie war viel reifer und erwachsener als ich.«

»Wissen Sie, ob Magdalena schon Pläne für die Zeit nach dem Abitur hatte?«

»Sie wollte Jura studieren und Staatsanwältin werden. Ob das nach dem Abitur aber immer noch ihr Ziel war, weiß ich nicht. Das hat sie mir ein oder zwei Jahre davor erzählt, aber damals klang sie ziemlich überzeugt.«

Sinas Großmutter erschien wieder auf der Terrasse. »Bleiben Sie noch länger, junger Mann? Ich fange jetzt an, das Mittagessen vorzubereiten. Möchten Sie mitessen? Es gibt Hacksteak mit Rotkohl.«

»Nein, danke. Wir sind gleich fertig und ich muss wieder zurück. Das Gespräch mit Ihrer Enkelin war aber sehr aufschlussreich.«

»Meine Sina ist ja auch ein tolles Mädchen.« Sie streichelte ihrer Enkelin über den Kopf. »Leider sehe ich sie nicht oft. Aber noch überlegt sie, ob sie nicht doch lieber in Deutschland leben will.«

»Oder du kommst mal für ein Jahr nach Argentinien, Oma.«

»Ja, ja, nach Argentinien. Was soll ich denn da? Mit deinem Opa Tango tanzen?« Sie lachte und ging in die Küche.

»Ich möchte noch mal kurz zurückkommen auf Magdalenas Vater«, sagte Till. »Wie war seine Beziehung zu Magdalena? Können Sie dazu etwas sagen?«

»Hm, ich glaube, sie hatten eine innige Beziehung. Damals, als sie nach ihrem Verschwinden wiederaufgetaucht war, war ich ziemlich oft bei ihnen zuhause gewesen. Ihr Vater hatte viel Wert daraufgelegt, dass wir zusammen Zeit verbrachten. Das hat mir später meine Mutter erzählt. Ich kann mich noch dunkel daran erinnern, dass er uns viele Spielsachen besorgt hat. Maria hat die erste Zeit überhaupt nichts spielen wollen. Geredet hat sie am Anfang gar nicht. Auch nicht mit mir. Das hat sich aber geändert. Ich glaube, ich war damals eine Zeitlang die Einzige, mit der sie gesprochen hat. Und ihr Vater war sehr froh darüber. Das weiß ich auch von meiner Mutter. Aber das hatte ich alles längst wieder vergessen. Komisch, wie einem nach so langer Zeit plötzlich wieder Dinge einfallen, wenn man danach gefragt wird.«

»In der guten Beziehung zwischen Magdalena und ihrem Vater hat sich auch später nichts geändert?« Till konnte sich nicht vorstellen, dass der Vater nichts von den verschiedenen Persönlichkeiten seiner Tochter mitbekommen haben sollte. Aber wenn er es wahrgenommen hatte, wie hatte er darauf reagiert?

»Nicht, dass ich wüsste. Magdalena hat jedenfalls nie erwähnt, dass sie Probleme mit ihrem Vater gehabt hätte. Im Gegenteil, ich hatte immer das Gefühl, dass es zwischen den beiden gut harmonierte. Als wir größer wurden, hatte ich aber kaum noch Kontakt zu ihm. Wenn ich dann mal wieder bei ihr zuhause war, war er nicht da. Er hatte ja eine eigene Firma. Eine Immobilienfirma. Er hat Magdalena sogar einen eigenen Fahrer zur Verfügung gestellt, der sie überall hingefahren hat.«

»Aus Sicherheitsgründen? Ich habe gehört, in Argentinien gibt es eine hohe Kriminalitätsrate und Entführungen wären an der Tagesordnung.«

Sina winkte ab. »Ach, so schlimm ist das nicht. Wenn man dort lebt, arrangiert man sich mit solchen Dingen. Klar, es ist vielleicht gefährlicher als in Deutschland. Es gibt Gegenden, von denen man sich besser fernhält. Aber ich lebe dort nicht in ständiger Angst. Im Gegenteil, mir gefällt das Leben dort sehr gut. Nur meine Oma fehlt mir manchmal. Und mein Opa natürlich. Und Bella, seine Schäferhündin.«

»Halten Sie es trotzdem für möglich, dass Maria und ihre Mutter entführt wurden, damals, als sie für mehrere Wochen verschwunden war?«

Sina sah Till mit großen Augen an. »Wie kommen Sie darauf?«

»Nur eine Vermutung. Aber es würde vielleicht erklären, warum Maria sich damals so verändert hat, oder? Ihre Mutter ist gestorben. Sie wurde erschossen. Kopfschuss.«

Sina hielt sich vor Schreck die Hand vor den Mund. »Oh je. Das würde einen Sinn ergeben. Entführungen sind tatsächlich nicht so ungewöhnlich in Argentinien. Die Leute, die es betreffen könnte, organisieren ihr Leben aber so, dass die Gefahr nicht allzu hoch ist. Aber gut, das ist ja auch schon lange her. Meine Güte, was ist denn nun eigentlich mit Magdalena?«

»Wir ermitteln in zwei Mordfällen, in die sie irgendwie involviert ist. Aber die Magdalena, die Sie mir beschrieben haben, ist mir bisher noch nicht untergekommen. Wir haben es mit Lena zu tun und die ist ein völlig anderer Mensch als Magdalena. Sie tritt auch als Kristie in Erscheinung und benimmt sich dann wieder ganz anders.«

»Ich kann das alles gar nicht glauben. Zwei Mordfälle? Und sie soll jetzt eine völlig andere Frau sein?«

»Sie sind nur noch vier Tage in Deutschland, ist das richtig?«

»Ja, dann fliege ich wieder zurück.«

»Ich weiß jetzt nicht, ob es eine gute Idee ist und ob das in der Zeit noch möglich ist, aber hätten Sie Interesse, sich mit Magdalena zu treffen? Gemeinsam mit mir und meinem Kollegen? Und vielleicht auch mit der Psychiaterin, die sie behandelt?«

Sina nickte entschlossen. »Ja, natürlich. Oh je, das klingt wirklich sehr bedrückend. Was ist bloß mit Magdalena passiert?«

Sinas Opa kam mit Bella zurück. Er stellte sich Till vor. »Sie werden meine Enkelin aber nicht verhaften. Das kann ich nicht zulassen.«

»Nein, keine Sorge. Aber vielleicht werde ich sie vor ihrem Abflug noch für einen Tag nach Frankfurt entführen.«

»Das können Sie meiner Frau nicht antun. Sie genießt jede Minute, die sie mit Sina vor deren Rückflug noch verbringen kann. Und mir geht es genauso.«

»Ach, Opa, es geht um eine sehr gute, alte Freundin von mir. Sie steckt vielleicht in Schwierigkeiten.«

»Ich melde mich wieder«, sagte Till und machte sich bereit zum Aufbruch. »Sie können natürlich gerne mitkommen, ich organisiere Ihnen eine Führung durch das Präsidium, wenn Sie möchten«, schlug er Sinas Großeltern vor.

»Och, das klingt ja gar nicht schlecht«, zeigte Sinas Opa sich interessiert.

19

Siebels saß mit Paula Behrens in deren privatem Behandlungszimmer. Bis zum vereinbarten Termin mit Lena hatten sie noch eine halbe Stunde Zeit. Siebels berichtete ihr von seinem Gespräch mit Manuel Alvarez und dessen Vermutungen, was Maria als kleines Kind durchlebt haben könnte.

»Das wäre eine plausible Erklärung für die dissoziative Identitätsstörung bei Maria«, kommentierte Paula Behrens die Zusammenfassung von Siebels.

»Aber es sind nur Vermutungen und Spekulationen«, zeigte Siebels sich noch nicht vollends zufrieden. »Außerdem weiß ich nicht, wie uns das bei unseren Ermittlungen weiterhelfen soll.«

»Meine primäre Absicht ist es, Lena dabei zu helfen, ihr Alltagsleben besser organisiert zu bekommen. Meiner Meinung nach ist Lena gar keine geeignete Persönlichkeit, um Marias Leben zu führen. Irgendwas muss passiert sein, woraufhin Lena die Lebensführung übernahm und den Platz einer anderen Persönlichkeit eingenommen hat.«

»Aber was soll das gewesen sein? Wenn an den Spekulationen von meinem argentinischen Kollegen etwas dran ist, hat Maria ein Trauma erlitten, von dem sie sich nicht mehr erholen konnte. Also erschuf sie neue Persönlichkeiten. Charaktere, die sich nicht einschüchtern ließen, die keine Angst hatten. Denen schlicht die Erfahrungen fehlten, die Maria als Kind durchgemacht hat. Aber Lena mit ihrer Promiskuität ist ja das krasse Gegenteil von dem, was Maria wäre, wenn sie Maria geblieben wäre.«

»Das ist genau der Punkt. Ich gehe davon aus, dass Lena während der sexuellen Misshandlungen von Maria und ihrer Mutter erschaffen wurde. Lena konnte damit umgehen. Sie mochte es sogar, so furchtbar sich das jetzt auch anhört. Zusätzlich entwickelten sich in Maria Persönlichkeiten, die in erster Linie dafür zuständig waren, Gefahren abzuwenden. Das, was Maria zugestoßen ist, durfte nie wieder passieren. Sie musste in der Lage sein, sich potentielle Feinde vom Hals und ihre Mitmenschen auf Distanz zu halten. Und im Notfall musste sie sich zur Wehr setzen können. Das alles schaffte Maria nicht. Sie war viel zu jung. Um das zu kompensieren, erschuf sie Kristie und bestimmt auch noch andere starke und kompromisslose Charaktere. Aber mit diesen Persönlichkeiten wurde es in späteren Jahren unmöglich, eine harmonische Beziehung zu jemandem aufzubauen. Vermutlich war das eine Erkenntnis, die den vorhandenen Persönlichkeiten mit fortschreitender Geschlechtsreife kam. Vielleicht erst nach dem Abitur, als es galt, eine Lebensplanung aufzustellen. Das würde auch den Ortswechsel erklären. In Argentinien konnte Lena nicht aktiv werden, wenn sie so ganz anders war als ihre Vorgängerpersönlichkeit. Das wäre aufgefallen und unglaubwürdig gewesen. Sie brauchten also eine neue Umgebung. Was lag näher als das Heimatland des Vaters? Sie spricht die Sprache und kann sich komplett neu erfinden. Sie kam nach Deutschland und machte als Lena einen völlig neuen Anfang. Und mit Christian fand sie sogar den idealen Partner. Aber Lena wurde falsch programmiert, wenn ich das mal so sagen darf. Sie lässt sich auf jeden Mann ein, der Interesse an ihr zeigt. Schlimmer noch, sie versucht das Interesse jedes einzelnen Mannes auf sich zu lenken, um sich als perfekte Liebhaberin zu positionieren. Während Kristie und möglicherweise auch andere Persönlichkeiten auf die Zurückweisung anderer Menschen programmiert waren, kann Lena überhaupt niemanden zurückweisen. Jedenfalls keinen Mann, der empfänglich für ihre Signale ist. Und diese Signale sendet sie im Dauermodus aus. Das ist ihre Natur, sozusagen.«

Siebels nickte anerkennend. »Das würde vieles erklären, ja. Wahrscheinlich liegen Sie damit gar nicht so falsch. Aber es erklärt noch nicht, warum die Männer, die positiv auf ihre Signale reagieren, anschließend umgebracht werden. Es erklärt noch nicht, warum wir an den Tatorten kompromittierende Fotos von Lena finden. Und am meisten stört mich die Konstellation ihrer Männerbekanntschaften. Erst Christian. Dann Christians Vater und Jürgen Hellmann. Die beiden hat sie am gleichen Ort zur gleichen Zeit kennen gelernt. Ich glaube einfach nicht, dass das nur Zufall war. Da steckt irgendwas dahinter. Bloß habe ich keine Ahnung, was das sein könnte.«

Paula Behrens schaute Siebels nachdenklich an. »Es gibt vielleicht eine Möglichkeit, die verborgenen Dinge ans Tageslicht zu bringen. Aber ich bin mir nicht sicher, ob es funktioniert. Und wenn es funktioniert, ob es nicht mehr Schaden anrichtet, als Nutzen bringt.«

»Wovon reden Sie?«

»Ich könnte versuchen, Maria zum Vorschein zu bringen und gemeinsam mit ihr an den Ort zurückzugehen, an dem ihre ursprüngliche Persönlichkeit gestorben ist und durch andere ersetzt wurde. Aber so eine Vorgehensweise kann bei traumatisierten Personen nur sehr vorsichtig angewendet werden. Falls ich überhaupt Zugang zu Maria finde.«

Siebels konnte sich für diese Idee erwärmen. Der Vorschlag der Psychiaterin erschien ihm wie ein Rettungsring. »Lassen Sie es doch auf einen Versuch ankommen. Wenn es zu Problemen führt, können Sie doch jederzeit abbrechen, oder?«

»Theoretisch schon. Falls es nicht gelingt, wäre das der Supergau für mich als Psychiaterin.«

»Sie schaffen das«, machte Siebels ihr Mut.

»Wenn ich das mache, dann aber nicht, damit Sie Ihren Fall aufklären können. Sondern damit ich Lena die bestmögliche Behandlung geben kann. Oder wer auch immer dann das Leben von Maria fortführen wird.«

*

23 Tage zuvor

Der Schock, den Christian bei Lenas Verwandlung in Maria durchlebt hatte, saß tief. Er hatte versucht, sie wachzurütteln. Hatte versucht, Lena wieder zurückzuholen, aber es gelang ihm nicht. Vor ihm hatte ein wimmerndes kleines Kind gelegen, nackt, hilflos und völlig verängstigt. Warum hatte sie ihn angefleht, ihrer Mutter nichts anzutun? Wieso hatte sie sich ausgezogen und war apathisch auf dem Bett liegen geblieben? War er der Auslöser dafür? Christian war kurz davor gewesen, sie zu vergewaltigen. Das wurde ihm jetzt erst bewusst. War es sein Zorn gewesen, der Maria zum Vorschein brachte? Er hatte nichts tun können, um ihr zu helfen. Er hatte nach Kristie gerufen, nach Silvia. Ohne Erfolg. Irgendwann wurde ihm klar, dass seine Anwesenheit das Problem war. Also ging er. Er verließ Lenas Bude, setzte sich aber draußen vor die Tür und wartete. Er saß auf einer Treppenstufe, bewegte sich nicht, versuchte nachzudenken, konnte es aber nicht.

Nachdem Christian eine Stunde vor der Tür gesessen hatte, klopfte er leise an. Er atmete erleichtert auf, als ihm geöffnet wurde. Lena war wieder angezogen und machte einen erwachsenen Eindruck. Aber sie sah nicht aus wie Lena. Ihre Gesichtszüge schienen verhärtet. Ihre Augen schauten Christian bedrohlich an. Fast wäre ihm entgangen, dass sie ein Messer in der Hand hielt. Sie umklammerte es krampfhaft. Christian bekam es mit der Angst zu tun.

»Lena?« Seine Stimme klang zaghaft. Sie reagierte nicht. Starrte ihn feindselig an, kam einen kleinen Schritt auf ihn zu. Langsam erhob sie die Hand mit dem Messer.

»Ich wollte dir nichts tun«, stammelte Christian. »Ich wollte Maria nichts tun«, verbesserte er sich hastig. Aber sie reagierte nicht darauf. Christian war sich sicher, dass sie zustechen würde, wenn er eine unbedarfte, hastige Bewegung machen würde.

»Lena, ich liebe dich«, flüsterte er. Es war seine letzte Hoffnung, Lena wieder aufzuwecken. »Ich wollte dir nicht weh tun. Ich war verletzt. Es tut mir leid. Ich liebe dich. Ich liebe dich über alles, Lena.«

Christian hörte sich selbst reden und kam sich verzweifelt vor. Mit wem sprach er da eigentlich? Er kannte diese Frau nicht. Aber sie war gefährlich und zu allem entschlossen.

Doch dann bemerkte er eine Veränderung an ihr. Zuerst an ihren Augen. Sie blinzelte. Schloss die Augen für einen Moment. Öffnete sie wieder. Es waren Lenas Augen. Sie schaute Christian irritiert an.

»Was ist denn los?«, fragte sie sichtlich verwirrt. »Warum schaust du mich so ängstlich an?«

Christian deutete mit dem Zeigefinger auf das Messer in ihrer Hand. Sie sah es sich verwundert an und ließ es dann einfach fallen. Er ging einen Schritt auf sie zu, umarmte sie, drückte sie fest an sich. Lena erwiderte seine Umarmung und fing an, ihn zu küssen.

Zusammen gingen sie wieder rein, Christian schloss die Tür hinter ihnen. Er wollte mit ihr reden, mit ihr über das sprechen, was vorgefallen war. Aber Lena wollte nichts davon wissen. Stattdessen wurden ihre Küsse fordernder. Christian ließ sich auf sie ein. Spürte ein unbändiges Verlangen nach ihr in sich aufsteigen. Sie zerrten sich gegenseitig die Kleider vom Leib. Für einen kurzen Moment bekam Christian es mit der Angst zu tun, befürchtete, Maria könnte wieder hervortreten, wenn er es zu wild angehen ließ. Oder die Frau mit dem Messer, die er noch gar nicht kannte. Aber Lenas fordernde und hingebungsvolle Art ließ ihn bald nur noch an sie denken. Die beiden liebten sich so leidenschaftlich wie nie zuvor. Als gäbe es kein Morgen mehr. Als bräuchte es keine Worte, nie wieder. Nur das lustvolle Seufzen und Stöhnen und der Wunsch, dass es niemals enden würde.

Aber so schön es auch war, es konnte nicht so weitergehen. Als sie atemlos und glücklich nebeneinanderlagen, fasste Christian einen Entschluss. Er musste jemanden finden, der Lena helfen konnte. Jemand mit Erfahrung. Einen Psychiater. Kristie hatte diesen Vorschlag von ihm zwar schon kategorisch abgelehnt, aber Lena konnte er jetzt vielleicht dazu überreden.

»Wer war die Frau mit dem Messer?«, fragte er sie sanftmütig.

»Ich weiß es nicht«, flüsterte Lena.

»*Sie wollte Maria beschützen*«, sagte Christian und hielt ihre Hand.

»*Das war deine Schuld*«, seufzte Lena. »*Du bekommst doch alles von mir. Warum wolltest du es dir mit Gewalt nehmen?*«

»*Weil ich es nicht ertragen habe, dass ich nicht der Einzige bin, der alles von dir bekommt.*«

»*Damit musst du leben. Das ist meine Natur.*«

»*Willst du so sein oder musst du so sein?*«

»*Ich kann meine Natur nicht ändern. Es geht nicht. Ich bin so geschaffen.*«

»*Ich glaube, dass es eine andere Ursache hat. Ein Psychiater kann das vielleicht herausfinden.*«

»*Ein Psychiater? Glaubst du, dass ich verrückt bin?*«

»*Du bist anders. Lass es uns versuchen. So, wie es ist, kann es nicht lange gutgehen.*«

»*Okay, ich kann es ja probieren. Ich möchte nicht, dass du umgebracht wirst. Das möchte ich wirklich nicht.*«

20

Es klingelte an der Tür. Lena war pünktlich. Falls sie es war, die vor der Tür stand. Während Paula Behrens zur Wohnungstür ging, um Lena hereinzulassen, checkte Siebels seine Nachrichten auf dem Handy. Jasmin hatte ihm eine Mittelung geschickt.

Paula Behrens scheint eine in Fachkreisen anerkannte Psychiaterin zu sein. Mehrere Publikationen zu den Themen dissoziative Identitätsstörung, Schizophrenie, posttraumatische Belastungsstörungen, bipolare Störungen. Keine negativen Äußerungen über ihre Fachkompetenz gefunden.
Gruß, Jasmin

Siebels atmete erleichtert auf und steckte das Handy ein. Im gleichen Moment kam Paula Behrens zurück, gefolgt von Lena. Lena nickte Siebels schüchtern zu und setzte sich auf ihren Platz. Paula Behrens und Siebels gesellten sich zu ihr an den Tisch.

»Schön, dass du wiedergekommen bist«, eröffnete Paula Behrens das Gespräch. »Wie geht es dir, Lena?«

»Ganz gut, glaube ich.« Sie konnte ihre Nervosität nicht verbergen. Ihre Finger wanderten unruhig über ihre Oberschenkel. Sie schaute sich unschlüssig im Raum um und versuchte den Blickkontakt mit Siebels zu vermeiden.

»Möchtest du ein Glas Wasser trinken?« Auf dem Tisch standen schon drei gefüllte Wassergläser. In Lenas Wasser hatte die Psychiaterin ein leichtes Beruhigungsmittel dazugetan.

Lena schüttelte den Kopf. »Ich mag kein Wasser.«

»Kein Problem. Was möchtest du?«

»Cola. Oder Limo.«

»Das tut mir leid, das habe ich nicht im Haus. Vielleicht Orangensaft?«

»Nein, ich trinke Wasser. Wasser ist gut.« Lena nahm ihr Glas und trank es mit einem Zug aus.

Paula Behrens ließ Lena einen Moment Zeit, um sich zu sammeln. »Habt ihr euch im roten Salon miteinander ausgesprochen?«, erkundigte sie sich dann.

Lena nickte. »Aber es hat wieder Streit gegeben. Kristie hat mich beschimpft, wie immer. Magdalena war auch da. Aber nicht lange. Sie wollte nicht mit uns reden. Ich glaube, sie ist sauer, weil ich ihren Platz eingenommen habe.«

»Von Magdalena weiß ich eigentlich noch gar nichts. Kannst du mir ein bisschen was über sie erzählen?«

»Ich weiß eigentlich auch nichts über sie. Nur, dass sie früher aktiv das Leben geführt hat. In Argentinien. Irgendwas ist da dann schiefgelaufen, glaube ich. Seitdem hat sie sich komplett zurückgezogen. Kristie und Silvia haben es auch nicht gebacken bekommen, sie zu ersetzen. Die haben im ständigen Wechsel ein ziemliches Chaos angerichtet. Dann kam ich. Am Anfang lief es ziemlich gut. Aber jetzt ist irgendwie wieder alles chaotisch. Kristie sagt, jetzt wäre es noch viel schlimmer als früher. Ich weiß wirklich nicht, wie ich das wieder in den Griff bekommen soll.«

»Mach dir keine Sorgen. Du bist nicht allein mit dem Chaos. Ich helfe dir dabei. Und Christian versucht es auch, so gut er kann. Zusammen schaffen wir das und bringen die Dinge wieder in Ordnung.«

»Das wäre toll«, sagte Lena mit einem Funken Hoffnung in der Stimme.

»War Maria bei eurem Gespräch im roten Salon auch dabei?«

Lena schien darüber nachdenken zu müssen. »Ja, aber ich glaube, ihr war ziemlich langweilig. Sie hat die ganze Zeit mit ihrer Puppe gespielt.«

»Hast du auch schon mal mit Puppen gespielt, Lena?«

Lena sah Paula Behrens überrascht an. »Ich? Nein. Das ist doch was für kleine Kinder.«

»Stimmt. Aber ich würde gerne wissen, wie Maria mit ihrer Puppe gespielt hat. Könntest du mir das zeigen?«

Lena zuckte mit den Schultern. »Ich weiß nicht. Ohne Puppe geht das doch nicht richtig.« Lena protestierte nicht wirklich und wirkte zunehmend gelassener. Das Beruhigungsmittel zeigte seine Wirkung.

»Kein Problem. Ich habe ein paar Puppen da.« Paula Behrens hatte schon einige Kinder und Heranwachsende mit posttraumatischen Belastungsstörungen behandelt. Die Puppen hatten ihr dabei teilweise gute Dienste geleistet. Sie ging zu dem Sideboard, auf dem das Aquarium stand. Daraus holte sie eine Kiste mit Puppen. Sie reichte Lena die Kiste. »Ist eine dabei, die so ähnlich aussieht wie die von Maria?«

Lena inspizierte träge die Puppen und hielt dann eine davon hoch. »Diese hier sieht so ähnlich aus wie Marias Lieblingspuppe.«

»Sehr schön«, sagte Paula Behrens und räumte die Kiste mit den übrigen Puppen wieder weg. »Maria spricht bestimmt auch mit ihrer Puppe, oder?«

»Ja, das macht sie. Woher wissen Sie das?«

»Das weiß ich, weil ich das früher auch so gemacht habe, als ich noch ein kleines Kind war. Meine Lieblingspuppe hieß Frida. Hat Marias Puppe auch einen Namen?«

»Ja, die heißt Sina.« Lena klang müde. Von Nervosität oder Aufgeregtheit zeigte sie keine Spur mehr. Siebels hatte aufgehorcht, als sie den Namen von Marias Puppe nannte. Sina. So hieß die junge Frau, mit der Till heute sprach. Ob es da einen Zusammenhang gab?

»Fein«, sagte Paula Behrens und beobachtete, wie Lena desinteressiert die Puppe in den Händen hielt. »Vielleicht schließt du deine Augen besser und stellst dir vor, du würdest mit Maria im roten Salon sitzen. Und dann spielst du mit Sina und sprichst mit ihr, genauso, wie Maria es immer tut. Schaffst du das?«

»Ich versuche es.« Lena schloss die Augen. Uninspiriert wiegte sie die Puppe in den Armen. »Na, Sina, wollen wir heute auf den Spielplatz gehen?« Es klang eher etwas genervt, als nach einem freudig spielenden Kind.

Paula Behrens stand auf, stellte sich hinter Lena und streichelte ihr sanft über den Kopf. »Ja, Maria, ich will zum Spielplatz. Ich will auf die Schaukel«, sagte sie mit verstellter, kindlicher Stimme.

»Ich stupse dich an, so fest wie ich kann«, ging Lena darauf ein und imitierte Maria.

»So fest wie beim letzten Mal. Oder noch fester. Ich will ganz hoch fliegen auf der Schaukel«, übernahm Paula Behrens den Part von Sina und streichelte dabei wieder leicht über Lenas Kopf.

»Ja, und dann schubst du mich an. Genauso fest.« Lenas Stimme veränderte sich, nahm zunehmend einen kindlicheren Klang an. Sie wiegte die Puppe jetzt vor und zurück, so, als würde sie auf einer Schaukel sitzen. »Höher, du musst noch höher fliegen, Sina.« Lena schwenkte die Puppe nun voller Elan, schien sich kindlich daran zu erfreuen.

Siebels konnte kaum glauben, was sich vor seinen Augen abspielte. Lena gebärdete sich mehr und mehr wie ein kleines, spielendes Kind.

»Das ist toll, Maria, noch höher. Ich will bis in den Himmel fliegen.«

Lena kicherte und lachte nun nicht nur, wie ein kleines Kind, ihr ganzer Bewegungsablauf wurde etwas ungelenker, kindlicher.

Paula Behrens hatte es geschafft, sie hatte den Kontakt zu Maria hergestellt. »Lass deine Augen geschlossen, Maria. So lange, bis ich dir sage, dass du sie wieder öffnen sollst. Schaffst du das?«

»Ja, das schaffe ich. Und du, Sina? Schaffst du das auch? Mit geschlossenen Augen macht das Schaukeln ja auch viel mehr Spaß.«

»Maria, hörst du mich?« Paula Behrens sprach jetzt mit einer verstellten, aber erwachsenen Stimme. »Ich bin es, Mama.«

»Mama? Wo bist du?« Maria klang plötzlich angespannt. Ihre imaginären Bewegungen für die schaukelnde Sina hörten abrupt auf.

»Ich bin hier. Ganz nah bei dir. Dir wird niemand mehr weh tun. Nie wieder. Ich passe auf dich auf. Das verspreche ich dir.«

»Mama, ich habe Angst.« Plötzlich schmiss sie die Puppe von sich, direkt ins Gesicht von Siebels, der sie gerade noch auffangen konnte. »Sina, lauf weg, versteck dich«, flüsterte Maria aufgeregt.

»Du musst keine Angst haben, Maria. Ich bin jetzt ein Engel. Ich bin im Himmel. Aber ich habe eine Freundin, die sorgt dafür, dass dir nichts passiert. Meine Freundin heißt Paula. Du kannst ihr alles erzählen. Das, was uns beiden passiert ist. Schaffst du das?«

»Ich weiß nicht.« Maria fing an zu schluchzen.

»Du brauchst keine Angst mehr zu haben, Maria. Ich bin ein Engel, ich kann dich jetzt viel besser beschützen. Und meine Freundin Paula passt gut auf dich auf. Aber vorher musst du ihr erzählen, was mit uns passiert ist. Du bist doch mein großes Mädchen, du schaffst das.«

»Ja, Mama. Ich versuche es.«

Paula Behrens streichelte Maria wieder zärtlich über den Kopf. »Hallo, Maria, ich bin Paula. Deine Mama hat mir schon viel über dich erzählt. Du bist ein sehr mutiges kleines Mädchen, weißt du das?«

»Ich möchte wieder zu meiner Mama«, jammerte Maria.

»Weißt du was, deine Mama kommt nachher wieder vorbei und singt dir ein Lied zum Einschlafen vor. Möchtest du das?«

»Ja, Mama soll mir eine Geschichte vorlesen.«

»Das macht deine Mama bestimmt. Ich sage es ihr, ja?«

»Ja, aber eine ganz lange Geschichte.«

»Na gut, ich sage deiner Mama, dass sie dir eine ganz lange Geschichte vorlesen soll. Aber vorher erzählst du mir eine Geschichte. Die Geschichte von dem, was die fremden Männer mit dir und deiner Mama gemacht haben. Das ist eine sehr schlimme und traurige Geschichte, oder?«

Maria nickte und schniefte. Sie versuchte etwas zu sagen, aber sie bekam kein Wort heraus.

Paula Behrens streichelte ihr weiter über den Kopf. »Alles ist gut, du musst keine Angst mehr haben. Die Angst sitzt tief in dir drinnen, aber du kannst die Angst rauslassen, weißt du das? Wenn du mir deine schlimme Geschichte erzählst, kommt die Angst dabei langsam aus dir heraus. Deswegen solltest du mir deine Geschichte auch ganz langsam erzählen. Und wenn du mir deine schlimme Geschichte erzählt hast, kommt deine Mama und erzählt dir eine schöne Geschichte. Eine Geschichte, die dich wieder zum Lachen bringen wird. Freust du dich schon darauf?«

»Ja. Kann Mama nicht jetzt kommen und mir die schöne Geschichte erzählen?«

»Das geht leider erst, wenn du deine Geschichte erzählt hast. Das hat sich deine Mama gewünscht. Dass du mir die schlimme Geschichte erzählst. Danach kann ich nämlich viel besser auf dich aufpassen. Und deine Mama freut sich, wenn ich besser auf dich aufpassen kann.«

»Na gut. Ich versuche es.«

»Weißt du noch, wie die Geschichte angefangen hat? Haben die Männer deine Mama und dich in ein Auto gestoßen?«

Maria nickte heftig. »Ja, ich bin mit Mama zu ihrem Auto gelaufen. Aber da kamen wir nicht hin. Das andere Auto hat neben uns angehalten. Es war groß. Da haben die Männer uns reingezogen. Als wir drinnen waren, haben sie mir und Mama Säcke über die Köpfe gestülpt.«

»Und dann konntest du gar nichts mehr sehen?«

»Nein, es war alles dunkel um mich herum. Ich habe nur ihre Stimmen gehört.«

»Wie lange musstest du den Sack auf dem Kopf behalten?«

»Ich weiß nicht. Im Auto musste ich ihn aufbehalten. Als wir ausgestiegen sind auch. Die Männer haben uns geführt. Meine Mama hat sie angeschrien, dass sie uns in Ruhe lassen sollen.«

»Weißt du, wie viele Männer im Auto waren?«

»Ich glaube, es waren drei Männer. Die waren bei Mama und mir, hinten im Auto. In dem Auto war viel Platz. Da waren zwei Sitzbänke. Mama saß mit einem Mann auf der einen Bank, auf der anderen saß ich zwischen zwei Männern.«

»Und dann hat bestimmt noch ein Mann das Auto gefahren«, überlegte Paula Behrens.

Maria nickte. »Ich glaube schon, ja.«

»Und wo haben die Männer euch hingebracht, als sie euch aus dem Auto geführt haben?«

»In einen Raum. Wie in einem Keller. Es gab keine Fenster. Da standen zwei kleine Betten. Die waren schmutzig. Da mussten wir uns drauflegen.«

»Und dann haben sie euch die Säcke wieder von den Köpfen gezogen?«

»Ja. Aber ich konnte trotzdem noch nichts sehen. Es war ganz dunkel in dem Raum.«

»Die Männer konntest du also nicht sehen, als du mit deiner Mama in dem Raum gewesen bist?«

»Nein. Die Männer sind rausgegangen und haben die Tür zugeschlossen. Und dann ging das Licht an. Dann konnte ich den Raum erst richtig sehen. Und meine Mama konnte ich auch wiedersehen.«

»Deine Mama hat dich dann bestimmt getröstet.«

Maria nickte schluchzend. »Ja, das hat sie. Sie hat gesagt, dass alles gut wird. Dass es nur ein oder zwei Tage dauert, bis wir wieder nach Hause gehen können.«

»Aber ihr musstet viel länger in dem Raum bleiben?«

»Ja, ganz lange. Mama hat oft geweint. Ich auch. Die Männer haben schlimme Sachen gemacht mit Mama.«

Paula Behrens schaute Siebels an. An ihrem Blick erkannte er, dass sie die Sache lieber beenden würde. Aber Maria war wieder in diesen Keller zurückgekehrt, zu dem Ort, an dem sie sich von dieser Welt verabschiedet und andere Persönlichkeiten in ihr Leben geschickt hatte. Personen, die ihre Qual, ihre Angst, ihre Hoffnungslosigkeit und ihre unendliche Trauer nicht miterlebt hatten.

»Ich bin ein braves Mädchen«, flüsterte Maria. »Tu meiner Mama nicht weh. Ich bin auch ganz lieb.« Plötzlich fing sie mit apathischen Bewegungen an, sich auszuziehen. Ihre Miene versteinerte.

Siebels blickte beschämt zur Seite, suchte den Blick von Paula Behrens. Die war unschlüssig. Sollte sie Maria wieder zurückschicken ins Nirwana ihres Unterbewusstseins oder sollte sie sie jetzt endlich ihre Geschichte bis zum Ende erzählen lassen. Sie unternahm noch nichts.

Ungelenk zog Maria sich nackt aus und legte sich auf den Fußboden, versteifte sich wie ein Brett. »Ich bin ganz brav, tu meiner Mama nicht weh, bitte.«

Siebels ignorierte das beschämende Gefühl und versuchte zu verstehen, was hier gerade geschah. Versuchte nachzuvollziehen, was in Maria vor sich ging, was sie durchlebt hatte, wie sie es erlebt hatte. Vor ihm lag ein fünfjähriges Kind im Körper einer erwachsenen, jungen Frau. Er sah, wie sie mehrmals zusammenzuckte. Wahrscheinlich spürte sie wieder die Berührungen von groben, fremden Männerhänden. Berührungen, die sie über sich ergehen lassen musste, wenn ihrer Mutter nichts geschehen sollte. Sie presste die Lippen zusammen und spreizte ihre Beine leicht. »Ich bin ein braves Mädchen«, wisperte sie.

»Haben die Männer etwas zu dir gesagt?«, fragte Paula Behrens behutsam. Sie war hin- und hergerissen, ob sie die Sache besser beenden oder Maria weiter durch ihre Hölle gehen lassen sollte. Für Lenas Therapie könnte es hilfreich sein, wenn die Dinge jetzt vollständig ans Licht kamen. Es könnte aber auch genau das Gegenteil bedeuten.

Maria verzog das Gesicht plötzlich zu einer Grimasse. »Braven Mädchen passiert ja auch nichts, solange ihre Mama sich gut ficken lässt«, imitierte sie eine männliche Stimme. »Schau gut zu, Kleines, damit du weißt, wie es geht, wenn du mal nicht brav bist. Ha ha ha.«

»Das hat deine Mama bestimmt sehr wütend gemacht«, sagte Paula Behrens mit trauriger Stimme. »Aber das war den Männern egal, stimmt's?«

»Fass meine Tochter nicht an, du Schwein«, schrie Maria jetzt lauthals und bäumte sich auf.

Die Blicke von Paula Behrens und Siebels trafen sich. Fassungslose Blicke.

»Halt dein Maul, du Fotze, sonst ficken wir deine Kleine auch richtig durch, kapiert.« Maria röchelte die Worte heraus.

»Das reicht, beenden Sie das«, rief Siebels. Bei dem Schauspiel war ihm schlecht geworden. Aber bevor Paula Behrens etwas unternehmen konnte, schlug Maria die Augen auf. Sie sah sich um und erblickte Siebels, sah ihm direkt in die Augen. Ihr Körper fing an, sich zu verkrampfen. Sie würgte und ihre Gliedmaßen zuckten unkontrolliert.

»Was passiert mit ihr? Tun Sie doch etwas!«, schrie Siebels.

Aber im gleichen Moment ließen die Zuckungen nach. Plötzlich sprang sie mit einem wutentbrannten Gesichtsausdruck auf. Wie ein wildes Tier blickte sie sich hastig im Raum um, schnellte unvermittelt zum Schreibtisch, griff sich dort einen Brieföffner und stürzte sich damit auf Siebels. Wild entschlossen versuchte sie, mit dem messerscharfen Teil auf Siebels einzustechen. »Ich bring dich um, du Schwein«, brüllte sie mit einer tiefen, rauen Stimme.

Siebels konnte dem ersten Angriff gerade noch ausweichen. Der Brieföffner streifte ihn am Hals. Aber gleich darauf folgte der nächste Vorstoß. Zu Siebels' Überraschung hatte sich dieses eben noch kleine und angstvoll wimmernde Mädchen zu einer kräftigen und zu allem entschlossenen Frau verwandelt. Mit athletischen Bewegungen griff sie ihn an, mit dem festen Vorsatz, ihn zu töten. Siebels wich erneut aus, der Brieföffner zerfetzte seinen Hemdsärmel. Im nächsten Moment bekam Siebels ihr Handgelenk zu fassen. Er drehte ihr den Arm hinter den Rücken nach oben.

»Lena, hör auf! Niemand tut dir etwas«, schrie er sie an.

»Ich bin Tom, du Arsch«, schrie sie zurück. »Ich mach dich fertig. Du tust Maria nie wieder etwas an! Ich bring dich um! Ich stech dich ab!«

Siebels musste seine ganze Kraft aufwenden, um weitere Angriffe der nackten Frau zu unterbinden. Einer Frau, die sich nun wie ein Mann gebärdete. Tom.

21

Till war auf dem Rückweg zum Präsidium, als er einen Anruf von Jasmin bekam. Er schaltete die Freisprechanlage ein.

»Hallo, Jasmin, in einer Viertelstunde bin ich wieder im Büro.«

»Ich habe aber andere Pläne für dich. Du solltest besser gleich nach Sachsenhausen fahren, in die Tucholskystraße.«

»Und was soll ich dort?«

»Na, was schon. Deinen Job machen. Tobias Lang wurde in seinem Haus tot aufgefunden. Am Tatort lag ein Foto. Willst du mal raten, wer auf dem Foto zu sehen ist?«

»Das gibt es doch nicht«, stöhnte Till. »Hast du Siebels schon erreicht?«

»Nein, der hat sein Handy ausgeschaltet.«

»Mist. Der ist jetzt bei dieser Paula Behrens und plaudert dort mit Lena. Oder Magdalena. Was weiß ich. Jedenfalls sollten wir die vielseitige Dame jetzt endlich mal aus dem Verkehr ziehen.«

»Ich versuche Siebels weiter zu erreichen. Du solltest aber schnellstmöglich am Tatort erscheinen.«

»Ja, bin schon unterwegs.«

Till fuhr auf der A3 und schaffte es gerade noch, am Offenbacher Kreuz abzubiegen, um über die Babenhäuser Landstraße zum Sachsenhäuser Berg zu gelangen. Als er sein Ziel in dem Wohngebiet erreichte, ein freistehendes Einfamilienhaus auf einem mit Hecken umrahmten Grundstück, entdeckte er den Wagen seiner Frau Anna. Der Fall machte nicht nur ihm und Siebels viel Arbeit, stellte er fest. Zwei Streifenwagen standen in der Einfahrt zu der Doppelgarage. Am Straßenrand hatten sich die Nachbarn versammelt und versuchten, einen Blick in das Innere des Hauses zu erhaschen. Zwei Beamte hielten sie auf der gegenüberliegenden Straßenseite zurück, befragten sie und machten sich Notizen. Till wies sich aus und ging zum Haus, nicht ohne sich vorher den obligatorischen Schutzanzug überzuziehen. Die Spurensuche an den anderen Tatorten hatte sie bisher nicht weitergebracht. Wie auch, wenn sie von Lena nicht endlich mal die Fingerabdrücke und einen Abstrich nahmen. Das zögerliche Vorgehen in dieser Hinsicht könnte sich bald rächen. Drei Morde in so kurzer Zeit warfen kein gutes Licht auf die Ermittlungen.

Till wurde von Polizeikommissar Maier, einem alten Bekannten, am Hauseingang empfangen.

»Tobias Lang, 52 Jahre, verheiratet und zwei Kinder. Die Frau ist aber mit den Kindern vor vier Wochen ausgezogen.«

»Wissen wir, wo die jetzt sind?«, fragte Till. Er konnte sich schon ausmalen, dass die Frau vor ihrem Auszug Besuch von einer gewissen Magdalena bekommen hatte.

»Bei ihren Eltern. Wir haben sie schon informiert, sie ist auf dem Weg hierher.«

»Sehr gut. Wer hat die Polizei verständigt?«

»Die Putzfrau. Die stand unter Schock und wurde zum Arzt gebracht.«

Die Leiche von Tobias Lang lag in einer großen Blutlache direkt hinter der Haustür. Till traute seinen Augen nicht, als er an der Türschwelle stand. Der Tatort passte so gar nicht zu den anderen beiden. Das Opfer war übel zugerichtet. Außer der Blutlache auf dem gefliesten Fußboden zeugten Blutspritzer an den Wänden und an der Decke von einem Täter im Tötungswahn. Tobias Lang lag bäuchlings mit verdrehten Gliedmaßen im Flur, bekleidet mit Hemd und Hose. Till schaute seiner Frau einen Moment schweigend zu, wie sie den Leichnam inspizierte und dabei sehr konzentriert wirkte. Die Spurensicherung war noch damit beschäftigt, Fotos vom Tatort zu machen.

»Hallo, Anna«, machte er sich schließlich bemerkbar, blieb aber am Hauseingang stehen.

Anna drehte sich zu ihm herum. »Hi, Schatz«, säuselte sie und klang erschöpft. »Wird Zeit, dass ihr dem Spuk ein Ende bereitet. Das wird ja immer schlimmer.«

Till nickte. »Mit so einem Blutbad hatte ich nun wirklich nicht gerechnet, als Jasmin mir Bescheid gegeben hat.«

»Ich habe 23 Messerstiche gezählt. Wahllos im ganzen Körper verteilt. Dazu kommen noch etliche Schnittverletzungen. Er hat sich mit Händen und Füßen gewehrt.«

»Könnte es eine Frau gewesen sein?«

Anna Lehmkuhl schüttelte den Kopf. »Das kann ich mir nicht vorstellen. Aber ganz ausschließen kann ich es natürlich auch nicht.«

»Wo liegt das Foto?«

»Hier, auf der Kommode. Das Foto hat keine Blutspritzer abgekriegt, die Kommode ist voll davon. Es wurde also erst nach der Tat dort abgelegt.«

»Ich gebe es Ihnen gleich«, sagte der Mann von der Spurensicherung, der sich im Hauseingang aufhielt. »Sie sollten das Haus noch nicht betreten. Der Täter scheint nach der Tat mit blutverschmierten Schuhen im ganzen Haus herumgelaufen zu sein. Da werden wir mit der Spurensicherung noch eine Weile beschäftigt sein.«

Kurz darauf bekam Till das Foto gereicht. Lena lag nackt auf einem Bett. Till zweifelte nicht daran, dass genau dieses Bett im Schlafzimmer des Hauses stehen würde. Ihre Hände waren mit Handschellen an das Kopfgestell des Bettes gekettet, ihre Füße mit Schlaufen am Fußgestell fixiert, so dass ihre Beine gezwungenermaßen weit gespreizt waren. Sie lächelte. Aber im Gegensatz zu den Fotos von den anderen Tatorten wirkte es wie ein aufgesetztes, gequältes Lächeln.

»Er mochte wohl die härtere Tour, vielleicht sollte das bei seinem Ableben auch zum Ausdruck gebracht werden«, überlegte Till laut.

»Irgendwelche Schnittverletzungen sind auf dem Foto an ihr aber nicht zu erkennen«, gab Anna zu bedenken.

»Die wurden ihr innerlich zugefügt«, seufzte Till.

Polizeikommissar Maier kam wieder auf Till zu. »Die Frau Lang ist eingetroffen. Möchten Sie jetzt mit ihr sprechen?«

»Ja, ich bin sofort bei ihr. Anna, wie lange brauchst du noch?«

»Eine halbe Stunde vielleicht.«

»Gut, sag Bescheid, wenn du fertig bist.«

»Klar. Wo hast du Siebels eigentlich gelassen?«

»Der unterhält sich heute mit unserem Fotomodell.« Till deutete auf das Foto, das er anschließend eintütete und einsteckte.

»Frau Lang, Elvira Lang«, stellte Maier Till die vor dem Haus wartende Ehefrau des Opfers vor.

»Mein Beileid«, sagte Till, reichte ihr die Hand und stellte sich als ermittelnder Kommissar vor.

»Was ist denn passiert? Ist Tobias wirklich tot?«

Till nickte. »Ja, Sie können jetzt aber noch nicht ins Haus. Können wir uns hier unterhalten? Oder sollen wir uns besser ins Auto setzen?«

»Ich will mich nicht unterhalten, ich will wissen, was mit meinem Mann passiert ist.«

»Tut mir leid, aber zunächst müssen Sie mir einige Fragen beantworten.«

»Was für Fragen denn?«

Till musterte die Frau. Er schätzte sie auf Mitte bis Ende dreißig. Sie wirkte zierlich, war ungefähr 1,65 Meter groß und hatte dunkle, schulterlange Haare, die sie mit einem Haarreif aus der Stirn hielt. Sie trug einen kurzen Sommer-Trenchcoat, darunter ein Kleid mit Blümchenmuster.

»Warum sind Sie mit Ihren Kindern ausgezogen?«

Elvira Lang sah an Till vorbei auf die andere Straßenseite, wo immer noch eine größere Gruppe von Nachbarn und Schaulustigen versammelt war. »Jetzt haben die wieder was zum Gaffen«, murmelte sie vor sich hin.

»Gab es bei Ihnen schon mal was zum Gaffen?«

»Als ich mit meinen Kindern ausgezogen bin, gab es zuvor einen ziemlich heftigen Streit zwischen uns. Mein Mann hat mich geschlagen und die Kinder angebrüllt. Niemand kam, um mir und den Kindern zur Seite zu stehen. Aber sie standen hinter den Gardinen und haben zugeschaut, wie ich unter wüsten Drohungen meines Mannes die Kinder ins Auto gezogen und das Nötigste aus dem Haus geholt habe. Anschließend haben sie sich bestimmt die Mäuler zerrissen.«

»Gab es öfter Streit bei Ihnen?«

Elvira Lang nickte und blickte gedankenverloren zum Haus. »Manchmal. Aber erst, seitdem wir Kinder haben. Ich hätte ihn schon viel früher verlassen sollen.« Sie hielt inne und sah Till an. »Ich habe ihn aber nicht umgebracht. Verdächtigen Sie mich etwa?«

»Nein, dafür habe ich keinen Grund. Sagt Ihnen der Name Martin Schlosser etwas?«

»Ja. Wie kommen Sie jetzt auf ihn? Er ist Anwalt in der Kanzlei meines Mannes.«

»Und Jürgen Hellmann, kennen Sie den auch?«

Wieder erntete Till einen überraschten Blick. »Nur vom Namen her. Er ist ebenfalls als Anwalt in der Kanzlei meines Mannes beschäftigt. Wieso fragen Sie mich nach diesen Leuten?«

»Weil die beiden auch ermordet wurden.«

»Was?« Elvira Lang hielt sich erschrocken eine Hand vor den Mund. »Aber wieso?«

»Das versuchen wir herauszufinden. Woher kennen Sie die Mitarbeiter Ihres Mannes?«

»Weil ich früher auch in der Kanzlei gearbeitet habe. Ich war als Anwaltsgehilfin die Sekretärin meines Mannes. Martin Schlosser war damals schon in der Kanzlei. Jürgen Hellmann kam erst dazu, als ich nicht mehr dort tätig war. Aber mein Mann hat mich bis vor einiger Zeit noch auf dem Laufenden gehalten, was die Kanzlei betrifft.«

»Waren Sie bei dieser Jubiläumsfeier der Firma vor einigen Wochen dabei?«

»Nein, ich musste mich um die Kinder kümmern.«

Till hörte den Unterton in ihrer Stimme heraus. »Ihr Mann wollte nicht, dass Sie daran teilnehmen, richtig?«

»Was sind Sie? Polizist? Psychologe? Oder Hellseher?«

»Leider nur Polizist. Aber immerhin ein Kriminalhauptkommissar, der gelernt hat, im richtigen Moment die richtigen Fragen zu stellen.«

»Ich mag Ihre Fragen nicht.«

»Dann sind wir auf einem guten Weg. Warum wollte Ihr Mann nicht, dass Sie an dieser Feier teilnehmen?«

»Das war für ihn gar kein Thema. Und ich habe ihn auch nicht gefragt, ob er es mir erlaubt.«

»Ohne seine Erlaubnis durften Sie nicht viel tun, oder?«

»Ich durfte den Haushalt führen und mich um die Kinder kümmern.«

»Und Ihr Mann hat sich genommen, was er haben wollte. Vor allem bei Frauen, liege ich da richtig?«

»Sie werden mir langsam unheimlich.«

»Es tut mir leid, wenn ich so unbequeme Fragen stelle. Aber ich habe das Gefühl, dass das Verhalten Ihres Mannes der Auslöser für diese Mordserie sein könnte.«

»Wie kommen Sie darauf?«

»Hatten Sie vor einiger Zeit Besuch von einer jungen Frau, die sich Magdalena nannte? War dieser Besuch der endgültige Auslöser für Sie, um sich von Ihrem Mann zu trennen?«

»Woher wissen Sie das?« Elvira Lang gab sich die Antwort selbst. »Sie hat auch die Frauen von Jürgen Hellmann und Martin Schlosser aufgesucht«, sagte sie. Langsam konnte sie sich einen Reim auf die ganze Geschichte machen.

»Ja, das stimmt. Frau Hellmann hat sich daraufhin ebenfalls von ihrem Mann getrennt. Allerdings hat sie ihn rausgeschmissen. Martin Schlosser war bereits von seiner Frau geschieden.«

»Hat sie meinen Mann umgebracht?«

»Das werden wir bald herausfinden. Was hat sie Ihnen erzählt?«

»Nichts, was man gerne weitererzählt. Aber früher oder später wird ja doch alles herauskommen. Vielleicht ist es besser, wenn es früher passiert«, versuchte Elvira Lang sich selbst Mut zuzusprechen und sich endlich von dem Ballast zu befreien, den sie mit sich herumschleppte.

»Aus meiner Erfahrung kann ich Ihnen da nur rechtgeben«, pflichtete Till ihr bei und fragte sich, ob er gerade wieder seinem Ruf als Frauenversteher alle Ehre machte.

»Ich erzähle es Ihnen, aber nicht hier auf dem Bürgersteig.«

»Wir können aufs Präsidium fahren und uns in Ruhe in meinem Büro unterhalten. Ist Ihnen das recht?«

»Ja, da werde ich wenigstens nicht von meinen lieben Nachbarn begafft.«

Anna Lehmkuhl hatte ihre Arbeit mittlerweile erledigt und verließ das Haus.

»Nur einen Moment noch«, bat Till und gesellte sich zu Anna.

»Ich bin hier fertig«, ließ sie ihn wissen. »Todeszeitpunkt ungefähr zwischen Mitternacht und zwei Uhr morgens. Die Tatwaffe könnte ein Küchenmesser gewesen sein. Ein universelles Kochmesser kommt am ehesten in Frage. Soweit ich das auf den ersten Blick beurteilen konnte, wurden ihm die meisten Stiche postmortal zugefügt.«

»Ein Overkill also«, überlegte Till.

»So kann man das bezeichnen, ja.«

»Damit unterscheidet sich dieser Mord deutlich von den beiden anderen.«

»Das sehe ich auch so. Hier war jemand mit einer unbändigen Wut am Werk. Bei den beiden anderen Morden war das anders. Da war der unbedingte Tötungswille nicht so deutlich zu erkennen.«

»Wird heute bestimmt wieder ein langer Tag bei uns«, seufzte Till.

»Bei mir auch. Wir können uns heute Abend ja was vom Pizzaservice liefern lassen.«

»Klingt gut. Bis heute Abend.«

»Grüß mir Siebels.«

*

Lena lag in einem tiefen Schlaf unter einer Wolldecke auf der Couch von Paula Behrens. Tom war wieder verschwunden, nachdem Siebels ihn mit seinem Körpergewicht und im Polizeigriff so lange auf dem Fußboden festgehalten hatte, bis er keine Kraft zur Gegenwehr mehr aufbringen konnte und aufgab. Bis es so weit war, musste Siebels ihn aber noch eine gute Viertelstunde fest im Griff behalten. Tom schrie und wand sich, fluchte und drohte Siebels und Paula Behrens damit, sie bei nächster Gelegenheit umzubringen. Immer wieder brüllte er, dass er Maria beschützen und nicht zulassen werde, dass ihr etwas angetan wird.

Mit durchgeschwitztem Hemd saß Siebels mit Paula Behrens zusammen, immer mit einem Auge auf die schlafende Lena blickend. »Wenn ich das nicht selbst erlebt und mit eigenen Augen gesehen hätte, würde ich das niemals glauben«, sagte er tief beeindruckt.

»Dass sie eine männliche Persönlichkeit mit einer solchen Kraft und Wut zum Vorschein bringen kann, hätte ich auch nicht für möglich gehalten«, gestand Paula Behrens ein. »So etwas hätte ich bestenfalls als Effekthascherei in einem schlechten Hollywoodstreifen abgetan.«

»Was ist da eigentlich vor sich gegangen?«

»Lena hatte nicht wirklich Lust, das Puppenspiel mit Sina vorzuführen. Sie hat sich zurückgezogen. Maria hat das mitbekommen und sich langsam aus der Deckung gewagt. Ich denke, es war das erste Mal seit langer Zeit, dass sie wieder in ihren Körper zurückgekehrt ist, aber immer noch als das kleine Kind von damals. Endlich konnte sie sich wieder wie ein Kind benehmen und mit einer Puppe spielen. Aber dann habe ich sie wieder an den Ort geführt, an dem sie damals aufgehört hat, als eigenständige Persönlichkeit zu existieren. Was dort passiert ist, hat sie uns ja eindringlich geschildert.«

»Als sie die Stimme des Entführers und die Stimme ihrer Mutter imitiert hat, ist es mir eiskalt über den Rücken gelaufen. Das hat sich so echt angehört. Unglaublich.«

»Ja, ich habe auch eine Gänsehaut dabei bekommen. Mit der plötzlichen Verwandlung in Tom hatte ich überhaupt nicht gerechnet. Das geschah, als Sie gesagt haben, dass ich es beenden soll. Ihre Stimme war der Auslöser. Die Stimme eines fremden Mannes, während Maria die Qualen von damals erneut durchlebte. Ich denke, Tom wurde für Notfälle geschaffen. Wenn eine der weiblichen Persönlichkeiten körperlicher Gewalt ausgesetzt war, musste ein starker Mann her. Tom.«

»Wie kann eine zierliche Frau wie Lena solche Kräfte freisetzen? Auch wenn sie Tom ist, steckt sie doch noch im selben Körper.«

»Dissoziative Persönlichkeitsstörungen bringen Phänomene hervor, die wissenschaftlich nicht zu erklären sind. Davon gibt es einige Berichte, über deren Glaubwürdigkeit in der Fachwelt heftig gestritten wird. Wie gesagt, ich hätte so etwas auch nicht für möglich gehalten.«

»Wir können wohl davon ausgehen, dass Tom die Morde begangen hat«, schlussfolgerte Siebels. »Aber wie soll ich das der Staatsanwaltschaft verklickern?«

»Tom kam zum Vorschein, um Maria zu schützen. Aber warum sollte er die Männer umbringen, mit denen Lena sich freiwillig eingelassen hat?«, überlegte Paula Behrens. »Wenn ich mich nicht irre, wurde Lenas Persönlichkeit hauptsächlich dazu entwickelt, um sexuelle Kontakte zu pflegen. Dazu waren die anderen nicht in der Lage. Die waren dazu da, um genau das zu verhindern. Mit Lenas Promiskuität wurde ihr sexueller Charakter zwar völlig überzeichnet, aber genau deswegen dürfte für Tom kein Handlungsbedarf bestanden haben.«

»Es sei denn, dass bei diesen sexuellen Kontakten etwas passierte, was Maria wieder zum Leben erweckte«, vollendete Siebels den Gedankengang.

Paula Behrens nickte nachdenklich. »Wenn es zu sexueller Gewalt kam. Oder zu sexueller Unterwerfung.«

»Dafür haben wir bisher aber noch keine Hinweise.«

»Vielleicht sollten Sie gezielter danach suchen.«

»Ich werde es versuchen. Was passiert nun mit Lena? Wir können sie doch nicht einfach wieder nach Hause schicken, wenn sie aufwacht.«

»Nein, auf keinen Fall. Ich werde sie zunächst in der geschlossenen Psychiatrie unterbringen. Und mich dort eingehend mit ihr beschäftigen.«

22

Till saß mit Elvira Lang an dem Besprechungstisch in seinem Büro. Von Siebels hatte er bisher nichts gehört. Dessen Handy war noch immer ausgeschaltet. Till hatte für sich und seinen Besuch mit der neuen Maschine zwei Tassen Cappuccino zubereitet.

»Wann ist die Frau, die sich Magdalena nannte, bei Ihnen aufgetaucht?«, begann er mit der Fortsetzung des Gespräches.

»Das war vor vier Wochen. An einem Montag, gegen 11:00 Uhr vormittags. Ich war allein im Haus. Klara, meine Jüngste, war in der Kita. Mein Sohn Emil geht in die Schule, in die erste Klasse.«

»Sie haben sie gleich ins Haus gelassen?«

»Nein, erst als sie sagte, worum es gehe. Nämlich, dass mein Mann es mit seinen Spielchen zu weit treiben würde. Dass sie ihn anzeigen würde, wenn er weiterhin ihre Schwester missbrauchen würde.«

»Ihre Schwester? Es ging nicht um sie selbst?«

Elvira Lang schüttelte den Kopf. »Nein, es ging um ihre Schwester.«

»Hat sie Ihnen ein Foto gezeigt, mit dem sie die Vorwürfe gegen Ihren Mann untermauerte?«

»Ja, das hat sie. Das war auch der ausschlaggebende Grund, warum ich sie ins Haus gebeten habe.«

Till bemerkte, dass es der Frau schwerfiel, ihm zu sagen, was auf dem Foto zu sehen war. »Lassen Sie sich Zeit«, sagte er nur und wartete geduldig.

»Kann ich bitte noch ein Glas Wasser haben?«, bat Elvira Lang. Till brachte es ihr. Sie trank einige Schlucke, räusperte sich und fuhr schließlich mit ihrer Erzählung fort. »Die Frau auf dem Foto sah der Frau in meiner Küche sehr ähnlich. Ich habe vermutet, dass es sich um Zwillinge handelt. Aber ich habe nicht nachgefragt.«

»Wissen Sie, wo das Foto aufgenommen wurde?«

»Ja. In der Kanzlei meines Mannes. In seinem Büro. Sie saß auf seinem Schreibtisch. Nackt, mit verbundenen Augen und hinter dem Rücken gefesselten Händen. Links und rechts von ihr standen Jürgen Hellmann und Martin Schlosser. Die beiden drückten ihr die Schenkel auseinander, spreizten ihre Beine. Mein Mann fotografierte und gab Anweisungen, was sie mit ihr machen sollten. Und sie werden noch einiges mit ihr gemacht haben, da bin ich mir sicher. Dieses Foto war nur der Auftakt, harmlos gegen das, was sie noch alles mit ihr zu tun gedachten.«

»Hat Ihnen Magdalena das erzählt?«

»Nein. Das musste sie nicht. Ich kenne meinen Mann. Ich habe in der Kanzlei meine Ausbildung gemacht, bevor ich seine persönliche Sekretärin wurde. Sein dominantes Auftreten gefiel mir und er bemerkte das. Er trieb seine Spielchen mit mir und ich genoss es. Das ging während meiner ganzen Ausbildung so. Ein großer Teil unseres Intimlebens spielte sich in der Kanzlei ab. In seinem Büro. Es war eine aufregende Zeit. Er war zwar sehr dominant und besitzergreifend, aber dabei auch sehr charmant und einfühlsam. Er war für mich lange Zeit der Mann meiner Träume, der Hauptgewinn, einfach Mr. Perfect. In der Kanzlei dabei erwischt zu werden, war ein zusätzlicher Kick. Seine dominante Ader lebte er nicht nur in der Beziehung zu mir aus, sondern auch als Chef gegenüber seinen Mitarbeitern. Er war der unangefochtene König, vor dem alle kuschten und dem man alles durchgehen ließ. Am Anfang war mir das nicht so bewusst, da war ich noch zu jung und unerfahren. Aber spätestens gegen Ende meiner Ausbildung wurde mir das immer deutlicher. Und es gefiel mir. Nach der Abschlussprüfung wollte er mich ganz bei sich haben, als seine persönliche Sekretärin. Ich hatte nichts dagegen, ganz im Gegenteil.«

»Klingt bis jetzt nach einer unkonventionellen, aber funktionierenden Beziehung«, bemerkte Till.

»Ja, bis dahin war es auch so. Aber ihm genügte das bald nicht mehr. Er verschob die Grenzen immer weiter, benutzte mich, um auch seinen Status als Chef auf immer kuriosere Art und Weise zu zementieren. Ich wurde von ihm als Belohnung eingesetzt, wenn seine Mitarbeiter – meist illegale – Machenschaften zu seiner Zufriedenheit erledigten. Dann durften sie das eine oder andere Highlight im Chefbüro erleben. Weitere Einzelheiten möchte ich dazu jetzt nicht mehr preisgeben. Mit ein bisschen Fantasie können Sie sich vielleicht ausmalen, welche Bonbons Tobias ihnen servierte.«

»Und wie ging es Ihnen dabei?«, erkundigte sich Till.

»Ich fand es aufregend, auch wenn ich damals schon spürte, dass es ein Wendepunkt war, an dem es kein Zurück mehr gab. Das würde sich natürlich in der ganzen Kanzlei rumsprechen. Aber ich war bereit, mich Tobias ganz und gar auszuliefern. Ich vertraute meinem großen Meister und meiner großen Liebe. Er würde schon wissen, wie weit er gehen konnte.«

Till hörte geduldig und interessiert zu. Ihm dämmerte, dass die Schilderungen von Elvira Lang der Schlüssel zur Aufklärung des Falles waren. Und es ärgerte ihn, dass sie Tobias Lang bisher überhaupt nicht auf der Rechnung gehabt hatten. Aber zunächst musste er die ganze Geschichte der jungen Frau hören, um die Zusammenhänge einordnen zu können. Er schenkte ihr noch ein Glas Wasser ein.

»Tobias manipulierte seine Mitarbeiter. Martin Schlosser war einer von ihnen. Er brachte es bis zu seinem Stellvertreter. Und zwar in allen Belangen. Später wurde auch Jürgen Hellmann in den engsten Kreis aufgenommen. Die drei bildeten einen elitären Zirkel und eine verschworene Männerrunde. Der eine oder andere anpassungsfähige Mitarbeiter durfte im Laufe der Zeit in den sogenannten erweiterten Kreis hineinschnuppern. Gemeinsame Besuche in einschlägigen Bars, private Feiern mit käuflicher Damengesellschaft, Herrenwetten. Wer sich loyal zeigte und Kadavergehorsam bewies, durfte dann schon mal mit von der Partie sein.«

»Gehörte Nils Brenner diesem erweiterten Kreis an?«, wollte Till wissen.

»Das weiß ich nicht. Als Nils Brenner in der Firma angefangen hat, war ich nicht mehr die persönliche Sekretärin vom Chef, sondern seine Frau und die Mutter seiner Kinder. Ich war achtundzwanzig, als ich schwanger wurde. Tobias und ich heirateten, kauften das Haus und fassten gemeinsam den Entschluss, dass wir eine glückliche Familie werden wollten. Am Anfang hat das noch ganz gut funktioniert, aber dann haben wir uns immer mehr entfremdet. Ich habe mich meinen neuen Aufgaben als Mutter und Hausfrau gewidmet. Tobias hat sich in der Kanzlei zunächst etwas zurückgenommen. Aber spätestens, nachdem Klara zur Welt kam, verlor er endgültig das Interesse an einem geregelten Leben mit Frau und Kindern. Wir lebten weiterhin zusammen und blieben verheiratet, aber das war alles nur noch Fassade. Er suchte händeringend nach einer würdigen Nachfolgerin für die Position seiner persönlichen Sekretärin. Oder nach einer Auszubildenden, die er nach seinen Wünschen und Vorstellungen formen konnte. Aber es lief nicht mehr so, wie er sich das vorgestellt hatte. Bei einem seiner Versuche ist er haarscharf an einer Klage wegen sexueller Belästigung vorbeigeschrammt. Das hat ihn aber eine Stange Geld und viel Überredungskunst gekostet. Für eine Weile hat er eine professionelle Dame in seinem Büro beschäftigt. Das widersprach aber seinen Prinzipien. Schließlich fand er eine geeignete Frau.«

»Woher wissen Sie das alles so genau?« Till kam das merkwürdig vor.

»Weil er es mir erzählt hat. Die Magie zwischen uns war endgültig erloschen. Es machte mir nichts mehr aus. Wir sprachen über solche Dinge wie andere Leute über das Wetter. Zuhause wurde er auch wieder deutlich umgänglicher, als es in seinem Büro wieder so lief, wie er sich das wünschte. Das war gut für mich und vor allem für die Kinder.«

»Und er hielt Sie weiter auf dem Laufenden über seinen Büroalltag?«, fragte Till etwas skeptisch.

»Zunächst ja. Aber nicht im Detail. Ich habe allerdings mitbekommen, dass seine Vorlieben und Methoden sich veränderten. Während er für mich früher auch tiefere Gefühle empfunden hatte, ging es ihm später nur noch um den Kick und seine Macht. Manchmal blieb er die halbe Nacht im Büro. Dann feierte er mit seinem elitären Kreis eine Party. Es gab Alkohol, Kokain und andere Aufputschmittel - und Sex. Aber vor ungefähr zwei Jahren änderte sich sein Verhalten wieder. Ich ahnte, dass es vorbei war. Dass seine Sekretärin verschwunden war. Vielleicht ist es ausgeartet und ihr ist etwas zugestoßen. Das ist aber nur eine Vermutung. Eine Vermutung, die mich nicht mehr loslässt.«

»Kennen Sie ihren Namen?«

»Tanja. Tanja Noll. Ich habe sie aber nie persönlich kennen gelernt.«

Till machte sich eine Notiz. Sicherheitshalber wollte er später prüfen, ob es eine entsprechende Vermisstenanzeige oder einen Todesfall gab.

»Tobias wurde im Laufe der Zeit wieder mürrischer«, fuhr seine Frau mit ihrer Erzählung fort. »Der große Zampano musste wieder ohne eine persönliche Assistentin auskommen. Es wurde eine längere Durststrecke. Bis zu dieser Jubiläumsfeier. Da tauchte sie plötzlich aus dem Nichts auf und mein Mann wusste sofort, dass sie seine neue Auserwählte sein würde. Er hatte großen Nachholbedarf und von dieser Magdalena erfuhr ich, dass er seinen elitären Kreis umgehend instruierte, die junge Frau schnellstmöglich auf Linie zu bringen. Er blies zur Jagd und forderte Trophäen. Fotos, Videos. Und die Heranführung von dem einen oder anderen Kollegen in den erweiterten Kreis. Vorzugsweise verheiratete Kollegen. Alles war erlaubt. Hauptsache, es brachte den Kick. Von Magdalena erfuhr ich schließlich auch, dass ihre Schwester die Freundin des Sohnes von Martin Schlosser ist. Dass Martin Schlosser deswegen nicht mitspielen wollte, von meinem Mann aber dazu gedrängt wurde. Wahrscheinlich hatte er genug gegen ihn in der Hand, um ihn zu erpressen. Für mich war das Fass damit aber deutlich übergelaufen. Ich stellte Tobias zur Rede. Er leugnete es gar nicht, freute sich sogar über die Situation. Mit diesem Mann wollte ich keine Sekunde länger zusammenleben. Das hatte nichts mehr mit dem zu tun, was wir früher miteinander erlebt hatten und als aufregende Beziehung betrachteten. Ich nahm die Kinder und zog aus. Es gab einen heftigen Streit, aber diesmal widersetzte ich mich ihm. Das war das letzte Mal, dass ich ihn gesehen habe.«

»Er wurde ziemlich übel zugerichtet«, ließ Till sie nun wissen. »Der Täter oder die Täterin muss ihn gehasst haben.«

»Irgendwann musste es ja mal so kommen. Ich glaube, er hat im Laufe der Zeit jedes Maß verloren und keine Grenzen mehr akzeptiert. Ich würde ihn trotzdem gerne noch einmal sehen. Um der guten alten Zeiten willen.«

»Ich gebe Ihnen Bescheid, wenn die Obduktion abgeschlossen ist. Vielen Dank für Ihre ehrliche und ausführliche Aussage. Das hilft uns bei unseren Ermittlungen weiter.«

Elvira Lang verließ gerade das Büro, als Siebels hereinkam.

»Wo treibst du dich den ganzen Tag rum und warum bist du nicht zu erreichen?«, fragte Till mit einem leicht vorwurfsvollen Unterton in der Stimme.

»Das glaubst du mir eh nicht«, seufzte Siebels. »Wir müssen den Fall mit ganz anderen Augen sehen. Oder besser gesagt: Wir müssen Lena mit ganz anderen Augen sehen.«

»Oder noch besser gesagt: Wir müssen Tobias Lang mit anderen Augen sehen«, sagte Till und klärte Siebels über den dritten Mord und die ausführliche Aussage von Elvira Lang auf.

16 Tage zuvor

Christian hatte es jetzt schon einige Tage vor sich hergeschoben. Versuchte sich einzureden, dass es für alles eine harmlose Erklärung geben müsse. Wie die aussehen sollte, konnte er sich aber nicht beantworten. Die Ungewissheit trieb ihn fast in den Wahnsinn. Ständig musste er daran denken. Sein Vater und Lena. Eines Abends hielt er es nicht länger aus. Er musste ihn zur Rede stellen. Und wenn es das letzte Mal war, dass sie miteinander sprechen würden. Vielleicht hatte er seinen Vater nie richtig gekannt. Hatte seine Mutter doch recht gehabt mit ihren Vorwürfen gegen ihn? War das alles gar nicht so haltlos, wie es sein Vater immer dargestellt hatte? Hatte er tatsächlich zwei Gesichter, von denen er seinem Sohn eines verheimlicht hat?

Christians Vater schien sich zu freuen, als er die Tür öffnete und seinen Sohn erblickte. Sie setzten sich ins Wohnzimmer. Er gab Christian eine Flasche Bier. Fragte ihn, wie es ihm ginge und tat so, als ob zwischen ihnen alles in bester Ordnung wäre.

»Ich weiß es«, sagte Christian nur und sah seinen Vater abwartend an. Der zeigte keine Spur von einem schlechten Gewissen, das ihn plagen könnte.

»Was weißt du?« Sein Vater saß völlig entspannt auf dem Sessel.

»Dass Mama Recht hatte. Du hast sie betrogen. Mit Frauen, die viel jünger sind als du.« Christian sah ihn herausfordernd an.

Jetzt zeigte sein Vater erste Anzeichen von Nervosität. Er rutschte im Sessel hin und her und konnte Christians Blick nicht standhalten. Christian hoffte immer noch auf eine harmlose Erklärung. Aber konnte es die wirklich geben – nach allem, was er auf Lenas Handy gesehen und gelesen hatte?

»Es ist nicht so, wie du denkst«, sagte sein Vater leise vor sich hin.

»Ich denke, dass du dich an meine Freundin rangemacht hast«, platzte es aus Christian heraus.

»Deine Freundin«, entfuhr es Christians Vater abschätzig. »Wie bist du bloß auf diese Frau gestoßen? Sie tut dir nicht gut, glaub mir.«

»Du tust mir nicht gut«, spie Christian aus. »Und ihr tust du auch nicht gut.«

»Das stimmt. Aber es ist nicht so, wie du denkst.«

»Ach, wie ist es denn?«

»Es ist kompliziert. Aber ich wollte das nicht. Das musst du mir glauben.«

»Ich glaube dir überhaupt nichts mehr. Du bist ein alter, geiler Sack, das glaube ich.«

»Christian, rede nicht so. Bitte. Deine Freundin ist, wie soll ich sagen, sie ist anders. Sie passt nicht zu dir.«

»Ich weiß, dass sie anders ist. Das weiß ich sehr gut. Aber ich liebe sie. Es ist, wie es ist. Du bist übrigens nicht der Einzige, mit dem sie sich getroffen hat. Dein Chef ist auch hinter ihr her. Und dieser dämliche Hellmann auch. Ihr macht euch doch nur lächerlich, merkt ihr das eigentlich nicht?«

»Ich hatte gehofft, dass sie für dich nur eine flüchtige Affäre ist«, stammelte sein Vater.

»Für dich ist sie das, für mich nicht. Ich werde mich um sie kümmern. Sie braucht Hilfe. Und mit dir will ich nichts mehr zu tun haben. Auf Nimmerwiedersehen, Tschüss.« Christian stand auf und trat wütend den Rückzug aus dem Leben seines Vaters an. Aber der versperrte ihm den Weg.

»Es tut mir leid, Christian. Ich werde es beenden. Ich werde alles beenden. Jahrelang habe ich klein beigegeben, habe meinen Mund gehalten und gekuscht. Ich habe es auch für euch gemacht. Für deine Mutter und für dich. Aber es war falsch. Es war total idiotisch.«

»Wovon redest du?« Christian kam sein Vater völlig verwirrt vor. Er wollte nur noch raus aus diesem Haus.

»Ich hoffe, dass du mir irgendwann verzeihen kannst. Ich werde jedenfalls alles dafür tun.«

Kopfschüttelnd schlich Christian an ihm vorbei und verließ das Haus. Auf dem Heimweg konnte er keinen klaren Gedanken fassen. So merkwürdig hatte er seinen Vater noch nie erlebt. Hatte er ihn je richtig gekannt? War er betrunken gewesen? Oder nahm er Drogen? Die Unterhaltung war ihm völlig sinnlos erschienen. Als Nächstes würde er den Chef seines Vaters zur Rede stellen. Tobias Lang.

23

»Ich habe bei Lena Fingerabdrücke genommen und einen Abstrich gemacht, als sie nach dem Rückzug von Tom ohnmächtig zurückgeblieben ist. Bis morgen haben wir hoffentlich die Ergebnisse. Wenn ihre Spuren an allen drei Tatorten sichergestellt wurden, müssen wir wohl Tom verhaften«, resümierte Siebels.

»Da will ich nicht dabei sein, wenn du dem Staatsanwalt Tom als Täter präsentierst«, kommentierte Till die neue Ausgangslage.

»Da hätte ich dann auch lieber Paula Behrens an meiner Seite.«

»Dann erklärt ihr beiden dem Staatsanwalt am besten auch gleich, dass du die erkennungsdienstliche Behandlung an einer ohnmächtigen Person durchgeführt hast.«

»Ja, ja«, wiegelte Siebels ab. »Genau genommen, habe ich Tom die Fingerabdrücke abgenommen. Der war nicht bewusstlos, der war einfach nur abwesend.«

»Ach so, das ist natürlich ein einleuchtendes Argument.«

»Komm jetzt, schauen wir uns den neuen Tatort noch zusammen an.«

Till warf einen Blick auf die Uhr. »Jetzt noch?«

»Ja, jetzt noch. Nachdem, was du über dein Gespräch mit Elvira Lang erzählt hast, finden wir dort vielleicht noch den einen oder anderen aufschlussreichen Hinweis.«

»Den würden wir morgen auch noch finden.«

»Morgen ist aber Samstag.«

»Ja, aber so wie die Dinge sich jetzt entwickeln, werden wir das Wochenende wohl so oder so Dienst schieben, oder?«

Siebels schaute ebenfalls auf die Uhr. »Also gut, verschieben wir das auf morgen. Machen wir uns zur Abwechslung mal wieder einen schönen Abend mit unseren Frauen und arbeiten dafür am Wochenende.«

»Dann hättest du heute Abend auch noch genug Zeit, dir einen der Filme zum Thema anzuschauen. Das gehört ja dann quasi auch zur Arbeit. Weiterbildung ist selbst in deinem Alter noch ganz wichtig.«

»Letzteres habe ich jetzt überhört, Kollege. Ob ich mir nach diesem Tag noch einen Film dazu anschauen will, weiß ich nicht. Mal sehen, was Sabine dazu sagt.«

Nachdem Siebels sich in den Feierabend verabschiedet hatte, setzte Till sich noch mal an den Monitor. Er öffnete die Liste der ungeklärten Vermisstenfälle und wurde schnell fündig. Tanja Noll wurde am 9. August 2018 von ihren Eltern als vermisst gemeldet. Zum Zeitpunkt ihres Verschwindens war sie 28 Jahre alt. Zuletzt gesehen wurde sie von ihrer Nachbarin, als sie am Samstagabend des 4. August gegen 21:00 Uhr ihre Wohnung verließ. Gewohnt hatte sie in der Mörfelder Landstraße. Nicht weit von Tobias Lang entfernt. Dort war sie erst ein dreiviertel Jahr zuvor eingezogen. Till vermutete, dass Tobias Lang ihr dabei behilflich war, eine Bleibe in seiner Nähe zu finden. Till rief bei Elvira Lang an. »Ich habe noch eine Frage. Können Sie sich erinnern, ob Sie 2018 am 4. August zuhause waren?«

Elvira Lang musste einen Moment nachdenken. »Nein, war ich nicht. Das weiß ich genau. Es war mein erster und auch letzter Urlaub, den ich ohne meinen Mann verbracht habe. Ich war zusammen mit den Kindern und meinen Eltern für eine Woche an der Ostsee. Wir sind am Freitag den 3. August losgefahren. Warum fragen Sie danach?«

»Weil Tanja Noll am 4. August zuletzt gesehen wurde, als sie abends ihre Wohnung verlassen hat. Sie wurde einige Tage später als vermisst gemeldet, seitdem gab es kein Lebenszeichen mehr von ihr.«

Am anderen Ende blieb es einen Moment still. »Ich hatte die ganze Zeit über kein gutes Gefühl. Ich hätte früher etwas unternehmen sollen.«

»Machen Sie sich keine Vorwürfe. In der Vermisstenakte gibt es keinerlei Hinweise auf Ihren Mann oder die Kanzlei Ihres Mannes. In diese Richtung wurde nie ermittelt.«

»Ich hätte dafür sorgen können, dass in diese Richtung ermittelt wird.«

»Da bin ich mir nicht so sicher«, entgegnete Till. »Ihre Aussage hätte kein besonderes Gewicht gehabt, wenn Sie die Vermisste persönlich nicht gekannt und sie auch nie gesehen haben.«

»Ja. Mein Mann und seine Spezies hätten alles abgestritten und mich als notorische Lügnerin verleumdet. Und mich dann büßen lassen. Aber vielleicht wäre es das wert gewesen?«

»Vielleicht hat sie auch einfach alles hinter sich gelassen und irgendwo ganz neu angefangen. Möglicherweise bekam sie von Ihrem Mann dafür das notwendige Startkapital?«

»Möglich wäre es. Aber mein Gefühl sagt mir etwas anderes.«

»Ich gebe Ihnen Bescheid, falls wir etwas über sie herausfinden.«

»In unserem Keller gibt es einen Raum, den ich seit Jahren nicht mehr betreten habe. Als wir dort eingezogen sind, haben wir uns so eine Art Spielzimmer eingerichtet. Aber nicht lange nach Emils Geburt hat Tobias dort ein neues Schloss angebracht. Er hat sich oft dort unten aufgehalten. Aber ich habe keine Ahnung, was er dort getrieben hat. Manchmal hat er sich auch mit seinen Auserwählten dort verlustiert.«

»Danke für den Tipp. Wir werden uns morgen genauer in dem Haus umsehen.«

*

Sabine zeigte sich leicht irritiert, als Siebels bereits am späten Nachmittag wieder zuhause eintraf. »Fall schon gelöst?«, erkundigte sie sich.

»Nein, aber ich denke, wir sind kurz davor. Heute haben wir in mehrfacher Hinsicht neue Erkenntnisse gewonnen.«

»Früher bist du dann eher später als früher heimgekommen, wenn ihr der Lösung eines Falles nähergekommen seid.«

»Ehrlich gesagt, wollte ich auch noch mal losziehen. Aber Till hat mich eines Besseren belehrt. Seitdem er mit Anna verheiratet ist, scheint mir sein beruflicher Enthusiasmus etwas gebremst zu sein.«

»Aha. Welche Schlüsse kann ich daraus für unsere Ehe schließen?«

»Unsere Ehe ist doch an Perfektion nicht mehr zu überbieten, oder?«

Sabine schaute ihren Mann schief an. »Ich erinnere mich da jetzt so ganz spontan an unseren letzten Urlaub, vor dem mein perfekter Ehemann sich im letzten Moment gedrückt hat, weil er unbedingt Privatdetektiv spielen musste.«

»Das ist aber eine Weile her. Haben wir schon so lange keinen Urlaub mehr gemacht?«

»Jedenfalls keinen, an den ich mich erinnern könnte.«

»Dann planen wir heute Abend einfach mal unseren nächsten gemeinsamen Urlaub, was hältst du davon?«

»Klingt gut. Hast du schon eine Idee, wo es hingehen könnte?«

»Klar. In die Berge. Oder ans Meer. Oder quer durch die Staaten mit dem Wohnmobil. Oder nach Südafrika. Oder wie wäre es mit dem Gardasee?«

Sabine konnte sich ein Lachen nicht verkneifen. »Klingt noch nicht wirklich nach einem ausgefeilten Plan.«

»Die Welt ist halt groß«, seufzte Siebels.

»Mit dem Wohnmobil durch die Staaten ist aber ein guter Ansatz. Wenn wir das mal auf die Reihe bekommen würden, wäre ich sehr glücklich.«

»Ich tue doch alles, um dich glücklich zu machen.«

»Ja, ja. Wenn es am Ende zu einer Woche am Gardasee langt, bin ich auch schon zufrieden. Du musst ja deine Fälle lösen. Jetzt erzähl mal von deinem aktuellen Fall, was für neue Erkenntnisse habt ihr denn gewonnen?«

Siebels gönnte sich ein erstes kaltes Bier ausnahmsweise schon vor dem Abendessen und erzählte von seinem Erlebnis mit Lena, die zur Maria mutierte und sich schließlich in Tom verwandelte.

»Oh je, das klingt ja unheimlich. Da habt ihr euch zum Wiedereinstieg gleich einen Hollywood-Fall ausgesucht. Respekt.«

»Dass sie tatsächlich mit dem Brieföffner auf mich losgeht, hätte ich tatsächlich nicht erwartet. Das war mehr als filmreif.«

»Dabei bist du verletzt worden? Zeig mal her.«

»Ach, nur zwei Schrammen, am Hals und am Arm.« Siebels war von Paula Behrens notdürftig verbunden worden. Am Hals hatte sie ihm ein Pflaster aufgeklebt und um den Oberarm eine Mullbinde gewickelt. Sabine riss das Pflaster ab, löste die blutverschmierte Binde und begutachtete die Wunden. »Frau Behrens hat mich verarztet«, erklärte er Sabine.

»Die ist aber doch Psychiaterin, oder?«

»Ja, aber sie hat auch einen Verbandskasten zuhause.«

»Na dann. Am Hals ist es nicht weiter schlimm. Aber die Wunde an deinem Arm blutet nach. Das muss sich ein Arzt noch mal anschauen. Vielleicht sollte das besser genäht werden.«

»Ach was, das ist doch nur ein kleiner Kratzer.«

»Bist du eigentlich gegen Tetanus geimpft?«

»Klar. Also, ich glaube schon.«

»Wäre ja blöd, wenn ich wegen so einem kleinen Kratzer plötzlich Witwe werde und mit Dennis ganz allein durch die Staaten reisen müsste.«

»Ich gehe morgen früh als Erstes zum Polizeiarzt. Zufrieden?«

»Versprochen?«

»Großes Indianer-Ehrenwort. Wo ist Dennis eigentlich?«

Sabine nahm Siebels mit ins Badezimmer, wo sie seine Wunde desinfizierte und neu verband. »Der müsste jeden Moment kommen. Er war mit Robert und Krake im Schwimmbad. Roberts Eltern sind dabei und bringen die Jungs auch wieder nach Hause.«

»Krake?«

»So nennen sie ihn, weil er so ein dürrer und langer Typ ist. Eigentlich heißt er Ben.«

»Aha. Und wie nennen sie Dennis?«

»Den nennen sie Siebels.«

»Im Ernst jetzt?«

»Ja. Ich konnte es auch kaum glauben, als ich es das erste Mal mitbekommen habe. Hey, Siebels, bring den Ball mit.«

Siebels benötigte einen Moment, um das zu verdauen, und spülte diese Information schließlich mit dem Rest seines Bieres hinunter. Dann klingelte es auch schon an der Tür und Siebels junior wurde zuhause abgeliefert.

»Hey, Siebels, alles klar?«, fragte Siebels den kleinen Siebels und klatschte ihn ab.

»Joaarr. Ich habe Hunger, wann ist das Essen fertig?«, gab sich Siebels junior nicht lange mit Höflichkeitsfloskeln ab.

Siebels senior sah seine Frau an. »Seit wann ist er denn so ein kleiner Macho?«

»Das kommt in letzter Zeit häufiger vor. Ich glaube, das hat er sich von Krake abgeschaut.«

»Was ist ein Macho?«, wollte Dennis wissen. Seinen Rucksack mit den Schwimmbadutensilien hatte er mitten im Flur fallen- und liegengelassen.

»Ein Macho glaubt, dass die anderen nur dafür da sind, seinen Kram hinter ihm wegzuräumen und ihm sein Essen vor die Nase zu stellen.«

»Hmm, cool. Ich bin ein Macho. Macho, Macho, Macho«, sang er vergnügt vor sich hin.

»Und wenn es blöd läuft, gehen Machos ohne was zu essen ins Bett«, erläuterte Sabine. »Spaghetti Bolognese, die isst dein Vater so gern, der verputzt auch locker noch deine Portion. Machos sind nämlich nicht so gern gesehen beim Abendessen, weißt du.«

»Ich bin ja gar kein richtiger Macho«, murmelte Dennis und setzte sich schon mal auf seinen Stuhl.

»Dann räumst du am besten erst mal deine Schwimmsachen aus dem Rucksack«, bekam er von seiner Mutter noch einen guten Tipp, den er nach kurzem Murren auch befolgte.

»Hast du dir mal die Liste mit den Filmen angeschaut?«, fragte Siebels, dem sein Weiterbildungsauftrag wieder in den Sinn kam.

»Ja, Split scheint ein guter Film zu sein. Den würde ich mir gerne anschauen.«

»Na, dann machen wir das heute Abend doch. Wenn der kleine Mann im Land der Macho-Träume angekommen ist.«

*

Till hatte den relativ frühen Feierabend genutzt und sich zuhause in der Küche ausgetobt. Bis Anna aus der Gerichtsmedizin nach Hause kam, hatte er ein leckeres Abendessen gezaubert. Ein Pilzragout mit Semmelknödeln. Kochen gehörte zwar nicht zu seinen großen Leidenschaften, aber wenn er es mal anpackte, schmeckte es meist vorzüglich.

Anna freute sich fast überschwänglich über das äußerst schmackhafte Abendessen. »Wie komme ich zu der Ehre? Hochzeitstag haben wir doch gar nicht, oder?«

»Hochzeitstag? Nö. Ich dachte, du hättest es einfach mal verdient, von einem Maestro bekocht zu werden.«

»Manchmal hast du wirklich richtig gute Ideen.«

»Manchmal?«

Als Antwort bekam Till einen Kuss, den er gerne annahm und erwiderte. Anna öffnete eine Flasche Rotwein. Beim Essen erzählte Till von den Geschehnissen des Tages. Am ausführlichsten ging er dabei auf die Vorlieben des auf dem Seziertisch von Anna gelandeten Tobias Lang ein.

»Sieht man den Leuten gar nicht an, wie verkorkst sie sind, wenn man sie aufschneidet«, sinnierte Anna vor sich hin.

»Ich will mir jetzt auch gar nicht vorstellen, was man da sieht oder nicht sieht«, entgegnete Till.

»Das kann ich mir schon denken, dass du dir lieber vorstellst, wie er zu Lebzeiten nackte Sekretärinnen ausgebildet hat.« Anna lachte verschmitzt und schaute Till provozierend an.

»Das stimmt mich tatsächlich nachdenklich und ich frage mich, ob wir solche Rituale bei uns im Büro nicht auch einführen sollten, wo wir Jasmin jetzt als Assistentin haben.« Till grinste spitzbübisch.

»Von solchen Vorhaben rate ich dir dringend ab. Nicht, dass du eines Tages kastriert nach Hause kommst. Ich glaube, Jasmin würde da nicht lange fackeln.«

»Das befürchte ich allerdings auch«, seufzte Till.

»Vielleicht solltest du die ganze Sache noch mal überdenken und andere Prioritäten setzen«, schlug Anna ihm vor.

»Wie meinst du das?«

»Nachdem du so hervorragend gekocht hast, könntest du jetzt doch noch nackt Geschirr spülen. Für die Ausbildung zum perfekten Hausmann, sozusagen.«

Till schaute Anna sprachlos an. Das Blitzen in ihren Augen verfehlte seine Wirkung bei ihm nicht. Langsam fing er an, sich das Shirt auszuziehen.

24

Tag 6, Samstag

Am nächsten Morgen kam Till etwas früher als gewöhnlich und fröhlich pfeifend ins Büro. Jasmin war kurz vor ihm eingetroffen. Von Siebels war noch nichts zu sehen. Till hatte Croissants mitgebracht und lud Jasmin zum Frühstück in seinem Büro ein.

»Die sind lecker«, lobte Jasmin. »Gibt es einen besonderen Grund für das spendierte Frühstück? Hast du Geburtstag?«

»Nein, ich konnte einfach nicht widerstehen, als ich heute Morgen beim Bäcker vorbeikam. Passiert mir öfter mal. Außerdem ist es Samstag und da arbeiten wir nur in Ausnahmefällen. Warum bist du heute eigentlich hier?«

»Mir war danach, von einem gut gelaunten Mann zum Frühstück eingeladen zu werden. Gibt es außer meiner Anwesenheit eigentlich noch einen guten Grund für deine gute Laune?« Jasmin schaute ihn neugierig an.

Till dachte an den gestrigen Abend mit Anna und hoffte, jetzt nicht rot anzulaufen. »Ich bin eigentlich fast immer gut gelaunt, ist dir das bisher etwa entgangen?«

»Na ja, so schräg gepfiffen hast du bisher noch nicht. Jedenfalls nicht früh morgens im Büro. Aber wenn du Croissants mitbringst, darfst du meinetwegen auch schräg pfeifen.«

»Croissants?« Siebels betrat das Büro und warf sofort einen begierigen Blick auf die Gebäckstücke.

»Bediene dich«, lud Till ihn ein. Das ließ Siebels sich nicht zweimal sagen. Zuvor zapfte er sich eine Tasse Kaffee aus dem neuen Automaten.

»Was steht bei euch heute auf dem Programm?«, erkundigte sich Jasmin.

Till berichtete von der vermissten Tanja Noll und fasste die Aussage von Elvira Lang noch einmal zusammen.

Anschließend gab er die ersten Ergebnisse von Annas Leichenschau am Tatort zum Besten.

»Das passt so gar nicht zu den beiden anderen Morden«, sagte Siebels nachdenklich.

»Er war der Anführer, die anderen waren nur seine Lakaien«, erwiderte Till achselzuckend.

»Ja, schon möglich, dass er deswegen regelrecht abgeschlachtet wurde.« Siebels dachte daran, wie er von Tom mit dem Brieföffner angegriffen wurde. Tom war rasend vor Wut gewesen. Andererseits war es Siebels gelungen, Tom außer Gefecht zu setzen, ohne dabei selbst größeren Schaden zu nehmen. Wobei Tom letztlich immer noch eine sie war. Siebels hatte als Polizist aber gelernt, wie man sich in solchen Situationen verhält. Ob Tobias Lang auch in der Lage gewesen wäre, Tom zu überwältigen? Bei dem Gedanken erinnerte er sich wieder an sein Ehrenwort, das er gestern Abend seiner Frau gegeben hatte. »Ich muss noch mal kurz zum Polizeiarzt«, sagte er knapp und stahl sich ohne weitere Erklärungen aus dem Büro.

Eine Stunde später machten sich Siebels und Till auf den Weg zum Haus von Tobias Lang.

»Wie war es beim Arzt?«, erkundigte sich Till.

»Ich bin jetzt geimpft. Und meine Wunde am Arm hat er geklammert.«

»Krankgeschrieben hat er dich aber nicht?«

»Sehe ich etwa krank aus?«

»Wenn du von der Schusswaffe Gebrauch machen musst und dein Arm nicht voll bewegungsfähig ist, hast du ein Problem.«

»Mein Arm ist aber voll bewegungsfähig«, brummte Siebels missmutig.

»War ja auch nur so ein Gedanke«, wiegelte Till ab.

»Er wollte mich zum Psychologen schicken. Damit ich den Angriff von Tom, der eigentlich Lena ist, besser verarbeiten kann.«

»Von Tom, der eigentlich Lena, die eigentlich Maria ist«, korrigierte Till ihn. »Wenn die jetzt in der Psychiatrie sind, kannst du dich ihnen ja anschließen, dann könnt ihr eine Gruppentherapie machen.«

»So etwas in der Art werden wir auch machen, wenn wir im Haus von Tobias Lang fertig sind. Bist herzlich eingeladen.«

»Glaube nicht, dass die uns da so ohne weiteres reinlassen, in die geschlossene Psychiatrie.«

»Ich spreche vorher mit Paula Behrens. Außerdem möchte ich auch noch mal mit Christian reden. Der verschweigt uns einiges.«

»Kann ich ihm nicht verdenken. Wenn ich eine Freundin hätte, die sich in einen angriffslustigen Tom verwandeln kann, würde ich das auch nicht an die große Glocke hängen. Der arme Kerl ist wahrscheinlich auch schon ein Kandidat für die Psychiatrie.«

»Wer weiß?«, seufzte Siebels.

Sie kamen an ihrem Ziel an. Till stellte den Wagen in der Hofeinfahrt ab. Mit dem Schlüssel der Putzfrau öffneten sie die versiegelte Haustür.

»Schauen wir uns am besten gleich in den Kellerräumen um«, schlug Till vor und begab sich schnurstracks zur Kellertür. Siebels folgte ihm auf der Treppe nach unten. Von einem Vorraum aus zweigten vier Türen zu weiteren Kellerräumen ab. In einem der Räume standen Waschmaschinen und Trockner, in einem anderen waren Fitnessgeräte aufgestellt. Die dritte Tür führte zu einer Rumpelkammer. Gefüllte und leere Kartons stapelten sich kreuz und quer. Schließlich rüttelte Till am Knauf der letzten Tür, aber die war verschlossen. Till suchte am Schlüsselbund der Putzfrau nach dem richtigen Schlüssel, fand aber keinen passenden.

»Den wird er an seinem Schlüsselbund haben«, vermutete Siebels. »Ich schau mal oben nach, ob ich ihn finde.«

Till wartete. Als zehn Minuten später immer noch nichts von Siebels zu sehen war, begab er sich in den Raum mit den Kartons. Dort machte er sich auf die Suche nach geeignetem Werkzeug, um die Tür notfalls gewaltsam aufzubrechen. Er fand zunächst aber nur alte Schallplatten, Babykleidung, Autopolitur und anderes unnützes Zeugs. Als Siebels wieder die Treppe herunterkam, stöberte er in einem der Kartons. Der Inhalt ließ ihn zusammenzucken.

»Ich glaube, ich habe den Schlüssel gefunden«, rief Siebels ihm zu. »In seinem Arbeitszimmer in einer verschlossenen Schreibtischschublade.«

»Ich habe auch was gefunden«, sagte Till und breitete den Inhalt aus dem Karton vor sich aus.

»Alte Klamotten?«, wunderte sich Siebels, als er nachschaute, was Till in dem Raum trieb. Eine rote Jeans, ein weißes Shirt mit einem Blumenmuster, eine helle Windjacke, einen String und einen BH sowie ein paar schwarze Pumps Größe 38 hatte Till auf dem Boden ausgebreitet.

»Das passt genau auf die Beschreibung in der Vermisstenanzeige von Tanja Noll«, ließ Till ihn wissen.

»Dann müssen wir wohl tatsächlich davon ausgehen, dass er sie umgebracht hat.«

»Und er lässt die ganze Zeit über ihre Klamotten hier in dem unverschlossenen Karton rumliegen. Er scheint sich sehr sicher gewesen zu sein, dass ihm niemand auf die Schliche kommt.«

»Die Überreste ihrer Leiche sind dann wahrscheinlich auch nicht weit.«

»Aber nicht in einem der Kartons«, sagte Siebels.

»Eher im Garten begraben«, vermutete Till. »Wir sollten einen Leichenspürhund anfordern.«

»Lass uns erst mal den anderen Raum begutachten, dann sehen wir weiter.«

Der Schlüssel passte. Siebels öffnete die Tür und schaltete das Licht ein. Der Raum war deutlich größer als die übrigen. Anstatt mit Linoleum war der Boden hier mit rotem Flauschteppich ausgelegt. Eine Polstergarnitur als Sitzecke, eine kleine Hausbar und ein großer Flachbildfernseher zeugten zunächst von einer gemütlichen Einrichtung für kleine private Feiern. Aber es stand auch ein Stativ mit einer Kamera im Raum. Von der Decke baumelten zwei Ketten, an denen Ledermanschetten befestigt waren, die als Handschellen dienten. In einem Ständer waren Peitschen verschiedener Formen und Größen abgelegt.

»Das ist also sein Spielzimmer«, sagte Till und schaute sich hinter der Bar um. Dort befand sich eine Auswahl an Spirituosen, Weinen und Champagner sowie ein mit Bierflaschen gefüllter Kühlschrank. In einem Regalfach standen zwei kleine, verzierte Schatullen. Till klappte eines der Kistchen auf und brachte mehrere mit weißem Pulver oder bunten Pillen befüllte Tütchen zum Vorschein. Er öffnete eines davon, schnupperte und schmeckte daran. »Kokain«, sagte er. »Und jede Menge Ecstasy.« Till überprüfte den Inhalt der zweiten Schatulle. Darin befanden sich Kondome.

»Die Herrschaften haben ihre Herrenabende angemessen gefeiert. Das Zeugs nehmen wir mit und geben es bei den Kollegen der Drogenfahndung ab.« Siebels stand vor einer Wand und begutachtete dort in Glasrahmen aufgehängte Schwarzweiß-Fotografien. »Das scheint die Ahnengalerie der Sekretärinnen zu sein.«

Till gesellte sich zu ihm. Drei Bilder hingen nebeneinander. Die Motive waren alle gleich. Eine nackte Frau, die Arme nach oben gestreckt, die Handgelenke in den Ledermanschetten, die von der Decke baumelten. Zwischen den Lippen eine rote Rose. Das erste Foto zeigte Elvira Lang. Auf dem zweiten erkannte Till die vermisste Tanja Noll. Und auf dem dritten war Lena abgelichtet.

»Sie werden nicht gerade zimperlich mit ihr umgegangen sein«, überlegte Siebels und begutachtete die in dem Ständer bereitliegenden Peitschen. »Ich frage mich, ob sich Lena bei so einer Prozedur nicht zurückgezogen und Platz für eine ihrer anderen Persönlichkeiten gemacht hat. Vielleicht sogar für Tom, der den Herrenabend dann mit Sicherheit gesprengt hätte.«

»Ehrlich gesagt, glaube ich, dass Lena das Spielchen mitgespielt hat. Sie war ihm ja mehr oder weniger ausgeliefert. Die anderen kamen später und haben dafür gesorgt, dass das aufhört. Magdalena könnte den Plan geschmiedet haben, den Tom schließlich ausgeführt hat.«

»Klingt irgendwie schlüssig«, pflichtete Siebels ihm bei. »Vielleicht erfahren wir von Lena ja noch ein paar Einzelheiten über ihre Erfahrungen in diesem Raum hier.«

»Das bezweifele ich allerdings. Komm, gehen wir nach oben und schauen uns den Garten an.«

Durch die Küche kamen sie auf die Terrasse. Dort standen ein Gartentisch mit Stühlen für sechs Personen, ein Gasgrill der Extraklasse und eine Hollywoodschaukel. Am hinteren Ende der großflächigen und kurz gemähten Rasenfläche war ein kleiner Kinderspielplatz angelegt. Eine Schaukel, ein Sandkasten, ein Klettergerüst und ein Wasserbassin.

»Schaut doch idyllisch aus. Wie bei einer Vorzeigefamilie der gehobenen Mittelschicht«, kommentierte Siebels den Ausblick.

»Der Horror-Papa treibt sein Unwesen ja auch nur nachts im Keller.« Till ließ seinen Blick über die äußeren Begrenzungen des Grundstücks schweifen. »Um die Rosenstöcke auf der linken Seite wird sich Elvira Lang gekümmert haben. Auf der gegenüberliegenden Seite steht die Hecke als Sichtschutz zur Straße. Wenn er hier eine Leiche loswerden wollte, dann zwischen den Tannen hinter dem Spielplatz.«

Ohne weitere Worte zu verlieren, liefen die beiden los und inspizierten den Platz, auf dem drei mächtige Tannen ihre Schatten auf den Rasen warfen. Abgefallene Tannenzapfen lagen ringsherum auf dem Boden, Tannennadeln knirschten unter den Schuhsohlen.

»Das sind Flachwurzler. Schwierig, hier ein Grab auszuheben«, befand Siebels.

Till stieß mit dem Fuß gegen ein Stück Wurzel, das aus dem Erdreich hervorragte und nickte. »Vielleicht hat er sie ja in seinem Herrenkeller eingemauert?«

»Das hätte seine Frau doch bestimmt mitbekommen, wenn er da gemauert hätte. Kann ich mir nicht vorstellen. Auf dem Rasen sehe ich auch keine verdächtigen Stellen.«

»Verdächtige Stellen«, murmelte Till vor sich hin und lief schnellen Schrittes zurück zur Terrasse.

Siebels schaute ihm kopfschüttelnd hinterher und folgte ihm schließlich in einer langsameren Gangart. Als er an der Terrasse ankam, hatte Till schon den großen Grillwagen ein Stück weggeschoben und deutete auf die Terrassenplatte, auf der der Grill zuvor gestanden hatte. »Die ist neuer als die anderen. Deutlich heller.«

»Mag sein, muss aber nichts heißen.«

»Was sagt dir denn dein dicker Polizistenbauch? Der sendet doch gerne Signale, wenn was faul ist.«

»Mein Polizistenbauch ist nicht dick. Und er sagt mir, dass wir mal einen Blick unter diese Platte werfen sollten.«

*

13 Tage zuvor

Drei Tage nachdem er seinen Vater besucht hatte, klingelte Christian abends an der Haustür von Tobias Lang Sturm. Er war wild entschlossen, den Chef seines Vaters zur Rede zu stellen und dafür zu sorgen, dass der sich künftig aus Lenas und seinem Leben heraushielt. Als Tobias Lang mit einem wütenden Gesichtsausdruck endlich die Tür öffnete, nahm Christian seinen Finger vom Klingelknopf. Als Lang ihn erblickte, wandelte sich seine Mimik. Er grinste Christian von oben herab an.

»Was willst du denn hier?«, fragte er abschätzig.

Christian drängte sich an ihm vorbei ins Haus. Tobias Lang schloss die Tür und schaute Christian abwartend an.

»Lassen Sie Ihre dreckigen Finger von Lena. Sie ist meine Freundin«, zischte Christian in einem drohenden Tonfall. Aber Lang lachte ihn nur hämisch aus.

»Das kannst du vergessen, Jungchen. Nach so einer Frau wie Lena habe ich lange gesucht. Sie braucht nämlich richtige Kerle und nicht so ein Früchtchen wie dich. Such dir besser eine andere Freundin. Eine, die zu dir passt.«

»Lena passt sehr gut zu mir. Aber weder zu Ihnen noch zu meinem Vater. Ihr seid doch total verkorkst, ihr alten Säcke.«

»Da hast du vielleicht sogar recht. Und deine Lena ist genauso verkorkst, deswegen passt sie auch perfekt in mein Beuteschema. Und jetzt raus hier, sonst muss ich mit deinem alten Herrn mal ein ernstes Wörtchen reden.«

»Lena ist nicht verkorkst«, schrie Christian ihn an. »Sie ist halt etwas sonderbar, sie hat psychische Probleme. Und du perverses Schwein nutzt das nur aus!«

Plötzlich packte Tobias Lang Christian am Hals und drückte ihn gegen die Wand. Christian bekam kaum noch Luft. Er versuchte sich aus der Umklammerung zu befreien, aber Lang war stärker als er. »Ich gebe dir jetzt einen guten Rat«, zischte Lang. »Vergiss die Kleine und such dir eine andere. Anderenfalls wirst du es bereuen. Sie gehört jetzt mir. Und dein Vater bekommt sie, wenn ich es will. Und du gehst leer aus, du kleiner Scheißer. Schluck das lieber. Sonst mache ich dich fertig, kapiert?« Er ließ Christians Hals wieder los. Christian röchelte halb benommen nach Luft. Im nächsten Moment bekam er von Lang die Faust mit Wucht in den Magen geschlagen. Er krümmte sich vor Schmerzen. Lang packte ihn am Kragen, schleifte ihn aus dem Haus bis zum Bürgersteig und ließ ihn dort liegen. Christian versuchte sich aufzurappeln, benötigte aber einige Versuche, bis er wieder einigermaßen auf den Beinen stand. Er konnte nicht glauben, was da gerade passiert war. Er hatte nur noch einen Gedanken im Kopf. Er wollte ihn umbringen. Nie zuvor hatte er solch einen Hass in seinem tiefsten Inneren verspürt.

25

Till hatte kein geeignetes Werkzeug gefunden, um die Terrassenplatte zu entfernen. Aber er hatte einen Vorschlaghammer im Keller entdeckt und damit die Platte einfach kaputtgeschlagen. Die danebenliegenden Platten ließen sich dann herausheben. Gemeinsam entfernten sie zunächst sechs Stück der quadratischen Steine und schaufelten anschließenden die darunterliegenden Schichten Kies und Sand zur Seite.

»Wie sollen wir das erklären, wenn wir hier nichts finden?«, stöhnte Siebels und wischte sich den Schweiß von der Stirn.

»Elvira Lang wird nichts dagegen haben«, zeigte Till sich unbeeindruckt von der eigenmächtigen Aktion. »Eher im Gegenteil, denke ich. Und wem sollten wir sonst noch eine Erklärung schuldig sein?«

»Warte mal«, stoppte Siebels den mittlerweile im Erdreich schaufelnden Till. »Da schaut ein Stück Plastik heraus.«

Till sah es jetzt auch. Die Reste eines Müllsackes. Sie gruben mit bloßen Händen weiter und legten tatsächlich menschliche Knochen frei. Stellenweise war noch menschliche Substanz um die Gebeine erkennbar.

»Da wird Anna sich aber freuen«, kommentierte Till den schauerlichen Anblick.

Siebels rief Jasmin an, klärte sie über den Fund auf und bat sie, alles Erforderliche in die Wege zu leiten. Till meldete sich bei Elvira Lang und teilte ihr mit wenigen Worten mit, dass sich ihr Verdacht bestätigt habe.

»Was war das für ein Mensch?«, rätselte Siebels. »Da sitzt er hier mit Frau und Kindern und grillt und weiß genau, dass die idyllische Familienterrasse ein Grab ist. Ein Grab, das er selbst geschaufelt hat.«

»Er hat die erste Platte auch nicht rausgekriegt, deshalb hat er sie kaputtgeschlagen und hinterher eine neue eingesetzt«, spekulierte Till. »Sonst hätten wir sie nicht gefunden.«

»Das wird ihn jetzt aber auch nicht mehr stören«, bemerkte Siebels trocken.

»Ich vermute, dass er sie nicht vorsätzlich getötet hat«, überlegte Till. »Möglicherweise ist sie an einer Überdosis Drogen gestorben.«

»Oder es war ein Herrenabend, an dem sie es zu weit getrieben haben. Vielleicht war Martin Schlosser für ihren Tod verantwortlich? Oder Jürgen Hellmann? Dann hätte Tobias Lang ein weiteres Druckmittel gegen denjenigen in der Hand gehabt.«

»Und warum liegt sie dann unter seiner Terrasse?«

»Weil es die einfachste Art war, die Leiche loszuwerden. Anderenfalls hätten sie sie aus dem Haus schaffen müssen, mit dem Auto irgendwo hinfahren, wo sie früher oder später gefunden worden wäre. Das hätte Spuren im Wagen hinterlassen. Hier wäre sie niemals gefunden worden, solange Tobias Lang am Leben war.«

»Vielleicht hat die Mordserie mit Lena gar nichts direkt zu tun. Sondern mit dem Tod von Tanja Noll«, überlegte Till.

»Dann wären wir ja die ganze Zeit über auf dem falschen Dampfer gefahren. Aber wenn es sich um einen Racheakt für Tanja Noll handeln sollte, müsste doch jemand gewusst haben, was mit ihr hier passiert ist und was die Herren mit ihr angestellt haben. Wer sollte das sein?«

»Elvira Lang wusste es. Jedenfalls ahnte sie es. Vielleicht hat sie außer mir noch jemandem von ihrem Verdacht erzählt?«

»Dann hätte sie es dir doch jetzt nicht auch noch auf die Nase gebunden.«

Till zuckte mit den Schultern. »Wir müssen die Angehörigen von Tanja Noll verständigen. Die Vermisstenanzeige wurde von ihren Eltern aufgegeben. Vielleicht bringt uns deren Aussage ein Stück weiter.«

»Aber erst, wenn Anna sie zweifelsfrei identifiziert hat. Nicht, dass wir am Ende noch eine Überraschung erleben.«

Auf der Straßenseite kamen zwei Streifenwagen zum Stehen. Siebels lief durchs Haus und öffnete die Tür. Kurz darauf traf das Team der Spurensicherung ein. Außerdem Anna in Begleitung von einem Kollegen. Siebels führte die versammelte Mannschaft zur Rückseite des Hauses und klärte sie über den ausgegrabenen Fund auf.

»Bei euch geht es echt hoch her«, stöhnte Anna und beugte sich über die sterblichen Überreste.

»Wenn wir uns nicht täuschen, hieß sie Tanja Noll und wurde vor etwa zwei Jahren unter der Terrasse vergraben. Wir brauchen aber die Bestätigung von dir, dass sie es tatsächlich ist. Ist das noch machbar?«

»Wenn ich Vergleichsproben bekomme, lasse ich als Erstes einen DNA-Abgleich machen«, versprach Anna. »Zwei Jahre soll sie hier schon liegen? Der Verwesungsprozess ist noch nicht vollständig abgelaufen«, murmelte sie vor sich hin und nahm die Überreste der Verstorbenen genauer in Augenschein.

»Ich informiere Jasmin, sie soll sich um die Vergleichsproben kümmern.« Till wendete sich ab, er hatte genug von dem Anblick.

Siebels ging mit Peter Lich von der Spurensicherung in den Keller und zeigte ihm den Karton mit den Kleidungsstücken der Toten. »Die sollten äußerst gründlich auf Spuren untersucht werden. Gut möglich, dass mehrere Männer an ihrem Ableben beteiligt waren.«

»Alles klar, wir kümmern uns drum. Ist mir auch noch nicht passiert, dass ich an zwei aufeinanderfolgenden Tagen im gleichen Haus zwei verschiedene Fälle bekomme.«

»Das hast du Till zu verdanken, der hat die Frau unter der Terrasse wie ein Spürhund erschnüffelt.«

»Da merkt man halt, bei wem er in die Lehre gegangen ist«, sagte Peter Lich und klopfte Siebels auf die Schulter.

»Daran erinnere ich ihn ja auch immer, und weißt du, was er dazu sagt? Dass er während seiner Zeit beim LKA erst zum richtigen Profi geworden wäre.«

»Wurde er da nicht vom Dienst suspendiert?«

»Wurde er. Und rate mal, wer ihn da wieder rausgehauen hat.«

Bevor Peter Lich raten konnte, erschien Till im Keller. »Was treibst du denn hier, Siebels? Wir wollten doch in die Psychiatrie zur Gruppentherapie.«

»Ja ja, da kommst du noch früh genug hin. Ich habe Peter gerade erklärt, warum du so ein hervorragender Polizist geworden bist.«

»Weil Papa Siebels mir alles beigebracht hat. Vielleicht solltest du das im Präsidium an die schwarzen Bretter hängen, dann müsstest du es nicht mühselig immer wieder neu verkünden.«

»Siehst du, Peter, da reagiert er sehr sensibel. Komm, mein Sohn, fahren wir in die Psychiatrie.«

*

Im roten Salon

»Was war das denn für eine Scheißaktion«, schimpfte Kristie. »Jetzt sitzen wir tatsächlichen in der geschlossenen Abteilung. Wie hast du das nur wieder fertiggebracht, Lena? Du bist doch einfach nur zu blöd.«

Lena hätte heulen können, wenn sie nicht so wütend auf Kristie wäre. »Ich habe damit überhaupt nichts zu tun. Es war alles gut, solange ich draußen war. Langweilig war es sogar. Ich habe mit einer Puppe gespielt, wie ein kleines Kind. Nichts ist passiert. Gar nichts. Bis Maria kam.«

Kristie glaubte, nicht recht zu hören. »Du hast Maria rausgeschickt? Das kann doch nicht wahr sein. Wir sollten dich für die nächsten zwanzig Jahre im hintersten Winkel unseres Bewusstseins wegsperren.«

»Du kannst mich mal, du blöde Kuh«, ging Lena in die Offensive. »Ich weiß gar nicht, für was du überhaupt gut sein sollst, Kristie. Du bist doch diejenige, die mein Leben draußen kaputt macht. Alles andere interessiert dich doch gar nicht.«

»Jetzt mal ganz langsam und der Reihe nach«, intervenierte Silvia. »Maria, hörst du uns zu?«

»Ja, aber ich möchte lieber schlafen.«

»Schlafen kannst du später noch genug. Stimmt es, dass du draußen gewesen bist?«

Maria nickte schniefend. »Ja, ich habe mit meiner Puppe gespielt. Das war schön. Aber dann ist es passiert.«

»Was ist passiert? Kannst du uns das genauer erklären?«

»Plötzlich war alles wieder wie früher. Als es so schlimm war. Mama war da. Das war gut. Mama hat mit mir gesprochen. Aber die bösen Männer waren auch wieder da. Und sie haben wieder schlimme Sachen gemacht. Aber ich war ein braves Mädchen, ehrlich. Ich war ganz brav. Aber die Männer waren trotzdem böse zu Mama.« Maria fing an zu weinen und zu schluchzen.

»Das kann doch alles nicht wahr sein«, stöhnte Kristie.

»Vielleicht hast du einfach nur schlecht geträumt?«, versuchte Silvia eine logische Erklärung für Marias Schilderung zu finden.

»Nein, das hat sie nicht«, schaltete Tom sich mit lauter Stimme ein. »Sie war draußen und sie ist genau dort gelandet, von wo sie sich damals aus der Welt zurückgezogen hat. Das konnte ich nicht zulassen. Das musste ich beenden.«

»Du bist rausgegangen?« Kristie sah Tom ungläubig an. »In der Situation, in der wir uns befinden. Bist du jetzt auch völlig bekloppt?«

»Was willst du, Kristie? Ich habe Maria beschützt. Dafür bin ich da. Eigentlich kam ich schon viel zu spät. Ich habe lange mit mir gerungen, ob ich rausgehen soll. Aber ich konnte Maria unmöglich an diesem Ort lassen. Sie wäre fast gestorben vor Angst.«

»Und was hast du dann gemacht?«, fragte Silvia und hielt Schreibblock und Stift bereit, um Toms Aussage zu protokollieren.

Tom konnte sich nur noch ganz dunkel an das Durchlebte erinnern. Es war, als würde er durch dichte Nebelschwaden blicken. Er sah alles nur verschwommen, undeutlich, verzerrt. Das lag daran, dass er sich in der Welt draußen so gut wie nie aufhielt. Nur in Notsituationen kam er zum Vorschein. Und wenn es passierte, hatte er selten die Zeit, um sich zu orientieren. Dann war er meistens gleich zum Handeln gezwungen. So, wie er es jetzt auch getan hatte. »Da war einer von den Männern. Maria hatte vor ihm gelegen und sich ausgezogen, bevor ich übernommen habe. Ich habe mich auf ihn gestürzt. Habe irgendwas Spitzes in die Finger bekommen und ihn damit angegriffen. Maria konnte deshalb verschwinden und sich wieder in Sicherheit bringen.«

»Meine Mama war aber auch da«, jammerte Maria.

»Das war nicht deine Mama. Die Frau gehörte zu den bösen Männern. Die haben gemeinsame Sache gemacht.«

»Das war keine böse Frau, das war Paula, unsere Psychiaterin«, erklärte Lena. »Und der böse Mann war der Polizist. Der war vorher nie böse gewesen. Der war immer sehr nett.«

»Von wegen«, spie Tom aus. »Damals gab es auch einen Polizisten bei den bösen Männern. Der war der Schlimmste von allen. Da dürft ihr doch nicht drauf reinfallen. Polizisten sind das Letzte, das könnt ihr mir glauben.«

»Hm, ich weiß nicht«, zweifelte Silvia. »Wie ist es denn dann weitergegangen, als du ihn angegriffen hast?«

Tom versuchte sich zu erinnern. Aber es gelang ihm nicht. Es war alles so schnell gegangen. »Wir haben miteinander gekämpft. Mehr weiß ich nicht mehr. Nachdem Maria in Sicherheit war, bin ich auch wieder verschwunden. Ich hatte Maria vor den bösen Männern gerettet, meine Aufgabe war damit erledigt.«

»Mist«, seufzte Silvia und machte sich eifrig Notizen. »Wahrscheinlich hast du den Polizisten getötet. Deswegen sind wir jetzt hier in der geschlossenen Psychiatrie gelandet.«

»Oh Mann«, regte Kristie sich auf. »Noch ein Toter. Wir sind ja innerhalb von ein paar Tagen zum Serienmörder geworden. Die lassen uns hier nie wieder raus. Das wars. Jetzt werden sie uns mit Medikamenten vollstopfen, bis wir gar nichts mehr vom Leben mitkriegen. Für immer.«

»Es gibt bestimmt noch eine Lösung«, versuchte Silvia Mut zu verbreiten. »Wer ist denn für Tom dann eingesprungen?«

»Na, wer wohl? Ich natürlich. Ihr seid doch nie da, wenn man euch wirklich mal braucht«, eiferte sich Lena. »Aber damit ist jetzt Schluss, ich gehe nicht mehr raus. Basta.«

»Na endlich, wurde ja auch Zeit«, giftete Kristie.

»Jetzt sag uns doch erst mal, was passiert ist«, flehte Silvia Lena an.

»Keine Ahnung. Ich war so müde, so müde war ich noch nie gewesen. Ich habe tief und fest geschlafen. Unser Körper war total erschöpft. So habe ich das noch nie erlebt.«

»Ist ja auch egal, wir haben es vermasselt. Aus und vorbei«, gab Kristie kampf- und hoffnungslos von sich.

»Ich übernehme jetzt wieder.«

Alle sahen verwundert auf. Das war Magdalena. Sie begab sich in die Mitte des roten Salons und sah die anderen eindringlich an.

»Ihr haltet euch zurück. Keine Ausflüge nach draußen, ohne meine Erlaubnis. Dann biege ich das wieder zurecht. Ich habe mich die letzte Zeit zwar nur im Hintergrund aufgehalten, aber mir ist nichts entgangen. Die Sache ist ziemlich kompliziert, aber noch ist nichts verloren. Oder hat jemand etwas dagegen, dass ich das jetzt wieder in die Hand nehme?«

Niemand sagte etwas. Im Grunde waren alle heilfroh, dass Magdalena sich endlich wieder einbrachte.

26

Siebels und Till waren am Empfang der Klinik für Psychiatrie, Psychosomatik und Psychotherapie an der Uniklinik Frankfurt von Paula Behrens abgeholt worden und zusammen in ihr Büro gegangen.

»Wie geht es Lena jetzt?«, erkundigte sich Siebels.

Paula Behrens warf einen kurzen Blick in eine Akte, bevor sie auf Siebels' Frage einging. »Sie ist noch völlig in sich gekehrt und hat noch kein Wort gesprochen, seitdem ich sie hier eingewiesen habe. Sie verhält sich apathisch. Möglicherweise spielt sich das Leben momentan nur in ihrem Inneren ab. Das heißt, sie hat den Kontakt zur Außenwelt vorübergehend abgebrochen. Wir werden sie in den nächsten Tagen eingehend beobachten. Sie befindet sich jetzt in einer Schwerpunktstation mit Spezialisierung auf Traumafolgeerkrankungen bei Traumatisierungen in der Kindheit. Hier kann ich mit verschiedenen Experten ihren psychischen Zustand am besten analysieren, eine geeignete Psychopharmakotherapie erstellen sowie ein störungsspezifisches Psychotherapieverfahren einleiten.«

»Am Ende wird sie also auf jeden Fall als schuldunfähig eingestuft werden«, resümierte Till resigniert.

Paula Behrens sah ihn einen Moment lang nachdenklich an. »Ehrlich gesagt, bin ich mir gar nicht so sicher, ob sie als Täterin für Ihre Mordfälle tatsächlich in Frage kommt.«

»Sind Sie nicht? Nachdem, was meinem Kollegen widerfahren ist?«

»Genau deswegen sogar. Zunächst muss ich die Schuld an dem Vorfall bei mir selbst suchen. Ich habe praktisch die Büchse der Pandora geöffnet, indem ich Maria erst herausgelockt habe, um sie dann zum Ursprung ihres Traumas zurückzuführen. Das war mit nicht kalkulierbaren Folgen verbunden, und die sind dann leider ja auch eingetreten. Das war nicht professionell, das hätte ich nicht tun dürfen.

Jedenfalls nicht in dieser Art und Weise. Aber ich habe mich aufgrund Ihrer Ermittlungen dazu verlocken lassen, dazu stehe ich natürlich. Allerdings ergeben sich damit auch neue Erkenntnisse. Lena ist nach dem tätlichen Angriff durch Tom zwar wieder zurückgekehrt, jedenfalls nehme ich an, dass es Lena war, aber sie befand sich in einem körperlichen Zustand der völligen Erschöpfung. Und davon hat sie sich bis jetzt nicht erholt. Wenn die Morde, die Sie untersuchen, nach dem gleichen Muster abgelaufen wären, hätten Sie Lena an den Tatorten im selben Zustand auffinden müssen. Selbst wenn sie noch in der Lage gewesen wäre, sich von einem Tatort zu entfernen, wäre sie aufgefallen. Ich bezweifele also stark, dass wir den Ausbruch, den wir bei mir erlebt haben, auf die Mordfälle projizieren können.«

»Dieser Tom wurde von meinem Kollegen aber auch überwältigt«, hielt Till dagegen. »Danach verschwand er wieder in der Versenkung, wenn ich das richtig verstanden habe. Und Lena fiel in einen tiefen Schlaf. Aber wenn Tom nicht überwältigt worden wäre, wenn er meinen Kollegen und Sie abgestochen hätte, dann hätte er doch auch den Tatort noch in aller Seelenruhe verlassen können, bevor er für Lena wieder Platz machte. Oder sehe ich das falsch?«

»Das ist ein guter Einwand«, gab die Psychiaterin zu. »Trotzdem sehe ich noch zu viele Fragezeichen. Tom kam nur zum Vorschein, weil ich Maria zum Ursprung ihres Traumas zurückgeführt habe. Das war eine einmalige Situation, die bei den Morden so nicht stattgefunden haben wird.«

»Wir haben übrigens den nächsten Mordfall«, schaltete Siebels sich ein. Er berichtete von Tobias Lang und den neuen Erkenntnissen über dessen spezielle Vorlieben und Manipulationen seiner Untergebenen. Siebels erzählte der Psychiaterin von dem Kellerraum, dem Bild von Lena in der Ahnengalerie der nackten Sekretärinnen sowie dem Fund der Leiche von Lenas mutmaßlicher Vorgängerin. »Es könnte also durchaus Parallelen zwischen diesen Morden und dem Trauma von Maria geben«, schlussfolgerte Siebels.

Paula Behrens wirkte schockiert. »Das ist natürlich wieder eine ganz andere Ausgangslage«, gab sie unumwunden zu.

»Haben Sie Christian über die Einweisung von Lena schon informiert?«, wollte Siebels wissen.

Paula Behrens schüttelte den Kopf. »Nein, noch nicht. Ich wollte erst einmal abwarten, wie sich der Zustand von Lena entwickelt.«

»Wir werden ihn nachher aufsuchen und informieren.«

»Bringen Sie es ihm aber bitte behutsam bei. Er war sehr engagiert, um Lena dabei zu helfen, einen Weg in ein normales Leben zu finden. Das ist nun ein großer Rückschlag, an dem ich nicht ganz unschuldig bin.«

»Vielleicht war es eher hilfreich«, versuchte Siebels das Positive aus dem Geschehenen zu ziehen. »Sie wussten nichts von Tom und davon, zu was er fähig ist, oder?«

»Das stimmt. Ich hatte allerdings eine Vermutung. Maria brauchte nach ihrer Leidensgeschichte auch eine Persönlichkeit, die im Notfall mit körperlicher Überlegenheit eingreifen kann. Eine männliche Person ist dafür natürlich am besten geeignet.«

»Es war aber kein Notfall, als er meinen Kollegen mit einem Brieföffner angegriffen hat«, widersprach Till.

»Für Tom schon. Er sah Maria in der gleichen Lage, in der sie damals ihren Entführern schutzlos ausgeliefert war. Und dann habe ich Maria auch noch mit dem Leid ihrer Mutter konfrontiert. Ich habe Toms Ausbruch provoziert. Ob die ermordeten Männer das auch getan haben, bleibt aber eine vage Vermutung.«

»Können wir mit ihr sprechen?« Siebels schaute Paula Behrens eindringlich an.

»Sie spricht nicht, das habe ich Ihnen doch gesagt. Sie ist auch nicht ansprechbar. Sie reagiert auf nichts. Ich hoffe aber, dass sich das bald ändert.«

»Können wir sie wenigstens sehen?«

Paula Behrens rang mit sich. »Ich weiß nicht, ob das eine gute Idee ist.«

»Ich könnte mich bei Tom für den Vorfall entschuldigen. Vielleicht dringt es ja zu ihm durch?«

»Na gut«, seufzte Paula Behrens. »Aber wenn Lena Auffälligkeiten zeigt, verlassen Sie sofort ihr Zimmer. Damit meine ich Angstzustände, Panikattacken oder auch Verwirrtheit.«

»Einverstanden«, sagte Siebels.

Siebels und Till folgten der Psychiaterin durch lange Gänge mit linoleumbelegten Fußböden. Sie durchschritten zwei Türen, die nur mit einem Zugangscode passierbar waren. Paula Behrens erkundigte sich zunächst bei einem diensthabenden Pfleger, ob sich Lenas Zustand verändert habe. Der Pfleger verneinte das.

Paula Behrens öffnete die Zimmertür. Lena saß auf einem Stuhl vor dem Fenster und schaute geistesabwesend nach draußen. Sie nahm keinerlei Notiz von ihren Besuchern.

»Hallo, Lena«, sagte Siebels und fühlte sich wie ein Eindringling in eine fremde Welt.

»Mein Name ist Magdalena«, erwiderte die Frau auf dem Stuhl, ohne ihren Blick dabei vom Fenster abzuwenden.

Siebels wollte die Chance zu einem Gespräch mit Magdalena nutzen, schaute aber unsicher zu Paula Behrens. Die gab mit einem unmerklichen Nicken ihr Einverständnis.

»Guten Tag, Magdalena«, unternahm Siebels einen zweiten Anlauf.

»Guten Tag, Herr Siebels.«

»Sie kennen mich? Wir haben aber direkt noch nicht miteinander gesprochen, oder?«

»Nein, das haben wir nicht. Aber nun müssen Sie mit mir Vorlieb nehmen. Lena ist im Urlaub.«

»Das hat sie sich ja auch verdient«, versuchte Siebels gut Wetter zu machen.

Magdalena drehte den Kopf langsam in Richtung ihres Besuches. »Sie hat es nicht verdient - sie hatte keine andere Wahl.« Mit ihrem Blick schien sie Paula Behrens, Siebels und Till jetzt regelrecht zu durchleuchten. Sie trug einen hellblauen Pyjama und darüber eine weiße Strickweste. Ihre Stimme klang nüchtern, ihre Worte wohlüberlegt. Magdalena war eine selbstbewusste Frau, die wusste, wie man Distanz hielt. Sie hatte nichts mit Lena gemein.

Till trat nun einen Schritt nach vorne und gab damit zu verstehen, dass er auch Gesprächsbedarf verspürte. »Lena hat ihre Aufgabe nicht gut erledigt und zu viel Mist gebaut, oder?«

Magdalena bedachte Till mit einem abschätzigen Blick. »Lena auf die Menschheit loszulassen war von Anfang an ein Fehler gewesen«, sagte sie und drehte ihr Gesicht wieder dem Fenster zu.

»Warum haben Sie ihr überhaupt den Vortritt gelassen? In Argentinien lief es mit Ihnen doch ganz gut.«

Magdalena wendete sich mit einer schnellen Drehung wieder Till zu. »Was wissen Sie denn von Argentinien?«

»Ich weiß, dass Sie dort das Abitur gemacht haben. Sie waren eine gute Schülerin. Eine sehr gute sogar. Ihnen hätten doch viele Möglichkeiten offen gestanden. Warum haben Sie Argentinien den Rücken gekehrt? Warum haben Sie sich zurückgezogen und Lena hier das Feld überlassen? Was war der Grund?«

Magdalena erhob sich langsam von ihrem Stuhl und stellte sich vor das Fenster, blickte wehmütig nach draußen. »Wir hatten Differenzen, nachdem das Abitur geschafft war. Differenzen, die nicht zu überbrücken waren.«

»Welche Differenzen?«, hakte Till nach. Aber er hatte wenig Hoffnung, eine Antwort darauf zu bekommen. Doch Magdalena sprach weiter.

»Es ging darum, wie wir unser zukünftiges Leben gestalten wollten. Ich wollte ins Kloster gehen. Ich wollte Nonne werden. Dort hätten wir unseren Frieden gefunden, Maria und ich. Aber die anderen waren strikt dagegen. Alle. Kristie, Silvia, Tom. Und vor allem Lena. Ich konnte den Weg ins Kloster also nicht antreten. Und einen anderen Weg wollte ich nicht gehen.«

»Sind Sie religiös? Oder wollten Sie einfach der Welt entfliehen?« Siebels dachte an die Hypothese von Jasmin, dass die beiden Persönlichkeiten Maria und Magdalena einen Bezug zu der biblischen Figur Maria Magdalena haben könnten.

»Beides trifft zu«, antwortete Magdalena versonnen. »Im Kloster wollte ich ein sündloses Leben führen und vor den Sünden der Welt entfliehen. Als Dienerin des Herrn.«

»Nachdem Sie diesen Entschluss gefasst hatten, kam es also zu einer Art Putsch«, resümierte Siebels. »Warum wurde ausgerechnet Lena zu Ihrer Nachfolgerin und warum der Ortswechsel nach Deutschland?«

»Putsch ist das falsche Wort. Es entstand ein Interessenkonflikt, der nicht gelöst werden konnte. Für Kristie, Tom, Silvia und Lena wäre ein Leben im Kloster nicht denkbar gewesen. Und somit hätten auch Maria und ich unseren Frieden auf diesem Weg nicht finden können. Also zog ich mich nicht ins Kloster zurück, sondern suchte mir einen ruhigen Schlupfwinkel in unserem Unterbewusstsein und ließ alle körperlichen Aktivitäten ruhen. Die anderen konnten mit dieser Situation zunächst nichts anfangen. Unser Körper fiel für eine kurze Zeit sogar in einen komatösen Zustand. Kristie, Lena und Silvia wechselten sich schließlich ab und verursachten dabei ein groteskes Chaos. Das erreichte seinen Höhepunkt, als Silvia sich für ein Jura-Studium in Buenos Aires bewarb. Ein Jurastudium wäre Silvia ja auf den Leib geschrieben gewesen. Kristie wollte Silvias eigenmächtige Entscheidung aber nicht hinnehmen und bewarb sich aus Trotz für Psychologie an der Uni in Frankfurt. Der Heimatstadt von Marias Vater. Keine Ahnung, was sie sich dabei gedacht hat. Wir bekamen von beiden Universitäten eine Zusage. Kristie hatte zwar nicht wirklich die Absicht in Frankfurt Psychologie zu studieren, aber sie wollte auf keinen Fall Silvia das Feld überlassen. Während Silvia die Sache ausdiskutieren wollte, schaffte Kristie einfach Fakten. Sie nahm den Studienplatz in Frankfurt an und vernichtete die Unterlagen für die Einschreibung in Buenos Aires. Allerdings schrieb sie sich in Frankfurt als Lena ein, nicht als Kristie. Silvia wollte das alles wieder rückgängig machen, aber Kristie funkte ihr ständig dazwischen und verhinderte es. Das Chaos in unserem Leben wurde immer größer. Tom beendete das schließlich. Er sah keine andere

Möglichkeit mehr, als einen Neuanfang zu wagen. Mit der lieblichen Lena als Studentin in Frankfurt.«

Siebels bekam bei Magdalenas Erzählung langsam ein Gefühl für die Situation, in der Lena sich befand, als sie in Frankfurt das Leben einer Studentin meistern sollte. Aber das Bild von Lena blieb immer noch diffus. »Welche Rolle spielte Lena denn während Ihrer Zeit in Argentinien?«

Magdalena sah Siebels direkt in die Augen. »Sex. Das kam zwar nicht oft vor, nach der Pubertät brauchten wir aber eine Persönlichkeit, die damit zurechtkam. Eine, die unvoreingenommen, offen und zutraulich war. Eine, die Spaß dabei hatte. Ich hatte ein oder zwei gute Freunde gewonnen, während ich das Abitur gemacht habe. Sie haben sich in mich verliebt. Sie wollten mehr. Ich wollte sie nicht enttäuschen. Aber ich konnte das nicht. Genauso wenig wie Kristie oder Silvia. Lena wurde reaktiviert. Nur für eine Nacht. Zwei oder drei Mal nur. Lena wurde für die Liebe geboren. Für die körperliche Liebe. Damals, als Maria missbraucht wurde. Lena konnte man nicht missbrauchen. Nur gebrauchen. Das war ihre Natur. Sonst nichts. Für alles andere war sie nicht vorgesehen. Aber die ihr zugedachte Aufgabe erledigte sie ausgezeichnet. Viel zu gut für meinen Geschmack. Wenn sie mich für eine Liebesnacht vertreten hatte, schaute ich am nächsten Tag in die leuchtenden Augen eines Jungen, den Lena zuvor glücklich gemacht hatte. Es war fast schon furchteinflößend, wie Lena sich von uns anderen unterschied. Silvia hatte es auch einmal versucht. Sie hatte ihren Notizblock dabei und versuchte Sex nach Zahlen zu praktizieren. Ein totales Desaster. Kristie fühlte sich zu Frauen hingezogen. Sie verscheuchte sie letztendlich aber immer, bevor es ernst wurde. Ich glaube allerdings, dass sie nicht wirklich lesbisch ist, sondern dass Tom ihr das eingeredet hat. Für ihn wäre das natürlich sehr reizvoll. Mit Lenas Libido kam er gar nicht zurecht. Wenn Lena aktiv wurde, zog er sich in den hintersten Winkel unseres Schattendaseins zurück. Daher habe ich mich auch sehr gewundert, dass er Kristies dumme Idee, mit Lena als Studentin ein neues Leben zu beginnen, durchgesetzt hatte.«

»Tom hat das Problem gelöst und die Männer umgebracht, mit denen Lena intim war«, seufzte Siebels. »Er muss ziemlich wütend auf die Männer gewesen sein, die sich von Lenas Natur so unwiderstehlich angezogen fühlten.«

Magdalena schüttelte heftig den Kopf. »Nein. So ist es nicht. Tom hat das nicht getan. Auf keinen Fall dürfen Sie diese Morde jetzt Tom in die Schuhe schieben. Er ist unschuldig.«

»Er ist mit einem Brieföffner auf mich losgegangen«, sagte Siebels und fragte sich, ob Magdalena von diesem Ausbruch überhaupt etwas mitbekommen hatte. »Er hätte mich umgebracht, wenn ich ihn nicht überwältigt hätte.«

»Ja, das hätte er. Aber nur, weil er Maria schützen wollte.« Magdalena schaute Paula Behrens vorwurfsvoll an. »Wie konnten Sie Maria das nur antun? Wir haben sie über all die Jahre so gut beschützt. Und dann kommen Sie und zerren Maria an die Oberfläche, zerren sie zurück in die Vergangenheit. An den Ort, an dem ihre Seele zerstört wurde. Wo sie zu einem Seelensplitterkind wurde. Wie konnten Sie ihr das nur antun?«

Paula Behrens schluckte. »Das tut mir leid. Was ich getan habe, war falsch. Es ging viel zu schnell und war zu viel auf einmal. Aber diese Morde. Das musste aufhören. Ich wollte verstehen, wie es dazu kommen konnte. Damit wir es gemeinsam stoppen können.«

»Tom hat niemanden ermordet. Er beschützt Maria. Diese Männer verkehrten aber nur mit Lena. Maria war davon nicht betroffen. Also gab es für Tom überhaupt keinen Grund, diese Kerle auszuschalten. Bei Ihnen war das etwas anderes.«

»Aber Sie haben sich eingeschaltet, Magdalena«, schlug Siebels eine andere Richtung ein. »Sie haben die Frauen der Männer besucht. Sie haben den Frauen erzählt, was ihre Männer mit Lena trieben. Sie haben ihnen Fotos gezeigt. Fotos, wie sie auch an den Tatorten hinterlegt wurden. Haben Sie die Fotos bei den ermordeten Männern hinterlassen, Magdalena? Haben Sie die Morde begangen?«

Magdalena wirkte nun fahrig. Ihre Hände suchten etwas zum Festhalten, fanden aber nichts. Sie rieb sich über die Oberschenkel. »Ja, ich habe diese Frauen besucht und habe ihnen die Augen geöffnet. Nachdem bei Lena alles außer Kontrolle geraten war. Dieser Tobias Lang und seine Handlanger waren schlimme Menschen. Sie nutzten Lenas Natur schamlos aus. Sie trieben ein böses Spiel mit ihr. Lena erkannte die Gefahr überhaupt nicht, in der sie sich befand. Sie dachte, sie würde alles gut und richtig machen. Aber es war furchtbar, was sie tat. Ich musste das beenden. Ja, ich besuchte die Frauen dieser Männer.«

»Aber das hat nichts geholfen«, seufzte Siebels. »Die Frauen haben ihre Männer verlassen und die Männer haben einfach weitergemacht. Sie haben Lena ausgenutzt, haben Lena immer weitergetrieben in ihr bösartiges Spiel. Also mussten Sie wieder aktiv werden und das ein für alle Mal beenden.«

Magdalena fuhr sich mit den Händen durch die Haare. Sie wirkte erschöpft, müde und durcheinander. »Lena sollte mit Christian glücklich werden. Es hat doch richtig gut angefangen. Christian war ein Glücksfall. Er ließ sich weder von Kristie noch von Silvia vertreiben. Im Gegenteil, er wollte mit uns allen auskommen. Er liebte Lena. Und Lena liebte ihn. Es war perfekt. Es hätte perfekt werden können. Lena hätte vielleicht sogar studieren können. Aber diese Männer haben alles kaputt gemacht. Sie wollten Lena kaputt machen, so wie die Männer damals Maria kaputt gemacht haben.« Eine einzelne Träne lief Magdalena über die Wange.

»Haben Sie die Männer umgebracht?«, fragte Siebels sie nun ganz direkt, aber mit einfühlsamer Stimme.

»Ich bin müde. Ich muss schlafen. Bitte lassen Sie mich jetzt in Ruhe.« Magdalena schlurfte zum Bett, ließ sich darauf sinken und schloss die Augen.

»Das langt für heute, lassen wir sie allein«, sagte Paula Behrens eindringlich und bugsierte Siebels und Till aus dem Zimmer.

»Es ist nicht so, wie Sie denken«, flüsterte Magdalena, als sich ihre Zimmertür von außen schloss.

*

Im roten Salon

»Das gibt es doch nicht«, ereiferte sich Kristie. »Jetzt sitzen wir in der Klapse fest und Magdalena redet sich um Kopf und Kragen. Wir müssen hier raus, so schnell wie möglich.«

Tom lief hin und her und versuchte nachzudenken. Aber er konnte keinen klaren Gedanken fassen. »Magdalena ist klug, sie weiß schon, was sie tut.« Mehr fiel ihm im Moment nicht ein.

»Mein Sex war gar nicht so schlecht, wie sie es ständig behauptet«, schmollte Silvia. Sie blätterte in einem alten Notizbuch. »Ich habe es aufgeschrieben. Er war sehr erregt. Er wollte mich küssen.«

»Oh Mann«, stöhnte Kristie. »Du hast ihm aus deinem Notizblock vorgelesen, an welchen Körperstellen er bei der Frau die erogenen Zonen finden kann.« Kristie äffte Silvias Annäherungsversuche von damals nach. »Die spezifischen erogenen Zonen der Frau sind der Augenbereich, die Ohrmuscheln, der Mund, insbesondere Lippen und Zunge und die gesamte Mundhöhle, die Augenbrauen, die Innenseite der Nasenflügel, die Haargrenze im Bereich der Stirn, die Handinnenflächen, die Achselhöhlen, der Bereich des Damms, der Anus, die Brusthügel, die Warzenhöfe, die Brustwarzen, der Venushügel, die kleinen und die großen Schamlippen, die Klitoris, der G-Punkt. Glaubst du wirklich, dass ihn diese Aufzählung von dir erregt hat?«

Silvia schaute wieder in ihr altes Notizbuch. »Er hat gesagt, dass er es einfach nur mit mir machen will. Das ist doch ein gutes Zeichen.«

»Ihr habt doch beide überhaupt keine Ahnung«, seufzte Lena.

»Und du hast dir deinen sowieso nur spärlich vorhanden gewesenen Verstand gänzlich aus dem Kopf ficken lassen«, giftete Kristie.

Silvia blätterte wieder in einem ihrer alten Notizblöcke. »Sag mal, Kristie, bist du nun lesbisch oder nicht? Sollte ich das in meinen Notizen besser korrigieren?«

»Hört jetzt endlich auf mit dem Scheiß«, schrie Tom völlig genervt. »Wir haben jetzt echt andere Probleme. Die wollen uns mehrere Morde anhängen und wenn Magdalena das nicht wieder hinbiegt, kommen wir tatsächlich nie wieder aus der Klapse raus.«

»Vielleicht will Magdalena gar nicht mehr raus?«, überlegte Silvia. »Das ist hier doch fast wie im Kloster.«

»Scheiße«, flüsterte Kristie entsetzt. »Da ist vielleicht was dran.«

»Okay, wir müssen hier raus«, befand Tom.

»Magdalena ist völlig erschöpft. Sie schläft wie ein Murmeltier. Ich kann bestimmt übernehmen und dann hauen wir hier ab«, sagte Kristie in einem verschwörerischen Tonfall.

*

Siebels und Till hatten Paula Behrens wieder in deren Büro begleitet.

»Von wegen, sie spricht nicht«, machte Till sich über die Diagnose von Paula Behrens lustig. »Sie hat ja gequasselt wie ein Wasserfall.«

»Das war aber Magdalena, ich hatte von Lena gesprochen.«

»Ach so, ist ja logisch«, erwiderte Till mit einem ironischen Unterton.

»Magdalena scheint mir jedenfalls von allen die geeignetste Gesprächspartnerin zu sein«, befand Siebels.

»Das sehe ich auch so«, pflichtete Paula Behrens ihm bei. »Sie war ja auch die ursprüngliche Hauptakteurin und hätte das Leben wohl mehr oder weniger gut gemeistert, wenn sie ihren Weg weitergegangen wäre.«

»Mit Kristie und Lena im Kloster? Ich weiß ja nicht«, grinste Till.

»Bleiben wir mal sachlich«, bat Siebels. »Denken Sie, dass Magdalena die Taten begangen hat und ein Geständnis ablegen wird?« Er schaute Paula Behrens fragend an.

»Nach meiner persönlichen Einschätzung hat sie die Morde nicht begangen. Ich befürchte aber, dass sie trotzdem ein Geständnis ablegen könnte. Das ist jetzt aber nur eine Einschätzung, der noch kein psychiatrisches Gutachten zugrunde liegt.«

»Warum sollte sie denn ein Geständnis ablegen, wenn sie es nicht gewesen ist?«, fragte Till.

»Damit sie endlich zur Ruhe kommen. Sie würden für lange Zeit in der Psychiatrie bleiben müssen. Mein Eindruck war, dass Magdalena diese Option in Betracht ziehen könnte. Auch schon deshalb, weil Kristie, Silvia und Lena sich dann weitestgehend aus dem Leben zurückziehen und kein Chaos mehr anrichten würden.«

27

12 Tage zuvor

Christian lag in der Nacht nach seinem Besuch bei Tobias Lang mit Magenschmerzen im Bett. Er konnte kein Auge zumachen. Was bildete dieser Kerl sich ein? Der war völlig verrückt. Was wollte er von Lena? Was hatte er mit ihr vor? Was konnte Christian dagegen tun? Wieso steckte sein Vater mit diesem Drecksack unter einer Decke? All diese Fragen brachten Christian fast um den Verstand. Tobias Lang war der Chef in der Kanzlei, so viel wusste er. Aber hier ging es nicht um irgendwas Geschäftliches. Dieser Typ war pervers und er wollte seine Perversitäten an Lena auslassen. Lena würde ihm gehören, hatte er Christian wutentbrannt entgegengeschleudert und dabei auf ihn eingedroschen. Sollte Christian Strafanzeige gegen Lang erstatten? Weil er auf ihn eingeprügelt hat? Spät abends in seinem Haus, was hatte Christian da verloren? Lang hatte Lena zu nichts gezwungen. Glaubte Christian jedenfalls. Christian hatte ja nur reden wollen, hatte die Sache klarstellen wollen. Aber so kam er nicht weiter. Er musste Lena beschützen. Vor diesen Männern und vor sich selbst. Wenn es mit Worten nicht ging, musste es auf andere Weise gehen.

Am nächsten Tag traf Christian sich mit Lena. Sie sollte erfahren, was vorgefallen war. Sie musste wissen, auf was sie sich da eingelassen hatte. Sie musste verstehen, dass sie sich in Gefahr befand. Dass dieser Tobias Lang ein skrupelloser Schläger war. Und sie musste wissen, dass es zwischen ihr und Christian so nicht weitergehen konnte, wenn sie sich weiterhin mit seinem Vater, Tobias Lang oder Jürgen Hellmann traf. Oder mit wem auch immer.

»Ich weiß«, sagte Lena traurig, nachdem Christian ihr von seinem schmerzhaften Aufeinandertreffen mit Tobias

Lang erzählt hatte. »Er hat mich mitten in der Nacht angerufen und es mir gesagt. Er war ziemlich wütend.«

»Aha«, sagte Christian verdattert. »Und was wollte er von dir?«

Lena druckste zunächst herum, wollte nicht so recht raus mit der Sprache, aber Christian bestand auf eine Antwort.

»Er hat von mir verlangt, dass ich dich nicht mehr sehe. Nicht mehr mit dir spreche. Nicht mehr an dich denke. Dass ich nur noch für ihn da sein soll. Für ihn und seine Freunde. Ich musste es ihm versprechen.« Lena konnte Christian nicht ansehen, als sie ihm das sagte. Sie schaute auf ihre Hände.

»Das hast du ihm versprochen?« Christian war fassungslos.

Lena nickte und fing leise an zu weinen. »Was sollte ich denn tun? Er will mich haben. Er ist so besitzergreifend. Und ich kann doch nicht Nein sagen. Das kann ich einfach nicht.« Jetzt sah sie Christian aus verheulten Augen an.

»Dann können wir uns nicht mehr sehen«, sagte Christian hoffnungslos.

Lena fing daraufhin plötzlich an zu kreischen. Sie lief im Zimmer umher, schmiss sich dann ins Bett, zog die Decke über sich, schluchzte kurz und blieb schließlich regungslos und still unter der Decke liegen. Christian blieb auf dem Stuhl sitzen und starrte gegen die Wand. Er fühlte sich so hilflos. Sie tat ihm leid. Er wollte sie nicht verlieren. Aber er wusste nicht, wie er das verhindern sollte. Es gab keinen Ausweg. Sollte er doch noch einmal mit seinem Vater reden? Der hatte ihm noch irgendetwas hinterhergerufen, nachdem Christian ihn wütend verlassen hatte. Er wolle die Sache wieder in Ordnung bringen. Hatte er das gesagt? Ein neuer Hoffnungsschimmer keimte in Christian auf. Er ging zum Bett, rüttelte Lena sachte an der Schulter. »Lena, wir bringen das alles wieder in Ordnung«, flüsterte er. Lena regte sich nicht. Christian schüttelte sie heftiger.

Lena schlug plötzlich die Decke zurück und sah Christian an. Aber es waren nicht Lenas Augen, in die er blickte. Es waren die von Kristie.

»Na, hast du es jetzt endlich kapiert? Lena stürzt dich ins Unglück. Weil es ihre Natur ist. Sie kann gar nicht anders.«

»Aber ich werde das nicht zulassen«, sagte Christian trotzig. Er würde es Kristie beweisen, schwor er sich in diesem Moment.

»Dich fragt aber doch gar niemand, du Penner.«

»Nenn mich nicht immer Penner, du dumme Kuh.« Jetzt platzte ihm der Kragen. Genug war genug. Wenigstens von Kristie erwartete er jetzt Solidarität.

»Na schau an, der smarte Christian wird ja noch ein ganz harter Hund. Wer hätte das gedacht?«

»Hör auf, blödes Zeug zu quasseln. Hast du eine Idee, was ich tun soll, damit das ein Ende hat? Oder hast du außer deinem Zynismus sonst nichts drauf?«

»Klar habe ich eine Idee. Es gibt immer eine Lösung. Ich wundere mich nur, warum du da selbst nicht draufkommst, du Traumtänzer.«

»Was soll ich deiner Meinung nach tun?«

»Bring die Typen um. Sie haben es nicht anders verdient.«

*

»Jetzt holen wir Christian ab, nehmen ihn mit aufs Präsidium und drehen ihn richtig durch die Mangel«, entschied Siebels, nachdem sie die Uni-Klinik verlassen hatten und wieder im Auto saßen.

»Als Verdächtigen oder als Zeugen?« Till warf einen Blick auf die Uhr. Das konnte ein langer Abend werden.

»Zunächst als Zeugen. Dann sehen wir weiter.«

»Hoffentlich besteht er nicht auf einen Anwalt«, seufzte Till.

»Wird sich zeigen. Was erwartest du von einem Zusammentreffen zwischen Magdalena und dieser Sina?«

Till zuckte mit den Schultern. »Weiß nicht, das war so ein Bauchgefühl.«

»Bauchgefühle sind aber mein Metier.«

»Ich glaube, die prägen sich bei Männern aus, wenn sie älter werden.«

»Muss ich mir Sorgen um dich machen?«

»Vielleicht liegt es auch einfach nur an dem Fall. Mit normaler Ermittlungsarbeit kommt man da ja nicht weiter.«

»Immerhin hast du heute den kalten Fall Tanja Noll gelöst. Sofern ihre Identität bestätigt wird.«

»Das wird sie. Und ich würde mich nicht wundern, wenn wir da noch weitere Leichen in den Kellern der ermordeten Männer finden würden.«

»Hör bloß auf«, winkte Siebels ab. »Was erwartest du also von Sina?«

»Die beiden waren gute Freundinnen, schon seit Kindertagen. Sina ist jetzt die einzige Verbindung zu Magdalenas altem Leben. Wenn Magdalena mehr über die Morde weiß, erzählt sie es vielleicht ihrer einzigen verbliebenen Freundin.«

»Na gut, dann ruf sie an.«

Zehn Minuten später hatte Till mit Sina einen Besuch bei Magdalena vereinbart. Ihr Großvater würde sie nach Frankfurt fahren. Siebels hatte zwischenzeitlich das Ziel erreicht und den Wagen abgestellt. Nach mehrmaligem Klingeln wurde ihnen geöffnet, Christian erwartete sie an der Haustür.

»Wir müssen Sie bitten, uns auf das Präsidium zu begleiten«, kam Siebels gleich zur Sache.

»Warum?« Christian sah blass und erschöpft aus. Er schien in den letzten Tagen weder ausreichend gegessen noch geschlafen zu haben.

»Wir benötigen von Ihnen eine umfassende und protokollierte Zeugenaussage.«

»Das passt mir jetzt gerade aber gar nicht. Können wir das auf morgen Vormittag verschieben?«

»Nein, das machen wir jetzt«, beschied Siebels. »Dann können wir Sie auch über den aktuellen Status von Lena aufklären, falls Ihnen noch etwas daran liegt?«

Christian wurde hellhörig. »Was ist mit Lena? Ich kann sie seit Tagen nicht mehr erreichen.«

»Das erfahren Sie auf dem Präsidium, kommen Sie.«
Christian zögerte nicht länger und begleitete Siebels und Till aufs Präsidium in deren Büro.

»Sie sehen beschissen aus«, sagte Siebels mitleidig, als er mit Christian und Till am Tisch saß und das Aufnahmegerät vorbereitete.

»Danke, so fühle ich mich auch. Die Beerdigung meines Vaters findet übermorgen statt.«

»Sollen wir Ihnen etwas zu essen besorgen? Ein Sandwich?«

»Nein, ich habe keinen Hunger.«

»Das kann sich ja noch ändern. Till, besorge unserem Gast doch einen Happen und was zum Trinken, bevor wir anfangen. Sonst kippt er uns noch um.«

Till nickte und hoffte, dass Jasmin noch was besorgen konnte.

»Was ist mit Lena?«, wollte Christian von Siebels wissen, nachdem Till das Büro verlassen hatte.

»Das ist eine gute Frage«, sagte Siebels und lehnte sich in seinem Stuhl zurück. »Es ist etwas vorgefallen, was Frau Doktor Behrens dazu veranlasst hat, sie in die Psychiatrie einzuweisen.«

Christian wurde noch blasser, als er es zuvor schon war. »Was ist passiert?«

»Sie sollten jetzt erst mal etwas zu sich nehmen. Sie sehen aus wie der Tod auf Urlaub.«

»Mir geht es gut. Ich will wissen, was mit Lena ist.«

Till kam zurück. »Jasmin besorgt etwas«, sagte er und setzte sich wieder.

Siebels startete das Aufnahmegerät und nannte Datum, Uhrzeit und den Namen des zu befragenden Zeugen sowie das Aktenzeichen des Falles. »Sie sind der Freund von Lena Steinmann, ist das richtig?«, begann Siebels mit der offiziellen Befragung.

»Ja, das bin ich. Und ich will jetzt wissen, was mit Lena los ist.«

»Lena Steinmann wurde gestern von Frau Professor Doktor Paula Behrens in die Psychiatrie in der Uniklinik Frankfurt eingewiesen«, sagte Siebels mit nüchterner Stimme. »Bei Lena Steinmann wurde eine dissoziative Persönlichkeitsstörung diagnostiziert. Aufgrund dieser psychischen Störung kam es gestern bei einer Behandlung in den privaten Behandlungsräumen der Psychiaterin Paula Behrens zu einem gewalttätigen Ausbruch der Patientin, der sich gegen den anwesenden Kriminalhauptkommissar Steffen Siebels richtete.«

»Was reden Sie denn da für einen Scheiß«, unterbrach Christian ihn. »Lena soll gewalttätig gegen Sie geworden sein? Das ist doch lächerlich. Lena ist friedlich wie ein Lamm.«

»Dissoziative Persönlichkeitsstörung bedeutet, dass eine Person aus mehreren individuellen Persönlichkeiten besteht, die unter verschiedenen Namen und mit unterschiedlichen Charakteren aktiv am Leben teilnehmen können. Können Sie das bestätigen, Herr Schlosser?«

»Ja, das kann ich bestätigen«, sagte Christian zerknirscht.

»Welche dieser Persönlichkeiten haben Sie außer Lena kennen gelernt?«

»Kristie und Silvia. Hauptsächlich Kristie. Aber das waren auch nur seltene Gelegenheiten. Lena war fast immer sie selbst.«

»Nur Kristie und Silvia? Sonst niemanden?«

Christian wurde ungeduldig und schlug mit der flachen Hand auf den Tisch. »Nein, verdammt. Nur die beiden. Was sollen diese Fragen jetzt?«

Jasmin betrat mit einem Tablett das Büro. Sie brachte darauf zwei belegte Brötchen und eine Dose Cola. Siebels unterbrach die Aufnahme.

»Braucht ihr sonst noch etwas? Anderenfalls mache ich gleich Feierabend.«

»Gibt es neue Berichte aus der Gerichtsmedizin oder von der Spurensicherung?«, erkundigte Siebels sich.

»Ja, da kam heute im Laufe des Tages noch was rein. Ist alles im System abgelegt.«

»Das sollten wir uns erst mal anschauen. Kann unser Besuch so lange bei dir drüben seine Brötchen verzehren?«

»Klar, kein Problem. Dann folgen Sie mir bitte ganz unauffällig, junger Mann.«

Christian ließ sich das nicht zweimal sagen. Ein kurzer Tapetenwechsel kam ihm jetzt mehr als recht.

Siebels fuhr seinen Rechner hoch und warf einen Blick in die neuesten Berichte. Bislang unbekannte DNA-Spuren am Tatort im Haus von Martin Schlosser konnten mittlerweile dem ermordeten Tobias Lang zugeordnet werden. Siebels winkte Till zu sich und zeigte ihm die neue Information.

»Muss aber noch nichts bedeuten, wenn die beiden auch privat Kontakt miteinander pflegten.«

»Das muss nichts bedeuten, kann aber auch ziemlich viel bedeuten«, sagte Siebels nachdenklich. Er schaute nach weiteren neuen Berichten und Erkenntnissen und wurde fündig. Die Whiskeyflasche aus dem Zimmer von Jürgen Hellmann wurde eindeutig als Tatwaffe identifiziert. DNA-Spuren von Tobias Lang wurden auch im Zimmer von Jürgen Hellmann nachgewiesen. Und zwar in Form von Hautschuppen auf dem Bettlaken. Fingerabdrücke von Tobias Lang konnten nicht sichergestellt werden.

»Sehr interessant«, murmelte Siebels vor sich hin.

»Kannst dir ja noch mal die Videoaufzeichnungen vom Hotel angucken und nach Tobias Lang Ausschau halten«, schlug Till vor.

»Die Idee an sich ist gut, Kollege. Allerdings bist du jetzt dran mit Hotelvideo gucken.«

»Wir können ja Schnick-Schnack-Schnuck machen«, versuchte Till sich vor der undankbaren Aufgabe zu drücken.

»Nix da. Ich habe den ersten Durchgang gemacht, jetzt bist du dran.«

»Okay, ich habe ja auch schon lange keine Nachtschicht mehr eingelegt«, gab Till sich geschlagen.

»Die Identität von Tanja Noll ist leider noch nicht bestätigt«, stellte Siebels fest.

»Sie ist es aber. Wollen wir wetten?« Till schaute Siebels herausfordernd an.

»Nö, wir wollen uns jetzt mit Herrn Schlosser noch ein bisschen unterhalten.«

Sie riefen Christian wieder zurück und entließen Jasmin in den wohlverdienten Feierabend. Nachdem Christian etwas in den Magen bekommen hatte und dabei die Gesellschaft von Jasmin genießen durfte, machte er schon wieder einen gefestigteren Eindruck.

»Also außer Lena haben Sie noch deren Ko-Persönlichkeiten namens Kristie und Silvia kennen gelernt. Sonst aber keine weiteren Erfahrungen oder Bekanntschaften mit anderen zu Lena gehörenden Persönlichkeiten gesammelt, richtig?«

»Ja. Das ist richtig.«

»Wurden Sie von Lena, Kristie oder Silvia jemals bedroht? Vielleicht mit einem Messer oder einem anderen Gegenstand? Oder wurde eine dieser Personen jemals gegen Sie handgreiflich?«

Christian wurde es langsam mulmig zumute. Worum ging es hier überhaupt? Was war geschehen? »Kristie hat mich regelmäßig beleidigt«, sagte er schließlich.

»Mich auch«, warf Till belustigt ein. »Aber wie Sie schon sagten, handelt es sich dabei um eine Beleidigung, nicht um eine Bedrohung.«

Christian fiel wieder ein, wie er einmal so wütend auf Lena war, dass er sie mit Gewalt nehmen wollte. Lena hatte sich in das kleine wimmernde Mädchen Maria verwandelt. Daran hatte er vorhin gar nicht mehr gedacht. Diese Episode hatte er verdrängt. Aber später stand Lena mit einem Messer in der Hand vor ihm. Es war nicht Lena, aber er wusste nicht, wer es war. Lena war wieder zurückgekommen und hatte das Messer fallengelassen. »Nein, ich wurde nie bedroht. Weder von Lena noch von Kristie oder Silvia«, sagte Christian mit Bestimmtheit.

»Okay. Und Sie haben auch definitiv keine Ko-Existenz von Lena kennen gelernt, die Magdalena heißt?«

Christian überlegte einen Moment. Konnte das die Frau gewesen sein, die das Messer in der Hand gehalten hatte? Er wusste es nicht. »Nein, es gab keine Magdalena.«

»Und auch keinen Tom?«

»Tom? Was soll das denn jetzt?«

»Beantworten Sie einfach meine Frage. Hat Lena sich jemals als Tom zu erkennen gegeben? Oder haben Sie sie jemals in einer Situation erlebt, in der sie sich wie ein Mann gebärdete?«

»Natürlich nicht«, sagte Christian entschieden.

»Hat Lena sich jemals wie ein kleines Kind verhalten? Möglicherweise wie ein sehr verängstigtes kleines Kind?«

Christian blieb stumm. Er hatte das Bild von Maria wieder im Kopf. Er wollte dieses Bild nicht vor sich sehen. Aber jetzt war es da. Wie sie wimmerte und sich vor ihm auszog. Wie sie steif wie ein Brett auf dem Bett lag und sich scheinbar ihrem Schicksal ergab. Einem Schicksal, von dem Christian nichts wissen wollte. Einem Schicksal, dass nichts mit ihm zu tun hatte. Nicht mit ihm und nicht mit Lena. »Nein, sie hat sich in meiner Gegenwart nicht wie ein kleines verängstigtes Kind verhalten«, sagte Christian. Aber er fragte sich, ob er nicht doch besser bei der Wahrheit bleiben sollte. Er fragte sich, was die Polizisten wussten, was er nicht wusste. Er fragte sich, ob er sich mit seinen Aussagen nicht früher oder später in Widersprüche verwickeln würde.

»Und als Maria ist Ihnen Lena auch nie begegnet?«

»Lena, Kristie, Silvia. Das habe ich doch deutlich gesagt, oder? Unter anderen Namen oder Wesenszügen ist mir Lena nie begegnet.«

»Ich wollte nur sichergehen, dass Sie nicht die eine oder andere flüchtige Begegnung mit einer dieser Ko-Existenzen von Lena vergessen haben.«

»Sagen Sie mir jetzt endlich, was mit Lena passiert ist«, flehte Christian.

Siebels erklärte es ihm. Er erzählte ihm von Maria und wie sie bei Paula Behrens zum Vorschein gekommen war. Er erzählte ihm, wie Tom das Kommando übernommen und sich auf Siebels gestürzt hatte. Wie Lena anschließend in einem Zustand der totalen Erschöpfung von Paula Behrens in die Psychiatrie eingewiesen wurde und dort nun als Magdalena erwacht war. Als die Magdalena, die die meiste Zeit in Argentinien das Leben lebte, während Lena dort nur eine unbedeutende Schattenexistenz im Unterbewusstsein führte.

Sie war eigentlich nur zum Bumsen gut, dachte sich Till, behielt diesen Gedanken aber für sich. »Lena hat es nicht auf die Reihe gekriegt und musste ihren Platz als Hauptperson wieder an Magdalena abtreten. Lena existiert praktisch nicht mehr. Damit sollten Sie sich abfinden und es bei Ihren Aussagen bedenken. Stürzen Sie sich nicht für eine Frau ins Unglück, die nur noch in einer Schattenwelt existiert.«

»Ich werde Lena nicht aufgeben, niemals«, erwiderte Christian trotzig.

Till schüttelte den Kopf. Er konnte aber auch nachvollziehen, wie Christian sich fühlen musste. Seine große Liebe war nichts anderes als eine geplatzte Luftblase.

»Wie gut kennen Sie Tobias Lang?«, wechselte Siebels das Thema.

Als Siebels diesen Namen nannte, zuckte Christian zusammen. »Nicht gut«, sagte er schließlich. »Er war der Vorgesetzte meines Vaters.«

»Wussten Sie, dass er sich auch mit Lena getroffen hat?«

Christian schnaufte und fuhr sich mit der Hand über das Gesicht und durch die Haare. »Hat er Ihnen das gesagt?«, versuchte er mit einer Gegenfrage die Situation besser in den Griff zu bekommen.

»Wir konnten ihn noch nicht befragen«, gab Siebels eine ausweichende Antwort. »Aber Sie wussten Bescheid, stimmts?«

»Das dumme Schwein hat Lenas Schwächen skrupellos ausgenutzt«, brach es wütend aus Christian heraus.

»Und deswegen haben Sie ihn abgestochen?« Till ging nun lautstark auf Konfrontationskurs.

Christian sah Till verständnislos an. »Was meinen Sie? Ist er auch tot?«

»Jetzt tun Sie doch nicht so überrascht«, sagte Till in einem ermahnenden Tonfall.

»Ich wollte ihn tatsächlich umbringen«, flüsterte Christian. »Er hat mich zusammengeschlagen, als ich ihn wegen Lena zur Rede stellen wollte.«

»Und? Haben Sie ihn umgebracht?« Siebels stellte seine Frage im Gegensatz zu Till mit ruhiger Stimme.

Christian sah Siebels nachdenklich an, bevor er antwortete. »Nein. Aber ich wollte es tun. Ich war bei ihm. Bevor mein Vater ermordet wurde. Ich hatte ein Messer dabei. Aber ich habe es nicht benutzt. Habe mich nicht getraut, es aus der Hosentasche zu ziehen. Ich war zu feige, zu eingeschüchtert von ihm. Er hat mich verhöhnt, zusammengeschlagen und bedroht. Dann hat er mich aus dem Haus und auf die Straße geschleift und dort liegengelassen. Ich kam mir so erbärmlich vor. Ich konnte Lena nicht vor ihm beschützen. Nicht vor ihm und nicht vor sich selbst. Ich hätte ihn umbringen müssen. Er hat meinen Vater umgebracht und Lena missbraucht. Dieses Dreckschwein.«

28

10 Tage zuvor; 5 Tage vor Martin Schlossers Tod

»Du hast Besuch«, sagte Daniel, Christians Mitbewohner in der WG. Christian lag in seinem Zimmer auf dem Bett und dachte nach. Da kam sein Vater herein. Er sah aus wie ein geprügelter Hund.

»Was willst du hier?« Christian wollte ihn nicht sehen. Nicht jetzt. Er wollte ihn nie wiedersehen.

Sein Vater setzte sich zu ihm auf die Bettkante. »Ich muss mit dir reden. Es tut mir alles so leid. So unendlich leid.«

Christian richtete sich auf. »Was tut dir leid? Dass du es mit meiner Freundin treibst? Oder dass es dein Chef mit meiner Freundin treibt? Oder dass dein Chef mich zusammengeschlagen hat? Oder was?«

Sein Vater sah ihn erschrocken an. »Er hat dich zusammengeschlagen?«

Christian nickte. Eigentlich wollte er nicht, dass sein Vater davon erfuhr. »Ich wollte ihn zur Rede stellen«, sagte er stattdessen.

Sein Vater sah ihn aus verzweifelten Augen an. »Halte dich von ihm fern. Er ist ein gefährlicher und kranker Mann. Ein Psychopath der schlimmsten Sorte. Er hat mein Leben zerstört. Meins und das von einigen Kollegen. Aber das war meine Schuld. Ich habe mich auf den Teufel eingelassen und dann gab es keinen Weg mehr zurück. Aber jetzt ist Schluss damit. Ich werde ihn zur Rechenschaft ziehen, egal was das für Konsequenzen für mich hat. Jetzt ist er zu weit gegangen. Und ich auch. Mit Lena. Das tut mir leid. Wirklich.«

Christian verstand nicht, wovon sein Vater eigentlich sprach. »Wie meinst du das, du hast dich mit dem Teufel eingelassen?«

»Tobias Lang ist der Teufel«, flüsterte sein Vater. »Aber ich werde ihm das Handwerk legen.«

»Du hast getrunken«, sagte Christian angewidert. Er roch den Atem seines Vaters. Er war enttäuscht. Sein Vater kam betrunken zu ihm und faselte unsinniges Zeug.

»Ja, ich habe getrunken. Ich habe mir Mut angetrunken, um dir unter die Augen treten zu können.«

»Du ekelst mich an«, entfuhr es Christian. »Erst machst du es mit meiner Freundin und jetzt heulst du besoffen hier rum. Mama hatte wohl die ganze Zeit recht und keiner hat ihr geglaubt. Ich auch nicht. Ich dachte wirklich, sie hätte dir immer unrecht getan. Aber dem war nicht so, stimmts? Du hast es schon immer mit jungen Frauen getrieben.«

Sein Vater nickte. »Ich habe meine Familie zerstört. Erst habe ich deine Mutter verloren und jetzt dich. Ich liebe euch. Habe euch immer geliebt. Aber ich hatte nicht die Kraft, euch das auch spüren zu lassen. Im Gegenteil. Ich habe euch enttäuscht und verraten. Ich wollte mir nie eingestehen, dass es nur meine Schuld war. Aber damit ist jetzt Schluss.«

»Jetzt ist es aber zu spät«, sagte Christian und verstand immer noch nicht, wovon sein Vater eigentlich sprach.

»Ja, jetzt ist es zu spät. Viel zu spät«, sagte der tonlos. »Er wollte auch Nils kaputt machen. Wollte auch seine Familie zerstören. Und ich habe ihm dabei geholfen, ich war die rechte Hand des Teufels. Ich habe Nils in seinem Auftrag in Versuchung geführt. Und Lena dafür missbraucht. Ich bin ein böser Mensch. Ein sehr böser Mensch. Es tut mir leid, Christian.«

»Was soll das heißen? Nils auch? Nils und Lena?« Christian war drauf und dran, auf seinen Vater einzuschlagen. Wenn er etwas zur Hand gehabt hätte, hätte er ihn erschlagen. Aber er saß einfach nur auf dem Bett und sah auf seine zerstörte Welt hinab. Auf seinen Vater.

Der stand auf und verließ mit schweren Schritten das Zimmer. »Ich werde den Teufel vernichten«, murmelte er vor sich hin.

*

»Ist das eine Vermutung oder wissen Sie, dass Tobias Lang Ihren Vater umgebracht hat?« Siebels spürte intuitiv, dass sich die Puzzlestücke langsam zusammenfügten.

»Mein Vater wollte ihn stoppen, den Teufel. Ich weiß nicht, was zwischen den beiden abgelaufen ist, aber mein Vater nannte ihn den Teufel. Er wollte ihm das Handwerk legen.« Christian erzählte von seinem letzten Besuch im Haus seines Vaters und dem unerwarteten Auftauchen seines Vaters bei ihm einige Tage später. Das war nur zwei Tage vor seiner Ermordung gewesen.

Als Christian von seinem letzten Treffen mit seinem Vater und dessen mysteriöser Beichte gesprochen hatte und dabei auch erwähnte, dass sein Vater Nils Brenner in Versuchung geführt hätte, um dessen Familie zu zerstören, fielen Siebels wieder die Worte von Nils Brenner ein. Er hatte seine Aussage noch wortwörtlich im Ohr.

Martin forderte mich auf, rüberzukommen und ihr auch noch das Höschen abzustreifen. Ich zögerte erst. War nicht mehr in der Lage, einen klaren Gedanken zu fassen. Sie räkelte sich auf der Couch, schaute mich mit funkelnden Augen an. Dabei hat sich mein Verstand endgültig verabschiedet. Ich habe mich zu den beiden gesellt, ihr den Slip ausgezogen und dann hatten Martin und ich abwechselnd Sex mit ihr. Danach habe ich sie nie wiedergesehen.

Siebels stoppte das Aufnahmegerät. »Das reicht für heute, Sie können nach Hause gehen. Soll Sie jemand fahren?«

»Nein. Ich laufe. Ich brauche frische Luft. Kann ich morgen Lena besuchen?«

»Besprechen Sie das mit Frau Dr. Behrens. Aber machen Sie sich darauf gefasst, dass Lena jetzt eine andere ist. Magdalena.«

»Lena wird wiederkommen, wenn ich da bin«, sagte Christian und verließ das Büro.

»Und nun?«, fragte Till.

»Wir müssen das Haus von Martin Schlosser noch mal auf den Kopf stellen. Wenn er Tobias Lang das Handwerk legen wollte, muss er gegen ihn etwas in der Hand gehabt haben.«

»Wenn Tobias Lang ihn erschlagen hat, finden wir das aber eher in seinem Haus.«

»Möglich. Dann stellen wir das auch noch mal auf den Kopf.«

»Aber wenn Tobias Lang Martin Schlosser ermordet hat, wer hat dann Tobias Lang ermordet? Und Jürgen Hellmann? Dass man in Hellmanns Zimmer Spuren von Tobias Lang gefunden hat, muss noch nichts bedeuten. Der kann auch vorher schon dort gewesen sein. Und wenn es verschiedene Täter waren, wieso taucht dann an allen Tatorten ein Foto von Lena auf?«

»Weil das ein beschissener und vertrackter Fall ist«, schimpfte Siebels. »Ich bestelle jetzt Nils Brenner für morgen früh zur Befragung hierher. Der ist der Einzige, der noch lebt und uns ein bisschen mehr über Tobias Lang und dessen Machenschaften erzählen kann.« Siebels griff zum Telefon und wählte die Nummer von Nils Brenner.

*

Magdalena wälzte sich im Bett herum. Kristie drängte nach draußen, aber Magdalena weigerte sich, ihr Platz zu machen. Magdalena fühlte sich müde, aber sie konnte und wollte nicht einschlafen. In ihrem Kopf dröhnten die Stimmen in einer Kakophonie wie nie zuvor. Sie konnte die Worte der Stimmen nicht verstehen. Die Worte verschmolzen zu Hammerschlägen und breiteten sich wie ein heftiger Migräneanfall in ihrem Kopf aus.

»Was hast du eigentlich vor?«, wollte Silvia von Kristie wissen.

»Das weiß ich, wenn ich endlich übernehmen kann. Fang jetzt bloß nicht wieder an, mit mir diskutieren zu wollen.«

»Doch, deine Alleingänge müssen endlich aufhören. Nur zusammen sind wir stark.«

»Sie schläft einfach nicht ein«, schimpfte Kristie.

»Weil du wieder zu ungeduldig bist. Du hättest noch ein oder zwei Stunden warten sollen.«

»Was willst du auch draußen, du hast doch eh keinen Plan, wie du aus der geschlossenen Abteilung rauskommen sollst«, neckte Lena schadenfroh.

»Halt du die Schnauze.«

»Wenn wir mit Gewalt ausbrechen müssen, sollte besser Tom übernehmen«, schlug Silvia vor.

»Habe ich schon probiert, ich komme aber auch nicht an Magdalena vorbei.«

»Oh nein, wenn ihr euch nicht absprecht und alle zusammen raus wollt, kann das natürlich nicht funktionieren.«

»Ich möchte hierbleiben, hier ist es sicher«, piepste Maria.

»Mach dir keine Sorgen, Maria. Wir passen auf dich auf. Du bist überall sicher, weil wir immer bei dir sind«, ging Tom fürsorglich auf sie ein.

»Ich könnte nett zu dem Pfleger sein«, schlug Lena vor. »Und mir dann seinen Schlüssel schnappen. So würden wir rauskommen.«

»Die Schlampe denkt schon wieder nur an das Eine«, stöhnte Kristie.

»Magdalena bekommt bestimmt ganz schlimme Kopfschmerzen von unserem Gezeter und Gedränge«, befürchtete Silvia.

»Na hoffentlich. Sie kann ja reinkommen und sich ausruhen, wenn wir ihr Kopfweh bereiten.«

»Ich gehe raus. Aber ich brauche ein Messer. Ein großes, scharfes Messer.« Tom drängte mit aller Gewalt nach draußen, aber noch kam er gegen den Widerstand von Magdalena nicht an.

»Hast du die Männer ermordet?«, fragte Lena erschrocken.

»Red doch keinen Scheiß, warum sollte ich das tun? Ich beschütze Maria, sonst niemanden. Mit wem du alles rummachst, interessiert mich doch gar nicht.«

»Du hattest schon mal ein Messer in der Hand und wolltest auf Christian einstechen. Ich konnte das im letzten Moment verhindern.«

»Der Arsch hat Maria provoziert und ihr Trauma wieder ausgelöst. Den steche ich beim nächsten Mal ab, darauf kannst du dich verlassen.«

»Das lasse ich nicht zu. Du bist böse, Tom. Einfach nur böse.«

Tom blickte Lena verächtlich an. »Und du bist überflüssig. Deine Rumhurerei ist einfach nur lästig und erbärmlich.«

»Hört auf, euch zu streiten«, ging Silvia dazwischen.

»Christian ist eigentlich schon ganz in Ordnung«, nahm Kristie ausnahmsweise Lena mal in Schutz.

»Ganz genau. Und er ist mein Freund. Er liebt mich.« Lena hielt ihr Dasein an Christians Seite immer noch für einen sehr erfolgreichen Auftritt als Hauptperson.

»Außerdem ist er naiv und dumm«, fuhr Kristie mit ihren Ausführungen fort. »Wir können das bestimmt so hinbiegen, dass er für die Morde in den Knast geht und wir aus der Sache wieder heil rauskommen.«

»Du spinnst doch«, wisperte Lena. »Christian ist unschuldig.«

»Woher willst du das denn wissen? Der würde alles für dich tun. Alles, damit er dich für sich allein haben kann. Ich habe ihm übrigens zugeflüstert, was er tun muss, um dich für sich allein zu haben.«

»Was hast du ihm zugeflüstert?«

»Na was schon? Dass er die Typen umbringen muss, wenn er nicht will, dass sie dich immer weiter ficken.«

»Das hast du nicht getan«, wimmerte Lena verzweifelt.

»Oh doch, das habe ich getan. Und er hat genau gewusst, dass ich recht habe und er gar keine andere Wahl hat. Sogar seinen Vater hat er umgebracht. Nur wegen dir. Darauf kannst du eigentlich stolz sein, du Schlampe.«

Lena fiel unvermittelt in einen Schreikrampf. Sie schrie voller Verzweiflung, laut und schrill. Sie war nicht mehr zu beruhigen.

Maria bekam es mit der Angst zu tun. Sie wollte raus. Sie wollte, dass alle wieder ruhig waren. Sie würde auch ein braves Mädchen sein. Ein ganz braves Mädchen. Hauptsache, es würde wieder Ruhe einkehren. Aber da war eine Wand, an der sie nicht vorbeikam. Magdalena blockierte sie mit ihrer ganzen Kraft. Maria bekam Panik. Sie fing auch an zu schreien.

Silvia redete sachlich auf alle ein. Aber niemand nahm Notiz von ihr. Sie sprach immer schneller, verschluckte die Worte dabei, wurde nervös, blätterte hektisch in ihrem Notizblock auf der Suche nach einer Lösung zur Schlichtung und Beruhigung der anderen. Aber es war aussichtslos. Sie verlor die Kontrolle über sich und fing ebenfalls an, laut und zornig zu schreien.

Tom wurde wütend, weil Maria gefährlich nah am Abgrund taumelte und er keine Möglichkeit sah, sie vor dem nächsten Schritt zu bewahren. Sie brauchte Ruhe und musste sich in Sicherheit wiegen. Aber bei der aggressiven Stimmung, die gerade herrschte, konnte er das unmöglich in die Tat umsetzen. Am liebsten hätte er sie jetzt alle abgestochen. Lena, Kristie, Silvia und zum Schluss auch Magdalena. Dann wäre endlich Ruhe.

*

Tag 7, Sonntag

Nils Brenner erschien eine Viertelstunde später als von Siebels einbestellt im Präsidium. Er grüßte schmallippig und blieb vor dem Schreibtisch von Siebels stehen.

»Setzen wir uns doch«, bat Siebels und deutete auf den runden Besprechungstisch. »Möchten Sie einen Kaffee?«

»Nein, ich möchte gleich wieder weiter. Ich hoffe, es dauert nicht lange. Warum haben Sie mich denn nun herbestellt?«

»Ganz so schnell wird es nicht gehen. Wir wollen einigen Dingen gemeinsam mit Ihnen mal auf den Grund gehen. Nehmen Sie also besser doch einen Kaffee. Es ist Sonntag, da werden Sie doch ein wenig Zeit für uns mitgebracht haben.«

Nils Brenner warf einen gehetzten Blick auf die Uhr. »Na gut, schwarz bitte. Welchen Dingen wollen Sie auf den

Grund gehen? Ich habe Ihnen alles gesagt, was ich weiß. Sogar diese unselige Geschichte mit Lena bei Martin. Was wollen Sie denn noch? Mehr gibt es nicht zu beichten.«

Siebels ließ den Kaffee von der Maschine zubereiten. »Wie lange arbeiten Sie denn schon für die Kanzlei?«

Brenner setzte sich, Till gesellte sich zu ihm an den Tisch. »Seit vier Jahren. Warum wollen Sie das wissen?«

»Eingestellt wurden Sie von Tobias Lang?«

»Ja, es ist seine Kanzlei. Und das schon seit zwanzig Jahren.«

Siebels reichte Brenner die Kaffeetasse und setzte sich. »Wie ist er denn so als Chef?«

Brenner schaute Siebels misstrauisch an. »Wie meinen Sie das?«

»Halten Sie ihn für einen guten Chef? Oder eher nicht?«

»Er führt die Kanzlei sehr erfolgreich.«

»Ich meinte jetzt eher seine persönlichen Eigenschaften. Ist er eine starke Führungspersönlichkeit?«

Nils Brenner fühlte sich bei den Fragen über Tobias Lang offensichtlich nicht wohl in seiner Haut. Er nippte ständig an seiner Kaffeetasse, ohne wirklich etwas zu trinken. »Ja, das kann man so sagen. Aber warum befragen Sie mich jetzt zu Tobias Lang?«

»Haben Sie Angst vor ihm?«, schaltete sich Till in die Befragung ein.

Brenner schüttelte den Kopf. »Nein. Aber man sollte sich vor ihm in Acht nehmen. Er kann sehr launisch sein.«

»Sie halten zu ihm also Distanz, kann man das so sagen?«

»Ja, das trifft es vielleicht ganz gut.«

»Und Martin Schlosser? Wie war sein Verhältnis zu Tobias Lang?«

Nils Brenner öffnete fahrig seinen oberen Hemdknopf. »Martin hatte engeren Kontakt zu ihm. Er kannte ihn ja auch schon sehr lange.«

»Werden Sie von Herrn Lang öfter mal in sein Büro beordert?«, wollte Till wissen.

»Nein. Das kommt eigentlich nur sehr selten vor. Aber was sollen denn diese Fragen?«

»Martin Schlosser hielt sich aber regelmäßig im Chefbüro auf, richtig?«

Brenner rieb sich mit der Handfläche über das Gesicht. »Was weiß denn ich. Ich bespitzele doch nicht meine Kollegen. Ich habe mein eigenes Büro und da verbringe ich für gewöhnlich die meiste Zeit des Tages. Was in den anderen Büros vor sich geht, interessiert mich herzlich wenig.«

»Ich glaube, Ihr Chef hätte Sie gerne öfter zu sich ins Büro zitiert, kann das sein?«

»Ich weiß wirklich nicht, was Sie von mir wollen«, platzte es aus Brenner heraus.

Till ging zu seinem Schreibtisch, nahm das Foto von Tanja Noll aus der Vermisstenanzeige und reichte es Brenner. »Kennen Sie diese Frau?«

Brenner schaute nur kurz darauf und nickte. »Ja, das ist Frau Noll. Sie hat einmal bei uns gearbeitet. Warum? Was ist mit ihr?«

»Sie ist tot.«

»Was? Das wusste ich nicht. Sie ist auch schon eine ganze Weile nicht mehr bei uns beschäftigt. Was hat sie jetzt damit zu tun?«

»Wissen Sie das wirklich nicht?«, fragte Siebels zweifelnd.

»Nein. Na gut, ich glaube, sie hatte was mit Tobias Lang. Aber wie gesagt, das ist schon lange her. Bestimmt zwei Jahre.«

»Gab es nie irgendwelche Gerüchte in der Kanzlei, warum sie dort plötzlich nicht mehr aufgetaucht ist?«

Brenner zuckte mit den Schultern. »Nicht, dass ich wüsste. Sie hat von heute auf morgen gekündigt und ist nicht mehr erschienen. Ich dachte mir, dass es mit der Beziehung zu Tobias Lang zusammenhing. Dass es aus war und sie deswegen nicht mehr mit ihm arbeiten wollte. Sie war seine Sekretärin, müssen Sie wissen.«

»Ja, das wissen wir. Und wir wissen auch, was Tobias Lang von seiner Sekretärin erwartete.«

»Wenn Sie schon so viel wissen, warum fragen Sie jetzt mich deswegen aus?«

»Weil wir Tanja Noll gestern erst gefunden haben. Sie galt als vermisst. Sie war unter der Terrasse von Tobias Lang verbuddelt. Und wir gehen davon aus, dass Martin Schlosser davon wusste. Dass er dabei war, als sie im Keller von Langs Haus gestorben ist. Genauso wie Jürgen Hellmann. Davon haben Sie nichts gewusst? Nichts geahnt? Obwohl Sie mit Martin Schlosser gut befreundet waren?«

»Und selbst wenn«, sagte Brenner aus trockener Kehle. »Ich will mit Tobias Lang nichts zu schaffen haben. Ich erledige meinen Job und alles andere interessiert mich nicht. Dass mit Tanja Noll wusste ich nicht. Also, dass sie nicht mehr am Leben ist. Haben Sie Herrn Lang verhaftet?«

»Nein, dazu kamen wir nicht mehr.« Siebels hielt sich knapp und versuchte im Gesicht von Brenner eine Reaktion abzulesen.

»Was soll das heißen? Ist er etwa auch tot? Ermordet?« Brenner hatte Mühe, das auszusprechen, was ihm durch den Kopf ging.

»Ja. Er wurde auch ermordet. Man könnte auch sagen, er wurde abgeschlachtet.«

Brenner atmete tief durch. Er schien regelrecht erleichtert zu sein. Seine Sitzhaltung entspannte sich leicht. »Bin ich deswegen hier? Deshalb all diese Fragen?«

»Wir versuchen immer noch den Gesamtzusammenhang zu verstehen. Und Sie verschweigen uns etwas. Etwas Wesentliches. Es wäre jetzt an der Zeit, uns reinen Wein einzuschenken, Herr Brenner.«

Brenner nickte und ging in sich. »Ich hatte Angst vor ihm. Er hat mir ganz unverhohlen gedroht, dass er mich fertigmachen würde, wenn ich jemanden etwas von Martins Wahnvorstellungen erzählen würde.«

»Wahnvorstellungen?« Siebels schaute Brenner fragend an.

»Das, was Sie eben gesagt haben. Mit Tanja Noll.« Brenner räusperte sich, bevor er fortfuhr. »Martin erschien abends unangemeldet bei mir zuhause. Das war der Abend vor seiner Ermordung. Er war ziemlich betrunken und faselte unverständliches Zeug. Ich wollte ihn nach Hause schicken, ihm ein Taxi rufen. Er war mit dem Auto gekommen. Aber er ließ sich nicht abwimmeln, war völlig aufgelöst. Ich kochte ihm erst mal einen starken Kaffee. Wir gingen in mein Arbeitszimmer. Da fing er plötzlich hemmungslos an zu schluchzen und zu weinen. Er hätte alles kaputt gemacht, seine Familie zerstört. Er hätte seine Frau betrogen und seinen Sohn. Er war nur noch ein Häufchen Elend. So hatte ich ihn noch nie erlebt. Martin strotzte immer vor Selbstbewusstsein, hatte Charme und Charisma. Er war mir immer ein guter Freund gewesen. Und plötzlich merkte ich, dass das alles nur Schein war. Tief in ihm drin muss es schon lange gebrodelt haben.«

»Okay, verstanden. Aber jetzt kommen Sie mal zum Punkt«, bat Till, der langsam die Geduld verlor.

Brenner nickte, ließ sich aber nicht beirren und erzählte weiter. »Dann entschuldigte er sich bei mir. Er bat mich um Verzeihung. Er flehte mich geradezu an. Ich wusste erst gar nicht, was er von mir wollte. Dachte, er wäre so betrunken, dass er nur Unfug von sich geben würde. Dann fing er an vom Teufel zu reden. Der Teufel hätte es ihm befohlen. Der Teufel hätte ihm auch befohlen, mich zu rekrutieren. Ich hörte ihm nur noch mit einem Ohr zu. Er faselte weiter vom Teufel. Vom Teufel, dessen Hölle eigentlich schon in der Bedeutungslosigkeit versunken war. Doch dann wäre sie erschienen. An der Seite seines Sohnes. Und sein Sohn hätte sie dem Teufel und seinen Gehilfen vorgestellt. Ahnungslos und unschuldig sei sein Sohn gewesen. Aber der Teufel hätte rotglühende Augen bekommen, als er ihre Seele in Augenschein nahm.«

»Sie hätten Pfarrer werden sollen«, stöhnte Till.

»Ich wiederhole nur Martins Worte. Damit Sie verstehen, in welcher Gefühlslage er sich befand.«

»Fahren Sie fort«, bat Siebels ihn. »Sie machen das gut, mein Kollege ist leider manchmal etwas ungeduldig.« Siebels schenkte Till ein süffisantes Lächeln. Till verdrehte die Augen.

Brenner nickte dankbar und richtete seine Aufmerksamkeit nur noch auf Siebels, während er weitersprach. »Plötzlich wurde Martin ganz ruhig. Er würde dem Teufel jetzt das Handwerk legen, sagte er. Das wäre er seinem Sohn schuldig. Und seiner Frau. Also seiner Ex-Frau. Und auch mir und meiner Familie. Und dann fing er an Klartext zu reden. Tobias Lang sei der Teufel. In Wirklichkeit sei er aber nur ein sexbesessenes Arschloch. Als er das sagte, lachte er wie ein Verrückter. Ich dachte für einen Moment wirklich, dass er nun verrückt geworden sein musste. Aber so plötzlich, wie er lautstark zu lachen angefangen hatte, so plötzlich wurde er auch wieder ernst und sprach mit ruhiger Stimme weiter. Tobias Lang hätte ihn in einen Strudel gerissen, in dem er und andere untergegangen wären. Alkohol, Drogen, Sexpartys, Machtspielchen, Betrug, Erpressung. Aber die Sache wäre eines Tages eskaliert. Im Keller des Hauses von Tobias Lang. Dort hätten sie mit Tanja Noll eine wilde Orgie gefeiert. Martin, Jürgen Hellmann und Tobias Lang. Tanja Noll wäre dabei plötzlich mit Krämpfen im ganzen Körper zusammengebrochen. Zu viele Drogen und Alkohol. Ecstasy, Kokain, Champagner. Hellmann wollte einen Rettungswagen rufen. Tobias Lang hat ihm das untersagt. Er meinte, sie sei das gewohnt und würde sich schon wieder erholen. Dann könne die Party weitergehen. Aber sie erholte sich nicht, sondern blieb ohnmächtig liegen. Hellmann war immer nervöser geworden und hat auf einen Rettungswagen bestanden. Martin hat sich nach längerem Zögern zunächst auf die Seite von Hellmann geschlagen. Aber Lang hatte sie als Schlappschwänze beschimpft und ihnen klargemacht, dass sie nur Ärger mit der Polizei bekommen würden. Hellmann schlug noch vor, sie wenigstens zum Krankenhaus zu fahren und dort vor dem Eingang abzulegen. Martin und Lang lehnten das kategorisch ab. Schließlich gingen sie nach oben, tranken erst mal ein Bier und schnappten auf der Terrasse frische Luft. Als sie eine halbe Stunde später wieder in den Keller gingen, war sie tot. Sie diskutierten eine Weile, was sie mit der Leiche anstellen sollten und Tobias Lang kam zu dem Schluss, dass sie nun endlich einen Männerpakt für die Ewigkeit schließen konnten. Die Leiche sollte unter seiner Terrasse verbuddelt werden, mit Grabbeigaben von

Martin und Jürgen Hellmann. Damit sie alle belastet wären, wenn Tanja Noll jemals wieder zum Vorschein käme. Somit stellten sie sicher, dass keiner von ihnen das Geheimnis jemals preisgeben würde. Als Grabbeigabe vergruben die beiden auf ausdrücklichen Wunsch von Tobias Lang ihre Unterhosen in einer luftdicht verschlossenen Plastiktüte mit der Leiche.« Nils Brenner hielt kurz inne und nickte mehrmals mit einem resignierten Gesichtsausdruck. »Endlich verstand ich auch, wieso Jürgen Hellmann plötzlich so hoch in der Gunst von Tobias Lang stand. Weil sie Brüder im Geiste waren und ein dunkles Geheimnis teilten.«

»Warum haben Sie uns das denn nicht alles gleich erzählt?«, fauchte Till. Dass sie auf Tobias Lang und dessen Rolle in der ganzen Geschichte erst so spät aufmerksam geworden sind, ärgerte ihn maßlos. Zu gerne hätte er diesen Lang in die Mangel genommen. Aber weder Hellmann noch Brenner hatten ein Wort über die Machenschaften dieses Kerls verloren.

»Ich hatte Angst vor Tobias Lang«, sagte Brenner mit leiser Stimme. »Er hat mir gedroht, nur wenige Stunden nachdem ich Martin tot aufgefunden hatte.«

»In der Kanzlei?«

»Nein. Ich hatte ihn von zuhause aus angerufen und informiert. Er hat gesagt, dass ich mir den Tag freinehmen soll und wollte wissen, was ich der Polizei gesagt hätte. Als ich ihm sagte, dass bisher nur meine Personalien aufgenommen wurden und die Kriminalpolizei sich noch bei mir melden würde, ließ er mich wissen, dass er Fotos von mir hätte. Fotos von mir mit Lena, auf Martins Couch. Die würden gut zu dem Foto passen, das nun bei Martin gefunden worden wäre. Und die würden umgehend auftauchen, sollte ich ihn auch nur mit einem Wort erwähnen.« Brenner blickte beschämt auf seine Füße. »Ich war geschockt. Ich hatte nicht gewusst, dass Martin Fotos gemacht hatte, als ich mit Lena auf seiner Couch zugange war. Und dass diese Fotos nun im Besitz von Tobias Lang waren. Ich wollte erst mal in Ruhe über alles nachdenken. Ich habe es Ihnen dann ja auch erzählt. Also das mit Lena.«

»Ja, das war dann aber nur die halbe Wahrheit«, seufzte Till.

Siebels bekam einen Anruf von Paula Behrens. Mit dem Telefon am Ohr verließ er den Raum. Zwei Minuten später kam er zurück. »Sie können jetzt gehen, Herr Brenner. Wir melden uns wieder bei Ihnen.«

29

Nach dem Anruf von Paula Behrens hatten sich Siebels und Till direkt auf den Weg zur Uniklinik gemacht. Magdalena hatte sich in der Nacht zuvor selbst schwere Kopfverletzungen zugefügt. Sie hatte ihre Stirn mehrmals heftig gegen die Wand geschlagen. Jetzt lag sie mit einer Gehirnerschütterung auf der Station. Als sie wieder zu sich kam, hatte sie nach den beiden Polizisten verlangt.

»Warum hat sie das gemacht?«, fragte Siebels, als sie Paula Behrens gegenübersaßen.

»Ich hielt es zunächst für einen Suizidversuch. Der diensthabende Pfleger hat es zum Glück rechtzeitig bemerkt. Aber mittlerweile glaube ich, dass sie einen Kampf gegen ihre Ko-Existenzen geführt hat.«

»Wie dürfen wir das denn jetzt verstehen?«, fragte Till kopfschüttelnd.

»Ich wünschte, ich könnte das plausibel erklären«, seufzte Paula Behrens.

»Lassen Sie mal gut sein«, winkte Siebels ab. »Können wir jetzt zu ihr?«

»Ja. Aber nicht länger als zehn Minuten. Sie braucht jetzt vor allem viel Ruhe. Es wird einige Tage dauern, bis sie sich von dieser Gehirnerschütterung einigermaßen erholt hat.«

Magdalena lag mit bandagiertem Kopf im Krankenbett. Sie schien zu schlafen, aber als Siebels und Till mit Paula Behrens ins Zimmer eintraten, blinzelte sie. Es kostete sie einige Mühe, die Augen ganz zu öffnen. »Gut, dass Sie da sind«, sagte sie.

»Sie möchten uns etwas mitteilen?«, fragte Siebels, nahm sich einen Besucherstuhl und setzte sich zu Magdalena an das Kopfteil des Bettes. Till blieb am Bettende stehen, Paula Behrens vor der Zimmertür.

»Ja. Es geht um Jürgen Hellmann. Ich habe ihn erschlagen. Aber es war Notwehr.«

»Wie kam es dazu?« Siebels sah in Magdalenas traurige Augen.

»Hellmann hatte Lena angerufen. Er hat ihr gesagt, dass er sie unbedingt treffen müsse, bei sich im Hotelzimmer. Lena hat sich natürlich darauf eingelassen. Sie kann Männern nichts abschlagen. Hellmann war sturzbetrunken, als Lena bei ihm eintraf. Ich hatte mich still in unserem Bewusstsein eingenistet und alles mitbekommen. Die anderen nicht, sie schlummerten im Unterbewusstsein. Hellmann öffnete die Zimmertür, als Lena davorstand und anklopfte. Er hielt eine fast leere Whiskeyflasche in der Hand. Auf dem Bett lagen zahlreiche Fotos von Lena. Fotos, die er gemacht hatte. Aber auch andere. Fotos, die Tobias Lang oder Martin Schlosser aufgenommen hatten. Auf allen Fotos lächelte sie in die Kamera, halbnackt oder nackt. In aufreizenden Posen. Bilder, auf denen sie zusammen mit den Männern abgelichtet war.

Hellmann torkelte durch das Zimmer und lallte vor sich hin. Lena sei ihr Hauptgewinn gewesen. Sie hätten noch viel mehr Fotos machen können. Und noch jede Menge Spaß zusammen haben können. Er stolperte über seine eigenen Füße und fiel auf das Bett, rappelte sich aber wieder auf. Lena fragte ihn ganz treuherzig, ob es ihm denn nicht gut ginge. Nein, ihm ginge es gar nicht gut, lallte er.«

Magdalena schloss die Augen, atmete mehrmals tief durch und gab den Wortlaut zwischen Lena und Hellmann wieder.

»Warum hast du alles kaputt gemacht, Lena? Wir hatten doch viel Spaß zusammen, wir vier, oder?«

»Ja, natürlich. Was ist denn los? Was habe ich denn falsch gemacht?«

»Jetzt tu doch nicht so unschuldig, du Miststück. Du bist bei unseren Frauen gewesen. Bei meiner Frau, bei der Frau von Tobias und der Ex-Frau von Martin. Du hast ihnen von unserem kleinen Arrangement erzählt. Hast schlimme Dinge über uns gesagt. Das geht doch nicht, Lena. Du hast dich nicht an die Abmachung gehalten. Tobias ist stinksauer. Und ich auch.«

Magdalena schlug kurz die Augen auf und blickte Siebels an. »Lena hatte keine Ahnung von meinen Besuchen bei den Frauen. Sie hatte davon nichts mitbekommen. Diese Anschuldigung hat sie völlig verunsichert und sie bereitete sich auf die Flucht nach innen vor. Das machte es für mich einfacher, ich übernahm für sie.« Magdalena schloss erneut die Augen und fuhr fort.

»Es tut mir leid, tat ich mein Bedauern kleinlaut kund und war auf der Hut. Hellmann war nicht nur betrunken. Er war nervös und er hatte Lena im Auftrag von Tobias Lang zu sich bestellt. So viel hatte ich schon herausgehört aus seinem Gelalle.

Ach, es tut dir also leid, schnauzte er mich an. Und warum hast du mit diesem bescheuerten Christian nicht Schluss gemacht, so wie Tobias es dir gesagt hat? Martin wollte die Sache klären. Wegen dir und Christian. Er wusste nicht mehr, was er tat, wollte uns alle in die Scheiße reiten. Aber so richtig. Tobias hat versucht, ihn wieder zur Vernunft zu bringen. Aber das ging schief. Und jetzt ist Martin tot. Nur wegen dir, du dumme Schlampe.«

Magdalena öffnete wieder kurz die Augen. »Hellmann wurde wütend. Er packte mich am Handgelenk, zerrte mich aufs Bett, schmiss sich auf mich, griff mir an die Kehle. Erst leicht, dann fester. Ich röchelte nach Luft. Begriff nun, in welcher Gefahr ich mich befand. Hellmann redete sich in Rage. Wegen dir hat meine Frau mich verlassen. Wegen dir hat Tobias seine Familie verloren. Wegen dir ist Martin jetzt tot. Wegen dir haben wir jetzt die Bullen am Hals. Er drückte mir die Kehle immer fester zu und redete sich selbst ein, dass es jetzt sein musste. Dass ich sterben musste. Aber wir können kein Risiko mehr eingehen, zischte er. Aus seinen Augen funkelte der Wahnsinn. Du musst weg. Für immer. Wir stecken dich zu deiner Vorgängerin, keuchte er. Du hast es leider versaut.«

Magdalena schnaufte bei den letzten Worten. Sie unterbrach sich an dieser Stelle, stellte per Knopfdruck das Kopfgestell ihres Bettes ein wenig höher und schaute Siebels mit Tränen in den Augen an. »Er wollte mich umbringen. Er wollte Lena umbringen. Neben uns lag die leere Whiskeyflasche im Bett. Er hatte sie vorher noch ganz ausgetrunken. Ich bekam sie zu fassen. Am Flaschenhals. Ich schlug sie ihm über den Schädel. Im nächsten Moment konnte ich wieder atmen. Seine Hand an meiner Kehle erschlaffte. Ich hatte keine andere Wahl gehabt. Es war Notwehr.«

»Ja«, sagte Siebels nur.

»Ich bin bestimmt noch zehn Minuten regungslos liegengeblieben. Neben ihm. Er rührte sich nicht mehr. Ich sammelte die Fotos ein. Alle, bis auf eins. Das hatte er zuvor in diesem Zimmer gemacht. Lena, nackt auf seinem Hotelbett. Ich wusste, dass so ein Foto auch bei der Leiche von Martin Schlosser gefunden worden war. Es sollte so aussehen, als ob es sich um denselben Täter handelte. In der Hoffnung, dass Tobias Lang des Mordes an Martin Schlosser überführt wird. Nachdem, was Hellmann im Suff alles von sich gegeben hatte, war mir klar geworden, dass Tobias Lang der Mörder von Martin Schlosser sein musste. Und dass er Hellmann den Auftrag gegeben hatte, Lena aus dem Weg zu räumen.«

»Damit haben Sie wirklich für viel Verwirrung bei unseren Ermittlungen gesorgt«, sagte Siebels mit einem Seufzen. »Ich habe aber noch eine Frage. Auf welchem Weg haben Sie das Hotel wieder verlassen?«

»Ich habe die Treppe nach unten genommen. Aber als ich in der Lobby ankam, sah ich, wie Tobias Lang das Hotel betrat. Er hatte eine Kappe auf, aber ich habe ihn gleich erkannt. Er zog einen großen Koffer hinter sich her. Ich bekam Panik, bin zurückgelaufen und habe das Hotel durch einen Seiteneingang verlassen.«

Siebels nickte zufrieden. »Gut. Jetzt ruhen Sie sich aus und erholen sich von Ihrer Gehirnerschütterung.«

»Kommen wir nun ins Gefängnis?«

»Das wird ein Richter entscheiden. Aber ich bin zuversichtlich, dass Sie mit unserem abschließenden Ermittlungsbericht nichts zu befürchten haben.«

*

»Die Aussagen von Brenner und Magdalena ergänzen sich ziemlich gut«, resümierte Siebels, als er mit Till wieder im Büro zusammensaß. »Vermutlich hat Martin Schlosser Tobias Lang ein Ultimatum gestellt. Entweder sie beenden die Geschichte mit Lena oder er packt aus, gesteht den Mord an Tanja Noll und gibt preis, wo sie verscharrt wurde. Daraufhin erschlägt Lang seinen langjährigen Mitarbeiter und Freund im Geiste, Martin Schlosser. Er hinterlässt bei dessen Leiche ein kompromittierendes Foto von Lena. Der Freundin von Schlossers Sohn. Damit gerät Christian in Verdacht, seinen eigenen Vater umgebracht zu haben. Als Option kann er den Verdacht außerdem auch noch auf Nils Brenner lenken, weil er im Besitz von weiteren Fotos ist. Sex-Fotos, die Nils Brenner mit Lena im Haus von Martin Schlosser zeigen. Nachdem er Schlosser umgebracht hat, erkennt er, dass Lena ein zu großes Risiko für ihn darstellt. Er beauftragt Hellmann damit, Lena in dessen Hotelzimmer umzubringen. Danach wollte er die Leiche in einem großen Koffer abtransportieren. Das fällt in einem Hotel nicht weiter auf. Anschließend wollte er sie bei sich unter der Terrasse begraben. Dann hätte er zwei seiner Eroberungen für immer in seiner Nähe gehabt.«

»Ziemlich makaber«, bemerkte Till. »Bis dahin scheint es aber eine logische Erklärung zu sein. Die gefundenen Spuren von Tobias Lang im Haus von Schlosser untermauern diese These. Jetzt stellt sich nur noch die Frage, wer Tobias Lang umgebracht und seine Leiche mit einem Foto von Lena garniert hat.«

»Dafür kommen jetzt Christian, Nils Brenner oder Tom in Frage«, überlegte Siebels.

»Warum Nils Brenner?« Den hatte Till nicht mehr auf seiner Rechnung.

»Im Prinzip könnte es ähnlich abgelaufen sein wie bei dem Mord an Hellmann. Eigentlich wollte Tobias Lang Nils Brenner aus dem Weg räumen. Weil der von Martin Schlosser über den Mord an Tanja Noll und all die anderen Machenschaften eingeweiht und dadurch zum letzten nun noch lebenden Zeugen wurde.«

»Stimmt«, sagte Till nachdenklich. »Brenner könnte durchaus das nächste anvisierte Opfer von Tobias Lang gewesen sein. Aber der Mord an Lang sah nicht nach Notwehr aus. Da steckten gewaltige Emotionen dahinter. Oder der pure Wahnsinn.«

»Christian oder Tom«, reduzierte Siebels die Liste der Verdächtigen, weil er die Argumentation von Till nachvollziehen konnte. »Der Mord an Tobias Lang war der einzige, bei dem die Tatwaffe nicht am Tatort zurückgelassen wurde. Die sollten wir finden.«

»Also Hausdurchsuchungen bei Christian und bei Tom alias Lena alias Magdalena alias Kristie alias Silvia.«

»Ja, sie heißt eigentlich Maria«, seufzte Siebels.

*

4 Tage zuvor; 1 Tag nach Jürgen Hellmanns Tod

Lena stand vor Christians Tür. Sie müsse mit ihm reden, sagte sie. Aber nicht in seinem Zimmer. Besser bei einem Spaziergang. Sie gingen in einen Park und setzten sich auf eine Parkbank mit Blick auf eine große Wiese. Dass Lena gar nicht Lena war, war Christian gleich aufgefallen. Aber er wusste nicht, mit wem er da durch den Park schlenderte. Erst als sie auf der Bank saßen, stellte sie sich ihm als Magdalena vor. Und dann erzählte sie ihm die ganze Geschichte.

Maria war als kleines Kind in Argentinien zusammen mit ihrer Mutter von einer kriminellen Bande entführt worden. Sie verlangten für die beiden ein stattliches Lösegeld von Marias Vater. Zwei Mitglieder der Bande bewachten Maria und ihre Mutter rund um die Uhr. Sie hielten sie in einem Kellerverlies versteckt. Marias Mutter war eine attraktive Frau gewesen und die Männer, die sie nur bewachen sollten, beschlossen, dass sie während dieser Zeit auch etwas Spaß haben konnten. Sie wollten Sex mit Marias Mutter und benutzten Maria, um die Mutter gefügig zu machen. Damit hatten sie Erfolg. Aber das langte ihnen nicht. Sie wurden gieriger. Sie fingen an, Fotos von Maria zu machen. Dazu musste Maria sich ausziehen. Marias Mutter flehte die Männer an, das zu unterlassen. Ihrem Kind nichts anzutun. Sie bot sich den Entführern regelrecht an, damit sie die Finger von ihrer Tochter ließen. Aber die Kerle hatten schon lukrative Angebote für die Fotos von Maria bekommen. Und sie sollten mehr Fotos beschaffen. Schlimmere Fotos. Die Männer fotografierten sie jetzt nicht nur, sie berührten Maria dabei auch und ließen sich mit ihr in eindeutig sexuellen Posen ablichten. Vor den Augen ihrer Mutter. Die Mutter wurde fast verrückt vor Zorn und Sorge und Hilflosigkeit. Aber es hörte nicht auf. Es wurde immer scheußlicher. Maria wusste nicht, was schlimmer war. Das, was die Männer mit ihrer Mutter anstellten oder das, was sie mit ihr machten und ihre Mutter damit um den Verstand brachten. Maria hielt das nicht mehr aus. Ihre Seele zerbrach. Sie konnte nicht fliehen, aber sie konnte sich zurückziehen. Ganz tief in sich selbst hinein. Sie machte Platz für jemand anderen. Für Lena. Lena ließ sich gerne fotografieren und berühren. Lena mochte es, wenn die Männer sie mochten. Und Maria hatte mit der ganzen Sache nichts mehr zu tun. Aber Marias Mutter wurde vollends verrückt, als sie mit ansehen musste, wie sich ihre Tochter verwandelt hatte. Als einer der Männer sich wieder einmal an der Mutter vergehen wollte, kratzte sie ihm fast ein Auge aus. Voller Wut ergriff der Mann seine Pistole und schoss Marias Mutter in den Kopf. Zur gleichen Zeit hatte Marias Vater an ein anderes Bandenmitglied das Lösegeld übergeben. Die Entführer und Vergewaltiger warfen die Leiche von Marias Mutter am Straßenrand aus dem Auto. Maria ließen sie am Leben. Sie hatte ihre vermummten Gesichter nie gesehen. Sie drohten ihr, nie etwas darüber zu erzählen, anderenfalls würden sie sie wieder holen und dann nie wieder gehen lassen. Maria blieb stumm. Sie war noch einmal zurückgekommen, um Abschied von ihrer Mutter zu nehmen und um sie zu trauern. Das konnte Lena nämlich nicht.

Als sie wieder bei ihrem Vater war, gab es keinen Platz mehr für Lena. Für Maria aber auch nicht. Sie erschuf Kristie. Kristie war ein Trotzkopf. Niemand konnte es ihr recht machen. Alles geriet in Unordnung. Kristie zog sich beleidigt wieder zurück, dahin, wo sie hergekommen war. Zu Maria. Maria schickte nun Silvia ins Leben. Silvia sollte alles wieder in Ordnung bringen. Sie sollte einen Plan machen, wie sie das Leben gestalten konnte. Aber Silvia agierte wie ein schlecht programmierter Roboter und zog sich ebenfalls schnell wieder aus dem Leben zurück, von dem sie sich hilflos überfordert fühlte. Zurück blieb Maria, die völlig apathisch am Leben teilnahm, sich in ihrem Inneren aber mit Kristie und Silvia und Lena einrichtete und dort wohlfühlte. Marias Vater bekam überhaupt keinen Zugang mehr zu seiner Tochter. Daran änderten auch verschiedene hinzugezogene Psychiater und Psychologen nichts. Marias Vater gab seine traumatisierte Tochter schließlich in die Obhut einer Nonne. In ein kleines Kloster, das im Stadtteil Palermo angesiedelt war. Die deutschstämmige Schwester sorgte für die Speisung der Obdachlosen im Viertel und sie kümmerte sich um Maria. Unter den Fittichen der Ordensschwester wurde Magdalena erschaffen. Magdalena betrat das Leben behutsamer als ihre Vorgängerinnen. Sie gewöhnte sich langsam, aber stetig an das Leben im Kloster und wurde nach und nach aufgeschlossener. Sie war fasziniert von den religiösen Ritualen, die im Kloster abgehalten wurden. Von der Stille, dem Frieden, der Hilfsbereitschaft und den Rückzugsmöglichkeiten hinter die Klostermauern. Sie zeigte sich lernbegierig, strebsam und zielorientiert. Und sie nannte sich Magdalena. Die Schwester nannte sie aber bevorzugt Maria-Magdalena und gab sie nach einem halben Jahr wieder zurück an ihren Vater. Maria-Magdalena war in der Lage, den Lebensweg von Maria weiterzugehen. Sie entwickelte sich zu einer guten, introvertierten Schülerin, die auch einige Freundinnen fand. Manchmal hörte sie Stimmen in ihrem Kopf. Sie sprachen mit ihr. Manchmal auch über sie. Magdalena versuchte diese Stimmen zunächst zu ignorieren und zu ver-

drängen. Aber dadurch wurde es nur schlimmer. Die Stimmen wurden lauter und schriller. Eines Abends bekam Magdalena auf ihrem Zimmer furchtbare Kopfschmerzen davon. Sie hielt es kaum noch aus. Da fand sie den Weg in ihr Inneres. Ihr Körper lag schlafend auf dem Bett, ihr Geist wanderte durch verwinkelte Gänge und folgte den Stimmen, die sie immer lauter und deutlicher vernahm. Plötzlich kam sie in einen Raum, in dem eine rote Couch und zwei rote Sessel standen. Darauf saßen drei Mädchen.

»Hallo, Magdalena, schön, dass du dich endlich auch mal zu uns gesellst«, sagte eines der Mädchen.

»Wer seid ihr?« Magdalena fühlte sich zu diesen Mädchen hingezogen. So, als wäre es ihre Familie.

»Ich bin Silvia«, sagte Silvia und stellte ihr auch Kristie und Lena vor. Schließlich rief sie nach Maria. Maria trat kurz darauf aus einem noch tiefergelegenen Raum hervor. Sie hielt eine Puppe in den Armen.

»Maria ist wir und wir sind Maria«, klärte Silvia Magdalena auf. Magdalena verstand es sofort, aber sie hätte es mit Worten nicht erklären können.

»Warum hängst du so oft in der langweiligen Kapelle herum?«, fragte Kristie schroff.

»Weil es ein friedlicher Ort ist, an dem ich zur Ruhe komme«, antwortete Magdalena ihr freundlich.

»Aha. Und mit wem quatschst du da immer? Du bist da doch allein.«

»Ich halte dort Zwiesprache mit Gott.«

»Wer soll das sein? Den habe ich da nie gesehen«, erwiderte Kristie und verdrehte die Augen dabei.

»Er hilft mir«, sagte Magdalena selbstsicher. »Aber das verstehst du nicht. Und du kannst ihn auch nicht sehen.« Magdalena wunderte sich zunächst, woher Kristie so gut über sie Bescheid wusste. Dann fiel ihr Blick auf das Kellerfenster über dem roten Sofa. Von dort konnten sie sie also beobachten. Wenn sie sich auf das Sofa stellten, konnten sie aus dem Kellerfenster nach draußen schauen.

»Du bist ganz schön dämlich«, spottete Kristie. »Er heißt nicht Gott, er heißt Tom. Er wohnt auch nicht in der

Kapelle, sondern im Raum nebenan. Er ist stark und kann es sogar mit erwachsenen Männern aufnehmen. Tom beschützt Maria, das ist sein Auftrag.« Kristie rief nach Tom und kurz darauf öffnete sich eine Tür in der Wand, die Magdalena gar nicht gesehen hatte. *Tom gesellte sich mit lässigen Schritten zu der Runde. In der Hand hielt er ein scharfes Messer mit blitzender Klinge.*

»Hallo, Magdalena«, sagte er. »Ich kann auch dich beschützen, wenn dir jemand etwas antun will. Das ist zwar nicht meine Aufgabe, aber Maria hockt ja fast die ganze Zeit in ihrem dunklen Loch und da kommt eh niemand an sie ran. Du solltest mir dann halt schnell Platz machen, wenn du mich mal brauchst. Ich werde auch nicht lange bleiben. In dem Mädchenkörper fühle ich mich echt nicht wohl.«

»Gut zu wissen«, sagte Magdalena. »Was ist das eigentlich für ein Raum hier?«, fragte sie dann und sah sich noch einmal verwundert um. Da war die Tür zu Toms Raum, die sie aber gar nicht sehen konnte. Und da war ein sehr kleines Loch in der Wand, aus dem Maria gekrochen kam. Die anderen waren schon viel zu groß, um durch dieses Loch krabbeln zu können.

Silvia erklärte es Magdalena. »Das ist der rote Salon. Hier halten wir uns meistens auf. Das ist ein imaginärer Raum, der nur uns zur Verfügung steht. Hier kannst du uns immer treffen, wenn du möchtest. Das ganze Kellergewölbe hier ist identisch mit dem aus Marias Elternhaus. Dort gab es einen Raum, in dem diese alte Couchgarnitur abgestellt war. In diesem Raum hat Maria früher sehr gerne gespielt. Ihre Mutter sagte einmal, das wäre der rote Salon, der wäre nur für Maria eingerichtet worden. Ihre Mutter hat ihr dort auch oft etwas vorgelesen, dann haben sie zusammen auf der roten Couch gesessen. Maria hat das alles neu erschaffen, als sie einen sicheren Ort gebraucht hat, zu dem sie flüchten konnte. Weil wir jetzt aber auch hier wohnen, hat sie sich noch einen kleinen Zusatzraum geschaffen, wo sie ganz allein sein kann, wenn sie ihre Ruhe braucht.« Silvia deutete zu dem Loch in der Wand.

Magdalena erwachte wieder in ihrem Bett. Die Stimmen in ihrem Kopf schwiegen nun. Sie war nicht die Einzige, das hatte sie zwar schon irgendwie geahnt, aber jetzt wusste sie es genau. Sie erinnerte sich wieder daran, dass sie früher schon einmal bei den anderen im roten Salon gewesen war. Bevor sie an Marias Stelle im Kloster ins Leben getreten war.

Magdalena wuchs seither mit der Gewissheit auf, nicht allein in ihrem Bewusstsein zu sein. Die anderen waren hin und wieder aktiv dabei, wenn sie das Leben lebte, meistens verhielten sie sich aber völlig unauffällig, still und zurückgezogen. Irgendwann bemerkte Magdalena aber, dass es Zeitlücken in ihrem Leben gab. Lücken, von denen sie nicht sagen konnte, was in dieser Zeit passiert war. Manchmal waren es nur einige Minuten. Manchmal auch einige Stunden. Selbst zwei bis drei Tage konnten verstreichen, ohne dass sie anschließend sagen konnte, was in dieser Zeit geschehen war. Ihre Freundinnen verhielten sich ihr gegenüber dann öfter merkwürdig. Aber eines Tages verstand sie auch das. Wenn sie schlief, schlichen sich Kristie, Silvia oder Lena in sie hinein und verdrängten sie. Wenn sie im Schlaf verdrängt wurde, landete sie nicht im roten Salon, sondern in einem dunklen Loch. Einem Loch, das keine Erinnerungen an die Zeit zuließ. In einem solchen Loch verbrachte auch Maria viel Zeit. Dort war die Zeit nämlich zeitlos und das Leben nur noch ein friedvoller, traumloser Schlaf. In den roten Salon zu den anderen gelangte Magdalena nur, wenn sie freiwillig in das Kellergewölbe herabstieg. Bevor sie einschlief. Oder wenn sie freiwillig Platz machte, weil jemand von den anderen an ihr vorbeidrängte.

Als Magdalena siebzehn war, drängte erstmals Tom an ihr vorbei. Und sie machte ihm Platz. Ein Junge aus ihrer Klasse hatte sie bedrängt, war anzüglich geworden, fasste sie an, wollte sie küssen. Sie befand sich plötzlich im roten Salon, sah aus dem Kellerfenster zu, wie sie selbst den Jungen mit einem Messer bedrohte. Der Junge ließ umgehend von ihr ab. Von Tom. Im nächsten Moment war sie wieder zurück. Tom blieb nicht eine Sekunde länger als notwendig. Später gab es da auch einen jungen Mann, den sie mochte. Einen, der mehr von ihr wollte. Mehr, als sie zu geben bereit war. Sie strebte im Geheimen nämlich schon zu einem Leben als Nonne. Das behielt sie noch für sich. Aber sie wollte ihren Verehrer auch nicht abweisen. Stattdessen machte sie Platz für Lena. Wenn Lena die Nacht mit dem jungen Mann verbrachte, schaute Magdalena nicht aus dem Kellerfenster. Sie wollte es nicht wissen. Sie verbrachte die Zeit dann am liebsten im Zimmer nebenan bei Tom. Im roten Salon standen nämlich Kristie und Silvia auf dem Sofa und schauten Lena zu. Und sie zerrissen sich dabei die Mäuler.

Für Magdalena war es sehr verwirrend, wenn sie dann selbst wieder dem jungen Mann unter die Augen trat. Unter seine leuchtenden Augen. Aber sie lernte, damit umzugehen.

Als sie das Abitur mit Bestnoten geschafft hatte, kam es zu ernsthaften Turbulenzen. Kristie und Silvia schmiedeten Pläne für Magdalenas Zukunft. Ein Leben, das sie aus dem Kellerfenster beobachten konnten und in dem sie hin und wieder auch eigene Streifzüge unternehmen wollten. Ein Leben im Kloster passte mit Sicherheit nicht zu ihren Vorstellungen. Und am wenigsten zu denen von Lena. Nur Maria gefiel diese Aussicht gut. Als Magdalena ihr Vorhaben schließlich in die Tat umsetzen wollte, liefen Kristie und Silvia Amok und sabotierten sie. Da die beiden sich aber völlig uneins waren, kam es letztendlich so weit, dass Magdalena sich ganz zurückzog und Lena stattdessen losgelassen wurde. Mit einem Flugticket und einem Studienplatz in Frankfurt.

Magdalena irrte im Kellergewölbe umher, versuchte Kristie und Silvia aus dem Weg zu gehen, versuchte den roten Salon zu meiden. In einem verwaisten Kellergang stieß sie auf eine eingestaubte Kommode. Sie zog die Schubladen auf und fand darin einen Schlüssel. Der Schlüssel passte zu einer Tür, die bisher immer verschlossen war. Sie öffnete die Tür und gelangte in einen Raum, in dem es auch ein Kellerfenster gab. Von dort aus beobachtete sie fortan

Lena bei deren Bemühungen, ein neues Leben zu beginnen. Und manchmal erwischte sie auch Kristie oder Silvia dabei, wie sie sich in Lenas neues Leben einmischten. Umgekehrt hatten die anderen aber nicht mitbekommen, wo Magdalena sich eingenistet hatte. Und sie wussten nicht, dass sie alles beobachtete. Sie wähnten sie in einem dunklen Loch, im zeit- und traumlosen Tiefschlaf.

30

Siebels bekam die beantragten Hausdurchsuchungsbeschlüsse bei Christian und Lena bewilligt. Er wollte sich gerade mit Till und zwei weiteren Beamten auf den Weg machen, als Paula Behrens ihn anrief.

»Können Sie noch einmal vorbeikommen?«, fragte sie.

»Gibt es einen besonderen Grund? Wir sind gerade auf dem Sprung.«

»Christian hat Lena besucht. Oder besser gesagt, Magdalena. Die beiden haben sich unterhalten. Jetzt möchte Christian mit Ihnen sprechen. Aber hier. Im Beisein von Magdalena und mir.«

»Okay, wir sind in einer halben Stunde da.«

Siebels schickte die für die Hausdurchsuchungen abgestellten Beamten wieder zurück und begab sich mit Till erneut auf den Weg zur Uniklinik.

»Bekommen wir jetzt das nächste Geständnis?« Till sah Siebels fragend an. Siebels saß am Steuer, sie überquerten gerade den Main, bogen dann rechts ab auf den Theodor-Stern-Kai und folgten diesem bis zum weitläufigen Areal des Universitätsklinikums.

»Mein Bauchgefühl sagt mir, dass dem so ist. Und was sagt dein Bauch so?«

»Mein Bauch sagt mir, dass wir kurz davor sind, wieder einmal einen gelösten Fall zu den Akten legen zu können.«

Siebels bog in die Heinrich-Hoffmann-Straße ein, der Adresse der Klinik für Psychiatrie, Psychosomatik und Psychotherapie. »Zwei Fälle«, korrigierte Siebels, während er den Wagen etwas ungelenk in eine freie Parklücke manövrierte. »Vorhin kam die Bestätigung, dass es sich bei den sterblichen Überresten unter der Terrasse von Lang tatsächlich um Tanja Noll handelt.«

»Dann sollten wir wohl ihre Eltern nachher noch aufsuchen.«

Siebels nickte. Daran wollte er erst denken, wenn sie das Gespräch mit Christian geführt hatten.

Christian saß am Krankenbett von Magdalena. Magdalena hatte sich ausgeruht, öffnete aber die Augen, als Paula Behrens mit Siebels und Till das Krankenzimmer betrat. »Da sind Sie ja«, sagte sie mit einem müden Lächeln auf den Lippen.

Siebels und Till nahmen sich die beiden noch freien Stühle, Paula Behrens blieb stehen.

»Jetzt möchte aber Christian mit uns sprechen«, erwiderte Siebels.

»Ja, ich habe ihm gesagt, was ich Ihnen vorhin erzählt habe. Ich hatte Christian schon aufgesucht, kurz nachdem das mit Jürgen Hellmann passiert ist. Es wurde Zeit, dass er die ganze Wahrheit über alles erfährt. Ich habe ihm meine ganze Geschichte erzählt. Und auch die von Lena. Und dass Lena nicht zurückkommen wird. Alles andere sollte Ihnen Christian nun besser selbst sagen.«

Alle Augenpaare richteten sich auf Christian. Der sammelte sich zunächst, atmete tief ein und aus und fing dann an, mit trockener Kehle seine Geschichte zu offenbaren.

»Mein Vater wollte mir alles erzählen. Er wollte sich bei mir entschuldigen und er wollte alles wiedergutmachen. Er war betrunken und völlig aufgelöst. Ich habe ihm nicht zugehört. Wollte nichts mehr mit ihm zu tun haben. Es war mir einfach egal, was er mir zu sagen hatte. Es interessierte mich nicht. Er interessierte mich nicht mehr. Und dann war er plötzlich tot. Als Sie mir das Foto von Lena gezeigt haben, das Sie bei meinem Vater gefunden haben, war ich völlig durcheinander. Ich dachte, Kristie hätte meinen Vater erschlagen. Sie hatte vorher schon versucht, mich anzustiften, ihn umzubringen. Ihn und die beiden anderen. Ich hatte keine Ahnung, wie ich damit umgehen sollte. Ich hatte Angst, dass es Lena in die Schuhe geschoben wird. Lena hatte aber keine Ahnung von dem, was geschehen war. Und dann kam eines zum anderen und es ging alles so schnell, dass ich überhaupt nicht mehr wusste, wie ich mich verhalten sollte. Erst hat Nils Brenner mich angerufen. Spät abends, an dem Tag nachdem mein Vater ermordet wurde. Er hat mir das erzählt, was mein Vater mir erzählen wollte. Aber nicht konnte, weil ich ihm nicht zugehört habe. Nun hatte ich es von Nils Brenner erfahren. Wie mein Vater und Jürgen Hellmann unter der Regie von Tobias Lang diese abartigen Sachen mit Frauen taten. So, wie Lena tickte, war sie natürlich das perfekte Opfer für deren Perversionen.« Christian wurde immer trauriger, als er erzählte, wie er die letzten Tage durchlebt hatte. Es kostete ihn Mühe, die Tränen zurückzuhalten. »Ich war drei Mal bei Tobias Lang«, fuhr er nach einer kurzen Verschnaufpause fort. »Das erste Mal, nachdem mir Kristie Lenas Handy mit den Nachrichtenverläufen von Lena mit meinem Vater, Jürgen Hellmann und Tobias Lang gezeigt hatte. Und die Fotos. Da hat mein Vater noch gelebt. Vielleicht war mein Auftauchen im Haus von Tobias Lang ein Grund mehr für ihn, meinen Vater aufzusuchen. Vielleicht wollte er meinen Vater dazu bringen, auf mich einzuwirken. Aber mein Vater hat ihm wahrscheinlich gesagt, dass er genau das Gegenteil tun wird. Dass er auspacken wird, dass er der Polizei von Tanja Noll erzählen wird. Dass er dafür sorgen wolle, dass ich und Lena nichts mehr von ihnen zu befürchten hätten. Wahrscheinlich war das der Grund, warum Tobias Lang meinen Vater erschlagen hat. Und dann hat er dieses Foto von Lena dort zurückgelassen. Damit wollte er allen sagen, dass Lena ihm gehört. Und wer das nicht akzeptiert, der muss sterben.«

»Diese These hatten wir noch gar nicht auf unserer Liste«, bemerkte Till. Bisher hatten sie nur die Aussage von Nils Brenner, dass Tobias Lang ihn mit diesem Foto als Verdächtigen hinstellen konnte, falls er die anderen Fotos von Brenner und Lena aus Schlossers Haus zum Vorschein bringen würde. Aber von dieser Episode und den kompromittierenden Fotos hatte Brenner Christian mit Sicherheit nichts erzählt. Was genau sich Tobias Lang dabei gedacht hatte, Lenas Foto bei der Leiche von Martin Schlosser zurückzulassen, würden sie wohl niemals mit endgültiger Gewissheit erfahren.

»Irgendwie fühlte ich mich mit schuldig an dem Tod meines Vaters«, fasste Christian seine Gefühlswallungen weiter zusammen. »Ich fuhr ein zweites Mal zu Tobias Lang. Mit dem festen Vorsatz ihn zu töten. Ich hatte ein Messer dabei. Das hatte ich Ihnen ja schon erzählt. Und es war auch die Wahrheit, dass ich es nicht getan habe. Nicht an diesem Abend. Ich habe es trotz allem noch nicht fertiggebracht. Habe mich nur wieder wie ein geprügelter Hund aus seinem Haus schmeißen lassen. Am nächsten Tag erschien Lena bei mir. Sie wollte mit mir reden. Es war aber gar nicht Lena, es war Magdalena. Sie hatte ich bis dahin noch nicht kennen gelernt. Magdalena erzählte mir also ihre Geschichte. Von Maria, von Argentinien, vom Kloster, vom Streit mit den anderen darüber und von dem unseligen Entschluss, Lena in einem anderen Land ins Leben zu schicken. Von Lenas Erlebnissen mit Tobias Lang, meinem Vater und Jürgen Hellmann. Von Lenas Natur, mit der sie vor langer Zeit ausgestattet wurde, um das Unerträgliche an Marias Stelle mit Leichtigkeit ertragen zu können. Davor hatte mich Kristie von Anfang an gewarnt. Aber das konnte ich doch nicht verstehen.«

Christian schenkte sich ein Glas Wasser ein, wischte sich eine Träne aus dem Auge und lächelte Magdalena an. Sie erwiderte sein Lächeln und machte ihm damit Mut, die Geschichte nun zu Ende zu erzählen.

»Schließlich erzählte Magdalena mir, dass Jürgen Hellmann versucht hätte, im Auftrag von Tobias Lang Lena umzubringen. Dass er sie erwürgen wollte. Dass er sich vorher völlig betrunken hätte, damit er es fertigbringen konnte. Nüchtern hätte er das nicht geschafft. Aber Magdalena löste Lena rechtzeitig ab und es gelang ihr, Hellmann zu erschlagen. Als ich erfuhr, dass Tobias Lang nicht nur meinen Vater umgebracht, sondern auch Lenas Ermordung in Auftrag gegeben hatte, bin ich ein drittes Mal zu ihm gefahren. Dieses Mal war er nicht mehr in der Lage, mich mit meiner Wut und meinem Zorn einfach so abzuschmettern. Ich ließ ihm überhaupt keine Zeit zu reagieren. Ich habe sofort auf ihn eingestochen, als er die Tür geöffnet hat. Immer und immer wieder. Ich war wie im Blutrausch. Je öfter ich zustach, desto mehr Last fiel von mir ab. Ich stach immer weiter auf ihn ein. Bis ich mich völlig leer fühlte. Ich habe ihn in seiner Blutlache liegenlassen und bin durch das Haus gelaufen. Habe alle Schubladen und Schränke nach Fotos von Lena durchsucht. Nachdem Magdalena mir erzählt hatte, dass Jürgen Hellmann so viele Ausdrucke auf Fotopapier davon bei sich hatte, wollte ich wissen, ob das bei Tobias Lang auch so war. Und ich fand sie. In einer Schublade in seinem Schlafzimmer. Es waren dutzende Fotos. Ekelhafte Fotos. Sie zeigten Lena mit meinem Vater, mit Hellmann und mit Lang zusammen in allen möglichen Variationen. Eines der Bilder ließ ich bei seiner Leiche liegen, so wie Magdalena es bei Hellmann getan hatte. Und Lang bei meinem Vater. Die anderen nahm ich mit und verbrannte sie später. Sein Handy habe ich auch mitgenommen und zerstört.«

»Na prima«, stöhnte Till. »Vernichtung von Beweismitteln nennt sich das dann.«

»Das war mir egal. Es fühlte sich gut an. So, als hätte ich Lena wieder reingewaschen. Wenigstens ein bisschen.«

Nach dem ausführlichen Geständnis von Christian blieb es einen Moment still im Krankenzimmer. Bis Magdalena plötzlich leise aufstöhnte und scheinbar anfing, ein Selbstgespräch zu führen. »Ja, ich weiß es, ich habe es dir versprochen. Aber du hast mir auch etwas versprochen. Ja, ich vertraue dir. Warte noch einen Moment.«

Magdalena blieb danach einen Augenblick still liegen, sammelte sich, suchte dann den Blickkontakt zu Siebels. »Lena möchte noch einmal aktiv werden und sich von Christian verabschieden. Nur für ein paar Minuten. Sie hat versprochen, sich dann wieder zurückzuziehen. Ist das in Ordnung?«

»Ich denke, das ist eine gute Idee«, kam Paula Behrens Siebels mit einer Antwort zuvor.

»Na gut«, seufzte Siebels. Kaum hatte er es ausgesprochen, schien Magdalena sich zu verwandeln. Ihre Augen funkelten jetzt leicht. Ihre Gesichtszüge wurden sanftmütiger.

Ihre Stimme klang weicher, als sie Christian mit einem schüchternen Lächeln begrüßte. Sie setzte sich im Bett auf, war jetzt ganz und gar Lena. Christian ging langsam auf sie zu. Die beiden umarmten sich.

»Wir warten vielleicht besser vor der Tür«, schlug Siebels vor. Till und Paula Behrens folgten ihm nach draußen. »Eine halbe Stunde«, rief Siebels Christian zu, bevor er die Tür von außen schloss.

Tag 8, Montag
Siebels hatte das Geständnis von Christian protokolliert und die Akte damit geschlossen. Die abschließenden Berichte der Spurensicherung, der Gerichtsmedizin und der kriminaltechnischen Untersuchungen deckten sich mit den Aussagen von Magdalena und Christian und ließen keine Zweifel, dass Tobias Lang der Mörder von Martin Schlosser war. »Drei Opfer, drei Täter«, fasste er das Ermittlungsergebnis zusammen. »Darauf muss man auch erst mal kommen.«

Jasmin und Till saßen am Besprechungstisch, tranken Kaffee und frühstückten die von Till mitgebrachten Croissants.

»Ihr zwei habt es halt immer noch drauf«, lobte Jasmin ihre Kommissare.

»Ohne dich hätten wir das nicht so schnell geschafft«, gab Siebels das Kompliment zurück.

»Ach was, ich habe doch nicht viel dazu beigetragen«, zeigte Jasmin sich bescheiden.

»Doch, doch, du hast echt guten Kaffee gemacht«, neckte Till sie.

»Ist ja auch nicht so schwer, mit unserem genialen Kaffeevollautomat«, konnte Siebels es sich nicht verkneifen, noch einen draufzusetzen.

»Für so zwei Superbullen mache ich doch gerne mal einen Kaffee«, ließ Jasmin sich nicht auf die Schippe nehmen.

»Mal im Ernst«, sagte Siebels und setzte sich zu Jasmin an den Tisch. »Du hast Magdalenas Profil in Facebook gefunden und sehr wichtige Informationen aus Argentinien besorgt. Ohne diese Hinweise hätten wir den Fall in hundert Jahren nicht gelöst.«

»Ich habe halt meinen Job gemacht, genau wie ihr. Und mit Maria Magdalena, Sünderin und Heilige, lag ich doch auch gar nicht so verkehrt, oder? Wenn Magdalena ihr Leben im Kloster verbringen wollte.«

»Hm, nein«, sagte Till. »Maria hat sich in ein kleines Loch hinter dem roten Salon zurückgezogen. Das ist nicht biblisch. Und die Sünderin war Lena und nicht Magdalena. Das sind zwei ganz unterschiedliche Charaktere.«

»Na dann halt nicht«, winkte Jasmin ab.

»Aber den Teufel hatten wir schon dabei«, schaltete sich Siebels noch mal ein. »Tobias Lang der Teufel.«

Jasmin stand auf und deutete auf einen Aktenstapel in der Zimmerecke. »Das sind alles noch offene Fälle. Ihr habt euch nun genug beweihräuchert. Auf, macht euch an die Arbeit, Jungs.«

»Ich mache gleich eine Führung durchs Präsidium mit dem Opa von Sina«, entgegnete Till. Der angedachte Besuch von Sina bei Magdalena fand heute statt, auch wenn der Fall nun geklärt war. »Dem zeige ich mal, wie das hier auf unserem Schießstand so läuft«, sagte Till schon mit einer gewissen Vorfreude.

»Geht das jetzt auch wieder los«, stöhnte Siebels. Till und der Schießstand, das war eine Geschichte für sich.

»Und anschließend suchen wir uns einen ganz einfachen und unkomplizierten Fall aus«, schlug Till vor.

Siebels schüttelte den Kopf. »Das wäre schön. Aber ich glaube, das geht nicht. Es muss verzwickt sein. Das ist unsere Natur.«

Mehr Infos zu meinen Büchern finden Sie auf:
www.stefan-bouxsein.de

Immer informiert sein, wenn ein neuer Band aus der Siebels-Till-Reihe erscheint?

Schicken Sie einfach eine E-Mail an:
siebels-und-till@traumwelt-verlag.de
Mit dem Hinweis: Ich will in den Siebels-Till-Verteiler.

Oder tragen Sie sich auf meiner Internetseite in den Newsletter ein.

Alle Titel aus der Krimi-Reihe mit Siebels und Till:
Das falsche Paradies, 2006
Die verlorene Vergangenheit, 2007
Die böse Begierde, 2008
Die kalte Braut, 2010
Das tödliche Spiel, 2011
Die vergessene Schuld, 2013
Die tödlichen Gedanken, 2014
Die Kronzeugin, 2015
Projekt GALILEI, 2018
Seelensplitterkind, 2021
Der böse Clown (Kurzkrimi), 2014

Außerdem:
Kurz & Blutig (Vier Kurzkrimis), 2015

Humor: Idioten-Reihe mit Hans Bremer:
Der nackte Idiot, 2014
Hotel subKult und die BDSM-Idioten, 2016

Erotischer Roman von Susann Bonnard:
Die schamlose Studentin, 2017
Mein perfekter Liebhaber, 2019